Quand nous étions grands

DU MÊME AUTEUR

Toujours partir
(Stock, 1979)

À la recherche de Caleb
(Stock, 1981)

Morgan l'insaisissable
(Stock, 1982)

Le Déjeuner de la nostalgie
(Stock, 1983)

Le Voyageur malgré lui
(Stock, 1987)

Saint Lendemain
(Calmann-Lévy, 1993)

Leçons de conduite
(Calmann-Lévy, 1994)

Une autre femme
(Calmann-Lévy, 1996)

En suivant les étoiles
(Calmann-Lévy, 1997)

Et la vie va presque droite
(Calmann-Lévy, 1999)

ANNE TYLER

Quand nous étions grands

Roman

Traduit de l'anglais (États-Unis)
par Sabine Porte

CALMANN-LÉVY

Titre original :
BACK WHEN WE WERE GROWNUPS
(Première publication : Alfred A. Knopf, New York, 2001)

ISBN 2-7021-3295-2

UN

IL ÉTAIT UNE FOIS une femme qui s'aperçut un beau jour qu'elle était devenue étrangère à elle-même.

Elle avait alors cinquante-trois ans. Elle était grand-mère. Large et plantureuse, le visage creusé de fossettes et encadré de deux ailettes blondes de cheveux secs qui partaient du milieu pour se déployer quasiment à l'horizontale. Des rides d'expression au coin des yeux. Des tenues amples et bariolées qui flirtaient dangereusement avec des frusques de clocharde.

Accordons-lui cependant un mérite : la plupart des gens de son âge auraient décrété qu'il était trop tard pour y remédier. Ce qui est fait est fait, auraient-ils dit. À ce stade, inutile d'essayer de changer quoi que ce soit.

Certes, Rebecca y songea. Mais elle n'en fit rien.

Elle s'en aperçut lors d'un pique-nique sur les berges de la North Folk, dans le comté de Baltimore. Par ce beau dimanche frais et ensoleillé du début juin 1999, sa famille était réunie pour célébrer les fiançailles de la plus jeune des belles-filles de Rebecca, NoNo Davitch.

Les voitures des Davitch encerclaient la prairie comme autant de chariots parés à affronter une attaque de Sioux. Leurs couvertures jonchaient l'herbe, et la table de pique-nique était encombrée de Thermos, de glacières et d'équipements de sport. Les enfants s'ébattaient au bord de la rivière en une bande turbulente, mais les adultes restaient plus ou moins chacun de leur côté. Seuls ou parfois à deux, ils tournicotaient en mettant de l'ordre dans leurs affaires, se bousculaient pour se faire une place au soleil, déambulaient çà et là avec cet air maussade typique des Davitch. Une belle-fille s'était isolée dans son monospace. Un gendre étirait les tendons de ses jarrets en bordure de la piste de jogging. L'oncle n'arrêtait pas de planter obstinément sa canne dans le sol.

Misère, mais qu'allait donc penser Barry ? (Le fiancé.) Il allait croire qu'ils désapprouvaient son mariage avec NoNo.

Et il aurait raison.

Quoiqu'en d'autres circonstances, leur comportement n'eût guère été différent.

Barry avait une couverture quasiment pour lui tout seul, car NoNo ne cessait de voleter ailleurs. La plus petite des filles Davitch, la plus jolie aussi, un vrai colibri, courait d'une sœur à l'autre en inclinant son casque de cheveux bruns soyeux pour leur murmurer à l'oreille.

Peut-être murmurait-elle : « Tâche de l'aimer, s'il te plaît. » Ou encore : « Réserve-lui bon accueil, au moins. »

La première sœur entreprit de fourrager d'un air affairé au fond d'un panier en osier. La seconde mit sa main en visière en feignant de chercher les enfants.

Rebecca – dont le métier était d'organiser des réceptions, après tout – se dit qu'elle n'avait pas d'autre choix que de frapper dans ses mains en lançant :

« Bon, vous tous ! »

Ils se retournèrent avec langueur. Elle attrapa une balle de base-ball sur la table et la brandit. Non, c'était plus gros qu'une balle de base-ball. Une balle de softball, alors ; propriété sans aucun doute du gendre occupé à étirer ses tendons, qui était professeur d'éducation physique au lycée du coin. Pour Rebecca, c'était du pareil au même ; elle n'avait jamais eu la fibre sportive. Mais bon :

« Allez, tout le monde, c'est l'heure d'une petite partie ! déclara-t-elle. Barry ? NoNo ? Allez, venez ! On va dire que ce rocher est la base de départ. Zeb, va mettre cette bûche là-bas, à la place de la première base. Pour la deuxième, on va prendre le sac marin, et quant à la troisième... Qui a quelque chose qu'on peut utiliser pour la troisième ? »

Ils ronchonnèrent, mais elle refusa de déclarer forfait.

« Allez, vous tous ! Un peu d'entrain ! Nous avons besoin d'exercice en prévision de tout ce que nous allons manger ! »

Ils obtempérèrent au ralenti, se levant de leur couverture pour rejoindre avec nonchalance la direction qu'elle leur indiquait. Elle se tourna vers la piste de jogging et s'écria « Youhou ! Jeep ! ». Jeep lâcha le genou empâté qu'il étreignait pour lui jeter un coup d'œil en grimaçant.

« Venez par ici ! lui ordonna-t-elle. On va faire une partie de softball !

– Oh, Beck, soupira-t-il. J'espérais avoir le temps de faire un jogging. »

Mais il se dirigea cependant vers elle à pas lourds.

Tandis que Jeep entreprenait de rectifier l'emplacement des bases, Rebecca alla s'occuper de la belle-fille enfermée dans son monospace. Qui se trouvait être la femme de Jeep, d'ailleurs. Pourvu que ce ne soit pas encore une de leurs disputes absurdes, se disait-elle.

« Ma chérie ! » lança-t-elle.

Elle se fraya un chemin dans les hautes herbes en ramassant à pleines mains sa grande jupe rouge à imprimé bandana.

« Patch ? Baisse ta vitre, Patch. Tu m'entends ? Qu'y a-t-il ? »

Patch se retourna et la dévisagea. De toute évidence, elle avait chaud. Ses cheveux noirs taillés court étaient collés en mèches sur son front, et son visage pointu parsemé de taches de rousseur luisait de transpiration. Mais elle ne manifestait aucunement l'intention d'ouvrir sa vitre. Rebecca saisit la poignée de la portière et tira d'un coup sec – heureusement, juste avant que Patch n'ait eu la présence d'esprit de la verrouiller.

« Mais enfin ! lança Rebecca. À quoi ça rime ?

– On ne peut pas avoir la paix cinq minutes, dans cette famille ? »

Elle avait trente-sept ans, mais avec son tee-shirt rayé et son jean moulant, elle avait l'allure d'une gamine de quatorze ans. Et le comportement qui allait avec, ne put s'empêcher de penser Rebecca. Mais elle se contenta de lui dire :

« Allez, sors de là et viens nous rejoindre ! On va faire une partie de softball.

– Non merci.

– Allez, s'il te plaît...

– Mais bon sang, Beck, tu devrais savoir que j'ai horreur de ça !

– Tu as horreur de ça ! s'écria joyeusement Rebecca en faisant mine de ne pas comprendre. Mais tu es tellement douée pour le sport ! On ne sait même pas où mettre les bases, nous autres. Ce pauvre Jeep doit tout faire tout seul. »

Patch lui répliqua :

« Je ne vois vraiment pas au nom de quoi on devrait célébrer les fiançailles de ma petite sœur avec un... un... »

Elle ne trouvait visiblement pas ses mots. Elle serra ses bras croisés sur sa poitrine plate et détourna la tête en regardant droit devant elle.

« Un quoi ? lui demanda Rebecca. Un homme bien, charmant, cultivé. Un avocat.

– Un avocat d'affaires. Un homme qui prend son agenda pour aller pique-niquer ; tu as vu son agenda ? Avec ses tenues à mi-chemin entre le yachting et le country club, ses cheveux blonds, sa coupe en brosse ridicule, ses chaussures de bateau grotesques avec leurs semelles en caoutchouc. Et tu as vu un peu comme on nous l'a imposé ! Comme ça, à l'improviste ! La veille encore, c'était, oh, cette pauvre NoNo, dire qu'elle a trente-cinq ans et qu'aucun garçon ne l'a même jamais embrassée, du moins pas à notre connaissance, et voilà que le lendemain – je te jure, le lendemain ! –, elle débarque comme une fleur en nous annonçant qu'elle se marie en août.

– Oh, écoute, j'ai plutôt l'impression qu'elle a peut-être préféré ne pas en parler par simple appréhension, dit Rebecca. Elle ne voulait pas se rendre ridicule si jamais leur histoire tournait court. Et puis, elle craignait peut-être que, vous autres, les filles, vous montriez trop critiques. »

Et non sans raison, s'abstint-elle d'ajouter.

« N'importe quoi, lui rétorqua Patch. Tu sais pourquoi elle n'en a pas parlé : parce qu'il a déjà été marié. Marié, divorcé, et pour couronner le tout, avec un fils de douze ans sur les bras.

– Ce sont des choses qui arrivent, répondit sèchement Rebecca.

– Et en piteux état, le fils ! Tu as vu, un peu ? »

Patch pointa le pouce vers les enfants qui jouaient au bord de la rivière, mais Rebecca ne prit pas la peine de se retourner.

« Une espèce de petit avorton tout malingre ! Et tu ne peux pas ne pas avoir remarqué que Barry en avait seul la garde. Il est forcé de préparer à manger à cet enfant, s'occuper du ménage, le conduire à l'école avec ses copains, aider aux devoirs à la maison... Tu m'étonnes qu'il veuille une femme ! Une nounou prête à bosser à l'œil, plutôt.

– Là, ma chérie, c'est une insulte à NoNo, dit Rebecca. N'importe quel homme sensé aimerait avoir NoNo pour ce qu'elle est. »

Patch se contenta d'exploser d'un souffle fracassant qui décolla les mèches de cheveux de son front.

« Réfléchis un peu, lui dit Rebecca. Regarde, moi, j'ai bien épousé un homme divorcé avec trois petites filles, non ? Et tu vois, ça a très bien marché ! Nous serions toujours mariés, s'il était encore en vie. »

À cela, Patch répondit simplement :

« Et qu'est-ce qui t'a pris de donner une fête en leur honneur ?

– Mais il était évident que j'allais donner une fête. C'est un événement ! En outre, si je m'en souviens bien, tu m'as demandé d'en donner une, et Biddy aussi.

– Nous t'avons demandé si tu avais *l'intention* d'en donner une, c'est tout, puisque tu raffoles tellement des fêtes de fiançailles. Min Foo en a bien eu trois, elle ! Visiblement, c'est une de tes marottes. »

Rebecca s'apprêta à protester, car elle était quasi certaine que Patch et Biddy lui avaient expressément demandé d'organiser un pique-nique. Mais elle s'aperçut alors qu'elle avait peut-être mal interprété. Peut-être avaient-elles seulement voulu dire que dans la mesure où elles se doutaient qu'elle projetait quelque chose, elles aimeraient autant que ce soit en plein air. (Oh, les filles Davitch étaient si peu sociables. « Je suppose que tu vas encore insister pour faire la fiesta », soupirait l'une d'entre elles, puis elles débarquaient et restaient assises dans leur coin en chipotant dans leur assiette, l'air de s'ennuyer, tandis que Rebecca jouait les boute-en-train.)

Enfin, peu importe, car Patch s'était décidée à s'extraire de la voiture. Elle claqua la portière derrière elle en lançant :

« Bon, allons-y, puisque tu y tiens tellement.

– Merci, ma chérie, dit Rebecca. Je suis sûre que nous allons bien nous amuser, aujourd'hui.

– C'est ça... », soupira Patch, et elle s'éloigna à grands pas pour rejoindre les autres, laissant Rebecca à la traîne.

La partie de softball avait commencé, quoique sans grand enthousiasme. Les gens étaient apparemment dispersés au hasard dans la prairie, au point qu'il était difficile de dire si le beau-frère de Rebecca et Barry, qui se trouvaient à l'autre bout de l'*outfield*, jouaient ou non. Le *catcher* (Biddy) laçait ses chaussures. L'oncle s'appuyait sur sa canne quelque part dans les parages de la troisième base. La fille de Rebecca se prélassait au soleil au beau milieu de la première, allongée sur l'herbe, la tête en arrière et les yeux fermés.

Patch arriva derrière la base de départ, avec Rebecca sur

les talons, à l'instant où Jeep prenait la pose du batteur, pivotant son corps aux allures de barrique en agitant crânement la batte. Perchée sur la butte du lanceur, NoNo replia maladroitement le bras au-dessus de son épaule et envoya la balle. Celle-ci décrivit un arc hésitant jusqu'à ce que Jeep, perdant patience, fasse un pas en avant pour frapper un coup bas qui l'expédia au-delà de la deuxième base. Hakim, le gendre de Rebecca, la regarda filer devant lui d'un œil intéressé – ce qui n'était guère étonnant, dans la mesure où Hakim, qui était originaire d'un pays arabe, n'avait sans doute jamais vu une balle de softball de sa vie. Jeep lâcha sa batte et courut en trottinant vers la première base sans perturber le moins du monde le bain de soleil de Min Foo. Il fit le tour de la deuxième sous le sourire béat de Hakim, et mit le cap sur la troisième. Laquelle était supervisée par... oh, Rebecca ne savait jamais comment l'appeler... le compagnon de longue date de Biddy, ce cher Troy qui prétendait toujours que c'était en ratant une balle facile à l'âge de cinq ans qu'il avait découvert son homosexualité. Ce dernier se contenta d'un petit signe amical lorsque Jeep passa en se dandinant lourdement.

Pendant ce temps, Barry avait réussi à localiser la balle. Il la renvoya à Biddy, mais celle-ci était occupée à lacer son autre chaussure. Ce fut Patch qui s'avança pour l'intercepter, apparemment sans effort. Puis elle retourna à la base de départ et mit son mari hors jeu.

À voir le peu de réaction qu'ils suscitèrent, Patch et Jeep auraient tout aussi bien pu jouer seuls. Biddy leva le nez de ses chaussures en bâillant. « Tss », fit NoNo, qui s'était cassé un ongle. Et quant à Min Foo, elle ne s'était vraisemblablement pas même rendu compte de ce qui se passait – à moins d'avoir pu suivre le déroulement des opérations les yeux fermés.

« Oh, s'écria Rebecca, vous ne faites pas même un effort ! Et l'esprit d'équipe, alors, qu'est-ce que vous en faites ?

– Pour ça, un seul camp ne suffit pas, observa Jeep en

s'épongeant le front sur l'épaule. Il n'y a pas assez de joueurs. »

Rebecca se disait précisément qu'ils étaient bien trop nombreux. Un contingent ingérable, si lourd, un vrai casse-tête. Mais elle répondit :

« Tu as raison », et se tourna en direction de la rivière.

« Les enfants ! lança-t-elle. Hé, les enfants ! »

Ces derniers sautillaient en file désordonnée à une bonne vingtaine de mètres, au-delà d'une étendue d'herbe frémissante de bourdonnements, au bord de l'eau, et ils ne l'entendirent pas tout de suite. Elle dut remonter encore une fois sa jupe pour avancer péniblement vers eux et les appeler :

« Venez tous ! Venez jouer au softball ! Vous les enfants contre nous les adultes ! »

Cette fois, ils interrompirent leur activité (une variante de « Suivez le Chef », apparemment, en sautant de rocher en rocher) et se tournèrent vers elle. Ce jour-là, il y avait cinq des six enfants – tous, sauf Dixon, l'aîné, qui était allé ailleurs avec sa petite amie. Et puis le fils de Barry, comment s'appelait-il déjà ? Peter.

« Peter ? cria Rebecca. Tu veux jouer au softball ? »

Il se tenait légèrement à l'écart des autres, si blond, si pâle, si efflanqué qu'il tranchait singulièrement sur la bande de petits Davitch tout bruns et débordants de vigueur. Rebecca fut prise d'un élan de compassion pour le jeune garçon.

« Tu peux être le lanceur, si tu veux ! » lui offrit-elle.

Il recula d'un pas en secouant la tête. Non, bien sûr : elle aurait dû lui proposer l'*outfield*. Quelque chose de discret. Pendant ce temps, les autres avaient rompu les rangs et se dirigeaient vers elle.

« Pas ça, pas ça », répétait le plus jeune, qui avait visiblement du mal à comprendre en quoi consistait le softball.

Les trois enfants de Patch et Jeep (évidemment…) se disputaient pour être le premier à la batte.

« On tirera à la courte paille, leur dit Rebecca. Allez,

venez, tout le monde ! L'équipe gagnante est dispensée de corvée après le déjeuner. »

Seul Peter resta sur place. En équilibre sur un rocher bas, immobile, aux aguets, il affichait un silence glaçant. Rebecca lui demanda :

« Eh bien mon chat ! Tu ne viens pas ? »

De nouveau, il fit non de la tête. Les autres enfants passèrent à côté d'elle pour rejoindre le terrain à pas lourds, mais Rebecca remonta sa jupe plus haut et continua à avancer. De hautes herbes fraîches chatouillaient ses mollets nus. Une nuée de papillons blancs affolés voletait autour de ses genoux. Elle atteignit le premier rocher, sauta d'un pas de géant sur le suivant, tout près, et chancela une seconde avant de se stabiliser sur la surface glissante couverte de mousse. (Elle portait des espadrilles à semelles de corde qui adhéraient peu à la surface.) Elle se trouvait encore en terrain sec, mais la plupart des autres rochers – y compris celui de Peter – se révélèrent en partie submergés. Autant dire que les enfants avaient désobéi aux ordres. On leur avait interdit de s'approcher de la rivière, qui était par endroits plus profonde qu'on n'aurait pu le soupçonner, plus large encore qu'une quatre-voies, et de surcroît glaciale en ce début de saison.

Peter était aussi paralysé qu'un cerf aux abois. Rebecca s'en aperçut sans même le regarder. Pour l'instant, elle contemplait le paysage. Les rivières étaient un tel repos pour l'œil ! Elle sombra dans une paisible extase au spectacle des eaux qui se rassemblaient aux abords d'un méandre en coude. Elles se gonflaient en souples entrelacs soyeux, puis redevenaient lisses et reprenaient leur course, transparentes au bord mais presque opaques au centre, d'un vert mordoré aussi lumineux qu'une bouteille éclairée à contre-jour. Elle se laissa porter en rêvant au gré du courant. Elle aurait pu se croire au siècle passé. Les arbres sombres alignés sur la rive opposée auraient été semblables ; elle aurait entendu le même clapotis rouler tout près de là, le même bruit de jaillissement au lointain.

Enfin. Cela suffisait. Elle s'arracha à sa contemplation et se retourna vers Peter.

« Tu es à moi ! » lui lança-t-elle gaiement.

Il recula encore d'un pas et disparut.

L'espace d'un instant, elle n'en crut pas ses yeux. Elle resta figée sur place, bouche bée. Puis elle baissa le regard et vit le tourbillon dans la rivière. Une petite figure blême avec de grands yeux essayant de respirer, suffoquant. Un enchevêtrement frénétique de bras maigres dénudés qui battaient l'air.

Elle atteignit le rocher sur lequel il se tenait jusque-là, se heurtant la cheville en dérapant légèrement. Elle sauta, et l'eau, qui lui arrivait à la taille, lui coupa le souffle. (Elle était si glaciale qu'elle brûlait.) Elle commença par attraper le poignet de Peter, qui lui échappa. Elle agrippa alors un bout de denim. Elle le saisit par le fond de son blue-jean et trouva curieusement le temps de s'interroger sur le spectacle ridicule qu'ils devaient offrir : une dame entre deux âges ramassant un adolescent dans une rivière comme un sac de linge sale pour le hisser en l'air un quart de seconde, avant que ses muscles n'enregistrent le poids du jeune garçon et que tous deux coulent à pic. Mais elle le tenait encore. Elle n'avait pas lâché prise. Elle se démena de toutes ses forces pour le remonter à la surface alors même qu'elle était à moitié assise au fond de l'eau. Elle se retrouva alors debout, s'efforçant de regagner la rive en trébuchant, tombant, se relevant, puis poursuivant d'un pas chancelant en le tirant par les aisselles. (Encore heureux qu'il ait été si malingre pour son âge, autrement, adrénaline ou non, elle n'y serait jamais parvenue.) Entre ses quintes de toux, il respirait à présent d'énormes bouffées d'air qui lui arrachaient d'âpres raclements, et suffoqua à une ou deux reprises. Elle le traîna maladroitement sur les rochers pour l'allonger dans l'herbe. Elle se plia en avant pour reprendre ses esprits et remarqua dans cette position que sa jupe ruisselait d'eau. Elle en saisit un pan par l'ourlet et le tordit.

Barry fut le premier à les rejoindre. Il arriva au pas de course en criant :

« Peter ? Peter ? Mais qu'est-ce que tu fabriquais ? »

Peter resta muet. Il tremblait en claquant des dents, recroquevillé sur le sol. Barry ôta son coupe-vent et en enveloppa son fils. Pendant ce temps, Zeb – le beau-frère de Rebecca – arriva. Il fut suivi par les enfants, puis les autres adultes, qui prirent une allure plus nonchalante en voyant que la situation était bien en main.

Zeb étant pédiatre, Barry et Rebecca lui cédèrent la place. Il s'accroupit en demandant : « Ça va ? », et Peter hocha la tête en s'essuyant le nez sur la manche du coupe-vent de son père.

« Il va bien », annonça Zeb.

Voilà qui était à la portée de n'importe quel béotien.

« Examine ses poumons, lui ordonna Rebecca.

– Il n'a rien aux poumons, répondit Zeb tout en continuant à dévisager Peter. Qu'est-ce qui s'est passé, fiston ? » lui demanda-t-il.

Rebecca se tendit, redoutant la réponse, mais Peter garda le silence. Les yeux baissés, la bouche crispée en une petite moue obstinée, son expression était indéchiffrable. Avant même de faire trempette, il avait des airs pelés de chat mouillé, et là, elle apercevait son crâne rose sous ses cheveux diaphanes. De temps à autre, il se frottait le nez d'un geste hargneux, comme s'il était harcelé par un moustique.

« Bon », dit enfin Zeb, qui se redressa en soupirant.

C'était un grand échalas à lunettes au visage plein d'humanité, qui avait tellement l'habitude de s'occuper des enfants des quartiers déshérités qu'il affichait en permanence un air de résignation.

« Il faut leur dénicher des vêtements secs, dit-il. Allez, vous autres. La récréation est terminée. »

Sur le chemin qui les ramenait au lieu de pique-nique, Barry rejoignit Rebecca, qui se tenait les côtes en s'efforçant de ne plus trembler.

« Je ne sais pas comment je pourrai jamais vous remercier, Mrs... euh... Beck, balbutia-t-il.

– Seigneur ! Je suis sûre qu'il aurait bien fini par s'accrocher à une branche ou autre chose.

– Tout de même, je vous remercie d'être venue à son secours. »

Pour l'instant, oui, se dit-elle. Mais attendez un peu qu'il découvre que Peter ne serait jamais tombé sans elle.

Ils ne reprirent pas la partie de softball. Certains parlèrent même de rentrer de bonne heure ; et pour une fois, Rebecca les laissa se disputer sans intervenir. Elle resta silencieusement à la table du pique-nique, emmitouflée dans une couverture parsemée de feuilles, tandis qu'ils délibéraient. Vous avez vu un peu comme Peter a les lèvres bleues, observèrent plusieurs des femmes présentes. Il va attraper la mort ! Mais naturellement, les enfants voulaient rester, et l'oncle – maniaque des économies d'énergie – souligna que c'était un véritable gaspillage d'essence d'être venus jusque-là pour rebrousser aussitôt chemin. « Mais bon sang, nous n'avons qu'à manger, un point c'est tout », dit-il. Biddy, qui s'était décarcassée pour préparer le pique-nique, ne fit qu'un bond, comme si la question était réglée, et entreprit d'ouvrir les glacières.

Entre-temps, les cheveux de Rebecca avaient séché et retrouvé leur allure de tente de camping, et le film glacial que formait son chemisier s'était mué en une seconde peau moite et chaude sous la couverture. Elle ôta celle-ci de ses épaules pour l'enrouler autour de sa taille, et accepta le cardigan que lui prêtait Zeb. Peter s'en était mieux sorti : une tenue complète avait surgi des banquettes arrière et des planchers de divers véhicules. Emmy avait fait don d'un sweat-shirt, Danny d'un pantalon de base-ball rayé, et Jeep de chaussettes de gymnastique blanc cassé. Sans se soucier du regard curieux des autres enfants, Peter se déshabilla sur place, révélant deux minuscules taches pâles en guise de tétons et un caleçon miteux tout déformé élimé sur les bords. (Voilà ce qui se passait quand un enfant était confié à la seule garde de son père, songea Rebecca.) Tout était trop grand pour lui. Même le pantalon de Danny – qui avait tout juste treize ans – pendouillait en plis et ne le moulait qu'aux endroits où son caleçon humide l'avait trempé.

Rebecca trouva curieux qu'un garçon de cet âge ne voie pas d'inconvénient à se déshabiller ainsi en public. Et sa façon de rester collé à son père trahissait une irrépressible soif d'attention. Une fois qu'ils furent installés sur la couverture de NoNo, il ne cessa d'interrompre la conversation en tirant sur la manche de Barry pour chuchoter interminablement à son oreille, comme s'il n'était pas seulement petit, mais également jeune pour son âge.

« Tu es sûr que cet enfant va bien ? demanda-t-elle à Zeb.

– Mais oui. Juste un peu timide, je crois », lui dit-il.

Toutefois, le travail de Zeb consistait dans une large mesure à rassurer les parents, aussi se tourna-t-elle vers Biddy.

« Je ne l'ai pas entendu dire un mot à NoNo, lui dit-elle. J'espère qu'elle ne va pas se retrouver dans le rôle de la marâtre. »

Biddy lui répondit :

« Enfin, au moins, il jouait avec les autres enfants, au bord de la rivière. C'est toujours un bon signe.

– N'empêche qu'il nous a pas parlé », intervint l'un de ces derniers.

C'était Emmy, un elfe aux jambes interminables, qui était occupée à verser de la limonade d'une Thermos. Rebecca ne s'était pas aperçue qu'elle écoutait. Elle s'empressa de répliquer :

« Tiens, évidemment qu'il n'a pas voulu vous parler ! Imagine un peu l'effet que ça fait de vous rencontrer tous d'un coup ! Je parie qu'il vous saoulera dès qu'il se sentira plus à l'aise.

– Et puis, il ne jouait pas vraiment, non plus. Il traînait juste dans les parages.

– Peut-être devrais-je donner une petite fête en son honneur ? suggéra Rebecca. Tu sais, comme je fais pour les nouveau-nés de la famille ? Je pourrais, je ne sais pas, organiser une chasse au trésor ! Et tous les indices auraient un rapport avec les Davitch, tu vois, des choses qu'il devrait demander aux autres enfants...

– Ça lui plairait pas du tout », trancha sèchement Emmy.

Rebecca s'avachit sur son siège.

Biddy déballait un plateau de fromages coulants garnis de fleurs comestibles, une mosaïque de minuscules canapés parsemés d'œufs de saumon et un soleil de pois gourmands garnis de truite fumée à l'aneth. Deux jours par semaine, Biddy travaillait comme nutritionniste dans une maison de retraite (son bulletin mensuel *Quel vin pour accompagner le porridge ?* avait été cité dans le *Baltimore Sun*), mais elle rêvait de devenir un grand chef, et cela se voyait. « Beurk, c'est quoi ? » demandaient indéfiniment les enfants en montrant du doigt une chose fourrée, sculptée, enfouie dans un nid d'hirondelle ou camouflée de toute autre façon ; et ce jour-là, leur désarroi était d'autant plus grand que flottaient des odeurs de viande et de fumée provenant d'un barbecue en amont de la rivière.

« On pourrait pas avoir des hamburgers, un jour ? » demanda Joey.

Rebecca lui répondit :

« Les hamburgers, tu peux en manger n'importe où ! Il n'y a que dans les fêtes des Davitch que tu peux goûter ces, euh... ces... »

Elle contemplait une assiette de feuilletés en forme de dé à coudre garnis d'un liquide semblable à de la boue.

« Bricks aux escargots, intervint Biddy.

– Beurk, fit Joey.

– Plaît-il ? » commença Biddy, mais Rebecca attrapa Joey par la taille et le serra contre elle en enfouissant son nez dans son cou.

« Mais c'est qu'on est difficile, c'est qu'on est délicat ! » se moqua-t-elle tandis qu'il se tortillait en gloussant.

Il sentait bon la sueur fraîche et le soleil.

« Mamie ! » protesta-t-il, et elle le relâcha.

Il détala et rejoignit ses cousins.

« Il faut lui apprendre la politesse, à cet enfant, dit Biddy. Poppy ? Veux-tu un escargot ? » demanda-t-elle à son grand-oncle.

Poppy était assis à l'autre bout de la table de pique-nique, les mains croisées sur sa canne, penché en avant, le regard affamé, plein d'espoir, mais il eut un brusque mouvement de recul et balbutia :

« Oh, euh... pas maintenant, non, je ne pense pas, merci quand même. »

Biddy soupira.

« Je ne sais pas pourquoi je me donne tant de mal, dit elle à Rebecca. Pourquoi ne pas faire griller une cargaison de hot dogs ou poser sur la table du pain en tranches et un pot de beurre de cacahuètes ? »

Pourquoi pas, en effet ? avait envie de lui demander Rebecca. Biddy ne se faisait pas même plaisir, car elle ne mangeait pas. Avec ses vertèbres saillantes dans la nuque, son pantalon flottant, son long pull rouge quasi vide et ses cheveux attachés en une petite queue-de-rat filiforme, elle était d'une maigreur affreuse qui faisait peine à voir. Dès qu'on lui proposait de grignoter quelque chose, elle protestait : « Oh non, je ne pourrais pas », et pourtant elle parlait sans cesse de nourriture, dévorait des livres de cuisine comme d'autres dévorent des romans d'amour, se plongeait en contemplation devant des photos de magazines représentant de somptueuses salades aux allures de dentelle et de succulents rôtis de porc.

« Dis-leur de se mettre à table. Tout est en train de sécher ! Dis-leur de venir ! » supplia-t-elle Rebecca – comme si elle était incapable de se faire entendre, comme si la nourriture était son seul moyen de communication.

Rebecca se leva docilement. (Une longue expérience lui

avait appris que cette famille devait être rameutée comme un troupeau ; si l'on se contentait de les appeler, cela ne marchait jamais.)

« Les enfants ! cria-t-elle en avançant dans des herbes qui lui arrivaient aux genoux. Le déjeuner est prêt ! »

Elle pataugeait dans ses chaussures trempées, et sa couverture commençait à récolter les bourres et les pollens.

« À table, Troy ! À table, Hakim ! Allez, tout le monde, venez déjeuner ! »

Dans ces cas-là, la seule solution aurait été de porter un sifflet autour du cou. Elle menaçait toujours de le faire, mais elle oubliait systématiquement, jusqu'à la fois suivante.

Patch et Jeep semblaient être en pleine querelle. Enfin, Patch du moins. Jeep, enragé, se contentait de donner des coups de ses baskets toutes crottées, les poings enfoncés dans ses poches, les yeux rivés sur les arbres au loin.

« À table, vous deux ! » claironna Rebecca.

Elle ramassa le plus jeune des petits-enfants, mais elle perdit l'équilibre et se prit les pieds dans sa couverture sarong, si bien qu'ils tombèrent tous deux en riant dans un massif de minuscules fleurs blanches. La fille de Rebecca protesta : « Franchement, maman ! » et les aida à se relever.

« Désolée », s'excusa Rebecca, prise en faute.

Du temps de sa jeunesse, elle était d'un calme et d'une dignité à toute épreuve. Cette pensée lui traversa soudain l'esprit. Elle portait ses cheveux enroulés en une couronne de tresses et ses amis la complimentaient sur son port de tête, qui conférait une allure altière à sa silhouette corpulente. La reine Rebecca, l'appelait sa camarade de chambre.

Enfin, c'était de l'histoire ancienne.

Quand elle revint à la table de pique-nique, Poppy avait attaqué le moins odorant des fromages.

« Attendez, Poppy ! lui ordonna-t-elle. Nous n'avons pas encore porté un toast !

– Qui sait si je vivrai au-delà », riposta-t-il d'un ton hargneux, en reposant cependant son couteau.

Il était de ces vieillards qui semblaient se ratatiner avec l'âge, et il avait le menton presque posé sur la table.

Biddy composait une nature morte de fruits exotiques – des kiwis, des mangues, des papayes, et une chose verte qui ressemblait vaguement à une grenade explosive.

« Comme c'est joli ! » s'écria Rebecca, tout en pariant que personne ne s'aventurerait à en manger ne serait-ce qu'un seul.

Elle passa devant Biddy pour attraper une bouteille de champagne, qu'elle tendit à Barry.

« Vous voulez bien me l'ouvrir ? » lui demanda-t-elle.

(Toujours donner aux invités l'occasion de se rendre utiles si vous voulez qu'ils aient l'impression de participer.) Zeb hérita d'une seconde bouteille, et elle mit Patch au travail en la chargeant de déballer les anciennes coupes à sorbet dont les Davitch se servaient encore pour le champagne.

« Pourquoi tu apportes des coupes en cristal pour un simple pique-nique de famille..., commença Patch, mais Rebecca l'interrompit :

– Quelle plus belle occasion, je te le demande, qu'en l'honneur de ceux qui me sont le plus chers ?

– La moitié aura volé en éclats d'ici la fin du pique-nique, moi je te le dis », rétorqua Patch.

Elle était encore contrariée par les fiançailles, estima Rebecca. Ce n'était pas le genre de Patch de s'inquiéter ainsi que l'on casse des verres. Rebecca l'enlaça par l'épaule et lui chuchota :

« Tout va bien se passer. Nous devons faire confiance aux capacités de jugement de NoNo. Elle sait vraisemblablement ce qu'elle fait. »

Malheureusement, à cet instant précis, le portable de Barry sonna. Il le sortit d'un étui accroché à sa ceinture :

« Allô ? »

Patch glissa à Rebecca un regard lourd de sens. Celle-ci se contenta d'un sourire évasif et se rassit à la table.

Les enfants se plaignaient de leur ration de champagne.

À les entendre, ils avaient le droit d'en avoir autant que les grandes personnes, et qu'est-ce qu'on leur donnait ? Une gouttelette chacun, à peine une gorgée.

« Quand vous serez légalement en âge de boire..., leur dit Rebecca.

– Dixon, lui, il a toujours droit à un verre plein, et légalement, il a pas encore l'âge !

– Dixon est plus grand que vous autres, et puis, avant, à dix-huit ans, c'était légal. »

Jeep n'était pas satisfait non plus de ce qu'on lui avait servi ; il préférait la bière.

« On avait apporté un pack de six, non ? demanda-t-il. Où est passé ce pack ? Mais enfin, Patch, tu sais bien que le champagne me fait roter », protesta-t-il en commençant à fourrager dans les glacières.

Sur ce, Poppy se mit en tête de réciter son poème.

« C'est un accueil particulier qui vous est réservé, vous qui avez tardé à rejoindre le paradis », déclama-t-il de sa voix retentissante.

C'était le poème qu'il avait écrit pour l'enterrement de sa femme, il y avait de cela trente ans, et il ne ratait jamais une occasion de le réciter. Rebecca avait beau avoir entendu ces premiers vers un nombre incalculable de fois, elle se méprenait systématiquement en croyant y voir une allusion au manque de ponctualité légendaire des Davitch. Cela leur ressemblait tellement de ne pas même être à l'heure dans la mort ! avait-elle toujours pensé. Bien que le vers suivant écartât cette interprétation.

« Vous qui êtes resté seul, livré à votre douleur, poursuivit Poppy en roulant ses r.

– Oui, mais Poppy, lui glissa doucement Rebecca en lui prenant la main, de l'autre côté de la table. C'est plutôt une occasion de réjouissance, aujourd'hui, vous savez ? »

Il la foudroya du regard, mais il se tut. Sa main posée, immobile, dans la sienne était si légère qu'elle semblait creuse, comme une carapace de sauterelle desséchée.

Aucun des autres ne songeait une seconde à la fin inéluctable qui attendait toutes les fiançailles de ce monde, se dit Rebecca. Ils ne se sont pas attardés sur le « jusqu'à ce que la mort nous sépare ».

Mais elle redressa les épaules et lança :

« Bon ! Barry, NoNo, dites-nous comment vous vous êtes rencontrés ! Tout ça a été une telle surprise ! »

Barry remettait son téléphone dans son étui. Il se tourna vers NoNo, et elle glissa les deux mains au creux de son bras en lui souriant.

« Alors voilà, commença-t-elle de sa petite voix éraillée, vous savez comment j'ai toujours eu un sixième sens. »

Ses sœurs hochèrent la tête, mais on entendit maugréer deux des messieurs présents.

« J'étais donc dans ma boutique, un matin, quand Barry entre et annonce qu'il veut une douzaine de roses. "Très bien", je lui dis, et je me dirige vers les vases, quand soudain, dans le coin de l'œil, m'apparaît une vision incroyable. Je me vois moi, debout à côté de lui, en robe de mousseline blanche, avec un bouquet de fleurs de fin d'été dans des nuances de jaune et d'or – des soucis, des rudbeckias, des cosmos, des gerberas. »

Rebecca avait beau se dire qu'il était naturel que NoNo soit obnubilée par les fleurs, elle ne put s'empêcher de rire. Tous les regards se tournèrent vers elle.

« Désolée, fit-elle.

– Sur ce, je cligne les yeux, poursuivit NoNo, et de nouveau, il est seul. Il attend au comptoir, en se demandant sans doute pourquoi je mets tant de temps. Alors je vais chercher les roses, je les sors, je les emballe, et pendant tout ce temps, je réfléchis comme une folle. Comme une folle. Et finalement, je lui demande : "Que voulez-vous que je mette sur la carte ?" Ce qui ne se fait pas, d'habitude. Le plus souvent, quand un client vient en personne, il ne s'embarrasse pas d'une carte. Ou alors, il l'écrit lui-même. Mais j'avais peur qu'il soit marié ou je ne sais quoi. Je voulais savoir à qui étaient destinées les roses.

– Seulement moi, j'ignorais que ça ne se faisait pas, dit

Barry. Je lui ai dit : “Mettez juste : *Pour Mamie, avec toute mon affection.*”

– Et moi j’ai dit : “C’est qui, Mamie ?” »

Patch s’arrêta de distribuer les serviettes.

« Non, tu n’as pas fait ça ? s’étonna-t-elle.

– Mais si ! J’ai eu un de ces culots ! Et Barry m’a répondu : “Mamie est ma secrétaire.” Il se trouvait que c’était la fête des Secrétaires, voyez-vous.

– Vous envoyez des fleurs à votre secrétaire avec toute votre “affection” ? » demanda Patch à Barry.

Il haussa les épaules.

« C’est une simple formule », dit-il.

Patch le dévisagea longuement, puis elle retourna à ses serviettes en secouant la tête.

Mais NoNo ne s’était aperçue de rien.

« Pendant ce temps, expliquait-elle aux autres, il sort l’argent de son portefeuille, et moi, je me dis, Zut, il paie en liquide ! Je ne vais pas savoir son nom ! Alors, j’écris sur la carte : *Pour Mamie, avec toute mon affection, de la part de votre patron et d’Elinor Davitch qui aimerait faire plus ample connaissance avec lui.* »

Patch leva un œil désespéré au ciel.

« C’était malin, non ? demanda Barry en contemplant NoNo avec un sourire radieux. Elle s’est dit que Mamie me demanderait : “Qui est Elinor Davitch ?” Ce qui n’a pas raté, évidemment. Et moi j’ai dit : “Qui ça ?” et Mamie m’a montré la carte. “Ça par exemple ! Ça doit être la fleuriste de Génie en Herbe”, je lui ai dit. Du coup, je suis retourné là-bas en sortant du bureau et je l’ai invitée à prendre un verre avec moi.

– Nous avons tout de suite accroché, dit NoNo. J’en étais sûre. Est-ce qu’il m’est déjà arrivé de me tromper ? Vous vous souvenez de la fois où j’ai vu Patch avec un énorme ventre à l’époque où elle essayait d’avoir un bébé ? Et quand j’ai demandé à Dixon pourquoi il portait un tee-shirt de John Hopkins ? Il m’a répondu : “C’est un tee-shirt de Camp Fernwood, tante NoNo, mais j’aurais bien aimé que ce soit John Hopkins, parce que c'était l'université que j'avais choisie en premier." Et je n'en savais rien ! Personne ne m'avait rien dit ! »

Patch secouait encore une fois la tête.

« Ridicule, glissa-t-elle à mi-voix à Rebecca.

– C'est vrai qu'elle a une façon troublante de...

– Je ne parle pas de ça, Beck. Quoique je voie mal ce qu'il y a de troublant alors qu'elle a accompli elle-même sa prophétie en écrivant ce mot, bon sang ! Mais sais-tu par hasard quel jour est la fête des Secrétaires ?

– Euh...

– C'est en avril.

– En avril, dit Rebecca, ne comprenant toujours pas.

– C'était il y a à peine deux mois ! Ou même pas, un mois, plutôt, parce je crois que c'est vers la fin avril. NoNo connaît cet homme depuis tout juste un mois, et voilà qu'elle l'épouse comme ça ! »

Rebecca s'apprêtait à lui rappeler qu'après tout, elle ne l'épousait qu'à la fin du mois d'août. Mais dans le silence soudain que venaient seuls troubler le murmure de la rivière un peu plus loin et le gazouillis des oiseaux, elle craignait que NoNo ne surprenne leur conversation. Aussi décida-t-elle de lever sa coupe de champagne.

« C'est le moment de porter un toast, vous tous ! » s'écria-t-elle.

Un à un, ils prirent chacun une coupe. Les plus enthousiastes furent les enfants. Ils brandirent les leurs en l'air comme des passants hélant un taxi. À la seule exception de Peter, qui nageait dans une mare de sweat-shirt gris-mauve au beau milieu de la couverture de NoNo, en tenant mollement sa coupe d'une main.

Rebecca prit son souffle et se lança :

Un toast à nous tous réunis
Par ce beau temps printanier
À Zeb qui ce lieu a choisi
À Biddy qui s'est surpassée.

Ses toasts en rimes étaient une tradition. Elle ne se faisait aucune illusion sur leurs mérites littéraires ; elle savait bien que ce n'étaient que des vers de mirliton. (Plus d'une fois, même, elle avait dû recourir à de simples syllabes dénuées de sens – *tra la la* ou *lonlaire* – pour terminer un vers.) Mais sa famille avait fini par compter sur eux ; aussi reprit-elle son souffle pour poursuivre.

Surtout, à NoNo et Barry
À ce mariage qui nous ravit.

« Bravo, bravo », murmurèrent les autres.

Une abeille était posée sur le rebord du verre de Joey, et il y eut un petit instant de panique, car il souffrait d'une allergie qui pouvait lui être fatale. Mais au bout du compte, tout le monde put enfin tremper les lèvres dans son champagne. Barry intervint alors : « Merci à vous tous » et, d'un air penaud, passa la main dans ses cheveux blonds hérissés en brosse.

Il ne pouvait pas faire mieux ? Rebecca se méfiait toujours de ceux dont les siens tombaient amoureux. Elle s'inquiétait ! C'était plus fort qu'elle ! Mais c'était là un secret qu'elle gardait enfoui au plus profond d'elle, et après tout, elle était toujours la première à les accueillir à bras ouverts. De nouveau, elle leva sa coupe : « Et aussi... »

Et aussi un toast à Peter !
Qui pour notre plus grand bonheur
Vient rejoindre notre famille !

« Bravo ! » répétèrent-ils, avec plus de force cette fois, et Barry leva son verre à la santé de Rebecca en lui disant :

« C'est très gentil à vous. »

Mais Peter décréta :

« Je ne fais pas partie de votre famille. »

Sa voix se révéla ténue, haut perchée, puérile, mais elle fit cependant taire tous les convives.

« J'ai déjà une famille ! dit-il.

– Je ne voulais pas..., balbutia Rebecca. Je suis désolée. Je ne voulais vraiment pas... »

Peter se leva tant bien que mal en lâchant son verre – qui projeta une pluie de gouttelettes brillantes avant d'atterrir intact sur la couverture. Il faillit se prendre les pieds dans les chaussettes avachies qu'on lui avait prêtées, mais il se rattrapa de justesse et se mit à courir.

Non pas vers la rivière, Dieu merci. Il semblait se diriger vers la voiture de Barry, bien qu'il fût difficile d'en être sûr. En se levant de son banc, un doigt sur les lèvres, Rebecca songea qu'il ressemblait à ces bouts de papier calcinés que l'on voit flotter au-dessus des feux de camp, gris et immatériels, voltigeant sans but. Lorsqu'il approcha de la voiture, il jeta un coup d'œil par-dessus son épaule et vit Barry le suivre d'un pas nonchalant. Il obliqua brusquement à gauche, sans ralentir sa course. Devant lui se dressait un buisson de verdure. Il plongea en plein dedans.

« Arrêtez-le », intervint subitement Zeb.

Tous les regards se tournèrent vers lui.

« Il va vers le coude de la rivière ! Il va tout droit à l'eau, expliqua Zeb en s'élançant d'un bond. Barry ! s'écria-t-il. Arrêtez-le ! Il va encore se mouiller ! »

Barry accéléra le pas.

Peter pénétra dans le buisson et disparut.

L'instant d'après, ce fut le tour de Barry.

Et c'est alors que s'insinua en Rebecca le premier doute qui surgit de nulle part pour lui effleurer l'esprit avec la délicatesse d'une aile de papillon.

Mais comment en suis-je arrivée là ? Comment ai-je fait pour devenir cette femme qui n'a rien à voir avec moi ?

DEUX

CETTE NUIT-LÀ, elle rêva qu'elle voyageait en train en compagnie de son fils adolescent.

Qu'importe qu'elle n'ait pas eu de fils. Et s'il en avait été autrement, il aurait été grand, à présent. Dans son rêve, il allait de soi que ce jeune garçon silencieux à l'allure dégingandée était indubitablement à elle. Il avait les cheveux aussi blonds que les siens, à la différence près que sa tignasse retombait en masse d'un côté. Il était plus mince que Rebecca ne l'avait jamais été, mais il avait les yeux gris et le nez fin. Mais ce qui lui était le plus familier, c'était cette expression d'espoir empreinte de mélancolie, l'impression qu'il se sentait légèrement décalé. Ce sentiment, combien de fois ne l'avait-elle pas éprouvé ! Elle reconnut aussitôt cette nervosité timide, hésitante au coin de sa bouche.

Il était assis près de la fenêtre ; elle était côté couloir. Il regardait le paysage, tout comme elle, en apparence du moins, car en réalité, elle en profitait pour contempler ce beau profil. Elle était submergée d'amour, de cet amour profond, pénétrant, éternel que l'on éprouve pour les siens.

À son réveil, elle fut prise de regrets et s'efforça de replonger dans son rêve, mais en vain.

Rebecca était allongée sans trouver le sommeil dans son lit de jeune mariée, dans cette chambre où elle dormait depuis plus de trente ans. La majeure partie de sa vie, à vrai dire ; alors comment se faisait-il qu'elle avait toujours l'impression d'être chez quelqu'un d'autre ? Chez les Davitch, et non chez elle. Dans cette maison mitoyenne de Baltimore datant du dix-neuvième siècle, dont la profusion d'ornements ne parvenait pas à dissimuler l'état de délabrement, avec ses deux salons à haut plafond, l'un donnant sur la façade, l'autre sur le jardin de derrière, sa cuisine vétuste tout au fond, qui communiquait avec la salle à manger par un couloir rajouté après coup, ses moulures alambiquées, ses parquets à chevrons et ses sept cheminées de marbre sculpté, dont cinq étaient hors service.

La famille assurait sa subsistance grâce au rez-de-chaussée, qu'elle louait pour des fêtes. Baptêmes, célébrations de diplômes, réceptions de mariage, dîners de départ en retraite... « Toutes les grandes occasions de la vie, du berceau au tombeau », comme le proclamait l'annonce des Pages jaunes. Pour votre prochaine réunion, « Goûtez aux charmes des Bras Ouverts ».

Drôle de nom pour cette étroite maison à la façade garnie de volets, avait-elle toujours pensé.

C'est ce qu'elle s'était dit la première fois où elle était venue là, alors qu'elle n'était encore qu'une timide et corpulente jeune fille de dix-neuf ans, tout de bleu vêtue, en contemplant l'enseigne en forme de bouclier accrochée au-dessus d'elle. *Les Bras Ouverts, maison fondée en 1951.* À première vue, la bâtisse n'avait rien d'ouvert. Mais peut-être était-elle influencée par la vision de torture que représentaient pour elle les réceptions en tout genre.

La vie lui réservait tant de surprises !

L'obscurité de flanelle qui l'entourait blanchit peu à peu, puis elle devint transparente, les oiseaux se mirent à chanter dans le peuplier du voisin, et l'horloge du rez-de-chaussée retentit de six *dong* funèbres. Rebecca finit par se lever, secoua le bas de sa chemise de nuit entortillée autour de ses chevilles et alla relever le store. Encore une belle journée en perspective. Des lambeaux de ciel bleu apparaissaient au-dessus des toits. Elle regarda un hélicoptère de la circulation routière passer entre deux bâtiments, au loin, dans l'effervescence floue de ses pales.

Rebecca n'occupait pas la chambre principale, qui, pour une raison ou pour une autre, avait été attribuée à Poppy après la mort de sa belle-mère, mais celle que son mari occupait du temps de son adolescence, et elle conservait encore çà et là quelques traces de ses passions de jeunesse – une demi-douzaine de pierres de couleurs étranges disposées en haut de la bibliothèque, une collection encadrée de monnaies anciennes accrochée au mur, les traces tenaces d'une décalcomanie de l'équipe des Baltimore Colts à l'intérieur de la porte du placard. Joe Davitch avait toujours eu une foule de passions, même à l'âge adulte. Il était aussi large d'esprit que de carrure, sociable et exubérant, la voix tonitruante, le rire facile, toujours prêt à se précipiter pour vous souhaiter chaleureusement la bienvenue.

En fait, Joe était le seul à avoir les bras ouverts.

Elle se détourna de la fenêtre et rassembla ses vêtements : une blouse indienne brodée de paons, une jupe de calicot à volants et les sous-vêtements de vieille dame en coton blanc sur lesquels elle avait jeté son dévolu à présent qu'il n'y avait plus personne pour les voir. Elle serra le tout contre sa poitrine et traversa le couloir pour aller à la salle de bains, qui sentait bon la peinture laquée défraîchie et le savon au lait. Le radiateur était aussi ornementé de filigranes et de volutes qu'une fontaine à thé en argent. La baignoire à pieds griffus était si grande qu'on pouvait y dormir.

Puis, au milieu de sa douche, *bam, bam !*, Poppy qui cognait à la porte de la salle de bains. Elle grimaça sous le jet d'eau et se mit à fredonner, car elle avait envie de continuer à songer en paix au jeune garçon de son rêve. Ses cils courts si blonds. (Ses cils à elle, qui ne se voyaient même pas, à moins qu'elle ne se souvienne d'y mettre du mascara, ce qui était rare.) Ses mains anguleuses aux longs doigts. (Les mains n'étaient pas les siennes, mais en ce cas, à qui étaient-elles ? Qui lui rappelaient-elles ?)

Poppy finit par renoncer et s'en aller, mais elle n'aurait su dire au bout de combien de temps.

« J'ai fait un rêve incroyable, dit-elle à Poppy au petit déjeuner.

– Est-ce qu'il y avait des nombres, dedans ? »

Elle fut stupéfaite, pas tant par sa question que par le simple fait qu'il l'ait entendue. Depuis quelque temps, il paraissait si souvent absent. Elle le scruta par-dessus sa tasse de café et s'aperçut, un peu tard, qu'il était habillé, certes, mais en dépit du bon sens. Il portait un pantalon de costume marron et un débardeur, mais pas de chemise, si bien que ses bretelles sciaient ses épaules nues couvertes de poils. Après le petit déjeuner, il faudrait qu'elle le persuade d'enfiler une tenue plus convenable.

« Si jamais il y a des nombres qui vous reviennent, lui dit-il, mon ami Alex – vous vous souvenez d'Alex Ames, du temps où j'enseignais ? –, il passe son temps à me tarabuster pour que je lui donne des nombres qu'il puisse utiliser quand il joue au loto. Il veut les nombres de mes rêves, mais je ne rêve plus.

– Non, désolée, lui dit-elle. Il était question d'un jeune garçon. Apparemment mon fils.

– Lequel ?

– Pardon ?

– Lequel de vos fils ?

– Poppy, je n'ai pas de fils.

– Bah ! Quelle idée d'aller en rêver ? »

Elle soupira et avala une autre gorgée de café.

Elle n'avait aucun lien avec cet homme – ce n'était qu'un oncle par alliance. Le frère de son défunt beau-père. Et pourtant, ils passaient leur vie ensemble comme un vieux couple grincheux. Sa belle-mère et Joe avaient convié

Poppy à séjourner quelque temps chez eux à la mort de sa femme, en le voyant pendu au téléphone du matin au soir. (Appelant à toute heure du jour ou de la nuit : « Honnêtement, comment voulez-vous que je continue à vivre, sans ma Joycie ? ») Puis sa belle-mère était morte ; puis Joe – dans un accident de voiture, six ans seulement après leur mariage –, et Poppy n'était jamais reparti. Rebecca avait vécu plus longtemps avec Poppy qu'avec quiconque ; et, sans pour autant le détester franchement, elle ne le portait pas particulièrement dans son cœur. Elle le considérait simplement comme un pensionnaire de la maison. Le pur hasard avait voulu que ce soit elle qui se retrouve informée tous les matins de l'état de ses boyaux et chargée de l'accompagner pour sa promenade quotidienne, de l'emmener chez le médecin, le dentiste et le kinésithérapeute.

Mais c'était quelqu'un à qui parler, tout du moins ; alors elle refit une tentative.

« Dans mon rêve, j'étais dans un train, et ce garçon était assis à côté de moi. Il avait, je ne sais pas, treize-quatorze ans – cet âge ingrat où ils prennent des allures de grands échalas, juste après leur poussée de croissance –, et apparemment, il allait de soi que c'était mon fils.

– Vous vous rappelez du numéro du train ?

– Non, et je ne sais pas non plus quelle était notre destination. Tout ce que je sais, c'est que nous étions en voyage. »

Et qu'elle l'aimait, avait-elle envie d'ajouter. Mais elle craignait que ce ne soit trop théâtral, dans cette cuisine on ne peut plus banale, avec son linoléum noirci par l'usure, sa cheminée aux briques criblées de trous, sa nappe à carreaux en toile cirée couverte de miettes de toasts, ses portes de placard vitrées reflétant des pavés d'éclat de soleil.

« Eh bien, voilà un rêve à l'intrigue bien mince, fit Poppy. Pour tout dire, il est passablement sans intérêt. Alors j'aime autant qu'on change de sujet, pour parler plutôt de mon anniversaire.

– Votre anniversaire ! »

Elle était déconcertée.

« L'anniversaire que vous venez de fêter ?

– Le prochain anniversaire.

– Mais ce n'est qu'en décembre !

– Oui, le 11 décembre. Je vais avoir cent ans.

– Je sais bien, Poppy. »

C'était difficile à croire. Il semblait avoir été stoppé en cours de vieillissement. Il avait l'air vieux, certes, mais pas exagérément vieux, tout juste légèrement plus ratatiné que la première fois où elle l'avait rencontré. Sa moustache blanche était encore fournie, et si son visage (qu'il ne rasait qu'après le petit déjeuner) était crevassé de plis ici et là, ce n'était pas cet entrelacs de rides auquel on aurait pu s'attendre.

« J'imagine que vous avez l'intention de donner une grande fiesta en mon honneur, dit-il en se mettant soudain à écraser les miettes de toast sous son index. Enfin, plus grande que d'habitude.

– Oh. Oui, évidemment ! »

À son regard détourné, elle comprit que c'était là ce qu'il souhaitait, et que s'il soulevait le sujet, ce n'était pas pour l'en dissuader.

« Décembre est encore loin, mais quand la date approchera, il y a plein de choses pour lesquelles j'aurai besoin de vos conseils ! lui dit-elle.

– Il se trouve que j'ai une liste d'invités.

– Formidable, Poppy. »

Elle crut qu'il parlait d'une liste d'invités rangée quelque part, mais il se mit à fouiller dans son pantalon et finit par en extirper un épais petit carré de papier plié. À l'instant même où il le lui tendait en travers de la table, le téléphone sonna. Elle se leva pour aller décrocher, mais prit soin tout d'abord de fourrer la liste dans la poche de sa jupe et de tapoter celle-ci d'un geste rassurant.

C'était NoNo.

« Je voulais juste te remercier pour le pique-nique, dit-elle. Barry te remercie aussi. Il va t'écrire un mot.

- Oh, mon ange, c'est inutile », répondit Rebecca.

Elle surveillait Poppy, qui avait attaqué la marmelade d'oranges à même le pot.

« Je suis contente que ça vous ait plu.

– Il a trouvé notre famille très sympathique. »

Elle laissa ses paroles en suspens, aussi Rebecca déclara-t-elle :

« Nous aussi, nous l'avons trouvé très sympathique. Il nous a tous conquis ! »

Poppy la dévisagea en haussant un sourcil. Elle se détourna et mit la main autour de l'appareil.

« Comment va son petit garçon ? demanda-t-elle. Il n'a pas attrapé froid, j'espère ?

– Il va bien, je pense, mais je ne les ai pas appelés aujourd'hui, parce que le matin, Barry est complètement débordé. Si tu voyais leur vie, à tous les deux ! Quand Peter a classe le lendemain, il l'oblige à enfiler ses vêtements avant d'aller se coucher, pour gagner du temps.

– Seigneur, soupira Rebecca. Mais où est sa mère, au juste ?

– Qui sait ! Elle est partie avec une bande de bouddhistes ou je ne sais quoi, vivre dans une communauté quelque part. »

Ce n'était pas si éloigné de la mère de NoNo, qui avait abandonné ses trois enfants pour poursuivre une carrière de chanteuse (ou soi-disant chanteuse) dans une boîte de nuit new-yorkaise. Mais Rebecca jugea préférable de s'abstenir de le lui faire remarquer.

« Ton aide sera précieuse, une fois que vous serez mariés, tous les deux, lui dit-elle.

– Oui, je pense que je fermerai la boutique un peu plus tôt que d'habitude, pour que Peter passe moins de temps tout seul en sortant de l'école.

– Comment s'occupe-t-il, maintenant qu'il est en vacances ? demanda Rebecca.

– Oh, il va bientôt aller en centre aéré. Mais d'ici là, il reste à la maison, c'est tout. Il a l'habitude de se débrouiller.

– Il deviendra peut-être ami avec Danny. Après tout, ils ont quasiment le même âge.

– Hmm... », fit NoNo d'un ton sceptique.

Rebecca ne pouvait guère lui en vouloir. Danny était un véritable athlète, avec une confiance d'athlète en son propre corps. À voir les deux garçons, on avait presque l'impression qu'ils n'appartenaient pas à la même espèce. Aussi n'insista-t-elle pas. Du coin de l'œil, elle aperçut Poppy qui sortait de la cuisine, le pot de marmelade sous le bras.

« Il faut que j'y aille, dit-elle. Bonne journée, ma chérie !

– Merci, Beck, répondit NoNo. Et merci encore pour le pique-nique. »

Rebecca raccrocha et partit à la poursuite de Poppy, qui pouvait atteindre une vitesse stupéfiante pour un vieillard encombré d'une canne.

C'était un de ces rêves qui persistent, et toute sa matinée en fut imprégnée. Quand elle tapota ses oreillers, des bribes s'en échappèrent comme autant de grains de poussière – une impression de voyage, une impression de nostalgie. Quand elle entendit le son d'harmonica d'un sifflet de train de Penn Station, elle sentit tout au fond d'elle-même un petit pincement de solitude.

Le plâtrier téléphona ; puis Biddy ; puis une femme au sujet d'une soirée de mariage. (La vie de Rebecca était régie par le téléphone, disait-elle toujours.) À chaque fois qu'elle rassemblait ses esprits avant de décrocher, elle avait la tête en coton, presque nauséeuse, comme si elle émergeait brusquement d'un sommeil trop profond. À plusieurs reprises, son interlocuteur fut forcé de dire :

« Allô ? Vous êtes toujours là ? »

Quand elle ouvrit le placard de Poppy pour lui trouver une chemise, l'odeur douceâtre des vêtements déjà portés lui évoqua celle de son fils. Quand elle s'installa sur le canapé pour apparier des chaussettes, le contact duveteux du revêtement lui fit penser au siège du train – dont elle se rappela subitement qu'il était couvert d'une sorte de peluche lie-de-vin qu'elle n'avait plus vue dans un wagon depuis quarante ans.

Sa fille passa lui déposer ses deux enfants pour le temps de sa visite chez son obstétricien.

« Il y a quelqu'un ? » appela-t-elle, et la porte d'entrée claqua, comme d'habitude, contre celle du vestiaire. (Vestiaire, toilettes des dames, toilettes des hommes – tout avait été casé dans un recoin du vestibule à la création des Bras Ouverts, ce qui n'était guère judicieux.) Rebecca l'invita à entrer, en espérant vaguement qu'elle refuserait, car le temps lui filait entre les doigts. Mais Min Foo lui dit : « Juste une minute, alors », et expédia les enfants au premier avec leur stock de cassettes vidéo.

« Encore deux mois à attendre, dit-elle en prenant la direction de la cuisine. Ou trois, si c'est encore une grossesse de dix mois, et j'ai déjà pris neuf kilos et demi. J'ai l'air d'une vache. »

En réalité, elle faisait davantage penser à une prune, ou à un autre fruit mûr et appétissant. Elle portait une robe de femme enceinte en soie noire assortie d'une collection de chaînes en or ornées de disques enroulées aux bras et au cou, et se balançait avec une démarche lente et sensuelle qui hypnotisait Rebecca. Une fois dans la cuisine, elle s'affaissa sur une chaise dans un tintement exotique de bijoux.

« Tu veux un café ? lui demanda Rebecca.

– Maman ! Le café m'est strictement interdit !

– Ah oui », fit Rebecca.

Les nouvelles générations avaient des principes si ridicules.

« Il doit y avoir du jus d'orange quelque part. »

Elle se mit à fouiller dans le réfrigérateur, qui débordait des restes du pique-nique.

« J'ai fait un rêve incroyable, la nuit dernière », dit-elle par-dessus son épaule.

Elle déplaça une assiette couverte de papier alu.

« J'ai rêvé que j'avais un fils.

– C'est peut-être un signe que je vais avoir un garçon », dit Min Foo.

Rebecca trouva sa réaction pour le moins égocentrique.

« Non, lui répondit-elle. Tu n'étais pas dans mon rêve. Et puis, il n'avait pas ta couleur de cheveux. Il était blond. »

Comme ses trois demi-sœurs, Min Foo était brune et avait hérité de Joe sa peau satinée et son teint olivâtre, ainsi que ses yeux plissés au regard somnolent – quasi des yeux de Chinoise, dans son cas, ce qui lui avait valu son surnom. En réalité, elle s'appelait Minerva (prénom que Rebecca avait choisi pour cette enfant qu'elle avait imaginée semblable à elle – à la fillette studieuse, calme et réservée qu'elle avait été), mais à l'hôpital, sitôt que Joe avait aperçu le bébé dans son berceau, ses cheveux raides comme des baguettes et ses yeux réduits à de simples fentes, il lui avait dit : « Coucou, petite Min Foo. » Depuis, le nom lui était resté. Tant pis pour Minerva.

Quant au calme, n'en parlons pas ! Et la réserve, alors ! Regardez-la un peu, toute hérissée d'indignation :

« Mais je peux tout à fait avoir un bébé blond ! Parfaitement. Tu oublies que j'ai hérité de la moitié de tes gènes.

– Si ç'avait été avec Lawrence, encore, je veux bien, répondit Rebecca. Mais je doute fort que tu puisses espérer que Hakim possède des gènes de blond.

– Oh », fit Min Foo.

Rebecca renonça à trouver le jus d'orange et referma la porte du réfrigérateur aussi discrètement que possible.

« Min Foo, ma chérie. Hmm... Une fois que le bébé sera né, tu n'enverras pas Hakim sur les roses, hein ?

– L'envoyer sur les roses ?

– Comme tu as fait avec les autres. »

Min Foo la dévisagea avec un regard de stupéfaction.

« C'est juste que je n'ai pas pu m'empêcher de remarquer que tu divorces toujours de tes maris après avoir eu un enfant d'eux.

– Toujours ! répéta Min Foo. À t'entendre, on dirait que j'ai eu cinquante maris !

– C'est que... tu conviendras que trois, ce n'est pas négligeable.

– Ce n'est tout de même pas de ma faute si j'ai un tout petit peu joué de malchance, protesta Min Foo. Franchement ! Tu en fais toute une histoire. Toutes les cinq minutes, j'ai droit à une petite pique sarcastique. "Tu ne fais rien ce week-end ? Tu ne te maries pas, dis-moi, ni rien de ce genre ?" Ou encore : "Oh, c'était un cadeau de Machinchose, un des maris de Min Foo." »

Rebecca éclata de rire, s'étonnant d'être aussi spirituelle, mais Min Foo garda tout son sérieux.

« Tu te moques de tout, dit-elle amèrement. Même à notre réception de mariage. Je ne sais plus qui a dit que c'était très réussi, et toi, tu lui as répondu : "Encore heureux, parce que avec Min Foo, j'ai de l'entraînement". »

Elle ramassa les plis de sa jupe et se leva.

« Inutile de me raccompagner, dit-elle. Je m'en vais.

– Ma chérie !

– De toute façon, je suis en retard pour mon rendez-vous.

– Bon, bon, très bien », dit tristement Rebecca en lui emboîtant mollement le pas, essayant de trouver quelque chose à dire pour l'amadouer.

Mais en vain.

Son beau-frère avait une théorie selon laquelle les multiples mariages de Min Foo étaient une façon pour elle d'essayer de changer de vie. Son premier mari était un professeur d'une soixantaine d'années, et Min Foo (à l'âge de vingt et un ans) s'était aussitôt métamorphosée en surveillante générale. Mais avec son deuxième mari, un Noir, cette fois, de huit ans son cadet (non pas une mais deux différences, une pierre deux coups, soulignait Zeb), elle s'était transformée en gamine gracile et arborait un bandeau dans les cheveux. Avec Hakim, elle se retrouvait à présent constellée de pieuses médailles musulmanes. Rebecca aimait bien Hakim, mais elle tâchait d'éviter de trop s'attacher à lui. C'est la raison pour laquelle elle feignait toujours de ne pas savoir d'où il venait. Bien sûr qu'elle le savait ; elle n'était pas encore sénile. Mais à chaque fois qu'on le lui demandait, elle répondait : « Il est... euh... du Moyen-Orient, je crois. »

Aïe. Exactement le genre de remarques que Min Foo lui reprochait.

Les petits s'étaient installés en haut, dans l'ancienne chambre d'enfants transformée en salon, où ils regardaient une cassette de dessin animé. Il suffisait de les voir pour deviner toute l'histoire de Min Foo – Joey, huit ans, l'œil bleu, le cheveu noir et raide, le visage parsemé de taches de rousseur, Lateesha, quatre ans de moins, la tête parée de minuscules nattes perlées, la peau caramel, aussi dorée qu'une pomme de terre au four.

« Dites, les enfants, qui veut m'aider à décorer le salon pour une réception ? »

Les yeux rivés sur l'écran, Joey lui demanda :

« C'est quoi, comme réception ?

– Pour un diplôme, un baccalauréat, très exactement. Avec des flopées d'ados ! J'ai besoin de votre avis, histoire de ne pas faire de gaffes. »

Elle avait réussi à attirer leur attention.

« Ils ont un DJ ? demanda Joey.

– Mais bien sûr qu'ils ont un DJ ! Il apporte sa hi-fi cet après-midi. »

Joey cogna sur la télécommande et une espèce de Superman se figea en tremblotant au milieu de l'écran. Puis les deux enfants se laissèrent glisser au bas du canapé et suivirent Rebecca au rez-de-chaussée. Les perles de Lateesha cliquetaient comme un boulier. (Décidément, toute la famille de Min Foo croulait sous les bijoux ! Surtout si l'on comptait la montre de Joey, une chose en caoutchouc noir multifonctions dont le cadran était deux fois plus gros que son poignet.)

« Biddy s'occupe du repas, expliqua Rebecca, et j'ai essayé de les persuader de faire appel à NoNo pour les fleurs, mais ils ont dit qu'ils s'adressaient toujours à Binstock.

– Des riches, fit Joey.

– J'imagine, oui. »

Ils étaient à présent dans la cuisine. Rebecca commença à sortir des boîtes du placard à côté de l'évier.

« Regardez ce que j'ai acheté comme décorations, dit-elle aux enfants. Des petits diplômes en rouleau. C'est mignon, hein ? »

Mais Lateesha était plus attirée par une vieille guirlande d'ampoules électriques jaunissantes en forme de minuscules cloches nuptiales.

« Je veux ça, annonça-t-elle d'un ton ferme.

— Mais c'est que..., commença à objecter Rebecca, avant de se raviser.

— Et puis pourquoi pas, après tout ? On fera comme si c'était des cloches d'école. »

Elle brandit la guirlande par le cordon, qui était un de ces modèles couverts de tissu qu'on faisait autrefois, probablement pas très sûr.

« Elle était suspendue sur le dessus de la cheminée la première fois que je suis venue ici, dit-elle.

– Non, moi je veux qu'elle soit accrochée tout en haut.

– D'accord. »

Ils apportèrent les boîtes dans le premier salon et Rebecca alla chercher l'escabeau. Quand elle revint, Joey jouait le thème des *Dents de la mer* au piano en tapant comme un forcené.

« Tiens, lui dit-elle en dépliant l'escabeau. Grimpe là-haut et suspend la guirlande aux crochets qui bordent les moulures. »

Puis elle chargea Lateesha de disposer les diplômes miniatures et déplia une nappe tissée à la main qu'elle étala sur le piano pour dissimuler toutes les taches et les traces de verre.

« La première fois que je suis entrée dans cette pièce, dit-elle aux enfants, les cloches étaient accrochées sur le dessus de la cheminée, et au plafond, des serpentins de papier crépon blanc noués au lustre faisaient comme un effet de pagode, une sorte de coupole. C'était la réception de fiançailles d'Amy, mon ancienne camarade de chambre, et sa famille avait mis les petits plats dans les grands. J'étais venue seule – j'avais un petit ami, mais ce soir-là, il était pris –, et quand je suis entrée, j'ai bien failli faire demi-tour et ressortir aussitôt. Vous avez vu comme ça peut être chic, ici, quand on camoufle les coins les moins reluisants. Il y avait des fleurs partout, des lilas blancs et mauves, une telle profusion de fleurs que, dans toute la maison, il flottait comme une nappe de ce parfum lourd de boules antimites que dégagent les lilas. Je n'en revenais pas ! Et je ne connaissais personne ; juste Amy. Elle était entrée à la fac de Goucher, après notre première année à Macadam, et elle avait invité tout un tas d'amies de Goucher que je n'avais jamais vues de ma vie. J'étais plantée là, bouche bée, et Amy ne m'avait pas remarquée parce qu'elle n'arrêtait pas de pérorer sur sa bague de fiançailles – elle aurait préféré du platine, mais son fiancé avait opté pour de l'or sous prétexte que la bague de sa mère... Et soudain, je me suis rendu compte qu'ils passaient “Band of Gold”, une sombre histoire de jeune mariée délaissée qui pleure sur son alliance en or. J'ai trouvé que c'était vraiment de circonstance, et je me suis tournée vers le disc-jockey, qui se trouvait être Zeb, mais ça, évidemment, je n'en savais rien, à l'époque. Ce n'était qu'un adolescent assis derrière sa hi-fi qui me regardait droit dans les yeux en souriant jusqu'aux oreilles, comme si on partageait un secret. Il avait choisi cette chanson exprès ! Ça m'a fait rire. Et c'est là, pile au moment où je riais, qu'un homme s'est approché de moi et m'a dit : “Vous vous amusez bien, à ce que je vois”, et c'était votre grand-père. »

Cela lui faisait un drôle d'effet de parler de Joe comme d'un grand-père. Il n'avait pas même quarante ans quand il était mort. Aux yeux de Rebecca, il restait éternellement jeune et beau, et quand elle essayait de l'imaginer plus âgé, elle ne pouvait qu'essayer de deviner en regardant l'allure qu'avait prise Zeb en vieillissant : les larges épaules osseuses d'épouvantail, désormais voûtées, la tignasse de cheveux noirs mi-longs striés d'épaisses mèches grises. Mais Zeb n'avait ni l'exubérance ni l'élégance de Joe. Il avait toujours été, comment dire... plus pataud.

Elle souleva le dessus du tabouret de piano et fouilla parmi les partitions rangées à l'intérieur. Même dans ces soirées de jeunes, il y en avait presque toujours un dans la famille qui finissait par accompagner les autres en jouant des airs. Des chansons des années cinquante, du swing... Elle posa un recueil de folk sur le pupitre. Elle avait remarqué que les années soixante étaient de nouveau en vogue.

« Je parie que vous n'avez jamais entendu "Band of Gold", vous deux », dit-elle aux enfants.

Du haut de l'escabeau, Joey fit non de la tête. Lateesha se contenta de poser un autre diplôme sur la table basse.

« Vous ne ratez pas grand-chose, dit Rebecca. C'était une chanson simplette, à l'époque, elle était déjà passée de mode. Avec ces chœurs idiots par-derrière, *baba, bababa...* J'étais donc là en train de rire, et votre grand-père me dit : "Je m'appelle Joe Davitch ; cette maison appartient à ma famille, et l'individu qui flirte aussi outrageusement avec vous est mon petit frère, Zeb." Du coup, me voilà obligée de lui dire comment je m'appelais, moi – tout en me demandant ce qu'il faisait planté là au lieu de circuler parmi les autres invités ; il faut dire qu'à l'époque je ne pouvais pas me douter que d'habitude, les Davitch abandonnaient les réceptions à leur sort. Il m'a demandé : "Puis-je vous apporter une coupe de champagne ?", et moi je lui ai répondu : "Non merci, je ne bois pas" – à l'époque, je vous assure, je ne buvais pas une goutte –, alors il m'a dit : "Eh bien, essayons de vous trouver du ginger ale. Venez avec moi", et il m'a prise par le bras pour m'emmener dans la salle à manger. Et à l'instant précis où nous sommes entrés, une dame est sortie en trombe du couloir de la cuisine. Maman Davitch, c'est-à-dire... votre... arrière-grand-mère. Seigneur ! Elle portait un jambon dressé sur un plat, et elle a dû être surprise de nous voir, parce qu'elle a fait "Oh !" et elle a pilé net, tandis que le jambon continuait sans elle. Il a glissé du plat pour atterrir juste à mes pieds. Il y en avait partout ! »

Cet épisode parut intéresser les enfants bien plus que la rencontre de leurs grands-parents. Ils s'interrompirent tous deux dans leur tâche pour dévisager Rebecca.

« La pauvre femme a éclaté en sanglots, dit-elle en exagérant un tant soit peu afin de conserver leur attention. (En réalité, maman Davitch, fidèle à elle-même, s'était contentée de laisser perler quelques gouttelettes de larmes, tremblante, le visage décomposé.) Je ne savais pas quoi faire. Je n'étais qu'une grande godiche ! Et je me faisais un sang d'encre pour mes chaussures : des escarpins bleu ciel que j'avais teints pour les assortir à ma robe. Ils étaient couverts d'une espèce d'immonde graisse rose. J'ai dit : "Puis-je avoir un linge humide ?" Maman Davitch n'a pas compris et, toute ragaillardie, elle m'a dit : "Oh, ne vous en faites pas pour ça ; Joe va s'en occuper. Mais je veux bien que vous m'aidiez pour les autres plats." Et ce n'était pas le seul malentendu, parce qu'en m'emmenant dans la cuisine, elle n'a pas arrêté de répéter en long et en large qu'elle regrettait de ne pas avoir su plus tôt que je venais, qu'au dîner, ce soir-là, il n'y avait que des restes, mais que j'étais tout à fait la bienvenue ; ça l'inquiétait beaucoup que Joe ne ramène jamais de petite amie chez eux. J'ai commencé par dire : "Euh, c'est que je ne suis pas...", mais ça n'a rien changé ; elle s'était déjà mis cette idée en tête. Imaginez un peu ce que je ressentais ! On est arrivées dans la cuisine et j'ai vu Biddy qui essayait de remuer une salade, perchée sur un tabouret. Elle devait avoir dans les cinq ans. Oui, cinq ans, bien trop petite pour s'en sortir. Il y avait plus de salade par terre que dans le saladier. Maman Davitch a dit : "Vous connaissez l'aînée de Joe ?" J'ai dit : "L'aînée ? Sa fille... aînée ?" Parce qu'au fond, je devais déjà être attirée par lui. Oh, il est marié, je me suis dit. Mais maman Davitch a tiré ça au clair en un rien de temps. Elle m'a raconté comment la femme de Joe s'était enfuie pour chercher fortune en laissant ses trois enfants à sa garde à elle, maman Davitch. En les lui collant sur les bras, c'est la formule qu'elle a employée. Devant Biddy. "Elle m'a collé toute sa petite équipe sur les bras et s'est enfuie à New York." Mais vous connaissez Biddy. D'un ton parfaitement flegmatique, elle a déclaré : "Maman va devenir une célèbre chanteuse de boîte de nuit." Et maman Davitch a répondu : "Enfin, c'est ce que certains veulent nous faire croire", en me regardant d'un air entendu, mais Biddy a dit : "Elle a une belle robe avec des bretelles en diamants. – En strass", a dit maman Davitch, mais Biddy a répété : "En diamants." »

Lateesha arrêta de fignoler le nœud d'un diplôme pour demander à Rebecca :

« Des vrais diamants ?

– D'après Biddy, oui. »

Lateesha (qui n'était pas beaucoup plus jeune que Biddy à l'époque, quand on y songeait) poussa un soupir satisfait.

« Pendant ce temps-là, poursuivit Rebecca, votre grand-père faisait la navette avec de l'eau chaude et des chiffons pour nettoyer le salon. Et puis il s'est accroupi à mes pieds pour essuyer mes escarpins, là, comme ça, tandis que j'aidais Biddy à remuer la salade. »

Elle se disait souvent que, des cinq sens, le toucher était le plus inoubliable. Après toutes ces années, elle sentait encore la chaleur du linge humide qui lui trempait les orteils et la main sûre et vigoureuse de Joe tamponnant ses chaussures, comme une chatte nettoyant méticuleusement ses petits, avait-elle pensé sur l'instant. Et elle se souvenait de la tiédeur de ses doigts sur sa peau nue, quand, après avoir terminé, il avait saisi son bras juste au-dessus du coude avec fermeté pour l'entraîner hors de la cuisine. « Où est-ce que tu l'emmènes ? » s'était écriée maman Davitch, paniquée. (Il faut dire que la cuisine était un véritable champ de bataille et que, jusque-là, le jambon était le seul plat qui était parvenu à atteindre la salle à manger.) Mais Joe lui avait lancé par-dessus son épaule : « Ne t'inquiète pas, nous la reverrons. » Alors même qu'elle s'interrogeait sur le sens de ces mots, Rebecca avait été soudain envahie par un élan d'euphorie.

« Nous vous reverrons, n'est-ce pas ? lui avait-il demandé en entrant dans le salon du fond. Vous êtes dans l'annuaire de Baltimore ?

– Oh, je n'habite pas à Baltimore ; j'habite à Macadam, lui dit-elle. Je suis étudiante à Macadam College. »

Elle parlait en regardant ailleurs, s'efforçant de donner l'impression qu'elle lui confiait cette information sans raison précise. Elle observait les invités de ce qui lui semblait être une distance considérable, frappée de voir Amy se conduire de manière aussi volage et ses amies glousser avec une telle immaturité. (Joe Davitch devait bien avoir une petite trentaine d'années, supposait-elle.) Le fiancé – le genre fort en gueule, typique des confréries d'étudiants – passait en revue les divers lieux où il pouvait enterrer sa vie de garçon. Paul Anka chantait *Diana* sur la hi-fi, et le DJ lança à Rebecca un grand sourire en inclinant la tête d'un air entendu, sans qu'elle sache pourquoi.

« Je vais souvent du côté de Macadam, lui dit Joe. Je pourrais peut-être passer vous voir. »

Elle glissa son regard vers le sien.

« Quoi qu'il en soit, amusez-vous bien. Au revoir, Rebecca », lui dit-il.

Puis il se retourna et regagna la cuisine.

Rebecca resta sur place une minute, aussi seule qu'à son arrivée, mais à une énorme différence près. Elle avait l'impression que sa couronne de tresses dorées, sa robe bleue et même ses escarpins éclaboussés étaient d'une séduction irrésistible. Elle considérait les autres invités d'une certaine hauteur ; d'une position de... pouvoir, aurait-elle presque pu dire.

« En un sens, c'était un coup de foudre, dit-elle aux enfants.

– Beuh..., fit Joe, mais Lateesha écarquilla les yeux d'un air exalté.

– Moi aussi, j'aurai un coup de foudre, déclara-t-elle à Rebecca.

– Mais je l'espère, mon petit cœur. »

Min Foo rentra si tard de chez le médecin que Rebecca fit déjeuner les enfants – des tartines à la confiture de fraise et au fromage à tartiner. Poppy descendit manger avec eux, mais il passa les trois quarts du repas à avertir les enfants de ce qui les attendait quand ils seraient vieux.

« Vous sortez du lit le matin, et impossible de plier les chevilles, dit-il. Vous savez quel effet ça fait ? Essayez, un jour. Essayez un peu de marcher sans plier les chevilles. Quand je vais à la salle de bains, on dirait le monstre de Frankenstein. Je ne peux pas pisser. Pisser, quoi de plus simple, pourtant, ça devrait aller de soi. Et quand ça finit par marcher, c'est à peine si je réussis à faire trois petites gouttelettes...

– Beurk, c'est dégoûtant ! » s'écria Lateesha en faisant la grimace.

Poppy l'ignora.

« Et puis s'habiller ! Les chaussettes ! Les chaussures ! Pour enfiler mes chaussures, c'est toute une technique. Et c'est Beck qui doit me nouer mes lacets. J'ai l'impression d'avoir deux ans. "Dis, maman, tu peux me nouer mes lacets, s'il te plaît ?" »

La porte d'entrée claqua contre celle du vestiaire et Min Foo lança :

« Il y a quelqu'un ?

– On est dans la cuisine », répondit Rebecca.

Min Foo parcourut le couloir dans un bruit de froufrou et de cliquetis.

« Salut tout le monde. Oh, vous êtes en train de manger. »

Elle dégageait une odeur d'antiseptique et de salle d'attente tapissée de papier vinyle.

« Comment s'est passé ton check-up ? lui demanda Rebecca.

– Le docteur Fieldings me trouve trop grosse.

– Je suis sûre qu'il n'a pas dit ça dans ce sens-là, protesta Rebecca. Tu veux une tartine ?

– Maman ! je te dis que je suis trop grosse et tu me proposes de manger ! Finissez, les enfants ; vous êtes en retard pour aller jouer avec vos petits camarades.

– Je peux te servir un verre de lait ? Enfin, écrémé, lui offrit Rebecca.

– Non merci. Il vaut mieux qu'on y aille.

– Essayez un peu de conduire une voiture quand vous ne pouvez pas plier les chevilles, intervint soudain Poppy.

– Vous dites, Poppy ? »

Min Foo se tourna vers Rebecca.

« J'ai repensé à ton rêve, dit-elle.

– Mon rêve », répéta Rebecca.

Dans l'agitation du déjeuner, son rêve avait commencé à s'estomper. Il lui revint alors, mais cette fois, l'adolescent était plus lointain, comme *autre*, en quelque sorte.

« Et alors ? demanda-t-elle à Min Foo.

– Si tu as rêvé que tu avais un fils, et non des filles, et si ce fils était blond, et non brun... »

Min Foo escortait les enfants vers l'entrée, obligeant Rebecca à suivre sur ses talons.

« À mon avis, c'est que tu devais rêver de ce que serait ta vie si tu avais emprunté une autre route. Tu vois ? Si tu avais décidé de mener une autre vie que celle que tu vis aujourd'hui. »

Rebecca fut si frappée par la justesse de ce qui subitement lui apparaissait comme une évidence qu'elle s'arrêta net. Ses filles la surprenaient tellement, parfois !

« En tout cas, disait Min Foo, merci d'avoir gardé les enfants. Allez, les petits, dites au revoir à mamie.

– Attends ! » lui lança Rebecca, mais sur ce, le téléphone sonna, et elle dut retourner à la cuisine.

Poppy, qui ne répondait jamais au téléphone, même lorsqu'il était juste à côté, lui jeta un œil par-dessus sa cuillère de confiture de fraise. Rebecca le foudroya du regard et décrocha.

« Allô, fit-elle.

– Mrs. Davitch ?

– Oui.

– Je suis la mère de Katie Border. La fête du baccalauréat.

– Ah oui.

– Eh bien voilà, notre fille n'a pas eu son baccalauréat.

– Elle n'a pas eu son baccalauréat !

– Incroyable, non ? Cette petite canaille ne nous a rien dit. Et si le lycée nous a envoyé un avis, elle a dû l'intercepter. Alors ce matin, je sortais sa robe pour la suspendre – la cérémonie était prévue à trois heures, son père s'était arrangé pour rentrer de bonne heure, tous ses grands-parents étaient arrivés par avion pendant le week-end –, et voilà qu'elle m'annonce : "Au fait, je t'ai dit ? Je me suis fait coller en chimie." D'abord, je n'ai pas saisi. C'est-à-dire, je n'ai pas compris que si elle était collée en chimie, ça l'empêchait d'avoir son bac. "Bravo, Katie, je lui ai dit. Et si tu as besoin de t'y connaître en chimie, plus tard ? Mettons, je ne sais pas moi, que tu doives acheter de l'engrais pour les roses, ou je ne sais pas moi ?" Et avec un culot incroyable, elle me répond... »

Rebecca entreprit de calculer ses pertes en silence. L'organisation, les décorations, l'acompte versé au disc-jockey et au barman. Alice Farmer, la femme de ménage, exigerait d'être intégralement payée malgré tout, quoique le serveur (Dixon, le fils de Biddy) fût peut-être plus indulgent. Les

Border devraient renoncer à leurs arrhes, mais cela ne couvrirait pas tout. Et Biddy piquerait une crise. Les trois quarts de ce qu'elle avait préparé ne se conservait pas, et ne pouvait pas même être congelé. Sans parler de tout le travail que cela lui avait demandé et du temps passé à composer un menu.

« C'est une chance que vous ayez déjà organisé cette réception, vous ne trouvez pas ? dit Rebecca à Mrs. Border. C'est une sorte de message, non ?

– "Maman...", elle me répond. Un message ?

– Alors que votre fille doit être si démoralisée, si découragée, voilà que vous lui offrez cette magnifique fête pour lui montrer à quel point vous l'aimez.

– Oh, Mrs. Davitch, j'imagine mal...

– Et un message pour vos amis, aussi. Comme une sorte de manifeste.

– Mes amis ! Je ne sais pas comment je vais pouvoir le leur annoncer. Ils vont tellement me plaindre. Mais dès que j'aurai le dos tourné, ils se diront...

– Mrs. Border, n'avez-vous jamais songé à l'extraordinaire fonction des fêtes ? Réfléchissez ! Au moment même où, normalement, votre fille et vous ne vous adresseriez pas la parole, alors que vous savez combien elle doit éprouver un sentiment de honte face à tout le monde, et que tout le monde, justement, ne sait pas quoi vous dire à vous, eh bien, vous vous retrouvez tous réunis pour une gigantesque fête. Tout le monde est forcé de s'embrasser, de boire à la santé de ceux qui ont eu leur bac, et de proclamer que l'essentiel est que vous vous aimiez. C'est un peu comme ce que les scientifiques ont découvert il y a quelques années ; vous vous souvenez ? Ils ont découvert que si on se force à sourire, les muscles du sourire déclenchent une réaction dans le cerveau, et on finit par se sentir heureux et détendu, exactement comme on essayait de le paraître. Vous vous souvenez ?

– C'est que...

– Imaginez un peu si vous n'aviez pas pris la précaution

d'organiser cette fête ! Parce que voyez-vous, à cette époque de l'année, tout est réservé depuis des mois et des mois. Si vous aviez appelé en disant : "Auriez-vous un soir de libre cette semaine pour que nous donnions une petite fête pour notre fille ? Elle se... sous-estime tellement, en ce moment – oui, c'est le mot, elle se *sous-estime* – et nous voulons lui montrer que nous l'aimons." Je me serais vue dans l'obligation de vous dire : "Désolée, Mrs. Border"...

– Et c'est vrai que ça ne va pas être facile de décommander nos invités, intervint Mrs. Border. Si encore j'avais l'espoir de tomber sur leur répondeur, je me mettrais à appeler dès maintenant, mais avec cette manie qu'ont les gens de décrocher précisément quand vous n'avez aucune envie de leur parler. Je serais obligée de trouver toutes sortes d'excuses alambiquées.

– Oh la la ! Ce serait si pénible ! renchérit Rebecca.

– J'ai bien pensé à mettre un mot sur votre porte, disant que la réception était repoussée à plus tard en raison d'un imprévu. Lâchement, je l'avoue, mais...

– Et ce serait un tel gâchis, aussi ! s'écria Rebecca. Gaspiller cette occasion unique de forger un souvenir qui subsistera bien longtemps après que votre fille aura passé ses examens de chimie, décroché son bac, intégré l'université, et que vous aurez tout oublié de ce petit échec provisoire. »

Elle s'interrompit pour reprendre son souffle, et Mrs. Border déclara :

« J'imagine que nous devons ne pas perdre de vue l'essentiel.

– Absolument », répondit Rebecca.

Elle redressa les épaules.

« Au fait, je comptais justement vous appeler à propos d'un petit détail : à quelle heure Binstock doivent-ils apporter les fleurs ?

– Ils les ont promises pour trois heures, mais du coup, je ne sais pas si...

– Trois heures, c'est parfait, répondit Rebecca sans sourciller. Je m'arrangerai pour être là. À ce soir, Mrs. Border.

– C'est que... bon... euh, c'est ça, oui », balbutia celle-ci.

Rebecca raccrocha et se laissa tomber sur une chaise.

« Chapeau, Beck, dit Poppy en écartant le pot de confiture.

– Je suis épuisée », lui confia-t-elle.

Et puis... autre chose aussi, comment dire... Elle se sentait fautive. Elle n'était qu'une hypocrite.

Et cependant, quand Poppy lui dit : « C'est l'heure de ma sieste, non ? », elle se surprit une fois de plus à endosser son rôle d'hôtesse.

« Absolument ! lui répondit-elle d'un ton plein de vigueur et d'entrain. Regardez la pendule ! Je vais vous aider à monter dans votre chambre. »

Et elle se leva pour reculer sa chaise.

Ces derniers temps, il était aussi léger qu'un brin de laiteron. Il se pencha vers elle, le souffle ténu, saccadé, et, de sa main libre, s'agrippa à sa canne tout en prenant appui sur elle.

« Sans compter les douleurs », annonça-t-il quand ils furent au bas de l'escalier. Son haleine sentait la fraise.

« À tout moment, si vous faites l'inventaire, vous êtes forcé de reconnaître que vous avez mal au dos, mal aux épaules, les genoux raides, le torticolis...

– La morale de l'histoire, c'est qu'il vaut mieux faire une croix sur les inventaires, lui dit Rebecca. Évitez de vous attarder là-dessus. Pensez à autre chose.

– Facile à dire. Vous n'avez que la quarantaine.

– La quarantaine ! J'ai cinquante-trois ans, protesta-t-elle.

– Ah bon ? »

Elle l'aida à gravir une autre marche.

« Comment est-ce arrivé si vite ? » demanda-t-il.

Rebecca se mit à rire.

Après l'avoir déposé dans sa chambre, elle alla dans le séjour, de l'autre côté du couloir. Superman s'était lassé d'être sur « pause » et la publicité avait réinvesti l'écran – une dame qui se demandait pourquoi son parquet était si terne. Rebecca éteignit le poste et s'installa devant le petit secrétaire pour remplir des chèques. Les laveurs de carreaux, le gaz et l'électricité, l'artisan qui avait réparé la véranda...

Peu à peu, sa plume ralentit. Elle mit de plus en plus de temps à prendre chaque facture, jusqu'au moment où elle finit par s'interrompre pour rester là, le regard perdu dans le vide.

« Vous vous amusez bien, à ce que je vois », avait dit Joe Davitch.

Sa toute première remarque.

C'est étrange comment certains moments, ici et là, certains tournants de la vie contiennent en gestation les germes recroquevillés de tout ce qui va suivre. « Vous vous amusez bien, à ce que je vois » : Joe ne devait jamais se défaire de cette vision de Rebecca, ni de l'inébranlable conviction que chez elle, le sens de la fête était inné. Et écoutez-la un peu : « Oui ! Merci ! » lui avait-elle répondu. Ou autre chose du même genre. D'une voix forte et énergique afin de couvrir la musique. Et de ce jour, semble-t-il, elle n'avait fait que confirmer l'opinion de Joe, elle qui était tout le contraire, silencieuse et renfermée, plongée dans ses études, fille unique d'une veuve de la petite bourgade de Church Valley en Virginie, et destinée à se fiancer avec son petit ami du lycée.

Elle avait bifurqué pour emprunter une tout autre route. (Pour reprendre l'expression de Min Foo.) L'espace d'un bref instant de nostalgie, Rebecca songea à faire demi-tour et rebrousser chemin jusqu'à ce premier embranchement. Church Valley existait toujours, après tout. Sa mère était encore en vie. Quoique depuis le temps, le petit ami en question avait bien dû trouver quelqu'un d'autre à épouser. Elle s'imagina revenir vêtue de la robe qu'elle portait à cette soirée-là – bleu ciel, décolletée, à manches courtes – et chaussée des escarpins de la même couleur où l'on devinait encore les traces de graisse de jambon. Avec, à son bras, le sac en cuir plein d'esprit (ou du moins était-ce ce qu'elle pensait à l'époque) en forme de gamelle d'ouvrier.

« Youhou-ou ! » lança Biddy, et le fracas des plateaux de traiteur succéda au claquement de la porte. Puis Binstock arriva avec les fleurs, une dame téléphona pour organiser un cocktail de bureau, et le plâtrier débarqua pour réparer le trou du plafond de la salle à manger.

Bref, la vie suivait son cours.

Rebecca étala une nappe éclatante sur la table de la salle à manger et disposa un des bouquets de Binstock au centre. « C'est joli », dit le plâtrier en jetant un œil du haut de son échelle. Il avait promis juré de ne pas faire de saletés, mais, déjà, Rebecca voyait des mouchetures blanches sur le tapis.

« Rick... », dit-elle, mais il l'interrompit aussitôt :

« Je sais ! Je sais ! Je vais aspirer tout ça, faites-moi confiance. »

C'est tout de même regrettable que votre plâtrier fasse à ce point partie du mobilier qu'il sache ce que vous vous apprêtez à dire avant même que vous n'ouvriez la bouche.

Biddy essayait de faire entrer ses plateaux dans le réfrigérateur.

« C'est quoi, tout ça ? demanda-t-elle à Rebecca. On dirait que tu vas ravitailler toute l'Armée rouge.

– C'est les restes du pique-nique. »

Pour faire la cuisine, Biddy enfilait toujours une tenue de chirurgien – une tunique et un ample pantalon verts qui dissimulaient sa maigreur. Sa queue de cheval était roulée dans un filet, par mesure d'hygiène.

« Peux-tu aller me chercher le plat pour le gâteau ? Celui en verre, avec le pied, lui demanda-t-elle.

– Aïe, j'espère que tu n'as rien écrit sur le gâteau.

– *Félicitations, Katie*, c'est tout.

– C'est que Katie s'est fait coller en chimie. »

Biddy ferma la porte du réfrigérateur et lança un regard à Rebecca.

« On ne pourrait pas ôter le *Félicitations* ? Et ne laisser que *Katie* ? demanda celle-ci.

– Sans que ça se voie, non.

– Enfin, au moins, ils n'ont pas annulé, reprit Rebecca en prenant le plat à gâteau sur une étagère en hauteur. J'ai dû les embobiner, comme tu peux l'imaginer. Où est le gâteau ?

– Dans la boîte, là-bas, à côté de la cuisinière. »

C'était une vieille boîte de métal blanc rouillé qui avait appartenu à maman Davitch. Rebecca souleva le couvercle et jeta un œil à l'intérieur.

« On pourrait peut-être le cacher en ajoutant une autre couche de chocolat, dit-elle.

– Je n'ai pas de chocolat. Tu en as, toi ?

– J'ai du beurre de cacahuète. »

Mais elle n'obtint pour toute réponse qu'un autre regard.

Parfois, Rebecca se demandait ce que Biddy pensait au juste d'elle. Ce que ses belles-filles en général pensaient d'elle, à dire vrai. Naturellement, il y avait bien eu quelques scènes style tu-n'es-pas-ma-mère, au tout début. (« Espèce de conne ! lui avait un jour hurlé Patch. Espèce de grosse conne, de vieux sac à patates ! Attends un peu que ma maman revienne ! ») Mais à présent, toutes les trois se montraient cordiales, et même affectueuses, quoique un peu bourrues. Quand, à l'âge de vingt ans, Biddy s'était retrouvée dans une situation dramatique après avoir perdu son fiancé victime d'une crise d'asthme, pour s'apercevoir deux jours plus tard qu'elle était enceinte, c'est auprès de Rebecca, et non de sa mère, qu'elle avait couru se réfugier. Elle avait tout raconté à Rebecca et lui avait demandé conseil. Sans pour autant l'écouter, cependant. Non seulement elle avait décidé de garder le bébé, mais la semaine suivante, elle était revenue discuter de l'éventualité d'emménager avec le frère homosexuel de son fiancé, et n'avait pas davantage tenu compte de son avis. « Tu vas *quoi* ?

s'était étonnée Rebecca. Enfin, Biddy, c'est adorable de la part de Troy de te proposer ça, mais je t'en prie, réfléchis-y. Ce ne serait pas juste, ni pour l'un ni pour l'autre. Un de ces jours, tu auras envie de rencontrer quelqu'un d'autre, même si tu ne peux pas l'envisager aujourd'hui, et ce ne sera pas facile si tu vis déjà sous le toit d'un homme. Et tu sais bien que Troy finira par se trouver quelqu'un. C'est une erreur, crois-moi ! »

Biddy ne l'avait pas crue. Elle s'était empressée d'emménager avec Troy.

Bon, soit. Rebecca ignorait tout de leurs arrangements, mais le fait est qu'à les voir, ils semblaient former un couple parfaitement heureux. Et Dixon n'aurait pas pu rêver d'un meilleur père.

Mais Biddy aurait tout de même pu prendre ce que lui disait Rebecca en considération, non ? Ou du moins faire semblant, ne serait-ce qu'une minute ?

On sonna à la porte et Rebecca alla ouvrir. Sur le seuil se tenait une femme d'une quarantaine d'années, menue, élégante, vêtue d'un tailleur pantalon de couturier beige et de minuscules bottines.

« Mrs. Davitch ?

– Oui.

– Je suis Susan Arnette. Je viens voir votre traiteur.

– Ah oui », fit Rebecca.

Elle avait oublié qu'elle avait fixé ce rendez-vous.

« Entrez, je vous prie. »

Elle prit soudain conscience de sa tenue. De ses vêtements trop larges, fripés, débraillés.

Tandis qu'elle conduisait Mrs. Arnette dans le salon du fond, celle-ci s'attardait en poussant des oh et des ah.

« Ces corniches ! Regardez un peu ces découpes !

– Oui, en fait, cette maison date de... à l'origine, elle appartenait à... », récita Rebecca pour la énième fois.

Une fois, juste une seule, elle aurait aimé répliquer :

« Et ces vitres qui tremblent ! Vous avez vu, un peu, cette moisissure ! »

Elle fit asseoir Mrs. Arnette sur le canapé et alla chercher Biddy, qui apportait le gâteau sur la table de la salle à manger. (Rick hasarda un « Mmm... miam ».) Biddy la suivit dans le salon en s'essuyant les mains sur le fond de son pantalon.

« Je te présente Mrs. Arnette, lui dit Rebecca. Elle aimerait discuter avec toi du menu pour le cinquantième anniversaire de mariage de ses parents. Mrs. Arnette, Biddy Davitch. »

Puis elle se retira par discrétion et retourna dans la salle à manger.

« Comment ça se passe ? » lança-t-elle à Rick de sa voix la plus enjouée, la plus sonore, afin de ne pas donner l'impression de suivre leur conversation.

Ce qu'elle faisait, bien évidemment. (Mrs. Arnette avait laissé entendre qu'elle demanderait peut-être à sa domestique de s'occuper du repas, aussi Biddy allait-elle devoir batailler.) Rick lui répondit :

« Oh, j'ai presque fini. »

Rebecca tira une chaise et s'assit pour le regarder travailler. Le spectacle de sa truelle qui balayait le plafond avait un côté satisfaisant. Il ne restait plus du trou qu'une plaque de blanc plus brillant. Sa tignasse aussi épaisse et laineuse qu'une toque d'astrakan était parsemée de poussière blanche, mais il avait réussi à limiter les dégâts à la bâche de protection.

« Vous avez vu ? lui dit-il. M. Propre en personne.

– Chapeau, Rick. »

Apparemment, Mrs. Arnette parlait à Biddy du mariage tumultueux de ses parents.

« En fait, c'est presque un miracle s'ils sont encore ensemble, disait-elle. Deux fois, si j'ai bonne mémoire, maman a plié bagage pour aller habiter chez sa sœur.

– Ont-ils des allergies ou des phobies particulières ? demanda Biddy.

– Quoi ? Des phobies ?

– Il arrive souvent que les plus âgés de mes clients aient horreur des épices, par exemple. »

Mrs. Arnette répondit :

« Non, pas que je... Une fois, maman est même partie deux ans, à l'époque où j'étais à la fac. Ce qui pourrait bien signifier qu'après tout, ce n'est pas leur cinquantième anniversaire, quand on y pense. À votre avis, ça compte tout de même pour cinquante ans ?

– Les mini-artichauts, par exemple, reprit Biddy. Je les sers avec une sauce au curry très relevée. »

C'est bien simple, Biddy se dissimulait à l'abri de la nourriture. Elle en était exaspérante. Toutefois, ce n'était pas le cas de Rick : une commère éhontée, comme les trois quarts des ouvriers, semble-t-il.

« Mais bien sûr, que ça compte, dit-il à Rebecca en essuyant sa truelle sur un chiffon. Vous vous souvenez, quand on s'est séparé pendant six mois, avec Diana, et qu'on s'est remis ensemble ? On a tout de même compté cette année-là comme une année de mariage normale. »

Il lança en direction du salon :

« C'est seulement si la séparation avait été décrétée par un juge que vous devriez retrancher ces deux années ! »

Il s'ensuivit un léger silence, puis Mrs. Arnette baissa la voix pour s'enquérir des prix.

Rebecca appela le couvreur, puis le réparateur d'appareils ménagers, puis l'employé de la désinsectisation. (Cette maison la tuerait.) Puis une dame appela pour se plaindre du buffet lors du cocktail d'affaires de son mari. Tout était si exotique, protesta-t-elle.

« Exotique, répéta Rebecca.

– C'était quasiment... végétarien !

– Je suis désolée, lui dit Rebecca, mais ma belle-fille s'efforce de suivre les dernières tendances en matière... »

Elle n'avait même pas besoin de réfléchir avant de parler. Elle était habituée depuis le début de son mariage à répondre au pied levé à des appels de ce genre, car les Davitch éprouvaient une méfiance légendaire à l'égard du téléphone. (Y compris Joe, à son grand étonnement – ce même Joe qui l'avait appelée avec une telle constance à l'époque où ils sortaient ensemble.) À chaque fois que le téléphone sonnait, ils se plongeaient dans d'interminables délibérations : « Qui ça peut bien être ? – Ce n'est pas pour moi. – En tout cas, moi je n'attends pas de coup de fil. – Vas-y, toi. – Non, c'est ton tour. » Il n'était pas rare que celui ou celle qui appelait raccrochât avant qu'ils ne se soient décidés à répondre. Ils redoutaient également de passer des coups de fil, et les remettaient indéfiniment à plus tard. Lundi, *Appeler le caviste*, annonçait le calendrier ; mardi, *Appeler le caviste* ; mercredi, *Appeler le caviste* ; jusqu'à ce que, le jeudi ou le vendredi, Rebecca intervienne – malgré son peu d'expérience de jeune mariée timide et dépourvue du moindre talent de gestionnaire – et finisse par l'appeler elle-même. Elle était devenue par défaut la spécialiste du téléphone. À présent, c'était un automatisme : « Inutile de vous dire que nous sommes très soucieux que nos clients soient satisfaits de... »

Elle raccrocha à l'instant où Poppy commençait à descendre l'escalier après sa sieste. Elle entendit sa canne et alla l'aider.

« Tenez, dit-il en la voyant, s'arrêtant pour fouiller dans sa poche. Attendez, attendez, je suis sûr de l'avoir mis... »

Il extirpa un nouveau carré de papier plié.

« Des tarifs de chambres », dit-il.

Rebecca crut tout d'abord qu'il lui suggérait de prendre un pensionnaire.

« Pour moi ? lui demanda-t-elle, perplexe.

– Pour que vous puissiez envoyer une liste d'hôtels avec les invitations.

– Euh...

– Les invitations pour mon anniversaire, Beck ! Mais où donc avez-vous la tête, en ce moment ?

– Ah oui. Votre anniversaire.

– Vous savez que mes cousins issus de germain voudront venir, Lucy à Chicago et Keith à Detroit. Et puis d'autres personnes, aussi ; il doit y avoir d'autres gens qui habitent ailleurs, leur nom me reviendra. Il n'y aura jamais assez de place pour tout le monde, ici.

– Vous avez téléphoné à tous ces hôtels vous-même ? » s'étonna Rebecca.

Elle avait déplié le bout de papier et examinait la liste – une colonne de noms et de numéros laborieusement recopiés avec un stylo bille capricieux.

« Quand avez-vous fait ça ? lui demanda-t-elle.

– Après ma sieste. Pouvons-nous faire notre promenade, maintenant ?

– Oui, bien sûr. »

Et elle replia le papier et le fourra dans sa poche, où il frotta contre la liste qu'il lui avait donnée le matin même.

Il avait fait si frais ce printemps-là que Poppy avait enfilé son gilet gris en V par habitude, mais Rebecca ne s'était pas embarrassée d'une veste. Elle avait suffisamment laissé pénétrer le monde extérieur ce jour-là pour savoir que le temps s'était réchauffé. Quand ils franchirent le seuil, elle dit à Poppy :

« Sentez-moi ça ! »

Il inclina la tête en arrière en fermant les paupières.

« Ah », fit-il.

Son visage était baigné d'un soleil de juin couleur de paille. Les jeunes arbres qui bordaient la rue étaient d'un vert éclatant, et Rebecca entendait quelques oiseaux, malgré le bruit de la circulation.

C'est curieux comme il pouvait être plus fatigant pour les muscles d'avancer lentement que de marcher d'un bon pas. Elle résista à la tentation de le faire remarquer à Poppy, cependant ; il aurait cru qu'elle se plaignait. Elle se contenta de commenter les alentours centimètre à centimètre, à mesure qu'ils se présentaient sous leurs yeux.

« Oh, quel dommage, ils ont condamné la maison au pignon bleu.

– Bientôt, Les Bras Ouverts sera la seule maison à ne pas être condamnée », répondit Poppy.

Il disait vrai : cette vieille rue paisible qui avait été autrefois une des plus chics de la ville prenait désormais des allures édentées. La maison d'à côté était devenue un centre de méditation dont le porche était pavoisé d'une bannière ornée d'un mandala. Au coin de la rue, des hôtels particuliers pleins de dignité arboraient des enseignes de garants, de chiromanciens et d'assurance automobile à bas prix. Une demeure agrémentée d'un imposant porche à colonnades était en cours de rénovation et, quand ils s'arrêtèrent devant par curiosité, ils trouvèrent un panneau annonçant l'arrivée d'un salon de body piercing.

« Ça ne s'inverse jamais, vous remarquerez, dit Poppy.

– Pardon ?

– À chaque nouveau changement, c'est de pire en pire.

– Oui.

– Évidemment, quand Joe a fondé Les Bras Ouverts, les gens n'étaient pas vraiment ravis. Ils prétendaient que ça dévalorisait le quartier.

– Mais il n'avait pas le choix ! protesta Rebecca. Il avait perdu son père ! Comment aurait-il pu faire vivre sa famille, autrement ?

– À l'origine, il avait l'intention d'en faire une pension de famille pour les touristes. Vous vous rappelez, les pensions de famille. Aujourd'hui, on appelle ça bed & breakfast et on trouve ça très chic, mais à l'époque, sa mère a piqué une crise. Elle a dit : “Je ne peux tout de même pas changer des draps d'inconnus ! Laisser n'importe qui dormir sous mon toit. Que diraient les voisins ?” Si je m'en souviens bien, Joe était allé acheter une vieille enseigne dans une espèce de brocante. HÔTEL COMPLET, c'était écrit. Avec le COMPLET amovible au cas où il y aurait une chambre de libre. Mais sa mère a dit : “Tant que je serai là, jamais !” C'est Zeb qui a eu l'idée d'organiser des réceptions, à la place. Là encore, ça allait plus ou moins à l'encontre des principes de Liddy. Mais elle a bien dû admettre que c'était tout de même préférable à l'Hôtel Complet. »

Rebecca sourit.

« C'est la première fois que j'entends cette histoire.

– Oh, mais vous ne savez pas tout, miss Beck. »

Elle lui prit le bras et ils poursuivirent leur promenade. Ils furent doublés par d'autres passants : un adolescent en rollers, deux filles traînant un petit chien aux airs de balai à franges, un couple entre deux âges chargé de sacs en plastique de provisions. Le couple resta juste devant eux ; ils ne se parlaient pas, mais il y avait une sorte de sollicitude, de bienveillance dans leur façon de marcher d'un même pas, en se frôlant légèrement les épaules.

Parfois, Rebecca était forcée de réprimer le sentiment que la vie avait été injuste avec elle.

Paraissant lire dans ses pensées, Poppy lui demanda :

« Ça vous arrive encore de penser à Joe ?

– Bien sûr que je pense à lui ! répondit-elle, presque offensée.

– Mais entendez-vous encore sa voix ? Le revoyez-vous subitement, tel qu'il était dans certains moments précis, comme s'il était encore là ? »

Elle lui serra le bras.

« Oui, ça m'arrive, dit-elle.

– Joycie me disait toujours "Sacré nom d'une pipe !" Vous vous rappelez ? Je l'entends encore, quelquefois, juste avant de m'endormir. "Oh, sacré nom d'une pipe !" de son ton râleur. Aussi clair que ça ! Incroyablement réel ! À croire qu'elle est dans la pièce. À chaque fois, j'ai le cœur qui se met à battre la chamade.

– Oui, je sais, dit Rebecca. »

Chez elle, c'était la main de Joe dans le creux de ses reins, quand il la guidait pour traverser la rue.

« Alors, je lui dis : "Joycie, si tu dois me transmettre un message de l'au-delà, tu n'aurais rien de plus utile à me dire que 'Sacré nom d'une pipe' ?" »

Rebecca se mit à rire, et ils rebroussèrent chemin au bout de la rue.

Patch passa avec la plus jeune de ses enfants – Meredith, sept ans – et lui demanda si elle pouvait la lui laisser pendant qu'elle allait assister à un match de base-ball avec Jeep.

« Mais bien sûr, répondit Rebecca. Elle pourra m'aider à préparer la réception. »

Elle devait s'égosiller, car le disc-jockey était arrivé et testait son matériel. Le parquet vibrait au rythme saccadé des basses. Patch dit :

« Elle n'a pas... », quelque chose, et Rebecca cria :

« Quoi ? Elle n'a pas quoi ?

– Elle n'a pas encore mangé ! répondit Patch d'une voix trop forte au milieu d'un silence soudain. Je ne sais pas comment, mais on n'a pas vu le temps passer.

– Ça ne fait rien. Nous non plus, lui dit Rebecca. Je la ferai dîner. »

Puis, de nouveau, la musique prit la relève, et Patch se contenta de lui dire au revoir d'un petit signe de la main.

Une fois de retour à la cuisine, Rebecca mit Meredith au travail en la chargeant d'écaler des œufs durs.

« On va manger là-haut, dans le petit salon, dit-elle. La réception de ce soir commence ultra tôt. »

Elle ôta prestement le film plastique d'un des plateaux traiteur et déroba trois sandwiches miniatures. Puis elle déplaça les autres pour cacher les trous. Pendant ce temps, Merrie arrachait de minuscules fragments de coquilles en se mordant la lèvre. Elle était juchée sur le tabouret, et Rebecca ne put s'empêcher de repenser à Biddy remuant la salade, il y avait si longtemps de cela. Quoique Merrie ne ressemblât nullement à Biddy. (C'était une copie conforme de Patch, toute en os et en muscles, moulée comme une saucisse dans son caleçon cycliste.) Mais le reste était identique : le tabouret de métal couleur crème avec ses marches de caoutchouc ondulé, l'évier ébréché plein de taches, les placards recouverts d'une telle quantité de couches de peinture que les portes ne fermaient jamais complètement.

« J'ai fait un rêve incroyablement bizarre, la nuit dernière, dit-elle à Merrie. (Mais pourquoi y pensait-elle soudain ?) J'ai rêvé que j'étais dans un train avec mon fils, qui était adolescent. »

Pour tout commentaire, Merrie se contenta de dire :

« On est allé en train. Moi, et puis Emmy, et maman. On est allé en train à Washington, la semaine dernière. Mais Danny est resté à la maison, parce qu'y avait que nous, les filles. »

Rebecca prit donc sa voix de grand-mère pour s'exclamer :

« Oh, comme c'est amusant ! Qu'est-ce que vous avez vu ? Raconte-moi tout ! »

Elle adorait ces enfants, tous sans exception. Ils lui avaient davantage apporté qu'elle ne l'aurait jamais imaginé. Mais parfois, elle était lasse de devoir prendre sa voix de grand-mère.

Elle disposa les assiettes et les couverts sur un plateau, servit trois verres de lait et empila des fruits dans une coupe, tout en écoutant Merrie lui raconter la saga de Washington. Au fond d'elle-même, cependant, son fils poursuivait son voyage. Il contemplait le paysage tandis qu'elle scrutait ses mains – ces mains curieusement familières avec leur pouce aux articulations découpées en carré, un doigt emmailloté dans un sparadrap rose.

Là-haut dans le séjour, Poppy regardait un jeu télévisé dans la pénombre. (Il avait horreur d'allumer les lumières inutilement.)

« C'est Napoléon, la réponse, espèce d'abruti ! marmonnait-il quand Rebecca entra. Mais on ne leur apprend plus rien, de nos jours ? »

Sans détacher le regard de l'écran, il abaissa le pied de son fauteuil de repos pour que Rebecca puisse déplier une table d'appoint devant lui.

« Tenez, regardez-moi ça. Maintenant, cette femme a six points d'avance, et il risque de tout perdre. »

La femme en question faisait des bonds, en applaudissant et en poussant des glapissements. Rebecca avait entendu dire que les jeux télévisés sélectionnaient leurs concurrents en fonction de leur enthousiasme. Un peu comme des pom-pom girls – selon les mêmes critères. La dame avait même une queue de cheval de pom-pom girl, qui jaillissait comme un geyser à chaque fois qu'elle sautait au plafond.

« Vous devriez participer à ce jeu, Beck, lui dit Poppy.

– Moi ?

– Vous avez exactement le profil. »

Rebecca se tourna pour le fixer, mais il avait le regard rivé sur l'écran et ne s'aperçut de rien.

Katie Border – Katie la non-bachelière – portait une robe blanche à trou-trous et une couronne de marguerites, tout comme si elle avait décroché son bac.

« Vous êtes ravissante ! » lui cria Rebecca pour couvrir la musique, mais Katie se contenta d'un « Hmm... ».

Rebecca suivit son regard qui se posa, naturellement, sur Dixon.

Les filles avaient sans cesse les yeux sur Dixon. Il avait dix-huit ans, un bon mètre quatre-vingts, les cheveux noirs, les yeux bruns, et affichait toujours une élégance désinvolte, même dans sa veste de serveur. Cependant, il semblait indifférent à ses conquêtes – en fait, il avait une petite amie de longue date au physique étonnamment ingrat – et ne répondait jamais aux filles qui papillonnaient autour de lui pendant les réceptions. Il était en train de poser un plateau de champignons farcis sur les paumes tendues de Merrie. Pendant que Katie se laissait entraîner vers lui, comme tirée par des ficelles, il surveillait la progression de Merrie à travers la foule. Elle semblait avoir un mal fou à garder l'équilibre, remarqua Rebecca. Mais, elle portait des talons hauts ! Comment diable... ? Et puis un long collier de perles en bois coloré, un collier appartenant à Rebecca, en fait, qui pendait dans les champignons. Rebecca étouffa un fou rire et se retourna pour saisir les dernières bribes de ce que lui disait Mr. Border.

« Les quoi ? demanda-t-elle. Ah, les corniches, oui... »

Merrie passa en titubant devant un couple âgé installé sur la causeuse, puis une dame en robe de brocart arborant un corsage modelé sur une armure, et enfin deux messieurs en complet veston, sans jamais leur offrir quoi que ce soit, bien que l'un de ces deux derniers parût sur le point d'attraper un champignon au vol. Elle atteignit son objectif – quatre adolescentes tout de blanc vêtues – et les contempla bouche bée, pâmée d'admiration, en tendant son plateau. Sur ces entrefaites, Dixon s'approcha et les filles se retournèrent vers lui dans un seul élan, séduites sur-le-champ.

« Des champignons farcis ? » demanda Merrie.

« Tenez, Harold prépare un fabuleux martini dry, dit Rebecca à Mr. Border. À moins que vous ne préfériez une boisson sans alcool... Oh, vous avez raison, l'alcool est tout à fait indiqué aujourd'hui ! Nous allons lui demander de vous servir un petit verre, qu'en dites-vous ? »

Une légère pression sur le coude de Mr. Border, un sourire preste en direction de Harold. Un mouvement de tête à l'adresse de Dixon : *Pourrais-tu arracher Merrie à ces filles et lui dire de circuler parmi les invités ?*

Si les réceptions étaient parfaites, la présence de Rebecca serait inutile. Les rafraîchissements couleraient à flots, les plateaux resteraient garnis comme par magie, les invités se mélangeraient aisément, personne ne serait tristement abandonné dans un coin. Rebecca pourrait alors se retirer à la cuisine ou s'éclipser un moment là-haut pour reposer ses pieds. Mais il n'y avait pas de réception parfaite. C'était là une chose qu'une grande timide aussi mal à l'aise en société que Rebecca savait d'instinct, bien que ces braves Davitch n'en eussent jamais rien soupçonné. Pas même Joe. (Avec cette façon qu'il avait eue de surgir à ses côtés pour lui déclarer, en se trompant du tout au tout : « Vous vous amusez bien, à ce que je vois. »)

Aux yeux des Davitch, Les Bras Ouverts avait été créé dans le but de pourvoir un espace, éventuellement assorti de vivres et de rafraîchissements si le client avait la malencontreuse idée de ne pas faire appel à un traiteur en ville. Ce qu'ils n'avaient pas compris, c'est qu'il importait tout autant, sinon davantage, de mettre discrètement de l'huile dans les rouages, pour ainsi dire : indiquer la buvette à un invité, en détourner un autre, trouver une chaise pour une tante âgée, lui garnir son assiette ou lui apporter son gilet, calmer un enfant surexcité, signaler au disc-jockey de baisser le volume, faire taire l'assistance au moment des toasts, intervenir pour rompre un silence pesant. Car le fait est que le travail de Rebecca était dans une large mesure lié au bruit. Du bruit, il n'en fallait ni trop ni trop peu, et elle avait souvent l'impression que sa principale fonction était de maintenir le niveau sonore des réceptions au ton spirituel et enlevé des bavardages de salon, quand bien même cela l'obligeait à s'y livrer elle-même.

Prenez donc un petit four ! Mais comment pouvez-vous dire une chose pareille ? Et vous n'avez que la peau sur les os ! Mais bien sûr, suivez-moi, c'est par là. La lumière est sur votre droite, juste à l'entrée... Je vous en ressers un peu ? Bien, approchez-vous tous ! On me dit que nous avons un véritable musicien parmi nous ! Un Schweppes light ? Mais certainement ! Je vais vous en chercher tout de suite dans le... Mais à qui est cette petite fille ? Tu as une bien jolie robe, dis-moi ! Bienvenue ! Bon anniversaire ! Félicitations ! Meilleurs vœux !

Vous vous amusez bien, à ce que je vois.

« Je pense partir en voyage », annonça-t-elle à Zeb au téléphone.

Souvent, une fois couchés, ils passaient l'un et l'autre leur journée respective en revue – leurs modestes victoires et leurs petits agacements. C'était pitoyable, elle le savait bien. La plupart des gens avaient un mari ou une femme à qui casser les pieds avec toutes ces bêtises. Mais Rebecca n'avait qu'un jeune beau-frère – quoique « jeune » ne fût sans doute pas le terme approprié pour ce célibataire entre deux âges, médecin de son état.

Ce soir-là, la réception avait été un tel succès qu'elle n'avait pas eu le cœur de l'interrompre à l'heure convenue. À présent, elle craignait qu'il soit trop tard pour appeler Zeb, mais il la rassura et lui dit qu'il était en train de lire.

« Un voyage te ferait le plus grand bien. Une vraie détente. Une croisière, peut-être, lui suggéra-t-il.

– Je ne pensais pas à ce genre de voyage. J'avais juste l'intention d'aller voir ma mère. Deux jours, c'est tout. Tu serais d'accord pour venir passer la nuit ici avec Poppy, un de ces jours ?

– Mais bien sûr, quand tu veux. Ta mère se porte bien, j'espère ?

– Très bien, oui, répondit Rebecca. Mais j'avais juste envie de faire un petit tour chez moi, en reconnaissance, disons. Retrouver mes racines. »

Elle eut un petit rire.

« Zeb, poursuivit-elle, est-ce que ça t'arrive de te dire que tu as complètement changé ? »

Sans doute pas (il vivait dans la ville où il était né, exerçait le métier qu'il avait toujours voulu faire), mais il réfléchit néanmoins sérieusement à la question.

« Hmm, fit-il. C'est que...

– Regarde, moi par exemple ! Je suis organisatrice professionnelle de soirées ! Je ne lis plus jamais, je ne discute plus de sujets importants, je n'ai plus aucune activité culturelle. Je n'ai même pas d'amis.

– Tu as des amis, répondit Zeb. Il y a moi, et puis les filles.

– C'est ma famille. À part vous, je ne connais que des ouvriers.

– On peut avoir des amis qui font partie de sa famille. On peut aussi avoir des amis ouvriers.

– Mais que sont devenus tous ceux que je connaissais du temps de la fac ? Ou du lycée ? Amy Darrow – la fille qui donnait sa réception de fiançailles le soir où j'ai rencontré Joe, tu te souviens ? Qu'est-ce qu'elle est devenue, Amy ? Je ne suis même pas allée à son mariage ! À l'époque, j'étais moi-même mariée, et les trois petites avaient la varicelle.

– Je suis sûr que tu pourrais la retrouver sans problème.

– Je devrais prendre un chien », dit Rebecca.

Zeb s'esclaffa.

« Si j'avais un chien à promener, je ferais plus facilement des rencontres.

– Tu n'as vraiment pas besoin d'un chien, répondit Zeb.

– C'est vrai qu'ils causent pas mal de désagréments », dit Rebecca.

Elle passa le doigt sur la couture du drap.

« Il faut leur donner à manger et à boire, les emmener chez le véto, tout ça.

– Ça demande autant de travail qu'un tout-petit.

– Sans compter que je n'aime pas les chiens.

– Dans ce cas, c'est bien la dernière chose dont tu aies besoin.

– Ils aboient la nuit, ils mordillent tout ce qui leur passe sous la dent.

– Rebecca. Laisse tomber le chien.

– Mais comment je vais me faire des amis, alors ? » lui demanda-t-elle.

Elle savait bien qu'elle était ridicule, mais à présent qu'elle avait pêché cette idée, elle ne semblait plus pouvoir s'en défaire.

« Je ne suis pas douée pour entamer la conversation dans la rue avec des inconnus.

– Tu n'as qu'à te balader avec une laisse et un collier sans rien au bout.

– Comment ça ? En quoi ça m'aiderait ?

– Tu croiserais une femme, mettons, et elle te demanderait : “Excusez-moi, mais où est votre chien ?” Et toi, tu dirais : “Oh, non ! Mon chien ! J’ai dû le perdre ! Pourriez-vous m’aider à le retrouver ?”

– Du coup, on se promènerait toutes les deux et on ferait connaissance...

– Ceci étant, il faudrait faire attention à ce qu’elle ne te surprenne pas le lendemain en train de recommencer avec quelqu’un d’autre. Elle t’apercevrait plus loin, traînant un collier sans rien au bout, et disant : “Oh non ! Mon chien ! J’ai dû le perdre !” »

À présent, Rebecca avait le fou rire, et Zeb pouffait également.

Cependant, elle finit par se reprendre.

« Enfin, soupira-t-elle. Je ferais mieux de te laisser dormir. Je te rappellerai dès que j’aurai une petite idée de la date de mon départ.

– Quand tu veux », lui répondit Zeb.

Sur ce, ils se dirent bonsoir, et elle raccrocha puis se radossa sur son oreiller.

Pour aller à Church Valley, le plus facile était la voiture. Elle avait également la possibilité de prendre un car. C’était une solution, si cela ne la dérangeait pas d’attraper une correspondance. En revanche, il n’y avait pas de train, et cependant, curieusement, c’est ainsi qu’elle s’imaginait faire le voyage. Elle se voyait assise côté couloir, auprès du fils qui aurait été le sien si seulement elle avait continué à mener la vie dans laquelle elle s’était engagée.

TROIS

« DÈS QUE J'AURAI fait le tri dans mes affaires, j'irai m'installer dans une maison de retraite, dit la mère de Rebecca. Je sais déjà laquelle. Seulement, il faut d'abord que je fasse le tri. »

Elles se trouvaient dans le salon de sa mère – Rebecca dans un fauteuil, sa mère sur le canapé. Sa mère était vêtue à son habitude d'un haut en polyester de teinte pastel et d'un pantalon sombre en jersey moulant dont le pli était marqué d'une couture sur le devant. Elle avait quatre-vingt-sept ans – une petite poupée en feuilles de maïs couleur de paille qui bruissait sèchement. Rebecca était à peine entrée dans l'adolescence qu'elle était déjà plus corpulente que sa mère, mais elle l'avait toujours considérée comme une femme robuste. C'était un véritable choc que de l'imaginer soudain dans une maison de retraite.

« Qu'est-ce qui t'a décidée à partir ? Tu as des problèmes de santé ?

– Non, pas le moins du monde. Mais Church Valley a bien changé, depuis que tu es partie, Rebecca. Depuis la construction de la galerie commerciale à la place de l'élevage de canards, c'est un peu comme si nous nous étions évidés. Il n'y a même plus de centre-ville. Du coup, je me suis inscrite à la résidence de Havenhurst, mais je ne sais pas trop quand je réussirai à partir, avec tout ce tri à faire. »

Rebecca jeta un coup d'œil autour d'elle. A priori, sa mère n'avait pas dû s'y mettre. Il n'y avait pas grand-chose à trier, pourtant – la maison était petite et méticuleusement rangée –, mais chaque objet semblait collé sur place, comme s'il n'avait pas bougé d'un pouce depuis des lustres. Deux lampes-tempête étaient posées symétriquement sur la cheminée, un vase oriental centré devant la fenêtre de façade, et sur la table qui se trouvait à la hauteur du coude de Rebecca était dressée, à la manière d'un autel, une composition formée de trois photos dans des cadres dorés, une coupe à friandises, et une autre remplie de fleurs en soie défraîchies. Si jamais elle prenait, mettons, la photo de mariage de ses parents puis la remettait en place, elle savait que sa mère se précipiterait dans les deux secondes qui suivaient pour la rajuster d'une fraction de centimètre.

« Je peux peut-être t'aider, suggéra-t-elle.

– Oh, non, merci, répondit sa mère. Je ne suis pas près d'oublier ce qui est arrivé quand ta tante Ida a essayé de m'aider. J'ai mis des jours à réparer les bêtises qu'elle m'a faites. Par exemple, elle a jeté une planche entière de timbres-poste ; des timbres à trois *cents*. Je ne m'en suis pas aperçue sur le moment, parce que j'étais occupée à lui préparer un en-cas à la cuisine. C'est toujours la même chose quand les gens essaient d'aider : il leur faut du thé, et puis des petits en-cas, et de fil en aiguille, on finit par se donner encore plus de mal que s'ils étaient restés chez eux. Je lui ai apporté une assiette de ces petits carrés à la menthe dont elle raffole tellement, et sur ce, elle m'a annoncé qu'elle était au régime. "Comment ça, au régime ? Je t'ai seriné toute ta vie de te mettre au régime, et ça n'a servi à rien ; qu'est-ce qui te prend de te décider maintenant que tu as plus de quatre-vingts ans ?" Et elle me répond...

– Mais les timbres... », l'encouragea Rebecca.

Puis elle se demanda pourquoi elle prenait cette peine, puisque les timbres non plus n'avaient rien à voir avec la conversation.

« L'ennui, c'est que je ne savais pas qu'elle les avait jetés.

J'étais à la cuisine, me pliant à ses quatre volontés, et pendant ce temps, madame était au salon et balançait allègrement mes timbres. Quand, plus tard dans la semaine, je les ai cherchés, impossible de mettre la main dessus. Je l'ai appelée. Je lui ai dit : "Ida, qu'as-tu fait de ces timbres ? – Quels timbres ?" elle m'a répondu, aussi innocente qu'un ange. "La planche de timbres qui était dans le tiroir de mon bureau. À part des stylos bille publicitaires tout secs, il n'y a plus rien dans ce tiroir." Et elle me sort : "J'espère que je ne les ai pas jetés. – Jetés !" je lui dis. »

Rebecca la coupa :

« Enfin, heureusement, ce n'était...

– Je lui dis : "Où les as-tu jetés ?", et elle me répond : "Attends, je n'ai pas dit que j'en étais sûre, vois-tu. – Où ça ?", je lui dis, et elle me dit : "Le sac de déchets recyclables sous l'évier, peut-être ? – Non. Impossible", je lui dis. Parce que je me suis débarrassée de ce sac le jour de la collecte des vieux papiers.

– Heureusement, ce n'était que des timbres à trois *cents*...

– Cent timbres à trois *cents*, je te ferai remarquer. Le fait est que ma sœur a jeté trois dollars par les fenêtres. Et je ne me suis pas privée de le lui dire. "Bon, bon, je te rembourserai, m'a-t-elle dit. La prochaine fois que je viendrai te voir, je t'apporterai trois dollars." C'est typique, non ? Je lui ai dit : "Franchement, qu'est-ce que ça changerait ? Tu as quand même gaspillé trois dollars pour rien. On aurait tout aussi bien pu les brûler ; c'est tout bonnement de l'argent perdu. Transformé en pâte à papier dans l'usine de recyclage." »

Rebecca commença à agiter le pied.

« Du coup, je ferai mon tri toute seule, poursuivit sa mère. On ne dira pas que je ne sais pas tirer les leçons de cette expérience. »

Sur ces paroles, elle rentra le menton d'un air modeste et riva les yeux sur ses genoux, tandis que Rebecca recroisait les jambes et agitait l'autre pied.

Elle avait mis plus d'un mois à trouver le temps de partir et c'était maintenant le plein été – un jeudi de la mi-juillet. Quand elles s'en allèrent, après le déjeuner, pour rendre visite à Ida, la ville semblait s'être liquéfiée sous la chaleur et apparaissait, tremblante et floue, comme au travers d'une vitre ancienne. Le chemin de terre glaise qui descendait à la rivière avait tellement cuit qu'il était aussi dur que du linoléum, et la rambarde de métal noir de la passerelle était brûlante sous la main de Rebecca. La rivière large mais peu profonde, au lit tapissé de galets, coulait paresseusement, comme lasse, et le bruit du courant n'était plus qu'une succession de lents gargouillis. Rebecca s'arrêta à mi-chemin pour la contempler.

« C'est curieux, dit-elle à sa mère, mais depuis quelque temps, j'adore les rivières.

– Tu les adores !

– Bien sûr, je les ai toujours aimées. Mais maintenant, quand je regarde une rivière, c'est un tel plaisir pour les yeux, tu comprends ? C'est si... désuet.

– Tu devrais peut-être revenir t'installer ici, en ce cas.

– C'est que...

– Pourquoi pas ? Les filles sont grandes ; tu n'as plus aucune responsabilité.

– Les Bras Ouverts, c'est tout, répondit Rebecca.

– Les quoi ? Ah, Les Bras Ouverts. Ça appartient aux Davitch, pas à toi.

– Non, ça m'appartient. »

Étrangement, c'était là une idée surprenante.

« C'est comme ça que je gagne ma vie, même si ce n'est pas très lucratif. Comment voudrais-tu que je gagne ma vie à Church Valley ?

– Je suis sûre que tu trouverais bien quelque chose, répondit sa mère.

– Et puis, je dois penser à Poppy.

– Poppy ! Ce vieillard est encore en vie ?

– Mais bien sûr qu'il est encore en vie. Il va avoir cent ans en décembre. J'ai l'intention de donner une gigantesque fête pour son centenaire. »

Sur ces mots, Rebecca resta un instant songeuse, troublée par la curieuse note de vantardise qui s'était glissée dans sa voix.

« Ce que je ferais, c'est que je mettrais ma maison à ton nom au lieu de la vendre, poursuivit sa mère comme si de rien n'était. Je te laisserais emménager directement. Je te laisserais même les trois quarts des meubles.

– Oh, je crois bien que tu seras forcée de vendre ta maison pour couvrir les frais de la maison de retraite, objecta Rebecca.

– Je ne prends qu'un petit studio. Le modèle le moins cher. Ma pension suffira à le payer. »

Elle avait passé presque trente ans à archiver de vieux documents dans les sous-sols du tribunal du comté. Elle ne devait pas toucher une retraite bien conséquente, se disait Rebecca.

« Merci quand même, maman », lui dit-elle avec douceur.

Mais en gravissant le sentier escarpé de la rive d'en face, aux abords du quartier de la ville qu'habitait sa tante, elle se laissa brièvement aller à fantasmer qu'elle revenait vivre là. Elle imagina ce que serait sa routine quotidienne : traverser la rivière chaque jour pour aller chercher quelques maigres provisions en s'arrêtant tout d'abord en chemin à la bibliothèque, comme quand elle était petite. Elle était de ces enfants qui font le bonheur des bibliothécaires, elle le voyait bien, à présent, si pâle, si polie, si prévenante, prenant soin de vérifier que ses mains étaient impeccables avant de choisir un énième roman de Louisa May Alcott. C'était dans les années cinquante, à l'époque où les autres enfants se tournaient vers la télévision, mais Rebecca – déjà boulotte et mal fagotée, un père disparu et une mère nettement plus âgée que celles de ses camarades de classe – était décalée par rapport à la plupart d'entre eux. Elle avait toujours été la fille brillante de la ville. (« Grosse tête », disait-on d'elle.) Elle avait tendance à rester en marge en observant de loin, et avait remarqué que ce qui l'attirait se situait souvent en dehors de l'axe de vision naturel. À croire qu'elle n'avait pas d'axe de vision. Ainsi, lors des spectacles de Noël, son attention pouvait fort bien être tournée vers un petit drame intime qui se déroulait dans le public alors que tout le monde avait les yeux rivés sur la scène. Mais elle n'était pas malheureuse. Elle avait plusieurs amis, et au lycée, elle avait même un petit copain. Et puis, elle savait se distraire quand elle était seule. En fait, la situation lui convenait parfaitement, sa marginalité lui semblait confortable, reposante.

Quand elle avait été en âge de partir à l'université, la bibliothécaire lui avait fait un cadeau d'adieu : un carnet à reliure en cuir intitulé *Une vie de lecture*. Mais Rebecca n'avait rempli que les premières pages, car c'est à l'université que tout avait changé.

C'est à l'université qu'elle avait rencontré Joe.

« J'imagine que Miss Bolt ne travaille plus à la bibliothèque ? dit-elle.

– Seigneur, répondit sa mère. Il y a des années que je n'ai plus pensé à Miss Bolt. Je suis sûre qu'elle n'est plus de ce monde. Quoi qu'il en soit, ils n'emploient plus que des bénévoles, et la bibliothèque n'est ouverte que trois demi-journées par semaine. »

C'était une idée absurde que de revenir s'installer là. Rebecca ne connaissait pas un chat.

Mais lorsqu'elle le lui fit remarquer – « Tu vois ? Pour moi, il n'y a que des étrangers, ici » – sa mère lui rétorqua :

« Balivernes. Tu connais tante Ida. Tu connais les Finch. Et Abbie Field, et Sherry, et puis les jumelles Nolan.

– Tu vois toujours tous ces gens-là ?

– Mais bien sûr ! C'est un peu comme une grande famille, ici. »

Elle devait parler de la génération des aînés, car elle ne connaissait manifestement aucun des adolescents ni aucune des jeunes mères qu'elles croisèrent dans Grove Street. Elle passait devant eux sans même un regard et, à voir le peu d'attention qu'ils lui prêtaient, on aurait dit qu'elle était invisible.

Tante Ida habitait au-dessus de la pharmacie Gates. À la mort d'Arnold Gates, le pharmacien, elle avait vendu la pharmacie mais s'était arrangée pour continuer à occuper le petit quatre-pièces du haut. On n'aurait jamais soupçonné qu'elle était la sœur de la mère de Rebecca. Elle avait une tendance à l'embonpoint, se teignait les cheveux en roux cuivré, portait des robes à fanfreluches qui n'étaient pas de son âge et se maquillait outrageusement. Ce jour-là, elle était tout en rose – jusqu'aux sandales à lanières et aux ongles des orteils –, avec une espèce de vaporeux ruché rose noué autour de la gorge. Et son appartement était tout aussi chargé que sa tenue.

« Attendez, je vais vous dégager le passage, leur dit-elle quand elles entrèrent. Mais qu'est-ce que ça fait là ? » ajouta-t-elle en parlant d'une poupée en chiffon qui lui souriait sur le tapis.

La question était justifiée, dans la mesure où tante Ida n'avait ni enfants ni petits-enfants. (Le drame de sa vie, disait-elle toujours.) Mais sa porte restait en permanence grande ouverte aux rejetons des autres.

Quand Rebecca était toute petite, elle caressait en secret le rêve de voir ses parents mourir sans souffrir pour qu'elle puisse aller vivre chez sa tante. Ida était si hospitalière, si facile à vivre ; sa maison semblait extensible à l'infini et, presque à chaque fois que Rebecca venait la voir, elle y trouvait des hôtes invités à y séjourner une ou deux semaines, un bambin dont la mère était malade, le neveu d'Arnold Gates, ce bon à rien, ou encore, comme cette fois mémorable, trois membres d'une équipe de catch polonaise de passage à Church Valley dans le cadre d'un programme d'échange sportif. Quand le père de Rebecca était effectivement mort (victime d'une attaque alors qu'elle venait d'avoir neuf ans), elle s'était sentie si coupable qu'elle avait évité sa tante pendant des mois. D'autant que sa mère avait besoin d'elle.

« Approche que je te voie un peu, dit Ida. Ça alors ! Je n'oserais jamais porter des carreaux avec un motif cachemire, mais sur toi, c'est tellement chic.

– Tu ne m'avais pas dit qu'ils repeignaient la quincaillerie, Ida, déclara sa mère en ôtant une pleine brassée de journaux d'un rocking-chair pour pouvoir s'asseoir. En passant devant, cela m'a fichu un coup. Rouge sang, je dirais. Ou, non, magenta, plutôt. J'ai dit à Rebecca : "Quelle couleur criarde !" Et puis le Woolworth, naturellement. Rebecca n'était pas venue depuis la fermeture du Woolworth, et je ne me souviens même plus du magasin d'à côté, tu t'en souviens, toi ? J'ai beau essayer. Pas le bijoutier, il était de l'autre côté de la rue. L'animalerie non plus. Enfin, ça finira bien par me revenir. Attendez ! Non, pas le cordonnier...

– Assieds-toi là, pousse le chat, dit Ida à Rebecca. Regarde un peu ce que je t'ai préparé ! "Folies aux Fruits Confits", ça s'appelle. J'ai trouvé la recette dans le journal. C'est joli, hein ? Les éclats les plus colorés viennent des fruits confits, et les plus pâles sont des bouts de guimauve. Je les ai d'abord fait goûter au petit garçon des voisins ; il a passé quelque temps ici parce que... oh, c'est une histoire tellement triste...

– Un institut pour les ongles ! lança la mère de Rebecca. Voilà, c'est ça ! Vous imaginez un peu un institut rien que pour les ongles ? Pas étonnant qu'il ait fermé ! »

Rebecca mordit dans son morceau de confiserie, qui ressemblait davantage à un savon fantaisie. Dès qu'elle eut réussi à décoller ses dents, elle demanda à sa tante :

« C'est Perceval ? »

Elle parlait du chat – un gros gris tigré.

« Mais non, mon petit, c'est Daisy, lui répondit sa tante. Perceval est mort à Noël dernier.

– Je suis désolée.

– Oui, j'ai dû le faire piquer parce qu'il avait les reins

bloqués. Je voulais que le docteur More s'en charge avant de prendre sa retraite. Il s'occupait de Perceval depuis qu'il était chaton, tu sais.

– Moi, je ne me suis jamais fait faire de manucure professionnelle de ma vie, et mes ongles ne s'en portent pas plus mal, je trouve. Dieu sait ce qu'on peut attraper dans ce genre d'endroits. Partager des instruments avec des inconnues – des limes, des pinces, des ciseaux, que sais-je encore.

– Le docteur More a pris sa retraite à la fin de l'année, à soixante-cinq ans, expliqua Ida à Rebecca. À ce qu'il m'a dit, il allait s'installer en Floride.

– Eh bien, il sait de quoi il parle, non ? » rétorqua du tac au tac la mère de Rebecca.

Soudain, il y eut un silence, comme si les sœurs s'étonnaient de cette convergence momentanée de leur conversation. Puis Ida se pencha en avant, en serrant ses mains potelées couvertes de bagues, et demanda :

« Combien de temps comptes-tu rester avec nous, Rebecca ?

– Jusqu'à demain, pas plus. J'ai confié Poppy à Zeb pour la nuit, mais il faut que je sois rentrée pour lui préparer son déjeuner.

– Parle-nous de NoNo ! Ça me fait tellement plaisir qu'elle soit fiancée. »

C'est ce que Rebecca adorait chez sa tante. Sa mère ne lui avait pas demandé de nouvelles de NoNo, pas plus que de Patch ou de Biddy ; ce n'était que la belle-famille. Elle ne s'était intéressée qu'à Min Foo, sa « vraie » petite-fille – comment se passait sa grossesse –, et encore, d'un air pincé et distant, car elle désapprouvait celle-ci depuis son second mariage, celui avec LaVon. Mais Ida semblait éprouver une même affection pour les quatre filles et continuait à leur envoyer un billet d'un dollar glissé dans une carte de vœux pour leur anniversaire.

« Ta mère me dit qu'elle n'a pas l'intention de faire un grand mariage, poursuivit-elle, mais j'espère vraiment qu'elle va changer d'avis. Est-ce qu'elle se trouve trop vieille ? Elle n'est pas trop vieille ! De nos jours, beaucoup de gens ne se marient qu'à quarante ans passés. Elle a attendu si longtemps de trouver l'homme idéal ; raison de plus pour faire la fête.

– Oh, elle va certainement faire la fête, dit Rebecca. Avec vous deux, j'espère », ajouta-t-elle en leur jetant un coup d'œil à chacune.

Ida hocha la tête d'un air radieux. La mère de Rebecca contempla d'un air songeur le tapis afghan arc-en-ciel posé par terre.

« C'est juste qu'elle ne veut rien de trop solennel. En partie à cause de son âge, mais surtout parce que Barry a déjà été marié.

– Qu'est-ce que ça a à voir avec l'âge du caporal ? demanda Ida.

– Capitaine, dit la mère de Rebecca.

– Quoi ?

– L'âge du capitaine.

– Tout ce qui compte, c'est la mariée, reprit Ida. Dis-lui, Rebecca. Dis-lui de mettre une longue robe blanche, un voile, tout le tralala. Des demoiselles d'honneur, un cortège... Dis-lui que Barry devrait avoir un témoin. Son fils, peut-être, s'il est assez grand. Est-il assez grand ?

– Il a douze ans.

– C'est bien assez grand !

– Peut-être, oui, dit Rebecca. Ceci dit, il fait un peu jeune pour son âge.

– Comment s'entend-il avec NoNo ?

– Pas trop mal, je crois. Difficile à dire. Il est très réservé. Au barbecue que nous avons organisé pour la fête de l'Indépendance, il est resté à bouquiner dans son coin.

– Oh, dès qu'il vous connaîtra un peu mieux, il va vous adorer », la rassura Ida.

Elle leur offrit de se resservir de confiserie, mais cette fois, Rebecca refusa, tout comme sa mère. Ida fut la seule à en reprendre un morceau.

« Seigneur, soupira-t-elle, je nous revois encore toutes les trois en train de préparer ton mariage, c'est comme si c'était hier ! Tu étais si jolie, en mariée.

– C'est surtout la robe qui était jolie », répondit Rebecca, car cette dernière avait été cousue par sa mère et Ida, qui y avaient quasi travaillé jour et nuit. (Elle ne les avait prévenues que quinze jours à l'avance.)

« Nous avions pris toutes tes mesures, et sur ce, tu avais perdu près de quatre kilos, tu te souviens ? Quand nous sommes arrivées à Baltimore, le jour du mariage, tu n'étais plus que l'ombre de toi-même. Jusqu'à la dernière minute avant la cérémonie, nous avons dû faufiler, épingler, coudre des pinces... Tu étais squelettique ! Ça devait être l'angoisse de la mariée. »

Rebecca n'avait jamais été squelettique ; tout juste un peu moins boulotte qu'à l'accoutumée. Et à cette époque, elle ne le devait qu'au bonheur, non à l'angoisse. Elle nageait dans une incroyable félicité ! Elle ne mangeait plus, elle ne dormait plus. Elle déambulait dans un état second.

Et pourtant, ce mariage plongeait bien des gens dans la consternation. Le petit ami qu'elle avait plaqué, cela va de soi ; mais aussi sa mère et Ida, qui n'avaient jamais entendu parler de Joe jusqu'à ce jour où elle avait débarqué à l'improviste pour leur annoncer cette stupéfiante nouvelle. « Attends, je croyais que tu épousais Will », lui avait dit sa mère. Puis : « Tu connais cet homme depuis combien de temps ? Qu'est-ce qu'il fait dans la vie ? » Et enfin : « Je te ferai remarquer que c'est sacrément commode pour lui, Rebecca. Dans une situation pareille, où un homme a tant besoin d'aide, où une femme serait si utile. Trois petites filles à charge ! La mère volatilisée Dieu sait où ! Pas étonnant qu'il veuille se marier ! »

Rebecca avait accusé sa mère de douter que quiconque puisse l'aimer. Elle était repartie en larmes en jurant de ne plus revenir. « Je n'ai jamais dit... ! lui avait lancé sa mère en la suivant dans l'allée. Je voulais seulement... Ne peux-tu pas rester fiancée quelque temps ? Pourquoi es-tu si pressée ? »

Question que lui avaient également posée les gens de Macadam – son directeur d'études et son professeur d'histoire. Pourquoi sacrifier un diplôme universitaire pour épouser un quasi-inconnu de treize ans son aîné ? Pourquoi ne pas attendre d'avoir décroché sa licence ?

Et du côté de Joe, il y avait ses filles. Oh, sa mère était en extase ; à croire qu'elle avait manigancé leur idylle. Quant aux autres adultes, ils semblaient tous ravis. Mais ses filles lui opposaient une résistance de marbre. Elles laissaient les remarques enjouées de Rebecca rester bêtement en suspens et trouvaient mille raisons de faire allusion à leur « maman » en sa présence. Elles l'avaient fait pleurer plus d'une fois, au cours de ces deux semaines précédant le mariage.

Il y avait eu tant de larmes, quand elle y songeait ! Son bonheur n'avait pas été sans nuages, en définitive. La moitié du temps, elle était malheureuse comme les pierres.

Mais Joe était toujours là.

Il la serrait contre lui et elle collait son visage contre la peau mate de son cou musclé. Il l'appelait son bébé-maïs, sa fleur de crème, sa belle laitière blonde. (Que de références aux produits laitiers.) Il essuyait ses larmes avec son mouchoir imprégné de son odeur de pain grillé.

Alors, était-ce le bonheur ou la tristesse qui lui avait fait perdre ces quatre kilos ?

Qu'elle s'était empressée de reprendre après le mariage, de toute manière.

Entre-temps, sa mère et tante Ida étaient passées au sujet suivant – aux deux sujets suivants, plus exactement. Sa mère expliquait que, depuis quelque temps, c'était un véritable calvaire pour elle que de s'extraire d'un siège, et Ida, quant à elle, disait simultanément que non seulement son vétérinaire avait pris sa retraite, mais également son médecin et son podologue, tous deux remplacés par des jeunes freluquets. Il y eut un silence, puis Ida lança : « Ah, la vieillesse... » – annonçant une nouvelle convergence de thèmes. Sur ce, elles soupirèrent et bifurquèrent chacune dans une nouvelle voie de discussion.

Pour le dîner, sa mère avait prévu de la salade de poulet et des petits pois. Elle consacra du temps à la préparation, car pour elle, il était exclu de prendre le moindre raccourci. Elle dut tout d'abord désosser un poulet, le faire pocher, puis monter une mayonnaise avec un petit fouet mécanique. Elle refusa l'aide de Rebecca, qui, lui dit-elle, avait tendance à tout bâcler.

« En revanche, tu peux mettre la table », lui offrit-elle comme une faveur, avant de passer derrière sa fille une fois qu'elle eut terminé pour tout recommencer – redresser les sets de table et rajuster les couverts.

Rebecca déclara forfait et s'assit en regardant sa mère faire couler de l'eau dans une carafe et la vider trois fois avant de la remplir.

« Je me demandais, pourquoi ne pas suggérer à tante Ida de venir s'installer ici avec toi, au lieu de partir à Havenhurst ? suggéra Rebecca. Elle est seule, et toi aussi. Ce serait logique, non ?

– Seigneur, non, elle parle trop, répliqua sa mère. Et puis, ce n'est pas que je veuille vivre avec quelqu'un. C'est seulement que je ne veux pas vivre toute seule. »

Rebecca éclata de rire, mais elle comprenait ce qu'elle voulait dire.

« Sans compter qu'Ida est si désordonnée, ajouta-t-elle. Et plus difficile à vivre qu'on ne l'imagine. Tu as goûté un peu sa confiserie ? C'était tellement sucré que ça a bien failli me donner des sifflements dans les oreilles ! Ce qui ne l'a pas empêchée de refuser ces carrés à la menthe chez moi. Eh bien, moi, je sais pourquoi elle n'y a pas touché. Elle n'est pas au régime, oh que non. C'est seulement qu'elle se flatte d'être la plus généreuse. Elle n'aime pas inverser les rôles. Si jamais c'est moi qui lui apporte des bonnes choses, ça bouleverse sa vision du monde. »

Ce faisant, elle ôtait les serviettes que Rebecca avait sorties pour en mettre d'autres – ni mieux, ni pires, mais différentes, c'est tout. Rebecca sourit dans son coin.

Après avoir terminé leur repas (aussi fade et insipide que d'habitude, si peu assaisonné qu'un monceau de sel ne semblait rien devoir y changer), elles regardèrent les informations sur l'énorme vieux poste noir et blanc qui trônait dans le salon.

« Oh, franchement ! (Sa mère ne cessait d'apostropher le présentateur.) Pour l'amour du ciel ! »

Elle tirait d'une main irritée sur le pli de son pantalon.

« Regarde-moi ça, dit-elle en voyant un groupe de membres du congrès apparaître à l'écran. Le pays est gouverné par une bande de gamins, de nos jours. Ils sont tous plus jeunes que moi.

– C'est que... », commença Rebecca.

Elle hésita.

« Où que ce soit, tu as toutes les chances de tomber sur plus jeune que toi, maintenant.

– Oui, j'en suis bien consciente, je te remercie, rétorqua sa mère. Mais curieusement, c'est plus frappant quand il s'agit du gouvernement. Tu vois ce que je veux dire ? Si je prenais vraiment le temps d'y réfléchir – le sort des États-Unis entre leurs mains –, je n'en fermerais plus l'œil de la nuit.

– Pour moi, c'est exactement le contraire, dit Rebecca. Ces hommes sont également plus jeunes que moi ; pour beaucoup d'entre eux, du moins. Mais quand je vois leurs cheveux gris, je me dis : “Ce sont des vieux”, comme si je ne me rendais pas compte que je vieillissais, moi aussi.

– Tu n'as encore rien vu, répondit sa mère. Cinquante-trois ans ! Tu n'es qu'une gamine ! »

Les hommes du congrès disparurent pour laisser place à une foule de soldats en uniformes d'autrefois, qui se baladaient cependant dans un champ avec une désinvolture résolument moderne. C'était là une reconstitution d'une des grandes batailles de la guerre de Sécession, expliquait un journaliste. Tout avait été fait pour s'assurer que leur équipement était authentique, quoique, évidemment, ils ne tirassent pas à balles réelles.

« Les hommes, fit la mère de Rebecca. Quand ils ne trouvent pas une bonne raison de se battre, il faut qu'ils en inventent une. »

La pendule de la cheminée sonna le quart en égrenant quelques notes d'un cantique au timbre mélodieux. Un des soldats tomba sur une butte d'herbe.

« Tu te souviens de ton exposé sur Robert E. Lee ? lui demanda sa mère.

– Bien sûr.

– Tu avais imaginé cette toute nouvelle théorie sur les raisons qui l'avaient poussé à prendre parti pour le Sud. Tu te souviens ? Ton professeur était enthousiasmé.

– Le professeur Lundgreen », se rappela Rebecca.

Il y avait des années qu'elle n'avait plus pensé à lui – son front haut, sillonné de veines, et ses cheveux diaphanes.

« Venez me voir dans mon bureau, t'avait-il dit. Il avait de telles ambitions pour toi ! C'est à ce moment-là que tu as décidé de changer d'option pour t'inscrire en histoire.

– Que veux-tu... », soupira Rebecca.

Elle craignait que la conversation ne s'oriente sur la façon dont elle avait lâché ses études.

« Ce n'était pas une bien grande perte, franchement. Ce n'était pas tant l'histoire qui m'intéressait, je crois, que... comment dire, la quête des indices, tu vois ? Un peu comme un roman policier. Tomber sur le livre que personne n'avait pris la peine de lire. C'était la première fois que je comprenais quel plaisir il pouvait y avoir à mener une recherche indépendante.

– Il voulait que tu retravailles ton exposé pour en faire un mémoire de licence. Mais avant même que tu t'y mettes, vlan ! C'est là que Joe Davitch est apparu sur la scène.

– Eh oui...

– Et ce pauvre Will Allenby. Pauvre Will, reprit sa mère en pivotant subitement à droite. Il n'a jamais compris ce qui lui arrivait ! La veille, vous étiez quasi fiancés, et le lendemain, tu avais épousé un homme que personne ne connaissait ni d'Ève ni d'Adam.

– Ce n'était pas le lendemain, protesta Rebecca. Ça n'a pas été si soudain que ça.

– Pour les gens d'ici, si. »

Certes. Rebecca voulait bien l'admettre. Il est vrai qu'elle avait gardé le secret sur Joe. Mais au début, cela lui avait paru si innocent – tout juste une banale visite un jour où il était de passage à Macadam. (Quoique, si elle avait été aussi banale que cela, comment se faisait-il qu'elle n'en ait pas parlé à Will ?) Il l'avait emmenée prendre un sandwich dans une cafétéria non loin du campus, lui avait raconté une ou deux histoires drôles sur son métier. La veille au soir, il y avait eu une réception de mariage où les mères des jeunes mariés avaient failli se crêper le chignon. « Nous savons tous pertinemment pourquoi votre fille se marie dans une robe à taille empire ! » avait glapi la mère du marié. Rebecca avait éclaté de rire, et Joe s'était adossé à son siège en l'observant avec un sourire songeur si tendre qu'elle s'était demandé soudain si elle ne l'avait pas connu autrefois, dans d'autres circonstances dont elle aurait simplement tout oublié. Mais non, elle se serait certainement souvenue de cette force de la nature à la lèvre supérieure si compliquée qu'elle lui faisait penser à M en minuscule. « Le soir où je vous ai vue pour la première fois, vous étiez également en train de rire, lui avait-il dit. Vous vous amusiez plus que n'importe qui dans la pièce. »

Elle ne l'avait pas contredit.

Autrement, cela aurait peut-être tout changé.

Il avait fondé Les Bras Ouverts en 1951, après avoir abandonné ses études pour des raisons financières quand son père – un agent d'assurances qui, ironie du sort, n'était pas lui-même assuré – était mort brusquement.

« Alors comme ça... c'est ce que vous faites ? lui demanda Rebecca. Je veux dire, c'est votre seul métier ?

– Parfaitement, vous avez tout compris. Ma vie n'est qu'une perpétuelle succession de fêtes. »

Elle lui jeta un coup d'œil, croyant déceler une certaine irritation dans sa voix. Mais sur ce, il se lança dans le récit très amusant d'un baptême où il avait vu un enfant laisser tomber le bébé dans le saladier à punch, et elle s'était dit qu'elle se faisait des idées.

Elle lui parla de Will Allenby. Ou du moins, elle y fit allusion, en disant « avec mon ami », au sujet d'un film qu'elle avait vu. Certes, elle n'avait pas précisé *petit* ami. Mais ç'aurait été un peu déplacé, non ? Prétentieux et peu délicat.

Will Allenby était mince et longiligne, réservé, le visage auréolé de boucles blondes, rayonnant d'une douceur lumineuse. Il était également étudiant à Macadam – certainement pas par coïncidence –, et ils avaient l'intention de se marier dès qu'ils auraient décroché leur diplôme. C'était les années soixante, à une époque où la moitié de leurs camarades de classe couchait apparemment avec l'autre, mais de leur côté, ils avaient décidé d'attendre le mariage. Tous les soirs, ils s'embrassaient à n'en plus finir, cramponnés l'un à l'autre, tremblants, puis ils se séparaient – Will pour regagner sa chambre, et Rebecca la sienne. *Au revoir,* lui soufflait-il à chaque fois en français, prétendant qu'il serait trop triste de le lui dire en anglais. Rebecca trouvait cela d'un romantisme échevelé, surtout quand il pensait à traîner les *r* à la manière des Français.

Il ne fut question de rien de tout cela lors de son tête-à-tête avec Joe à la cafétéria, pas plus qu'au cours de leurs autres conversations. Car il y en eut d'autres. Il téléphona deux jours plus tard pour lui demander son avis sur une fête en l'honneur d'une Miss Âge Tendre. Rebecca n'avait jamais été Miss Âge Tendre (tout juste avait-elle l'impression de tendre vers l'âge mûr), mais personne n'aurait pu le soupçonner, à entendre le flot de suggestions utiles qu'elle lui déversa. Et lorsque, la semaine suivante, il profita d'une tournée chez un détaillant de linge de maison pour passer la voir, bien que Macadam ne fût pas du tout sur sa route, quelle n'aurait pas été la surprise de ses amis de voir avec quel empressement elle se glissa dans sa voiture pour l'accompagner, et avec quelle autorité elle le guida dans son choix de serviettes de cocktail, d'essuie-mains brodés et de chemins de table au pochoir !

« Il se trouve que je suis de passage à Macadam. » Tel devint son prétexte habituel, alors que Macadam était presque à une heure de route de Baltimore, du côté de Washington. « Il se trouve que je suis de passage à Macadam, et je me demandais si cela vous dirait de... » Prendre un café. Chercher un livre à la librairie de l'université. L'aider à choisir de nouveaux verres. En l'espace de trois semaines, il lui rendit visite sept fois, et après chacune de ses visites, son premier réflexe était de courir dans sa chambre pour se regarder dans la glace. Ses joues roses et ses yeux brillants, encore humides tant elle avait ri, et sa lourde couronne de tresses. Était-ce ainsi que Joe Davitch la voyait ?

Un jour, elle passa une heure à griffonner des espèces d'oiseaux en vol – ces doubles tildes dont les enfants remplissent le ciel de leurs dessins – avant de se résoudre à admettre qu'elle essayait de reproduire la forme de sa lèvre supérieure.

Il était inévitable que Will s'en aperçoive. Son camarade de chambre lui raconta avoir vu Rebecca « avec un homme » dans le centre de Macadam. « Oh, par pitié ! avait-elle protesté. Ce n'était que Joe Davitch. Il a trente-trois ans. C'est un ami, rien d'autre. »

Tout en notant au passage avec quelle délectation elle en profitait pour prononcer son nom.

Ce qui ne l'empêchait pas pour autant d'être persuadée de dire vrai : elle n'était pas amoureuse de Joe. Mais elle se sentait irrésistiblement entraînée à sa suite, c'est ainsi qu'elle voyait les choses. À chaque fois qu'elle se trouvait avec lui, elle sombrait dans ce même vertige – le rire incontrôlable, l'attitude insouciante. *L'attitude* insouciante. Ce n'était pas vraiment elle.

Un jour, en voiture, elle fut prise d'un tel fou rire qu'elle en fit sauter un bouton de sa jupe. (Ils écoutaient un match à la radio et il se mit à imiter un de ces commentateurs sportifs bavards – inventant des anecdotes personnelles sur les joueurs car, dit-il, au base-ball, l'action était si lente qu'autrement, ils allaient tous deux mourir d'ennui. « Et ce lanceur, tu sais s'il a enfin réussi à mettre son gamin sur le pot ? » demanda-t-il à son collègue imaginaire.) Une autre fois, il amena ses trois filles avec lui et, le plus naturellement du monde, Rebecca les rassembla et fit la course avec elles jusqu'à la petite mare qui se trouvait derrière le gymnase, en effectuant un rapide crochet par la cafétéria pour prendre des petits pains rassis au passage. « Vous avez vu ! leur lança-t-elle en arrivant à la mare. Des poissons ! Qui veut les nourrir ! » Les filles la dévisagèrent en silence – l'impassible Biddy, qui n'avait apparemment aucun souvenir de l'avoir déjà rencontrée, la belliqueuse Patch et la sceptique petite NoNo. Elles finirent toutefois par accepter les petits pains et les jetèrent dans l'eau. « Bravo ! » fit Rebecca en applaudissant. Légèrement à l'écart, Joe lui souriait de son sourire tendre.

Les pouces enfoncés dans les passants de son jean.

Le bassin magnifiquement déhanché.

Les yeux bruns plissés rivés sur Rebecca.

Il téléphona un mercredi après-midi pour l'inviter à dîner chez lui le lendemain soir.

« Ma mère tient à se faire pardonner, lui dit-il. Elle s'en veut de s'être effondrée la première fois où vous êtes venue. »

Rebecca hésita. Sans trop savoir pourquoi, elle avait l'impression qu'on lui forçait la main. Elle regrettait presque d'avoir répondu au téléphone.

« Dites oui, s'il vous plaît, insista-t-il. Maman ne voudrait pas que vous pensiez qu'elle passe son temps à lâcher des jambons sur les souliers de ses invités. »

Alors, elle éclata de rire et lui dit :

« Bon, très bien. »

Dès qu'elle eut raccroché, cependant, elle fut prise de regrets. Mais qu'est-ce qui lui avait pris ?

D'autant qu'elle n'avait pas la moindre idée de ce qu'elle pouvait mettre. Elle commença par enfiler une tenue parfaite pour aller à la messe – une robe-chemisier beige classique –, mais à la dernière minute, elle troqua celle-ci contre une robe paysanne brodée avec un décolleté noué par un cordon, car Joe lui avait un jour demandé si elle avait des origines suédoises. (Non, pas la moindre.) La jupe était très ample, et elle s'aperçut trop tard qu'elle lui faisait des hanches plus épanouies encore qu'elles ne l'étaient déjà. « Elle a de si jolis traits », imagina-t-elle Mrs. Davitch soupirer dans son dos, en sous-entendant : *Dommage qu'elle soit si forte.*

Elle avait emprunté la Coccinelle de sa camarade de chambre. Elle lui avait dit qu'elle était invitée à dîner dans la famille d'un ami. Cela faisait vaguement « amis de la famille ». (Aucune de ses amies ne connaissait l'existence de Joe. Elle ne s'était confiée à personne ; elle ne tenait pas à lui donner, comment dire, de signification. D'importance.) Elle posa les indications sur le siège du passager, bien qu'elle fût certaine de retrouver sans peine le chemin des Bras Ouverts, et roula sans allumer la radio, les mains cramponnées au volant, le visage calme et impassible. Il n'y avait aucun mal à avoir accepté l'invitation. Elle n'avait rien à se reprocher. Promis, juré, les Davitch n'étaient que la famille d'un ami.

Ce fut Joe qui vint lui ouvrir, mais sa mère était juste derrière lui.

« Bienvenue, mon petit ! » s'écria-t-elle en pressant sa joue satinée contre celle de Rebecca.

Sa mise en plis était si crêpelée que ses bouclettes crissaient.

« Et bon anniversaire ! ajouta-t-elle.

– Anniversaire ? répéta Rebecca.

– Oh, je sais bien que ce n'est que samedi, mais nous sommes généralement pris le samedi, alors nous célébrons toujours nos fêtes de famille le jeudi. »

Rebecca se tourna vers Joe, qui arborait un large sourire.

« J'ai jeté un coup d'œil à votre permis de conduire, dit-il. Le 7 mai. Vous aurez vingt ans. »

Avait-il également noté combien elle pesait ? Ce fut sa première réaction.

« Moi, le jour de mes vingt ans, j'avais déjà un enfant de deux ans, dit Mrs. Davitch. Mais je ne sais pas, les jeunes femmes d'aujourd'hui m'ont l'air davantage préoccupées par leur carrière, je le crains. »

Cette fois, Les Bras Ouverts avait un peu perdu de sa grandeur, sans doute parce qu'il n'y avait plus de foule d'invités pour masquer les imperfections. Le parquet grinçait sous les pas de Rebecca, le canapé du premier salon paraissait affaissé, comme accablé, et les lustres de cristal étaient ternis par la poussière. Drapé en travers de la cheminée, un feston de satin bleu ciel orné d'un *JOYEUX ANNIVERSAIRE* en étoiles d'argent, dont certaines s'étaient effritées et scintillaient au pied de l'âtre.

« Vous n'auriez pas dû, protesta Rebecca, mais Mrs. Davitch lui répondit :

— Que ne ferions-nous pas pour vous, ma chère enfant ! »

Rebecca fut prise de ce même sentiment étrange que lui inspirait souvent le sourire tendre de Joe. S'étaient-elles déjà rencontrées quelque part ?

Sur ce, le petit frère fit son entrée en bondissant dans la pièce comme un jeune chiot. Zeb ? Oui, c'était bien ça. Vêtu d'un costume aux manches trop courtes et d'une cravate mal nouée. Avant même qu'il n'ait eu le temps de lui serrer la main – trébuchant sur le tapis en venant la saluer –, la porte d'entrée s'ouvrit à la volée en claquant bruyamment.

« Ce n'est que nous ! » roucoula une voix de femme.

Une blonde tapageuse outrageusement fardée en robe de jersey noir fluide accompagnée d'un monsieur aux cheveux grisonnants avec une moustache en guidon de vélo. Ce dernier avait un air curieusement familier. Il s'occupait de faire passer les hors-d'œuvre lors de la réception d'Amy, se souvint Rebecca ; sinon qu'à l'époque, il portait une veste blanche de serveur, alors que ce soir-là, il était en veste de smoking lie-de-vin à revers matelassés.

« Je vous présente tante Joyce, et Poppy, mon oncle, lui dit Joe. Voici Rebecca.

– Regardez-moi ça ! s'écria tante Joyce en la prenant dans ses bras. Vous êtes aussi ravissante que Joe nous l'avait dit ! »

Elle recula pour tapoter l'épaule de son mari.

« Poppy est le frère du père de Joe. Je ne sais pas si vous êtes au courant, mais le père de Joe et lui étaient de vrais jumeaux, alors si vous voulez savoir à quoi ressemblait le père de Joe...

– Je comptais lui montrer l'album après le dîner, l'interrompit Mrs. Davitch. Savez-vous que j'ai enfin réussi à le mettre à jour ? J'ai passé la moitié de l'après-midi à coller des photos, pour que Beck puisse faire connaissance avec la famille. »

Rebecca (que personne n'avait jamais surnommée Beck de sa vie, ni autrement, d'ailleurs) fut envahie d'un sentiment de plaisir mêlé de panique. Tout cela allait trop vite pour elle – Zeb râlant : « Bon sang, maman, tu ne vas tout de même pas lui montrer ces vieilles photos ! Elles sont tellement embarrassantes », alors que Poppy disait à tante Joyce : « Et d'une, nous n'étions pas de vrais jumeaux ; nous étions frères. Et de deux, nous ne nous ressemblions pas. Mais alors pas du tout.

– Oh, mon chou, tu refuses tout simplement d'admettre que tu n'es pas unique, dit tante Joyce. Il faut bien t'y faire ! Et vous, demanda-t-elle à Rebecca. Avez-vous des frères et des sœurs ?

– Euh, non...

– Quelle coïncidence ! l'interrompit Mrs. Davitch. Joe a bien failli être un enfant unique. Malgré tous mes efforts, pendant un temps fou, je n'ai pas réussi à tomber enceinte, ce qui explique pourquoi j'ai un fils de trente-trois ans et un autre qui a à peine seize ans.

– Super, maman, maugréa Zeb. Et si tu lui disais mon âge, pendant que tu y es !

– Franchement, ce n'est tout de même pas un secret d'État, Zeb. Poppy, tu peux faire passer les amuse-gueules, s'il te plaît ? Je vais aller m'occuper du dîner.

– Et pourquoi ce ne serait pas Zeb, plutôt ? dit tante Joyce à Mrs. Davitch. Poppy n'est pas de service, ce soir.

– Je n'ai jamais dit ça. Je lui ai juste demandé s'il pouvait m'aider.

– Mais volontiers », fit Poppy en se penchant pour attraper le plateau posé sur la table basse.

Mais tante Joyce lui empoigna le bras et fit volte-face pour s'en prendre à Mrs. Davitch.

« Ce n'est pas parce qu'il donne un petit coup de main de temps à autre qu'il doit passer les soirées de famille à jouer les larbins, Liddy Davitch.

– Allons, allons, Joycie... », commença Poppy, tandis que Mrs. Davitch balbutiait, le menton tremblant :

« Oh, comment peux-tu être aussi injuste !

– Demanderais-tu à ton médecin de t'ausculter l'appendice si tu le croisais dans un dîner ?

– C'est parfaitement gratuit de me dire ça !, s'insurgea-t-elle.

– Je vais le faire passer », suggéra Rebecca en se glissant entre les deux femmes pour soulever le plateau.

(Des côtes de céleri et des bâtonnets de carottes qui, à les voir, avaient été coupés bien trop en avance, assortis d'un bol de crème aigre parfumée à la soupe à l'oignon lyophilisée posé au centre.)

« Servez-vous », offrit-elle à Zeb, qui se trouvait quasiment sur elle.

Zeb attrapa un bâtonnet de carotte, le fit tomber et se pencha pour le ramasser.

« Joe ? Céleri ? Carottes ?

– Merci », lui dit-il en se contentant de lui sourire sans rien prendre.

Rebecca rougit et finit par s'éloigner.

« C'est si gentil à vous », soupira Mrs. Davitch.

Elle se tamponna les yeux du bout de l'index en adressant à Rebecca un sourire larmoyant. Puis Poppy lança :

« Apéritif pour tout le monde ? » et alla vers le chariot à liqueurs.

Cette fois, tante Joyce ne souleva aucune objection.

Au cours de la demi-heure suivante, les arrivées se succédèrent – deux cousins, un nouvel oncle et une dame entre deux âges du nom d'Iris, dont à aucun moment on ne lui spécifia le rapport avec les autres. Tous firent irruption sans frapper, en faisant claquer la porte d'entrée dans celle du vestiaire, et tous semblaient ne rien ignorer de Rebecca. « Vous avez réussi à trouver un job d'été ? » lui demanda un des cousins, et Iris lui dit : « Moi aussi, j'ai fait des études d'histoire. Joe a dû vous le dire. » Ils investirent le salon du fond, les femmes se perchant à l'extrême bord du canapé, les genoux inclinés parallèlement comme une troupe de girls. Et ils se mirent à parler de gens que Rebecca ne connaissait pas, en veillant à lui adresser des sourires de connivence afin qu'elle ne se sente pas exclue.

Le dîner, qui se fit longuement attendre (une crise ayant manifestement éclaté dans la cuisine), se composait d'un rôti de bœuf accompagné de purée de pommes de terre et de salade. Le rôti était sec, la purée pleine de grumeaux et les feuilles de salade trempées de sauce toute faite. Mrs. Davitch en convint avec un petit rire plaintif, mais ses invités lui assurèrent que tout était parfait. Ils passèrent les trois quarts du repas à se disputer à propos d'un autre cousin – absent, celui-là – accusé à tort, pour les uns, à raison, pour les autres, d'avoir fait un commentaire déplacé à Mrs. Davitch au sujet de la mort de son mari.

Mrs. Davitch était d'avis que c'était une remarque particulièrement blessante, mais tante Joyce répliqua qu'un suicide était un suicide et qu'il était temps qu'elle voie les choses en face. Mrs. Davitch reposa sa fourchette et se couvrit les yeux d'une main.

Rebecca ignorait que le père de Joe s'était suicidé. Elle tourna les yeux vers ce dernier, qui était assis en face d'elle, mais il était plongé dans son assiette.

Au dessert, il y avait un gâteau fourré au chocolat orné de vingt bougies étincelantes, dont la dernière couche légèrement de travers était retenue par des cure-dents. Pour l'occasion, les fillettes furent invitées à descendre – toutes trois en pyjama, grimaçant d'un air renfrogné après une soirée passée à regarder la télévision dans l'obscurité.

« Allez, embrassez Beck pour son anniversaire », leur ordonna tante Joyce.

Non sans réticence, elles finirent par s'exécuter en laissant chacune sur la joue de Rebecca une minuscule étoile humide. Puis tout le monde entonna « Joyeux anniversaire », tandis qu'elle parcourait la table du regard en faisant mine d'être à sa place – d'être un des membres chéris d'une grande famille turbulente, comme elle en avait tant rêvé petite fille.

Puis les adultes allèrent se rasseoir dans le salon, et Mrs. Davitch posa l'album sur les genoux de Rebecca pour que tout le monde puisse lui expliquer qui était qui. Tout d'abord, Mrs. Davitch elle-même, en jeune fille méconnaissable dans son short évasé kaki des années quarante. Puis Mr. Davitch, avec aux lèvres le large sourire de Joe, mais, effectivement, peut-être une légère ombre dans le regard. Zeb, bébé, mâchouillant sa tétine, et un Joe adolescent – coups de coude – dans une veste sport pied-de-poule passablement voyante aux épaules en pointe comme des ailes. Aucun ordre chronologique n'avait été respecté : la tante Joyce d'alors, avec ses allures de barrique, était immédiatement suivie d'une tante Joyce en gracieuse robe de mariée à taille de guêpe. Et il n'y avait pas la moindre trace de l'ex-femme de Joe, quoique, sur plusieurs photos de ses enfants, un personnage ait manifestement été découpé aux ciseaux.

Rebecca se tenait bien droite en évitant de toucher les photos, même quand elle avait une question à poser à leur sujet. Elle ne voulait pas que l'on puisse dire qu'elle prenait des libertés. Elle savait bien qu'elle n'était qu'une simple invitée. Elle savait bien que cette famille pittoresque n'était pas la sienne.

Mais lorsque Joe la raccompagna à sa voiture à la fin de la soirée, il lui dit :

« Tout le monde a trouvé que vous étiez comme un membre de la famille. Vous vous êtes parfaitement intégrée, m'ont-ils dit.

– Ils ont été tellement hospitaliers, répondit-elle.

– Ils estiment que je devrais vous épouser.

– Pardon ?

– Je les avais prévenus que j'en avais l'intention. »

Elle s'arrêta sur le trottoir et se tourna vers lui.

« Joe..., fit-elle.

– Je sais », dit-il.

Soudain, elle prit conscience du silence qui régnait, de l'absence de circulation, du murmure des jeunes feuilles dans l'arbrisseau qui se dressait à côté d'eux. Quand il s'approcha d'elle, elle crut qu'il s'apprêtait à l'embrasser, et sut qu'elle l'embrasserait à son tour. Au lieu de quoi, cependant, d'une main lente, solennelle, méticuleuse, il noua le cordon de son décolleté.

Pourquoi, à ce seul geste, sentit-elle ses genoux se dérober sous elle ?

Elle répliqua d'un rire mal assuré et se tourna pour monter dans sa voiture.

« Merci pour le dîner. Au revoir.

– Au revoir. »

Il referma la portière derrière elle avec une telle douceur qu'elle crut d'abord qu'elle était mal verrouillée. Mais non.

Le vendredi, aucune nouvelle de lui. Dieu merci. Le vendredi soir, elle alla au cinéma avec Will. Le samedi, ils partagèrent tous deux une pizza pour son anniversaire, et Will lui offrit un médaillon avec une photo de lui à l'intérieur. Elle ne cessait de se dire que Joe allait surgir d'un moment à l'autre. Elle marchait la tête haute, soucieuse de son image. Mais il ne fit pas d'apparition.

Le dimanche, ils retrouvèrent la mère de Will et celle de Rebecca à l'auberge Myrtle's pour prendre un brunch. C'était une tradition, une fois par mois environ, car Macadam était facilement accessible de Church Valley. À la fin du repas, la mère de Rebecca annonça que c'était son tour de payer. L'addition n'était pas très élevée, mais Rebecca sentit son cœur se serrer en voyant sa mère extirper son vieux porte-monnaie en toile tout élimé de son sac. En rentrant au campus, un peu plus tard, Rebecca demanda à Will :

« Pourquoi ce n'est jamais nous qui payons le brunch ?

– Oh, tu sais bien que nos mamans adorent nous gâter. »

Ce fut d'entendre ce mot de « maman », ce mot si faible, si puéril, dans sa bouche qui la mit en rogne.

« J'en ai marre de cette éternelle vie d'étudiant ! Chaque chose en son temps, chaque étape de l'existence retardée jusqu'au moment opportun, raisonnable ! s'écria-t-elle.

– Pardon ? » fit Will.

Il semblait si jeune, subitement ! La carrure si malingre, la mâchoire si étroite ! Bref, mal dégrossi.

« Rebecca ? lui demanda-t-il. Que se passe-t-il ?

– Rien, rien, fit-elle. Je dois être fatiguée, c'est tout. »

Elle s'aperçut qu'elle menait une existence absolument figée. Elle n'avait rien à en attendre. Rien du tout.

Le lundi soir, comme d'habitude, ils se retrouvèrent pour travailler à la bibliothèque. Rebecca arriva la première et quelques minutes plus tard, Will s'installa à sa table et ouvrit sa mallette en cuir. Ses notes émergèrent dans un froissement de papier, puis ce fut le tour de deux manuels qui atterrirent sur la table avec un bruit sourd, suivis d'un classeur, et enfin de toute une collection de stylos et de crayons. Son stylo à bille rouge pour corriger, son stylo à encre noir pour rédiger, son crayon à papier pour prendre des notes dans les livres d'emprunt, et son stylo à bille bleu pour ceux qui lui appartenaient. Il aligna minutieusement chacun d'entre eux devant lui. En l'observant, Rebecca sentit l'impatience la démanger.

Il ouvrit son classeur et lissa une page parfaitement lisse.

Le 19 avril 1861, se força-t-elle à lire, *l'ordre fut donné de transférer les troupes de...*

Quelque chose l'incita à jeter un œil à la porte de la bibliothèque – un mouvement fugitif. Elle regarda la vitre centrale et tomba sur les yeux rieurs de Joe Davitch. Elle recula sa chaise bruyamment. Will posa un index sur sa page et leva la tête.

« Au revoir, Will, lui dit-elle.

– Hein ? fit-il. Tu pars ? Déjà ? Mais j'ai encore du travail !

– Ça ne fait rien. Reste là.

– Ah bon. D'accord. Bon, eh bien... *au revoir*, alors.

– Non. Au revoir », répondit-elle.

Puis elle franchit la porte et se jeta dans les bras de Joe Davitch.

Ou du moins, c'est ainsi qu'elle décrivit la scène à ses petits-enfants, des années plus tard.

Passant sous silence les diverses complications : les deuxième, troisième et quatrième scènes d'adieu que Will s'obstina à exiger ; les détails à régler auprès de l'université, les examens où elle ne s'était pas présentée, le dernier semestre qu'elle n'avait pas achevé. Le désarroi général quand elle alla s'installer avec armes et bagages au second étage des Bras Ouverts deux semaines avant le mariage.

« Oh, je sais bien que cet homme doit être très séduisant, lui avait dit sa mère au téléphone. Très beau, très attirant, je vois ça d'ici. Un charme fou, sans aucun doute. Mais permets-moi de te poser une question, Rebecca : sais-tu dans quoi tu t'engages ? Il s'agit ici de celui qui te tiendra la main quand tu mourras. À moins que ce soit toi qui tiennes la sienne quand lui mourra. Y as-tu seulement pensé ?

– Mourir ? fit Rebecca.

– Non, c'est bien ce que je me disais », répondit sa mère d'un ton lugubre.

Puis une autre fois – plusieurs autres fois :

« Et ce pauvre Will ? Et sa mère ? Comment veux-tu que je puisse regarder Maud Allenby en face, maintenant ? »

Sans doute n'avait-elle plus jamais regardé Maud Allenby en face, se disait Rebecca. Il était probable qu'elle traversait encore aujourd'hui la rue pour l'éviter, malgré toutes ces années. Elle se détourna d'une publicité d'aspirine pour lui demander :

« Tu vois toujours Mrs. Allenby ?

– Elle est décédée, lui répondit sa mère sans détacher les yeux de l'écran. Je croyais te l'avoir dit.

– Oh ! » fit Rebecca.

Elle se rappelait vaguement, en effet, l'avoir entendu dire.

« Mais nous avions cessé de nous voir depuis longtemps, ajouta sa mère. Après que tu as rompu avec Will, ça n'a plus jamais été pareil.

– Je suis sûre qu'il a réussi à s'en remettre, lui dit Rebecca.

– Peut-être que oui, peut-être que non. Je n'en sais rien. Je ne sais pas où il vit, ni ce qu'il fait, s'il s'est remarié... »

Rebecca attendit que sa mère rectifie d'elle-même, mais il n'en fut rien. Aussi finit-elle par lui dire :

« Comment veux-tu qu'il se remarie, il n'était pas marié, pour commencer.

– Le fait est que Will Allenby était ton âme sœur, trancha sa mère. J'en suis toujours persuadée. Vous aviez tant de choses en commun, vous deux ; vous étiez si amoureux ; vous vous compreniez si bien. Nous en parlions souvent, avec Maud. "Ils sont si bien assortis, lui disais-je. C'est à croire qu'ils se sont connus dans une vie antérieure. Ils ont l'âme de vieux sages. Ils sont faits l'un pour l'autre, ces deux-là." »

Rebecca se tourna vers elle.

« Après ta rupture avec Will, tu as complètement changé », lui dit sa mère.

Dans sa chambre de jeune fille, les meubles étaient toujours les mêmes – un lit jumeau avec une tête blanc et or de style « campagne française », une commode basse où était fixé un miroir ovale, et une table de chevet ornée d'un napperon. Mais il y avait longtemps que toute trace de Rebecca avait disparu, et lorsqu'elle y entra avec son sac de voyage, elle aurait tout aussi bien pu se trouver dans une chambre d'hôtel. L'odeur qui y flottait n'était pas même la sienne. Elle ne savait pas trop ce que celle-ci pouvait bien sentir, mais cette odeur-là, c'était celle de sa mère, une odeur de propre et de renfermé, de choses qui ne servent pas.

Qu'attendait sa mère de la vie, à présent ? Son existence semblait si stagnante : le thé accompagné de toasts du petit déjeuner, le peu de vaisselle lavée et aussitôt séchée, le lit fait, le balai mécanique roulé sur un tapis déjà immaculé...

Mais tous, qu'attendait-on de la vie ? Qui était-elle pour juger de celle des autres ?

Le téléphone sonna – le téléphone princesse turquoise à cadran mobile qui trônait encore sur la table de chevet –, et quelques instants plus tard, elle entendit frapper à sa porte.

« Rebecca ? l'appela sa mère. C'est le frère de Joe.

– Merci », répondit-elle en décrochant.

Elle supposa tout d'abord qu'il s'agissait d'un simple détail de routine, jusqu'au moment où elle perçut une infime pointe de désarroi dans sa voix.

« Je suis vraiment désolé de te déranger, mais..., déclara-t-il d'entrée de jeu.

– Que se passe-t-il ?

– Le sous-sol : il y a de l'eau qui monte. Mais il n'y a pas eu une seule goutte de pluie. Je ne sais pas quoi...

– De quel côté du sous-sol ?

– Près de la fenêtre.

– Zut, fit-elle. C'est encore le gros tuyau d'écoulement.

– Qu'est-ce que ça signifie ? Qu'est-ce que je dois faire ?

– Tu es en haut ?

– Oui, je suis dans le séjour. Je ne sais pas ce qui s'est passé ! Je suis descendu mettre mon linge dans le sèche-linge ; j'avais fait une petite lessive juste avant. Et subitement, je me suis mis à patauger dans l'eau. Ça clapotait de tous les côtés, c'était horrible. Un vrai cauchemar ! »

Rebecca s'efforça de ne pas trahir son amusement.

« Écoute, Zeb, ce n'est pas bien grave. C'est les racines de l'arbre du voisin qui bouchent le tuyau d'écoulement, c'est tout. Mr. Burdick arrangera ça en un tournemain.

– À cette heure-ci ?

– Non, il va falloir attendre demain matin. Mais tu devrais l'appeler maintenant, pour lui dire que nous avons besoin de lui. Regarde sur mon bureau, prends mon petit carnet d'adresses en cuir...

– Et si l'eau continue à monter ?

– Mais non. Évite seulement d'ouvrir trop de robinets, et essaie de ne pas tirer la chasse d'eau. Je partirai très tôt demain matin pour être là quand Mr. Burdick arrivera.

– Je suis vraiment désolé, Rebecca. Je voulais que tu ne te fasses pas de souci pendant ton séjour.

– Mais je ne me fais aucun souci, lui dit-elle. Et tu ne devrais pas t'en faire non plus. Ça n'a rien de grave. Il suffit que tu appelles Mr. Burdick – John Burdick & Fils.

– Bon, d'accord. »

Il était manifestement rassuré. Il s'était remis à marmonner d'une voix monocorde.

« Comment va Poppy ? lui demanda-t-elle.

– Il va bien. Il est allé se coucher. Il m'a demandé deux fois à quelle heure tu rentrais.

– Tu n'as qu'à lui dire, oh, neuf heures, mettons. Dis-le aussi à Mr. Burdick. Je ne veux pas qu'il arrive avant que je sois là.

– OK, Rebecca. Merci.

– Bonne nuit, Zeb. »

Elle raccrocha et prit le réveil, un mini Big Ben qui s'était arrêté. Elle commença par le remonter, puis le régla sur six heures du matin.

À tout moment, cette maison risquait de finir en tas de gravats, elle en était convaincue. Elle était seule à connaître le moindre de ses maux secrets. Elle revoyait encore le jour où elle avait emménagé – le choc qu'elle avait ressenti à l'étage en découvrant les montures de lit en métal imitation bois et les étagères branlantes en aggloméré. Les invités de passage n'auraient jamais pu soupçonner à quel point les fenêtres coinçaient, les robinets gouttaient et les murs paraissaient souffrir d'une espèce de maladie de peau. De loin, la maison était si imposante.

Si sa toute première rencontre avec Joe augurait du rôle qu'elle allait être amenée à jouer dans sa vie, songea-t-elle en se déshabillant, ne laissait-elle pas également présager celui qu'elle devait tenir aux Bras Ouverts ? La maison paraissait en effet constamment accablée de déboires en tous genres, physiques ou sociaux, et à défaut de quelqu'un d'autre, c'était systématiquement Rebecca qui volait à la rescousse. Pourtant, rien ne l'y prédisposait particulièrement. Elle n'était pas très douée pour la cuisine. Elle était incapable de planter un clou droit. Aussi loin qu'elle s'en souvienne, elle avait toujours fait tapisserie dans les soirées. Mais peu à peu, elle avait appris. Elle s'était mise à assumer de plus en plus de responsabilités, au point d'en devenir autoritaire, presque. « Tu n'aurais pas grandi, par hasard ? lui avait demandé sa mère lors d'une ses rares visites. Il y a quelque chose qui a changé. » Rebecca n'avait pas pris un centimètre, mais c'est vrai que quelque chose avait changé. Elle avait l'impression d'occuper davantage de place. Sa voix était plus forte, elle-même s'en rendait compte, et son rire, auparavant si discret, était devenu tonitruant.

Nue au beau milieu de cette chambre où elle avait passé son enfance, elle enfila sa chemise de nuit et la laissa glisser jusqu'à ses chevilles en songeant que la jeune fille qu'elle avait été aurait eu le souffle coupé en la voyant. La Rebecca d'autrefois n'aurait jamais reconnu la femme qui apparaissait dans le miroir, avec ses cheveux en tas de corn flakes et ses traits affaissés. Elle aurait été choquée de la négligente désinvolture avec laquelle celle-ci gagnait son lit.

Elle replia le couvre-lit et l'aplatit à grands coups.

Curieusement, elle n'eut aucun mal à s'endormir. Elle se tourna une fois, rejeta la couverture, se tourna de l'autre côté, et voilà que Poppy célébrait son anniversaire. Une foule d'invités se pressait aux Bras Ouverts, les femmes en crinoline et les hommes en uniforme des confédérés. Mais Rebecca était vêtue de la blouse en chambray tachée d'eau de Javel qu'elle mettait pour les gros travaux de ménage. Jetant un œil à sa tenue, elle s'exclama : « Oh, flûte alors », avec cet accent frivole du Sud cher à Scarlett O'Hara. Elle s'aperçut alors qu'un des invités était Will Allenby. Il s'approcha d'elle en souriant, tenant son chapeau dans la main. Il avait exactement le même âge que la dernière fois qu'elle l'avait vu : vingt ans. Son torse était couvert de médailles, et sa culotte de cavalier soigneusement tendue sur ses longues cuisses.

Elle ouvrit les yeux dans le noir et fut envahie par un douloureux sentiment de regret.

QUATRE

ELLE SE MIT ALORS à mener une tout autre vie, une vie imaginaire, tissée de nostalgie, qui s'écoulait quasiment en permanence sous la surface de son existence quotidienne.

Si elle n'avait pas assisté à la réception de fiançailles d'Amy, il y avait de cela bien des années, si Zeb ne l'avait pas fait tant rire que, l'espace d'un instant, elle avait eu l'air d'une jeune fille joyeuse et expansive, si Joe Davitch ne s'était pas approché d'elle en lui disant : « Vous vous amusez bien, à ce que je vois », nul doute qu'elle aurait poursuivi ses études.

Décroché son diplôme avec mention.

Épousé Will Allenby.

Ce cher Will Allenby, avec ses légères boucles blondes et son sourire serein, contemplatif, ses yeux presque transparents, comme éclairés d'une lumière intérieure. Elle était stupéfaite de le découvrir entier dans sa mémoire, intact jusque dans ses moindres détails, comme s'il était resté tout ce temps prêt à surgir à la seconde même où elle se souviendrait de son existence. Il avait pour habitude de se passer les doigts dans les cheveux dès qu'il était plongé en pleine discussion intellectuelle, et elle revoyait si clairement ces doigts agiles, noueux (identiques à ceux de ce fils duquel avait rêvé !), et l'aspect électrique de ses cheveux. Elle se rappelait comment il adorait écouter du Bach, détestait les filles qui gloussaient et prétendait souffrir d'une allergie épidermique au rouge.

Des souvenirs singuliers surgissaient de nulle part : comme ce jour où le Dactylo le plus Rapide du Monde avait fait une démonstration de ses talents devant les lycéens réunis. Chauve, rondouillard, impassible, il était assis derrière un minuscule bureau de dactylo en métal, face aux spectateurs mais le regard perdu au-dessus de leur tête, tandis que sa machine à écrire jacassait sans interruption en crachant des feuilles de papier par terre. Will avait passé la séance à marmonner entre ses dents. Qu'est-ce que ça prouvait ? ne cessait-il de répéter à Rebecca. L'assistante du phénomène – une blonde aux jambes interminables affublée d'une tenue qui ressemblait à s'y méprendre à un uniforme de serveuse de drive-in – ramassait chaque feuillet en proclamant qu'il était parfait, cent pour cent exact, affichant tant de mots à la minute ; mais qu'est-ce qui les obligeait à la croire ? À cette distance, les feuillets pouvaient tout aussi bien être vierges. Rebecca s'était efforcée de le faire taire, mais Will avait insisté. « C'est scandaleux ! avait-il chuchoté d'une voix perçante. On nous fait gaspiller du temps sur nos études ! » Il avait fini par l'exaspérer ; elle avait écarté son bras du sien. À présent, elle aimait à évoquer ce souvenir. Quand elle inventoriait ainsi ses défauts, il lui revenait en mémoire avec plus de force. Elle songeait à ses dents de cheval, dont elle sentait la pression derrière ses lèvres quand ils s'embrassaient, à sa maladresse de chiot lorsqu'il l'enlaçait, à la préciosité de ses *« Au revoir »* (qui ne lui apparaissait qu'aujourd'hui) à la fin de chaque soirée.

Certes, ils n'avaient jamais couché ensemble, mais ils ne cessaient d'en parler. Pour quelle raison il était préférable d'attendre, pourquoi le contraire, quels étaient les pour et les contre. Will avait un livre intitulé *L'Amour dans le mariage* qu'il avait commandé en découpant un bon au dos d'un magazine. Il l'avait épluché de A à Z en étudiant chaque diagramme un à un – des trompes de Fallope semblables à des tiges d'orchidées à la position du missionnaire. Il en faisait la lecture à Rebecca, qui l'écoutait en faisant mine d'afficher une relative indifférence, la tête légèrement inclinée et le regard perdu dans le vague. (Alors qu'au fond d'elle-même, naturellement, elle buvait la moindre de ses paroles, ayant du mal à croire que les couples mariés de sa connaissance puissent ne pas s'y consacrer à plein temps.) Avec Joe, ils avaient connu une vie sexuelle très épanouie, mais elle regrettait à présent de ne pas avoir connu l'émotion de la découverte à deux avec un homme aussi inexpérimenté qu'elle. Will s'y serait pris d'une manière si scientifique. Il y aurait mis tant de concentration, d'intensité comique !

À l'époque, elle couvrait ses cahiers de *Will Allenby* et de W. *A.* + *R. H.* Et puis, en toutes petites lettres confidentielles, *Rebecca Allenby*. Elle était contrariée par la juxtaposition des deux *a*, qui obligeait à marquer une coupure. *Rebecca Holmes Allenby*, avait-elle rectifié. *Mrs. Willard Allenby*.

Elle se disait qu'ils seraient sans doute mariés juste après leur licence. C'était une des étapes de leur projet de vie. Ils seraient partis dans une grande université plus prestigieuse, afin de pouvoir terminer leur doctorat – Will en physique, Rebecca en histoire américaine. Elle visualisait leur domicile aussi concrètement que s'il appartenait au domaine des souvenirs : un appartement agréablement vétuste aux abords du campus, dans la maison d'une veuve de l'université, avec des étagères faites de planches et de briques, des bouteilles de chianti en guise de bougeoirs et un couvre-lit en batik. Leurs repas seraient frugaux – du pain et de la soupe, par exemple, posés sur la table de la cuisine entre les piles de livres. Tous les soirs, après le dîner, ils iraient se promener tous les deux, main dans la main, en discutant savamment de leurs projets de recherches respectifs. Leur promenade avait pour cadre une ville qui avait toutes les apparences de Baltimore sans pour autant l'être, de même que ces lieux qui vous apparaissent en rêve. Elle était plus propre et plus organisée, imprégnée d'une odeur de muscade fraîchement râpée, comme Baltimore autrefois, avant que la fabrique d'épices ne soit transférée en banlieue. Et puis, il n'y avait pas de circulation. Seul résonnait l'écho de leur pas sur le trottoir.

Sa vraie vie réelle – c'est ainsi que lui apparaissait ce scénario. Par opposition avec sa fausse vie réelle, avec son tourbillon permanent de proches, d'invités et d'ouvriers. Peu à peu, elle sombra si profondément dans sa vraie vie réelle qu'elle devint lointaine, déconnectée, au point qu'elle mettait parfois plusieurs minutes à reprendre ses esprits lorsqu'on lui posait une question. Mais personne ne parut s'en apercevoir.

Pour le moment, sa fausse vie réelle tournait autour du mariage de NoNo. Il devait avoir lieu le 12 août – un jeudi, afin de ne pas entraver une éventuelle réception payante. Bien que NoNo ne cessât de répéter qu'elle ne voulait pas d'un grand mariage, il fallait tout de même s'occuper de la liste des invités, prendre des dispositions pour la famille de Barry, et discuter du menu avec Biddy. Si Rebecca avait eu voix au chapitre, ils auraient également prévu une répétition, mais les couples n'avaient toujours pas trouvé d'officiant. (Ni l'un ni l'autre n'appartenait à une quelconque église.) « Ne vous inquiétez pas, rabâchait NoNo. Je suis sûre que tout se passera bien » – hypothèse pour le moins téméraire si l'on considérait qu'elle avait passé sa jeunesse aux Bras Ouverts. Puis, subitement, elle annonça que la seule chose qui lui importait, c'était le jardin.

« Le quoi ? fit Rebecca.

– Le jardin. Je t'ai dit que je voulais un mariage en plein air ? »

Rebecca en resta bouche bée.

Pour commencer, ils n'avaient pas de jardin. Tout juste un petit parterre de roses clairsemé devant la maison pour le décor, et un carré à peine plus grand derrière, essentiellement peuplé de mauvaises herbes, qui s'achevait au pied du bâtiment de la cuisine. Or, comme, de mémoire d'homme, on n'avait jamais connu d'été aussi sec et aussi chaud, ces mauvaises herbes n'étaient pas même vertes, mais couleur de sable brûlé, et les azalées n'étaient plus que des brindilles mortes. Et puis, quelle idée de vouloir un mariage en plein air quand la température moyenne avoisinait les quarante degrés ?

Mais NoNo déclara :

« Je suis fleuriste, après tout, comme si cela expliquait tout.

– Bien, en ce cas, en ta qualité de fleuriste, tu dois pouvoir me dire comment avoir un jardin à peu près présentable en moins de deux semaines.

– Tu as bien ce garçon qui tond la pelouse, non ? Rock, Stone, comment s'appelle-t-il, déjà ?

– Brick, répondit Rebecca. Il n'est pas venu depuis début juillet. Il n'y a rien à tondre.

– Je suis sûre qu'il trouvera quelque chose. Il peut dérouler du gazon, apporter quelques plantes en pot... »

Rebecca avait toujours pensé que NoNo était la plus facile, la plus accommodante et la plus serviable des quatre filles Davitch. Mais désormais, elle n'en était plus aussi sûre.

Puis il y eut la question du buffet. NoNo décréta subitement qu'elle ne voulait pas que Biddy s'en charge. Et ce, après que Biddy eut composé le menu et engagé une équipe de serveurs qui n'étaient pas de la famille. NoNo affirma qu'elle s'en voudrait de faire travailler Biddy le jour du mariage de sa sœur.

« Je préparerai tout avant, protesta Biddy. Ça devait être mon cadeau de mariage. Je n'aurai pas à lever le petit doigt pendant la réception. J'arriverai en robe habillée et je me conduirai comme tous les autres invités.

– Je pensais au traiteur qui s'est occupé de la soirée de la semaine dernière, lança NoNo d'une voix songeuse. Les Noceurs, ça s'appelle. J'ai une copie de leur menu. »

Biddy jeta un coup d'œil à Rebecca.

« Comme par hasard, tu as une copie de leur menu.
– Ce qu'il fait est si délicieux, si simple, sans prétention », dit NoNo.

Les yeux rougis, Biddy tourna les talons et sortit de la cuisine dans un mouvement d'humeur. L'instant d'après, elles entendirent la porte d'entrée claquer. NoNo se contenta de fredonner trois petites notes – « hmm-hmm-hmm ! » – en se resservant une tasse de café.

Oh, Rebecca était fatiguée d'avance à la perspective de ce mariage.

Et le pire, pour elle, était que Tina y assistait. La mère de NoNo, l'ex-femme de Joe, qui venait exprès d'Angleterre, où elle vivait à présent. Le voyage étant long, elle arriva trois jours avant. Un véritable cortège de voitures alla la chercher à l'aéroport – Biddy et Troy, Patch et Jeep, NoNo et Barry, et tous les enfants sur lesquels on avait pu mettre la main –, ce qui n'empêcha pas un certain nombre de ses bagages d'atterrir au retour sur les genoux des passagers. Elle voyageait comme une star de cinéma, avec une valise consacrée aux chaussures et une autre aux cosmétiques. Les mains vides, quant à elle, elle ouvrait la marche, en tête de ses porteurs ployant sous le fardeau, et fit son entrée dans la maison toutes voiles dehors en octroyant un sourire de-ci de-là.

« Rachel, ma chérie ! s'écria-t-elle.
– Rebecca, rectifia cette dernière en se laissant engloutir entre ses bras parfumés.
– Quelle toilette ravissante ! » la complimenta Tina.

Rebecca avait soigneusement réfléchi à sa tenue – un chemisier blanc tout simple qu'elle était allée jusqu'à repasser et une jupe droite bleu marine des plus classiques qui ne risquait pas de faire clocharde –, mais elle s'aperçut alors qu'elle avait davantage les allures d'une hôtesse de l'air ventripotente qu'autre chose. Tina, de son côté, était magnifique Elle était grande et mince, avec une crinière de cheveux auburn ramassée en chignon sur le dessus de la tête et des traits étonnamment exagérés : d'immenses yeux aux longs cils, de pulpeuses lèvres rouges, un nez qui saillait telle une fière proue. Sa vaporeuse robe moulante aurait été parfaite pour le mariage, mais Rebecca savait par expérience que ce jour-là, la toilette de Tina éclipserait celle de la mariée. Elle approchait manifestement la soixantaine, mais c'est un âge qui, chez elle, avait un côté chic et sexy.

Rebecca se sentit subitement déprimée. Elle croisa les bras sur son ventre et, l'œil morose, regarda Tina plonger dans ses bagages pour en extirper de somptueux cadeaux destinés à chacun des membres de la famille. (Son second mari – aujourd'hui son ex-mari – était très riche.) Des eaux de Cologne de parfumeurs français, du cristal irlandais, un vrai blaireau pour Poppy, un régiment de soldats de plomb pour son dernier petit-fils... et pour Rebecca, un tablier.

« Merci », fit Rebecca d'un ton blême, mais sa voix fut couverte par le brouhaha général.

Elle s'était souvent dit que, pour s'assurer l'adoration sans bornes de sa famille, le meilleur moyen était de l'abandonner. Regardez un peu les filles de Tina agglutinées autour d'elle ! Les hommes prenaient l'air intimidé, transi – en particulier Barry, qui la rencontrait pour la première fois –, et les enfants étaient muets de stupeur. Même Min Foo, qui n'avait aucun lien de parenté avec elle, fit des yeux de carpe énamourée en la voyant arriver. « Minerva, ma chérie ! » s'écria Tina en l'enlaçant avec emphase, avant de lui offrir une paire de baguettes en ivoire sculpté pour son chignon. Tina n'employait jamais les surnoms, mais toujours Minerva, Bridget, Patricia, Elinor. D'après Rebecca, c'était un détail révélateur. La distance, voilà le secret : la séduction de la femme distante et mystérieuse dont l'aura n'avait pas été entamée par les incessantes petites abrasions du contact quotidien.

« Bon, fit Rebecca, je vais aller m'occuper du dîner. »

Personne ne lui proposa son aide.

À la cuisine, Alice Farmer était en train de couper des tomates. D'habitude, son visage anguleux d'un noir bleuté était indéchiffrable, mais à voir la courbe sardonique de ses sourcils, il était impossible de s'y tromper.

« Alors, on vient se cacher ? » lança-t-elle à Rebecca. (Elle travaillait chez eux depuis assez longtemps pour avoir assisté à plusieurs des visites de Tina.)

« J'ai bien envie d'aller manger au Burger King, lui dit Rebecca. Et de les laisser se dépatouiller pour le dîner. »

Alice Farmer s'esclaffa d'un rire sifflant et lui tendit un sac d'épis de maïs à égrener.

Rebecca se demandait comment Joe aurait réagi dans cette situation. Elle n'avait jamais eu l'occasion de l'observer en compagnie de Tina. (Les deux femmes s'étaient croisées pour la première fois à son enterrement – rencontre bizarre, sans doute, à laquelle Rebecca n'avait cependant pas prêté attention sur le moment tant elle était pétrifiée de douleur.) Évidemment, elle avait abreuvé Joe de questions sur son ex-femme, à l'époque où ils sortaient ensemble.

« Elle doit être très séduisante », avait-elle hasardé, à quoi Joe lui avait répondu :

« Oui, quand on est attiré par ce genre de femme.

– Et elle doit avoir une voix extraordinaire.

– Tina ? Elle a une voix de corbeau.

– Mais si elle est chanteuse de boîte de nuit...

– *Soi-disant* chanteuse. Chanteuse entre guillemets. »

Sans doute la vague de soulagement qu'elle avait éprouvée était-elle visible, car Joe lui avait dit en souriant :

« Ne me dis pas que ça t'a tracassée.

– Tu as tout de même choisi de l'épouser, lui avait-elle rappelé.

– Il se trouvait qu'elle était enceinte, Beck.

– Oui, mais...

– Crois-tu que nous nous serions mariés, autrement ? Que ce soit elle ou moi ? Nous étions malheureux comme les pierres, ensemble. À la fin de sa troisième grossesse, elle comptait les jours qui la séparaient de l'accouchement pour pouvoir enfin partir. »

Mais à cet instant résonna de la cuisine le rire des filles

– plus sonore que d'habitude, plus enjoué. A croire que leur mère était la plus aimante du monde.

Elle déroula les feuilles d'un épi de maïs et s'abandonna à sa vraie vie réelle, où Will et elle n'avaient qu'un seul enfant, un enfant biologique. Un garçon, mettons. (Les filles étaient si compliquées.) Un garçon comme celui du train. Ils lui auraient donné un nom solennel : Ethan ou Tristram. Quelque chose que l'on ne puisse pas abréger aisément. Il serait du genre sérieux, depuis tout petit – un bébé attentif, concentré, qui se contenterait de rester des heures durant à observer ce qui l'entourait. Un bambin paisible. Un petit garçon d'esprit curieux. Du style à démonter une pendule par pur intérêt scientifique. « Tristram ! Qu'est-ce que tu as fait ? » lui dirait-elle en tombant sur un tas de rouages. Mais secrètement, elle serait fière de lui.

Elle lui achèterait – ils lui achèteraient, avec Will – des livres sur les dinosaures, sur l'Atlantide, sur l'enfance de Thomas Edison. Peut-être lui trouveraient-ils une boîte à musique ancienne dans une brocante, et plus tard un grille-pain ou une radio, un objet cassé qu'il puisse bricoler et finir par réparer, à la surprise de tous.

Sans doute aurait-il quelque difficulté à se faire des amis. Autant qu'elle voie les choses en face ! Personne n'est parfait. Ses instituteurs leur enverraient des bulletins : A dans les matières purement scolaires, mais C ou D en éducation physique, avec une note soulignant qu'il manquait d'esprit d'équipe. Que son travail était médiocre dans les projets de groupe. Qu'il avait un peu de mal à s'entendre avec ses camarades de classe.

Elle se rendrait à une réunion et hocherait la tête d'un air soucieux, puis elle s'efforcerait de dissimuler sa satisfaction lorsque l'instituteur conclurait par ces mots : « À part cela, naturellement, votre fils est un véritable bonheur. De tous mes élèves, Tristram est de loin le plus brillant et le plus imaginatif.

– Oui, c'est vrai qu'il a toujours été très... », murmurerait-elle.

Les yeux modestement baissés.

Au lycée, il aurait pour seul ami un garçon obsédé par l'informatique. Ils passeraient tous deux leurs week-ends cloîtrés dans la chambre de Tristram à fabriquer un objet énigmatique à partir de fils électriques et d'un poste de télévision éventré. Elle frapperait à la porte pour leur offrir des biscuits. Tristram marmonnerait : « Hein ? Ah oui. Merci. » Puis elle resterait un instant dans l'embrasure de la porte à respirer les odeurs d'huile de graissage et de baskets pleines de transpiration. Cela ne la dérangerait pas du tout qu'il ne lui prête aucune attention. Elle savait qu'il était parvenu à un stade où il devait se détacher d'elle.

Elle savait qu'au fond, il l'aimerait toujours.

« Alors, vous me les passez, ces épis de maïs ? lui demanda Alice Farmer. Miss Davitch ? L'eau bout. Vous voulez bien me passer le maïs ? »

Rebecca se contenta de la fixer en plissant les yeux.

Ils étaient si nombreux au dîner que les enfants durent manger séparément. Ce qui ne manqua pas de susciter diverses protestations, car certains des enfants – les adolescents – estimaient qu'ils étaient en âge de manger avec les adultes. Et Tina n'arrangeait en rien les choses répétant à qui voulait l'entendre :

« Mais bien sûr que tu es assez grand ! Viens t'asseoir à côté de moi. »

Rebecca finit par être obligée d'intervenir :

« Écoutez, Tina. On ne tient qu'à douze, à cette table, et nous sommes déjà douze adultes. Je mets les sept enfants à la cuisine. »

Tina haussa les épaules et, la moue apitoyée, se tourna vers les adolescents. Puis elle tapota la chaise qui était à sa droite et déclara :

« Bon, bon, puisque c'est comme ça, venez vous asseoir à côté de moi, Barry. Et Hakim, à ma gauche. (Les deux plus beaux garçons présents, comme par hasard.) Sept petits-enfants ! lança-t-elle à Rebecca. À nous deux, nous pourrions monter une équipe de base-ball ! »

Une part de Rebecca se sentit flattée. Il y avait chez Tina une forme de candeur, de familiarité qui l'avait toujours séduite. Mais l'autre moitié mourait d'envie de faire remarquer à Tina qu'elle n'avait aucun droit de s'approprier ainsi les deux enfants de Min Foo. Elle lança à Tina un sourire blême, puis s'assit délibérément entre ses deux préférés, Troy et Zeb, bien que sa place habituelle fût auprès de Poppy. Ce dernier était tout au bout de la table, s'obstinant à demander que l'on veuille bien éteindre la lumière du salon. Mais personne ne se porta volontaire. Ils se disputaient tous l'attention de Tina, les filles l'appelant « maman » à tout bout de champ en formant le mot avec des mines empruntées qui trahissaient le manque d'habitude.

Elle gardait le souvenir pénible d'avoir un jour demandé aux filles, tout au début de son mariage, de l'appeler « maman ». « Mais tu n'es pas notre maman, avaient-elles répondu. Ça serait un mensonge. » Oh, les enfants étaient si pointilleusement attachés à la vérité pure et absolue. (Récemment, Rebecca avait présenté Peter au plombier en disant : « Voici le beau-fils de ma future belle-fille. Je veux dire, le futur beau-fils de ma belle-fille. Mon futur petit-fils par alliance. » Mr. Burdick avait écarquillé les yeux. Sans doute l'avait-il jugée bien mesquine de ne pas l'appeler tout simplement son petit-fils. Mais Rebecca savait par expérience que Peter aurait été tout à fait capable de la contredire formellement et de la faire passer pour une fabulatrice.)

Alice Farmer entra toutes voiles dehors, l'air digne et majestueux, en portant un plat de pâtés de crabe au-dessus de sa tête.

« Eh bien, Alice, je vois que vous êtes toujours avec nous », lança Tina.

Rebecca ne put s'empêcher d'éprouver une pointe de satisfaction perverse, car Alice Farmer détestait qu'on l'appelle autrement que par son nom complet. C'était une de ses lubies. Alice Farmer posa le plat devant Rebecca et glissa à Tina un long regard de marbre sous ses paupières à demi closes avant de sortir de la pièce.

« À la place de Tina, j'engagerais un goûteur avant le prochain plat », murmura Zeb entre ses dents.

Mais Tina avait allègrement changé de sujet pour passer à celui du mariage. Elle demandait à Barry comment ils s'étaient rencontrés, NoNo et lui, où il lui avait fait sa demande, quel genre de cérémonie ils avaient prévu. Ses questions s'achevaient sur une baisse de l'intonation, typique des Anglais – « Ne risque-t-il pas de faire horriblement *chaud* dans le jardin » – et, au cours de ses années à l'étranger, elle avait manifestement oublié le secret de la prononciation des *r*. « Le jaaahhdin », disait-elle. Rebecca décida de cesser d'être aussi critique.

« Veux-tu un pâté de crabe ? », demanda-t-elle à Troy.

Malheureusement, sa question se conclut sur cette même note tombante. Troy s'esclaffa. Rebecca déposa un pâté au crabe dans l'assiette de ce dernier en évitant soigneusement de croiser son regard.

« Nous avons enfin trouvé quelqu'un pour célébrer le mariage, annonça Barry à Tina. L'autre soir, au restaurant, on était là avec NoNo à se demander qui pourrait bien nous marier, et voilà que notre serveuse nous dit : "Mais, moi, je peux le faire." Il se trouve qu'elle a une sorte de certificat qu'elle s'est fait envoyer par la poste. Tout à fait légal, à ce qu'elle dit. Une dame très gentille. Elle nous a dit que ce serait gratuit. »

Première nouvelle. Jusqu'alors, Rebecca savait simplement que l'officiant serait une femme. Elle s'était imaginé une dame imposante vêtue d'une longue toge noire comme une juge de la Cour suprême. À présent, c'était une tout autre image qui surgissait : une femme en modeste uniforme de Nylon rose avec un filet dans les cheveux.

« Eh bien, pourquoi pas, lança gaiement Tina. Après

tout, ce n'est qu'une vaste plaisanterie. Vous ne trouvez pas ? » ajouta-t-elle à l'adresse de Hakim.

Il lui jeta un sourire ébloui.

« Un rituel tribal primitif destiné à nous faire oublier que nous nous contentons de reproduire l'espèce, poursuivit-elle. Quand je songe à tout ce que j'aurais pu accomplir si j'avais évité de me marier ! Il y a de quoi pleurer.

– Quoi donc ? s'enquit poliment Zeb.

– Pardon ?

– Qu'aurais-tu pu accomplir ?

– Tu n'as qu'à demander à mon professeur de chant. Quand elle a appris que j'épousais Joe, elle était consternée. Absolument consternée. "Mon petit, vous gaspillez un don de Dieu, uniquement pour entrer dans une institution inventée par les hommes pour leur seul profit." Voilà ce qu'elle m'a dit. Et elle avait raison. Aujourd'hui, je le sais bien. »

Elle lança un sourire éblouissant à Hakim.

« Oh, les femmes peuvent bien trouver le mariage relativement utile pendant cette petite phase de la maternité. Mais au fil des années, elles ont de moins en moins besoin de leur mari, alors que leurs maris ont de plus en plus besoin d'elles. Les hommes comptent sur l'écoute, l'émerveillement, les mais-oui-chéri-tu-es-extraordinaire, les repas équilibrés, les draps propres, les parquets cirés, et puis la surveillance de leur hypertension, les régimes sans sel, et la main dans la leur quand ils se retrouveront perdus à l'âge de la retraite. Et c'est alors que les femmes se mettent à rêver de prendre leur liberté. Elles se précipitent sur leurs déjeuners de dames, leurs réunions de clubs de lecture féminins, leurs expéditions entre filles dans le désert.

– Génial, Tina, intervint Zeb. Une chose est sûre, c'est que tu sais trouver les mots justes pour t'adresser à un couple de futurs mariés. »

Les autres éclatèrent de rire – un rire parfois incertain, nota Rebecca. Mais Tina leva le menton et riposta :

« Tu n'as jamais été pressé de te marier, il me semble.

– Non, en effet. J'attends toujours Rebecca. »

Rebecca lui lança un sourire de gratitude, mais Tina ne sembla pas avoir entendu.

« Mais sérieusement, dit-elle aux autres. Vous devez bien admettre que l'amour est un véritable gaspillage. C'est cher, c'est une perte de temps, c'est compliqué... »

De nouveau, ils se mirent à rire. Cette fois, ils étaient plus détendus. Ils devaient se dire qu'elle plaisantait. Ah, cette Tina, quel sacré numéro.

Mais Rebecca n'avait pas l'impression qu'elle plaisantait. Ou à moitié, seulement. Elle la soupçonnait d'exprimer exactement ce qu'elle ressentait.

Le plus drôle, c'est qu'elle éprouvait parfois la même chose. Elle observa autour d'elle cet enchevêtrement de membres de la famille et de pièces rapportées, ces enfants déboulant de la cuisine pour se plaindre d'une injustice, Poppy annonçant sa fête d'anniversaire pour la énième fois, Peter traînant lamentablement en marge du groupe...

Et elle songea combien sa vie aurait été simple et sans histoires s'il n'y avait pas eu l'amour.

Appeler le photographe, se remémora-t-elle avant de s'endormir. Appeler NoNo pour lui demander quel genre de musique elle souhaite. Passer prendre le costume de Poppy chez le teinturier.

Elle savait bien qu'elle aurait dû allumer la lumière pour dresser une liste, mais elle était trop fatiguée. À la place, elle essaya de visualiser celle-ci au plafond – un moyen mnémotechnique qui ne fonctionnait jamais vraiment. Demander à Dixon s'il pourra raccompagner Alice Farmer en voiture après le mariage, ajouta-t-elle. Elle glissa le pied dans un coin de drap plus frais. Vérifier si Barry...

Puis elle perdit le fil de ses pensées et resta les yeux perdus dans l'obscurité.

Lorsqu'elle en imaginait les aspects négatifs, la vie qu'elle n'avait pas eue ne devenait que plus réelle. Ainsi, Will aurait sans doute été un bourreau de travail. C'était tout à fait le genre à rester tard au labo et s'exprimer en monosyllabes quand il était absorbé par ses recherches. Elle serait là à lui servir un dîner de gourmet en tenue séduisante, lui versant un verre de vin en lui caressant la nuque, et il lui dirait : « Tu sais quoi ? Je crois que j'ai enfin compris où était mon erreur dans la dernière expérience. »

Quant à Tristram, il ne surmonterait jamais réellement sa maladresse en société. Avec Will, ils se feraient toujours un peu de souci pour lui. Il connaîtrait naturellement une belle réussite professionnelle, dans un domaine scientifique qui demeurerait totalement inaccessible à sa mère, mais, selon elle, il ne se marierait que relativement tard. Il avait la manie de tomber inconsidérément amoureux de pétillantes blondes superficielles qui n'avaient que faire de ses attentions. (Il fallait être capable de voir au-delà de son sérieux, sa timidité et sa gaucherie.) Tout comme son père, il vivait légèrement en marge de ses contemporains.

Oh, ce n'est pas toujours rose, dirait Rebecca à ses amis.

« Je ne peux pas croire que vous laissiez Poppy porter un toast au mariage, déclara Tina. Il ne nous entend pas, n'est-ce pas ?

– Non, il est dans sa chambre, lui répondit Rebecca. Il y a des heures qu'il a pris son petit déjeuner. »

Elle espérait se faire comprendre à demi-mot – il était neuf heures passées –, mais cela passa au-dessus de Tina.

« Il n'y a plus rien à en tirer ! reprit-elle. Il doit lui rester un seizième de cervelle, dont la seule obsession est de se repaître de sucreries. »

Rebecca n'avait jamais entendu quiconque employer ce terme de *repaître* dans la conversation courante. Elle demeura plongée dans un tel abîme de perplexité – plantée à ses fourneaux, le regard rivé sur un morceau de beurre en train de fondre puis de grésiller – que Tina poussa un tss… d'impatience et passa le bras devant elle pour attraper la boîte d'œufs.

« Oh non, quelle mauvaise plaisanterie ! », dit-elle en soulevant le couvercle.

Elle contemplait une double rangée de coquilles vides. Rebecca remettait toujours les coquilles dans le carton quand elle préparait à manger. En fait, elle était persuadée que tout le monde faisait la même chose. Voilà ce qui se passait quand vous invitiez des gens à passer la nuit chez vous : ils vous forçaient à voir votre vie de l'extérieur, à constater que, en y réfléchissant bien, une boîte de coquilles vides n'était effectivement pas dénuée d'une certaine ironie. Mais il restait deux œufs intacts, qu'elle sortit et cassa sur le bord de la poêle.

« Quant à cette fête d'anniversaire, vous n'y pensez pas ! protesta Tina. De toute façon, dans la minute qui suivrait, il aurait tout oublié ! Et vous imaginez un peu la conversation ? En boucle pendant des heures, avec les mêmes sujets qui reviendraient perpétuellement sur le tapis. Ses invités s'arracheraient les cheveux. »

Rebecca doutait elle aussi que Poppy garde un quelconque souvenir de la fête par la suite. Tous ses efforts ne serviraient à rien. Mais elle répondit :

« Peu importe, nous lui rafraîchirons la mémoire.

– C'est plus simple de ne pas faire de fête et de prétendre le contraire.

– Et puis, parfois, ce n'est pas inintéressant, quand il se répète, poursuivit Rebecca en remuant les œufs d'un air songeur. De nouveaux détails surgissent, de vieilles histoires vues sous des angles différents. De temps à autre, je finis par apprendre quelque chose.

– Pour ce que ça vaut, rétorqua Tina. Il était déjà passablement barbant, même du vivant de tante Joyce. Mais aujourd'hui, Seigneur ! Il faut croire qu'elle le couvait davantage que nous le pensions.

– Oh, qui sait ? Peut-être dirions-nous exactement l'inverse si c'était lui qui était mort, répondit Rebecca. Peut-être qu'à deux, ils formaient une unité qui fonctionnait bien et que le premier à partir condamnait l'autre à rester, comment dire... bancal, estropié. »

Il y eut un bref silence, pendant lequel Rebecca éteignit le brûleur et apporta la poêle sur la table. Elle fit glisser les œufs dans l'assiette de Tina, posa la poêle dans l'évier et demanda :

« Café ? Thé ? »

Ce n'est qu'alors qu'elle remarqua que Tina la dévisageait avec une extrême attention.

« Quoi ? lui demanda-t-elle.

– Oh, rien », répondit Tina.

Elle s'attabla en ramassant d'une main l'étoffe de sa longue robe. (Elle portait un déshabillé de satin lui arrivant aux chevilles, digne d'une actrice de film muet.)

« Du café, s'il vous plaît », dit-elle avant d'ajouter .

« Vous avez dû vous sentir vous-même un peu bancale, toutes ces années.

– Oh..., fit Rebecca.

– Vous n'avez pas, comment dirais-je, d'homme dans votre vie, j'imagine.

– Oh, non », répondit Rebecca.

Elle servit une tasse de café qu'elle posa devant Tina.

« Vous avez bien raison, pourquoi vous embarrasser d'un homme. Ils sont tellement enquiquinants. »

Rebecca fut surprise par ce soudain accès de gentillesse. Elle s'assit en face de Tina et lui dit :

« Ce n'est pas tout à fait ça...

– Et après avoir servi de baby-sitter à Joe Davitch, qui plus est ! poursuivit Tina. Pas étonnant que vous ayez besoin de vous reposer. Ah, ces Davitch, ils sont tous pareils, une vraie bande de rabat-joie. Ils savent y faire pour vous saper le moral.

– Oh, je n'irais pas jusqu'à...

– À chaque fois que je repense à sa mère, je l'imagine au bord des larmes. Vous savez, comment son menton se creusait, sa lèvre du bas se mettait à trembloter. Enfin, ce n'est pas parce que vous avez des plafonds de quatre mètres de haut que ça fait automatiquement de vous une reine des mondanités. Je n'oublierai jamais le jour où elle a dit à une de ses vieilles amies : "Je vous aime bien, Ginny, mais est-il vraiment nécessaire que nous nous retrouvions ?" »

Rebecca sourit en entendant l'écho de la petite voix plaintive de sa belle-mère résonner par-delà les années.

« Et le père de Joe qui a avalé ces cachets, poursuivit Tina. Sans même laisser un mot. Il devait y avoir une espèce de chromosome dépressif des deux côtés, ou je ne sais pas, moi.

– Peut-être, mais ça leur arrivait d'être heureux, répondit Rebecca, qui repensait précisément à son vingtième anniversaire, à tous ces gens chantant autour de la table en son honneur.

– Et tante Alma, la sœur de son père, qui passait son temps à Sheppard Prat pour de petites cures de repos. Et le cousin Ed ! Traversant pile devant un bus. »

Rebecca détestait que Tina étale ainsi sa connaissance de la vie intime des Davitch. De son côté, elle n'avait jamais entendu parler du cousin Ed, et elle croyait que les cures de repos de tante Alma étaient un secret que maman Davitch n'avait confié qu'à elle seule.

« Oui, mais dans toutes les familles..., commença-t-elle.

– Et cette façon que Joe avait de conduire, ces virages à gauche complètement fous. Ne me dites pas que ce n'était pas suicidaire ! En plein devant les voitures qui arrivaient en sens inverse. Combien de fois j'ai plongé sous le tableau de bord. Je parie que vous avez connu ça, vous aussi. À moins qu'il ne l'ait fait qu'avec moi. »

Non, il le faisait aussi avec Rebecca.

À l'époque où ils sortaient ensemble, elle ne s'en était pas inquiétée. Elle était si confiante, en ce temps-là. Elle se revoyait nageant en plein bonheur à côté de lui, en tenant tendrement sa main droite sur ses genoux, tandis que de l'autre, il virait sur les chapeaux de roue devant une double file de voitures roulant à toute allure. Mais par la suite, elle s'était mise à avoir peur – surtout après la naissance de Min Foo. Ils s'étaient même querellés deux ou trois fois à ce sujet. « Qui est au volant ? Toi ou moi ? » lui avait-il lancé, ce à quoi elle lui avait répondu : « Oui, mais ma vie est en jeu, après tout ; la mienne et celle des enfants. J'ai le droit de protester ! »

« Vous ne pensez pas que c'était le comportement typique d'un homme qui cherche à se supprimer ? » lui demanda Tina.

Pour une fois, la question était suivie d'un point d'interrogation, à l'américaine. Cependant, Rebecca ne lui répondit pas.

« Quoi qu'il en soit, il a au moins eu le mérite de ne pas vous emmener avec lui le soir de l'accident », reprit Tina.

Elle jeta un œil sur la table.

« Il n'y a pas de jus d'orange, je suppose.

– J'en ai peut-être dans le réfrigérateur, lui dit Rebecca sans bouger.

– Ah. »

Tina attendit un instant. Puis elle dit :

« Je vais aller le chercher », et elle recula sa chaise pour se lever.

Son déshabillé glissa sur le linoléum dans un bruissement de sable coulant dans un tamis.

Il est vrai que Rebecca avait parfois senti autre chose, chez Joe, comme un éclat de désespoir dissimulé sous ses dehors d'exubérance. De temps en temps, elle croyait déceler une fausse note dans sa voix, une gaieté forcée quand il accueillait ses invités. Ou était-ce seulement que dans n'importe quel couple, on finissait toujours par en savoir trop sur l'autre ? (La signification profonde de cette soudaine crispation des épaules ou de ce frisson sur la tempe.) Une fois ou deux, il lui était arrivé de le retrouver après une soirée, affalé dans l'obscurité du premier salon, le regard perdu dans le vide. « Joe ? Tu ne viens pas te coucher ? » lui avait-elle demandé. Et il avait secoué brusquement la tête avant de se hisser péniblement de son fauteuil.

Elle avait eu quelquefois l'impression – quelquefois seulement, et encore, cela ne durait jamais – de le traîner comme un boulet dans un invisible marécage, en redoublant d'entrain et d'énergie pour compenser. *Tu vois comme c'est facile ? On va se sortir de là, surmonter ça en un rien de temps !*

L'attaque de maman Davitch, la mort de tante Joyce, l'arrivée de Poppy venu s'installer chez eux. La constante menace de faillite – les cases vides sur le carnet de rendez-vous, les appels embarrassants des créanciers. La mort de maman Davitch, aussi, et ce jour où Patch avait bien failli mourir d'une crise d'appendicite.

Mais il y avait eu aussi les bons moments. La naissance de Min Foo. L'adaptation progressive des aînées à Rebecca. L'admission en faculté de médecine de Zeb. Les petits plaisirs de la vie quotidienne, la légèreté aérienne des flocons de neige par une nuit de décembre ou l'écho des ritournelles des enfants sautant à la corde dans le jardin, un soir d'été.

« Mais oui, mon ange », lui disait Joe quand elle les lui faisait remarquer, passant un bras autour d'elle pour l'attirer vers lui. Même dans ces moments-là, elle surprenait parfois une lueur sombre dans son regard, comme s'il écoutait une voix secrète que Rebecca ne pouvait entendre.

Elle était persuadée qu'il l'aimait. Mais parfois, elle ne pouvait s'empêcher de penser qu'il aimait plus encore cette voix secrète.

L'avait-elle déçu ? C'était sa plus grande peur. Quand elle songeait comment elle lui était apparue pour la première fois : la fille qui s'amusait plus que n'importe quel autre invité. Il s'était cramponné obstinément à cette image, espérant sans nul doute que son bonheur était contagieux. Et ça n'avait pas été le cas. Et puis, elle n'était ni plus ni moins heureuse que la plupart des gens qu'elle connaissait.

« Cette maison est comme une machine à remonter le temps », déclara soudain Tina.

Rebecca sursauta, en se demandant si l'on pouvait lire à

ce point dans ses pensées. Mais Tina promenait manifestement son regard dans la cuisine.

« Le même évier à bords arrondis qu'à l'époque où je vivais ici, un tout petit peu plus jaune, peut-être. Les mêmes placards en bois tout poisseux. Les mêmes petits verres en plastique crasseux. »

Elle leva son jus d'orange en guise de démonstration.

« La même moustiquaire avachie, toute rouillée », ajouta-t-elle en se retournant pour y jeter un coup d'œil.

« Tiens ! Il semblerait qu'un jeune homme soit en train de vous mettre de la moquette dans le jardin.

– Ah bon ? » fit Rebecca.

Elle se leva pour aller voir. Effectivement, Brick Allen – bronzé, musclé, en bottes et short, rien d'autre – déroulait ce qui avait toutes les apparences d'un tapis d'escalier vert à poil dur.

« C'est de l'herbe, expliqua-t-elle à Tina. C'est pour le mariage.

– C'est si américain. De la pelouse instantanée », fit Tina.

Elle ouvrit la porte et lança :

« Très impressionnant ! »

Brick leva la tête pour voir qui lui parlait. D'un coup d'œil, il jaugea Tina – le déshabillé soyeux, l'angle de la hanche comme elle s'appuyait au chambranle de la porte –, puis répondit :

« Merci. Je fais de la musculation. »

Il y eut un silence d'une fraction de seconde, puis Tina éclata d'un rire rauque et fit face à Rebecca pour qu'elle se joigne à elle. Mais Rebecca ne lui rendit pas son rire.

Elle songeait que si elle avait été plus avisée, elle aurait accordé autant de signification au comportement de Joe ce premier soir qu'il en avait prêté au sien. Au revoir, lui avait-il dit. Tout simplement.

Au revoir. En anglais.

Imaginez un peu qu'un beau jour, au coin de la rue, elle tombe sur Will Allenby. Il n'aurait pas changé, il serait tout juste plus vieux. (En y réfléchissant bien, elle lui avait fait des cheveux gris et gravé deux fines rides séduisantes au coin de la bouche.) « Rebecca ? » lui dirait-il. Il s'arrêterait. La dévisagerait. « Rebecca Holmes ? »

Coup de chance, il ne se serait pas marié; ou encore, il se serait marié, mais, s'étant aperçu que chez sa femme, il manquait un petit quelque chose, qu'elle ne serait jamais à la hauteur du souvenir qu'il gardait de Rebecca, il serait à présent divorcé et habiterait non loin – dans un de ces immeubles résidentiels de luxe donnant sur le port, mettons. Oh, ce n'était pas aussi tiré par les cheveux que cela !

De ce qui aurait pu être, elle passa imperceptiblement à ce qui pourrait encore être – fantasme bien plus satisfaisant. Il l'inviterait à dîner en tête à tête. Elle arriverait avec une bouteille de vin, et il la prierait de s'asseoir près de la baie vitrée, les lueurs des bateaux scintillant comme des étoiles à leurs pieds, et le panneau du Domino Sugars brillant au lointain. « Alors, dis-moi, Will... », commencerait-elle, mais il l'interromprait en posant une main sur la sienne : « Tu ne crois pas qu'on se connaît suffisamment pour s'épargner les bavardages inutiles ? »

Et il avait raison; c'était vrai. Ils étaient faits pour s'entendre, aussi sérieux, aussi cérébral, aussi peu sociable l'un que l'autre, heureux de passer leurs soirées à lire sur le canapé. Parfois, ils iraient au théâtre ou au concert. Il y avait des années qu'elle n'était pas allée au concert ! Ce serait merveilleux de descendre l'allée au bras d'un homme, de le voir lui ôter son manteau d'un geste aimant, protecteur, de sentir, quand ils seraient assis, son épaule pressée contre la sienne pendant qu'ils écoutaient la musique.

« Où est Beck ? se demanderaient les filles.

– Je crois qu'elle a un rendez-vous galant.

– Un rendez-vous galant ! »

À cet instant, elle franchirait la porte en souriant d'un

air mystérieux, les lèvres légèrement enflées, comme si on l'avait embrassée.

Macadam College disposait à présent d'un nombre considérable de numéros de téléphone, alors qu'autrefois, il n'y en avait qu'un.

« Administration ? Admissions ? Anciens étudiants ? » offrit la standardiste.

« Anciens étudiants », répondit Rebecca d'une voix déjà tremblante.

Et lorsqu'elle eut en ligne le bureau des anciens étudiants, son cœur se mit à battre à tout rompre.

« J'aimerais avoir l'adresse d'un de mes anciens camarades », dit-elle, la main cramponnée à l'appareil.

Elle fut soulagée lorsqu'on lui passa un autre poste. Elle pouvait en profiter pour reprendre ses esprits.

Tina avait emmené ses filles déjeuner, et Poppy faisait sa sieste. C'était sa seule chance de la journée d'avoir un moment d'intimité. Elle était assise à quelques centimètres à peine du bord du lit, la tête penchée sur l'appareil, se protégeant la bouche de sa main libre.

Une dame plus âgée lui demanda :

« Je peux vous aider ?

– Oui, s'il vous plaît. Je cherche l'adresse d'un étudiant de la promotion 68. Un certain Willard Allenby. »

Cette simple phrase épuisa le peu de souffle qui lui restait, la laissant au bord de l'asphyxie. Dieu merci, se dit-elle, l'attente risquait cette fois d'être plus longue. Mais la dame lui répondit aussitôt :

« Le professeur Allenby ?

– Oui, enfin, j'imagine qu'il...

– Le professeur Allenby est ici ! »

Rebecca émit un son qui ressemblait fâcheusement à un croassement.

« Ici, à Macadam, je veux dire, précisa la dame. Il dirige le département de physique.

– Oh ! » fit Rebecca d'une voix qui sonnait encore faux.

Dans sa grande miséricorde, la dame ajouta :

« Attendez un instant, je vais chercher l'annuaire », puis lâcha l'appareil dans un fracas.

Rebecca toussota et se redressa. Elle observa que le ventilateur de son plafond traînait dans son sillage des touffes de poussière – des lambeaux, de véritables banderoles de poussière.

« Voilà, dit la dame. 400, Linden Street. »

Rebecca fit passer l'appareil dans sa main droite et nota l'adresse. Son écriture était aussi tremblotante que celle de Poppy. Elle prit les numéros de téléphone de son bureau et de son domicile – de toute évidence, Macadam était resté un trou perdu qui n'était pas encore touché par la paranoïa –, puis lança : « Merci beaucoup ! Au revoir ! » d'un ton qu'elle espérait enjoué, et raccrocha.

Linden Street était la rue où habitaient les professeurs d'université – les professeurs établis, titulaires d'une chaire, avec un salaire confortable et une famille en bonne et due forme.

Will devait avoir une famille.

Comment avait-elle pu s'imaginer qu'il serait encore seul à sa table de bibliothèque, avec ses livres étalés devant lui ?

Elle déchira la page de son bloc-notes puis la plia et la replia jusqu'à ce qu'elle ne soit plus qu'un minuscule bâtonnet de papier. Dans un bref instant d'égarement, elle fut prise d'une envie irrésistible de le mâcher et de l'avaler, mais au lieu de cela, elle le cacha sous le téléphone. Puis elle se leva, lissa sa jupe et descendit au rez-de-chaussée.

Quand vint l'après-midi du mariage, Tina avait quelque peu perdu de sa popularité auprès de ses filles. C'était toujours la même chose, se rappelait Rebecca. Des sensibilités étaient heurtées, des malentendus survenaient : l'habituelle confusion née d'une promiscuité de plusieurs jours. Patch estimait ainsi que Tina n'était pas assez gentille avec Jeep.

Non seulement cela, mais elle était trop gentille avec Barry. Il apparaissait que Patch avait nourri l'espoir que Tina fasse capoter le mariage. La femme d'expérience qu'elle était s'apercevrait que Barry n'était qu'un mufle et, par un miracle quelconque, réussirait à persuader NoNo de ne pas l'épouser. Au lieu de quoi, Tina lui avait fait de la lèche, disait-elle ; à tel point qu'elle s'était rendue ridicule. Elle s'était conduite de manière choquante, profitant de la moindre occasion pour lui donner le bras, éclatant de son rire rauque sous son nez, ignorant la chaise que lui offrait Jeep pour choisir délibérément de s'installer à l'autre bout de la table, à côté de Barry.

« Il a fallu qu'elle choisisse Barry ! » lança Patch à Rebecca. (Elle était passée déposer son petit dernier.) « Un type qui passe des coups de fil sur son portable pendant le dîner. Qui appelle son répondeur pour se laisser un message. "Ne pas oublier mes chaussures habillées dans le placard du fond." Au beau milieu d'une plaisanterie que raconte Jeep !

– Oh, mon chat, Barry ne voulait pas... Ta mère ne pensait pas à mal », dit Rebecca.

Cependant, elle ne pouvait s'empêcher d'éprouver une satisfaction coupable.

Puis Tina suggéra à Peter qu'il les accompagne pendant leur lune de miel. « Réfléchis bien, lui dit-elle. Ils ont l'intention de te laisser tout le week-end dans ce mausolée avec Rebecca. Que tu connais à peine. Toi, je ne sais pas, mais moi, je n'aurais jamais accepté ça. Tous les trois, vous formez une famille, maintenant, dis-le-leur. Tu as le droit d'y aller, toi aussi. »

Il était peu probable qu'il suive ses instructions – il se contenta de baisser le nez sur ses chaussures avec un sourire hésitant, puis jeta un coup d'œil à son père –, mais NoNo prit tout de même la mouche.

« Tu ne sais pas de quoi tu parles, dit-elle à Tina d'une voix basse et tremblante. Nous n'avons que trois jours, Barry et moi, trois petits jours, vendredi, samedi, dimanche.

C'est tout ce que je demande, et voilà que tu as le culot de dire...

– Bon, bon ! Je n'ai rien dit ! répliqua Tina en agitant ses mains couvertes de bijoux. À partir de maintenant, je me tais. »

Puis elle se retourna vers Peter, la mine compatissante, en haussant les épaules d'un air de dire « J'ai fait de mon mieux ».

La scène se déroulait à l'étage, dans le petit séjour, car il y avait une soirée payante au rez-de-chaussée. Un monsieur avait loué tout l'espace disponible – les deux salons et la salle à manger – dans le seul but de demander en mariage la femme qu'il aimait. Évidemment, ils s'étaient rencontrés aux Bras Ouverts, lors d'un gala de bienfaisance. Il laissait Rebecca se charger de régler les détails, avait-il dit, mais il tenait à ce que ce soit une grande soirée de cérémonie, avec serveur en smoking, dîner à quatre services et violoniste jouant à leur table. Rebecca avait donc engagé Dixon, très élégant dans son smoking de location, bien qu'il se fût malheureusement fait pousser un de ces maigres colliers de barbe qui devaient donner plus de mal que de se raser, demandé à Biddy de se charger du dîner, et à Emmy de se mettre au piano, car elle ne connaissait aucun violoniste. À défaut d'inspiration, Emmy faisait preuve de zèle. Elle était assise au vieux piano droit, en débardeur et minijupe assortis d'une bonne quinzaine de boucles d'oreilles, alignant laborieusement des études de Chopin tandis que le couple sirotait du champagne sur le canapé du premier salon. Le monsieur avait du ventre, les cheveux gris et un visage poupon luisant de sueur, malgré l'air conditionné réglé si fort que l'on entendait à peine Emmy jouer. La dame avait également les cheveux gris, mais elle était très jolie, l'air doux et distingué, en pimpante robe marine et minuscules souliers marine avec une bride sur le cou-de-pied. Tout cela, Rebecca avait pu l'observer, car elle ne cessait d'inventer des prétextes pour descendre voir si tout se passait bien. Tout d'abord, elle entra pour leur souhaiter la bienvenue, puis pour leur signaler que les hors-d'œuvre seraient servis dans le salon d'à côté (c'eut été dommage de ne pas employer tout l'espace qu'ils avaient loué), puis pour leur annoncer le dîner. Elle avait l'impression que la dame ne savait que penser. En arrivant, elle avait demandé où étaient les autres invités, et ne cessait à présent de lancer à Rebecca des regards anxieux, interrogateurs, comme si elle était dure d'oreille, ce qui n'était manifestement pas le cas.

« C'est une erreur gigantesque, chuchota Biddy en coupant des cœurs de palmier à la cuisine. Aller s'afficher comme ça pour faire sa demande en mariage. Et si elle dit non ? J'en mourrai. Je fondrai en larmes. »

Elle avait préparé un repas autour du thème de la Saint-Valentin : tout était rose, en forme de cœur ou associé d'une manière ou d'une autre à l'idée de cœur. En plat principal, elle servait du cœur de bœuf. En parlant d'erreur ! songea Rebecca. Mais naturellement, elle garda cela pour elle.

En revenant dans le séjour, elle trouva NoNo qui feuilletait un magazine d'un air rageur pendant que Tina racontait à Barry dans quelles circonstances l'Anglais l'avait demandée en mariage.

« Nous passions quelques jours dans la maison de campagne d'un de ses amis, et un soir, à l'heure de l'apéritif, notre hôte me dit : “Tina, ma chère, je me demandais si cela vous dirait de vous unir à Nelson, ici présent.” C'est l'idée que se faisait Nelson d'une demande en mariage. Il avait peur de me le demander lui-même, m'a-t-il avoué plus tard. Ça aurait dû me mettre la puce à l'oreille ! C'était un mou. Je me demande par quel miracle il tenait assis sur une chaise. »

Elle ne fit aucune allusion à la demande en mariage de Joe, nota Rebecca.

Peter et Poppy regardaient une sitcom à la télévision. Enfin Poppy, du moins. Peter avait l'air tendu, figé, et l'explosion soudaine de rires en boîte ne lui arracha pas même l'ombre d'un sourire.

« Ça te dit de descendre m'aider à la cuisine ? » lui demanda Rebecca.

Il se leva avec une telle soumission qu'elle s'empressa d'ajouter :

« Mais tu n'es pas obligé, surtout.

– Vas-y, fiston ; je te rejoins dans une minute, lui dit Barry. Nous devons y aller bientôt, de toute façon. Demain, c'est le grand jour, hein ? »

Peter lui lança un sourire pâle et emboîta le pas de Rebecca.

Qu'allait-elle bien pouvoir faire de cet enfant pendant tout un week-end ?

À la cuisine, Biddy se lamentait devant le délice à la crème en forme de cœur qu'elle venait de démouler.

« Magnifique ! lui dit Rebecca, mais Biddy gémit :

– Comment peux-tu dire ça ? C'est un fiasco ! »

Elle devait parler du léger creux au milieu.

« Camoufle-le, lui suggéra aussitôt Rebecca. Il me semble avoir vu des fraises quelque part, non ?

– C'est de la faute de NoNo, dit Biddy. Elle m'a fait perdre toute ma confiance en moi. D'abord, elle me dit que je peux me charger de son buffet de mariage, puis elle me dit que non, puis elle me dit, bon, bon, puisque c'est si important pour moi, elle me laissera m'en occuper ; et depuis, je le jure, je rate tout ce que je fais. Regarde-moi ça ! J'en ai honte ! »

Pendant ce temps, elle restait les bras ballants. Ce fut Rebecca qui trouva les fraises.

« Tiens, dit-elle à Peter. Remplis bien le milieu, et mets-en aussi tout autour. »

Peter commença par s'essuyer les paumes sur le fond de son jean, puis il prit le bol qu'elle lui tendait et, méticuleusement, précautionneusement, entreprit de poser les fraises bien comme il fallait.

« Ils n'ont pas beaucoup d'appétit, là-bas, dit Dixon en entrant avec deux assiettes qui avaient l'air intactes. À votre avis, c'est plutôt bon signe ou pas ? Je suis presque sûr qu'il n'a pas encore fait sa demande, parce qu'ils ne parlent que d'un film qu'ils ont vu tous les deux.

– C'est ma cuisine, répondit Biddy d'un ton sinistre. Je savais bien que j'avais trop assaisonné le cœur de bœuf.

– Nous aurions dû lui demander s'il avait l'intention de lui offrir une bague. Nous aurions pu la mettre dans le gâteau, ou je ne sais pas, et comme ça, il aurait été forcé de lui faire sa demande.

– Une bague ! Elle n'est pas un peu vieille pour une bague ? demanda Dixon.

– Avec la chance que j'ai, à tous les coups, elle l'aurait avalée », soupira Biddy.

Rebecca protesta :

« Écoute, Biddy, tu es ridicule. Le repas est délicieux, le cœur de bœuf est parfait, et Peter s'en sort à merveille ! »

Sa voix se brisa en fausset, mais de toute façon, personne ne lui prêtait attention. Sinon peut-être Peter, qui se rengorgea comme un paon en entendant ses compliments. Il s'écarta du plan de travail et contempla le gâteau en plissant les yeux. Puis il refit un pas en avant et ajouta une dernière fraise en plein milieu.

« Tu aurais dû voir ton père quand il m'a demandée en mariage, dit Biddy à Dixon. Il s'est carrément mis à genoux. Et pour de vrai !

– Je ne savais pas ! s'exclama Rebecca, davantage pour encourager ce changement de sujet qu'autre chose. Et qu'est-ce qu'il t'a dit, exactement ?

– Il a dit : “Bon, tu devines sans doute ce que je veux te demander.” Et moi, je lui ai dit : “Et toi, tu devines sans doute ce que je vais te répondre.” »

Rebecca éclata de rire, mais Dixon resta sérieux, attentif, les yeux rivés sur sa mère. (Il ne se lassait pas d'entendre parler de son père.)

« Et c'est seulement maintenant que je m'aperçois qu'il ne m'a pas vraiment demandée en mariage, dit Biddy. Et que je ne lui ai pas vraiment répondu non plus. »

Elle hocha la tête.

« Apporte-leur une cuillère de service avec le dessert, dit-elle à Dixon. Et laisse-les se servir. Plus on les laissera seuls, mieux ça vaudra. »

Sur ce, elle se mit à s'affairer, à vider des assiettes et essuyer les plans de travail.

Rebecca aurait aimé savoir comment Troy s'y était pris pour la demander en mariage, si tant est que l'on pouvait parler de demande en mariage. Lui avait-il dit : « Écoute, Biddy, Dixon Senior est peut-être mort, mais Dixon Junior ne va pas tarder à naître, et j'ai toujours rêvé d'élever un enfant » ? Ou avait-il été plus romantique ? (« Je préfère les hommes en général, Biddy, mais je te préfère toi en particulier, et maintenant, j'aimerais que l'on vive ensemble. ») Quoi qu'il en soit, contrairement à toute attente, leur arrangement était apparemment réussi. Rebecca éprouvait une reconnaissance éternelle à Troy de s'être montré aussi loyal envers Biddy et d'avoir apporté de la chaleur dans la vie de Dixon. Qui pouvait dire avec certitude que ça ne marchait pas tout aussi bien qu'un mariage normal ?

Barry entra dans la cuisine en faisant tinter ses clefs dans sa poche et annonça à Peter qu'il était temps qu'ils y aillent.

« S'il y a des courses à faire demain matin, appelez-moi, dit-il à Rebecca.

– Merci, Barry, c'est gentil. Bonsoir. »

Elle aperçut NoNo derrière lui, serrant son sac contre sa poitrine.

« Ma chérie ? » dit Rebecca.

Sans répondre, NoNo vint se mettre à côté de Barry. Elle lui arrivait à peine aux épaules, avec son casque sombre de cheveux brillants aux allures de fleur retournée. Un vrai petit elfe. Les yeux de Rebecca s'emplirent ridiculement de larmes.

« Oh, ma chérie, dit-elle. Tu te maries ! Te voilà adulte ! Oh, je sais... – et elle se mit à rire. Je sais bien qu'il y a longtemps que tu es adulte, mais te voilà, prête à te marier ! »

NoNo se blottit dans les bras qu'elle lui tendait. Elles

restèrent ainsi enlacées un moment, encombrées par le sac de NoNo coincé entre elles deux. Rebecca entendit un petit reniflement aussi discret qu'un éternuement de chat. Elle tapota les minces omoplates de NoNo en respirant son odeur si familière – la douce odeur des violettes fraîches après la pluie.

Du couloir, Dixon lança : « Génial ! » En le voyant débouler dans la cuisine, Rebecca et NoNo se séparèrent.

« Ça y est, il l'a fait !

– Il a fait quoi ? demanda Rebecca.

– Il l'a demandée en mariage, mamie. Réveille-toi un peu ! »

Sur ce, il leur décrivit en détail comment cela s'était passé : le monsieur prenant la cuillère de service avant de la reposer, avalant sa salive si bruyamment que Dixon l'avait entendu de là où il se trouvait.

« Je savais bien que quelque chose se préparait, alors j'ai quitté la pièce. Je suis sorti, mais je me suis arrêté au coin, et je l'ai entendu lui dire : "Vivian, je sais que vous devez vous demander pourquoi je vous ai invitée ici toute seule, et vous me trouvez sans doute ridicule. Seigneur, je dois vraiment avoir l'air ridicule, mais je ne savais pas comment faire autrement pour... Écoutez, Vivian, il a dit. J'ai vraiment, vraiment besoin que vous m'épousiez."

– Tss..., fit Biddy, et Barry commenta :

– Franchement, il aurait tout de même pu y mettre un peu plus de romantisme.

– Et elle, qu'est-ce qu'elle a dit ? demanda Rebecca. Tu as entendu ?

– Elle a dit : "Steven, ce serait un honneur pour moi que de vous épouser." »

NoNo applaudit, et même Peter esquissa un sourire.

« Dieu merci, soupira Rebecca. Je suis tellement soulagée. »

Bien qu'elle fût un peu triste aussi d'avoir dû ainsi couper court à cet instant d'émotion avec NoNo. Pourquoi fallait-il que, dans cette famille, rien ne puisse jamais se dérouler du début à la fin sans interruption ? Leur vie était une sorte de patchwork délirant d'incidents sans aucune espèce de liens les uns avec les autres – il y avait toujours une autre famille à prendre en considération, d'autres étrangers qui se mariaient, fêtaient leur retraite ou leur promotion. (Même son propre mariage avait eu lieu plus tôt qu'elle ne l'aurait voulu, à cause d'un anniversaire prévu ce soir-là.)

Quand elle était jeune, elle se représentait son avenir sous les couleurs harmonieuses d'une image unique. Mais elle avait fini par se retrouver avec ce qui ressemblait davantage à l'un de ces kaléidoscopes chers à Lateesha : des dizaines de minuscules fragments d'images se chevauchant.

Elle raccompagna Barry, Peter et NoNo par la porte de derrière, embrassa poliment les deux premiers sur la joue et étreignit NoNo une dernière fois. Biddy serra également sa sœur dans ses bras. Apparemment, elle s'était remise de ses blessures d'amour-propre.

« Bonne nuit, ma jolie, lui dit-elle. Surtout, dors bien, pour être toute belle demain, promis ? »

Puis, avec Rebecca, elle prépara le plateau pour le café.

« Mais ne l'apporte pas tout de suite, dit Rebecca à Dixon. Laisse-les un peu en tête à tête. »

Du moins était-ce une consolation de pouvoir accorder cela à quelqu'un d'autre.

Elle ferma la porte de sa chambre, car Poppy et Tina regardaient encore la télévision, s'assit sur son lit et sortit le bâtonnet de papier de sous le téléphone.

Son indicatif était le 301. Elle décrocha et le composa. Puis se ravisa. Et raccrocha.

Il était presque dix heures. Peut-être dormait-il déjà. Autrefois, c'était un couche-tard, mais il pouvait très bien avoir changé.

Peut-être était-ce sa femme qui répondrait. « Will, chéri ! lancerait-elle gaiement. C'est une dame qui veut te parler, chéri ! »

Ou encore : « Le professeur Allenby travaille tard, ce soir – d'un ton rébarbatif. C'est de la part de qui ? »

Rebecca décrocha de nouveau, mais cette fois, elle pianota le numéro de son bureau – ou du moins les trois premiers chiffres, après quoi elle attendit si longtemps qu'au bout du fil, une voix annonça que son appel ne pouvait aboutir. Ce simple enregistrement – le refrain impersonnel « Veuillez nous excuser... » – suffit à lui faire battre le cœur à tout rompre, et elle lâcha le combiné. « Espèce d'idiote », fit-elle à haute voix. Elle se leva brusquement et sortit de la chambre.

« Andouille », dit-elle au miroir de la salle de bains.

« Abrutie », ajouta-t-elle en arrachant sa brosse à dents de son support.

« Qu'est-ce que vous dites, Beck ? lança Poppy.

– Rien, Poppy. Rien du tout. »

Le plus étonnant, c'est que le mariage se déroula à merveille.

Avec sa robe de mousseline de soie blanche et son gigantesque bouquet jaune et or, NoNo était une vision de rêve, Barry faisait un jeune marié très séduisant, et Peter était attendrissant de dignité dans son premier vrai costume.

Le jardin était relativement présentable, si l'on oubliait les larges zébrures que dessinaient les bandes de pelouse qui n'avaient pas eu le temps de s'unifier. Et les azalées fanées (qui devraient attendre d'être remplacées par des pépiniéristes professionnels) avaient été habilement dissimulées sous des flots de tulle blanc – une solution que NoNo avait elle-même suggérée, sans cependant prévoir que le tulle attirerait une nuée de minuscules papillons jaunes si décoratifs qu'on aurait pu croire qu'ils avaient été cousus par un styliste débordant d'imagination.

Quoi qu'il en soit, il faisait trop chaud pour que les invités s'aventurent dehors trop longtemps. Jusqu'au début de la cérémonie, ils restèrent à l'intérieur de la maison, qu'Alice Farmer avait rangée et briquée à la perfection. Personne n'aurait jamais deviné que le matin même, une tringle à rideaux s'était décrochée du mur dans un nuage de poussière. La famille de Barry – son frère et sa belle-sœur, plus deux ou trois cousins – ne cessait de s'extasier devant tel ou tel détail, demandant si la cheminée de la salle à manger fonctionnait encore (non) et si les personnages représentés sur les portraits étaient des ancêtres (non plus). La plupart des Davitch se dispensèrent d'arriver avec un retard trop scandaleux et se comportèrent d'une manière exemplaire d'un bout à l'autre de la réception, sans se chamailler une seule fois ni partir en claquant la porte. Et quant aux petits-enfants, ils furent sages comme des images. Certes, la mère et la tante de Rebecca, qui faisaient l'aller-retour dans la journée, car elles détestaient l'une et l'autre dormir dans un autre lit que le leur, restèrent un peu à l'écart – et sa mère toisa le reste des invités comme à son habitude, de l'air de dire « Qui sont ces gens ? ». Mais du moins, elles vinrent ; et du moins, elles acceptèrent un verre de vin, bavardèrent aimablement quand on leur adressait la parole, et on entendit tante Ida déclarer qu'elle n'avait pas vu une aussi jolie mariée depuis l'illustre. (« Des lustres », rectifia la mère de Rebecca. « Quoi ? » demanda tante Ida. « Depuis des lustres, Ida. » Mais cette dernière s'était déjà détournée pour lancer à Peter son sourire le plus suave, le plus charmeur.) Et puis, la robe de soirée rose fuchsia de Tina fut éclipsée par la robe de cocktail turquoise à sequins avec son diadème de plumes assorties qu'arborait Alice Farmer. Rebecca en conçut une immense satisfaction.

Quant à la serveuse qui officia, elle n'était aucunement comme l'avait craint Rebecca. Demeter, puisqu'elle s'appelait ainsi, était grecque, ou du moins en partie, avec un beau visage hellénique aux traits nobles et impérieux. Elle avait une robe noire toute simple et un port de tête à soutenir un chapiteau de colonne. Certes, Rebecca regrettait qu'ils n'aient pas répété. Ainsi, la marche nuptiale – jouée au piano par Emmy et relayée dans le jardin via l'interphone pour bébé de Min Foo – fut poursuivie jusqu'à la dernière note, pendant que le couple attendait la fin en transpirant à grosses gouttes sous le soleil torride; puis Demeter demanda : « Qui doit accorder la main de cette femme... ? » – question à laquelle personne n'avait songé. Rebecca s'apprêtait à dire que c'était elle, pour activer les choses, lorsque Tina finit par répondre : « Ah oui, c'est moi. » Mais sur l'instant, elle était occupée à ajuster son corsage, donnant l'impression de se débarrasser de la future mariée plus qu'autre chose.

Enfin, c'étaient des choses qui arrivaient. L'essentiel, c'était que Barry et NoNo semblaient réellement enchantés de leur mariage. Dès que la cérémonie fut finie, ils rentrèrent, Zeb se mit aux platines et les gens commencèrent à danser. Rebecca, légèrement à l'écart, observait en souriant. Avec sa robe de soie rouge au jupon orné de plusieurs volants, elle se faisait l'effet d'une reine des Gitans. Elle accepta tout ce que lui offraient les serveurs de Biddy – des petits canapés, des vol-au-vent de toutes sortes et plusieurs verres de champagne. Tout était délicieux. Et lorsqu'on apporta la pièce montée, c'était un véritable chef-d'œuvre : six étages, décoré chacun d'une fleur en sucre différente en hommage au métier de NoNo. Malheureusement, elle penchait quelque peu sur la droite, mais Barry et NoNo résolurent astucieusement le problème en se penchant eux-mêmes sur la droite, bras dessus bras dessous, quand ils posèrent derrière pour la photo.

L'avantage d'être la belle-mère de la mariée était que Rebecca n'avait pas besoin de composer une de ses petites odes. Troy proposa le premier toast – une aimable méditation sur ce que les couples apprennent l'un de l'autre à mesure qu'ils cheminent côte à côte dans la vie.

« De Biddy, j'ai appris la sollicitude. Nourrir les corps, les cœurs et les esprits », dit-il en levant son verre à Biddy, à l'autre bout de la pièce.

Rebecca en eut la larme à l'œil, car elle n'avait jamais songé à ce que Biddy avait apporté à Troy, mais uniquement à l'inverse. Puis le frère de Barry fit un discours humoristique sur l'amélioration des goûts de ce dernier en matière de femmes, et sur ce, Poppy s'extirpa péniblement du canapé pour proposer son toast, avant de s'embrouiller et de se mettre à réciter son poème à la place. Il était déjà à mi-chemin lorsque Rebecca s'en aperçut. « Si vous passez ici vos jours à répandre des pleurs, Tenter de les retenir ou n'y jamais parvenir, entonnait-il. Faites les cent pas la nuit et vous endormez à l'aube... »

« Poppy, lança-t-elle. Attendez. »

Il s'interrompit, la bouche ouverte, et tourna vers elle un regard si aveugle qu'elle en eut le cœur transpercé. Elle se faufila à travers la foule, lui prit le bras et le serra contre elle.

« Un toast à NoNo et Barry, chuchota-t-elle au creux des poils de son oreille. Bonheur et longue vie aux jeunes mariés.

– Hein ? marmonna-t-il. Oh. »

Il se tourna vers les autres.

« Bonheur et longue vie aux jeunes mariés », répéta-t-il. Puis il se recueillit un instant, et d'une voix plus vibrante, ajouta :

« Puissiez-vous être aussi heureux que nous le fûmes, Joyce et moi ! »

Tout le monde applaudit. Rebecca lui serra le bras plus fort et l'embrassa sur la joue.

« Je me suis un peu emmêlé, lui dit-il quand elle l'aida à se rasseoir. Mais juste une seconde. Personne n'a remarqué, je pense.

– Pas âme qui vive, lui assura-t-elle. Voulez-vous que je vous apporte un morceau de gâteau ?

– Ce sont les serments qui m'ont ramené en arrière, je pense. J'ai l'impression de les avoir prononcés hier à peine.

– Je sais, Poppy.

– Les gens s'imaginent toujours que lorsqu'un être cher vous manque, c'est un peu comme être en manque de cigarettes. Le premier jour, c'est vraiment difficile, mais le lendemain, ça l'est un peu moins, et ainsi de suite, de plus en plus facile à mesure que le temps passe. Mais en fait, c'est comme de manquer d'eau. Jour après jour, on remarque de plus en plus l'absence de l'autre.

– Je sais.

– Mais je ne voulais pas gâcher le mariage de NoNo.

– Mais vous n'avez rien gâché ! Vous avez été parfait », lui dit Rebecca.

Elle attira l'attention d'un serveur et lui fit signe de s'approcher.

« Regardez, lança-t-elle à Poppy en prenant une assiette de gâteau sur le plateau. Du fondant ! Votre glaçage préféré !

– Ah oui ! », fit-il en s'animant.

Le photographe – un simple étudiant, ami de Dixon – prit une photo de Poppy portant la première cuillerée à sa bouche.

« Je crois que je l'ai eu », dit-il à Rebecca.

Sur ces entrefaites, Zeb vint l'inviter à danser. On jouait « Band of Gold ».

« D'où ça sort ? lui demanda-t-elle quand il l'enlaça.

– C'est un pot-pourri des années cinquante, lui dit-il. Ça m'a l'air d'un bon slow. »

Il la fit se heurter à Min Foo par accident et murmura « désolé ». Elle était si avancée dans sa grossesse que Hakim était forcé de la tenir quasiment à bout de bras en se penchant sur son ventre pour poser sa joue contre celle de sa femme. Rebecca ne put s'empêcher de rire. Zeb recula pour lui sourire.

« Tu t'amuses bien, lui dit-il.

– Oui, c'est vrai », lui répondit-elle.

En fait, elle devait sans doute être un peu éméchée, car dès cet instant-là, elle se mit à rire de tout et de rien. Elle rit en voyant Tina valser en agrippant fermement Peter qui, pétrifié, affichait l'expression de choc d'une victime de détournement. Elle rit en voyant Alice Farmer dont l'Église prohibait la danse se mettre à balancer la tête en cadence avec un tel enthousiasme que ses plumes devaient créer un courant d'air. Elle rit en voyant tout le monde s'arrêter en se regardant d'un air de désarroi quand on passa sans crier gare de « Band of Gold » à « Sixteen Tons ». Puis le copain de Dixon les rassembla dehors pour une grande photo de groupe.

« Ceux qui n'ont pas de liens de parenté avec les mariés pourraient-ils se déplacer à gauche ? demanda-t-il. Au cas où. Parce que je ne suis pas tout à fait sûr de pouvoir vous faire entrer tous sur la photo.

Comme c'est astucieux : une photo prédécoupée », lui murmura Zeb, et Rebecca partit d'un tel fou rire qu'elle en eut mal aux joues.

Oui, elle était forcée d'admettre que le mariage s'était déroulé bien mieux qu'elle ne s'y était attendue.

Une fois seule dans sa chambre au milieu de la maison endormie, enhardie par le champagne, elle s'assit au bord du lit et composa le numéro de Will Allenby.

À l'autre bout du fil, il y eut deux sonneries suivies d'un clic. « Professeur Allenby », dit un homme. Un homme, pas un adolescent. Il avait la voix lasse, légèrement voilée d'un monsieur entre deux âges. Elle reconnut cependant l'accent de Church Valley et cette manière d'étirer la dernière syllabe : Allen-bii.

« Will ? dit-elle.

– Laura ?

– Qui ça ? »

Il y eut un silence soudain, pendant lequel elle mourut d'envie de raccrocher. Mais elle finit par dire :

« C'est Rebecca Holmes Davitch. Tu te souviens de moi, Will ?

– Rebecca ? »

Elle attendit.

« Rebecca, répéta-t-il d'une voix morne.

– Tu ne dormais pas, au moins ?

– Non...

– Dis-le-moi, autrement ! Je sais qu'il est tard ! »

Elle semblait incapable de se défaire de ce ton hystérique délirant. Elle fit la grimace.

« En fait, il vaut mieux que je rappelle une autre fois. Oui, c'est ça. Bon, eh bien, au revoir ! »

Elle raccrocha et se plia en deux, enfouissant son visage entre ses genoux. Elle avait l'impression que quelque chose commençait à saigner au creux de sa poitrine.

CINQ

Il régnait dans la maison une atmosphère de lendemain de noces : miettes écrasées dans les tapis, herbe jonchée de serviettes en papier, rubans de satin blanc salis pendant mollement du dessus de la cheminée. Peter remonta dans sa chambre après le petit déjeuner et s'y enferma. Tina partit pour l'aéroport avec une équipe désormais squelettique de porteurs de bagages, les cheveux d'un rose vaguement écœurant dans la lumière matinale. Alice Farmer lava les verres dans un silence si morose qu'elle aurait pu avoir la gueule de bois, si ce n'est qu'elle ne buvait pas.

La sonnerie stridente du téléphone ne cessait de retentir, et à chaque fois que Rebecca décrochait, la masse lisse et glacée du combiné lui rappelait son coup de fil de la veille à Will. Elle se sentait meurtrie, blessée, mortifiée. Elle avait toutes les peines du monde à ne pas raccrocher au milieu de la conversation.

« ... pensais qu'au bébé, disait Patch à l'autre bout du fil. Ce n'est pas de ma faute si Min Foo est si susceptible. Si j'ai dit ça, c'est seulement pour le bébé. »

Dit quoi ? Rebecca ne s'y retrouvait plus.

« Enfin franchement : Zoubida est un prénom épouvantable ! Et ont-ils seulement pensé au diminutif dont elle allait écoper ? »

Rebecca aperçut ce qui avait toutes les apparences d'une

tache de vin sur la touche « bis ». Elle avait un mal fou à fixer son regard, songea-t-elle.

« Beck ? Tu es toujours là ? Tu m'entends ?

– Oui, enfin... ce sera peut-être un garçon, répondit Rebecca.

– NoNo a décrété que ce serait une fille, lui dit Patch. Min Foo ne pense même plus à des noms de garçon, ce qui n'est pas très judicieux, à mon avis, vu que NoNo est loin d'être aussi clairvoyante qu'elle veut bien le croire. »

Rebecca commença à se masser le front.

« Autrement, pourquoi aurait-elle été épouser un type comme Barry Sanborn ?

– Tout ça ne rime à rien, dit Rebecca après un silence.

– Oh là, excuse-moi ! » répliqua Patch avec véhémence en raccrochant brusquement.

Rebecca se demanda où Patch pouvait bien trouver l'énergie de se mettre dans un tel état d'indignation.

À midi, elle sortit les restes et appela Poppy et Peter pour le déjeuner. Le repas ne fut pas des plus civilisés. Poppy ne cessait de lorgner un magazine ouvert à côté de son assiette. Quant à Peter, il passa son temps le nez plongé sur son assiette à éplucher la moindre parcelle de gras de son jambon et séparer les carottes râpées des feuilles de salade avant de les manger.

Puis Poppy monta faire sa sieste, mais lorsque Peter prit le chemin de l'escalier, Rebecca lui mit un bras autour des épaules, bien qu'elle dût pour cela pratiquement lui bloquer le passage.

« Que dirais-tu d'aller manger une glace, toi et moi ? Histoire de prendre un peu l'air.

– Non merci, dit-il, amorphe sous son bras.

– Tu veux que j'appelle Patch ? Pour lui demander si elle peut amener Danny ?

– Non merci.

– On peut jouer à quelque chose, alors. Un jeu de société. »

Il s'apprêtait visiblement à dire non encore une fois, mais elle insista.

« Monopoly ? Dames ? Cluedo ? Nous n'allons tout de même pas annoncer à ton père que tu n'as rien fait pendant qu'il n'était pas là ?

– Je m'en fiche, répondit Peter.

– Il me le reprocherait. Il penserait que je ne suis pas une bonne... »

Elle faillit dire « baby-sitter », mais se ravisa à la dernière minute.

« Une bonne hôtesse ! Que je t'ai gardé enfermé dans ta chambre au pain sec et à l'eau pendant toute sa lune de miel ! »

Les lèvres de Peter s'amincirent en un léger sourire, mais il ne dit rien.

Seigneur, se dit-elle, la vie est si épuisante. Elle se força cependant à persévérer.

« Scrabble ? Parcheesi ? demanda-t-elle en lui serrant l'épaule. Nous les avons tous !

– Oh, un Scrabble, peut-être, finit-il par répondre.

– Un Scrabble. Oh, tu vas le regretter, jeune homme. Il se trouve que je suis la championne du monde de Scrabble. »

Ils montèrent donc dans le petit séjour – Rebecca achevant de se rendre ridicule à force de glousser en se frottant les mains – et s'installèrent sur le canapé en posant le jeu de Scrabble entre eux. Peter resta relativement imperturbable, mais il finit par s'intéresser à la partie une fois qu'elle fut réellement engagée. Il se révéla être de ces adversaires qui prennent le jeu très au sérieux – moins par esprit de compétition, soupçonnait-elle, que par souci de perfectionnisme. Il scrutait le jeu pendant des minutes interminables, s'apprêtait à prendre une lettre, puis retirait la main, fronçait le sourcil et poussait un « Hmm... », consultait le dictionnaire, secouait la tête et se remettait à étudier la partie. Ce n'était pas pour déplaire à Rebecca. Elle avait tout le loisir de rêvasser.

Qui était cette Laura ? Qu'est-ce qu'elle était pour Will ?

« Je crois que je ne peux pas faire mieux », dit Peter.

Il posa un *oxy* en face de *dation*, ce qui lui valut soixante points grâce à un mot compte triple.

« Ciel », soupira Rebecca.

Même s'il avait regardé dans le dictionnaire, elle était tout de même impressionnée. Peter se contenta de hausser les épaules et attrapa la feuille de scores. Il portait un polo – à manches longues ! par cette chaleur ! – consciencieusement rentré dans son short, qui formait deux jupons bouffants au-dessus de ses jambes maigrichonnes. Le pauvre enfant faisait pitié, songea Rebecca. Elle lui jeta subitement un sourire qui venait du fond du cœur et, à sa grande surprise, il le lui rendit, avant de noter son score.

Elle se demandait quel mot choisir – sans en trouver un seul qui puisse seulement rivaliser avec celui de Peter – quand Poppy émergea de sa sieste. Il avait toujours son magazine, qu'il balançait à bout de bras, un doigt glissé en guise marque-pages.

« Vous vous souvenez du gâteau de mariage de Biddy, dit-il en se plantant devant le jeu de Scrabble.

– Oui, répondit Rebecca.

– Vous vous rappelez comme il penchait vaguement d'un côté.

– Oui.

– Eh bien, j'ai l'impression que les gâteaux ne sont pas le point fort de Biddy.

– Il faut croire que non, fit Rebecca.

– Alors, pensez-vous qu'elle se vexerait si je confiais à quelqu'un d'autre le soin de faire mon gâteau d'anniversaire ?

– Mais pas le moins du monde, j'en suis certaine », répondit Rebecca tout en songeant qu'en fait, il n'y avait rien de moins sûr.

Il ressortit nonchalamment avec son magazine – *Le Mensuel de l'hospitalité*, lut-elle. Elle poussa un soupir et posa un *N* et un *O* pour faire non.

« Désolée, c'est tout ce que j'ai trouvé, dit-elle à Peter. Je regrette d'avoir proposé cette fête à Poppy. Il aura tout oublié avant même que les ballons se soient dégonflés, si ce n'est dans la seconde qui suivra. »

Elle regarda Peter faire le total de son score. Il avait les ongles tellement rongés que le bout des doigts qui tenaient le stylo ressemblaient à de petites gommes roses.

« Lundi dernier, poursuivit-elle, il m'a harcelée tout l'après-midi pour que je l'emmène chez son ami Mr. Ames, et moi je n'arrêtais pas de lui dire : "Mais Poppy, je vous y ai emmené ce matin, vous ne vous souvenez pas ? Vous y êtes déjà allé. Vous lui avez même apporté un ticket de loterie à gratter. Vous êtes restés tous les deux dans sa véranda pendant que j'allais faire les courses." À chaque fois, il me disait : "Ah oui, au temps pour moi", mais pas même dix minutes après, il recommençait à me tarabuster. »

Peter reposa la feuille de score.

« N'empêche qu'il s'amuserait, pendant la fête, dit-il. Même s'il ne s'en souviendrait plus après.

– Oui... »

Elle resta un instant songeuse.

« Je suppose que je veux marquer des points », lui dit-elle.

Le voyant jeter un regard perplexe sur le Scrabble, elle ajouta :

« En organisant la fête, je veux dire. J'aimerais qu'il m'en soit reconnaissant après.

– Ah, fit Peter en retournant à ses lettres.

– Pour ce qui est du gâteau. Je crois que les gâteaux ratés sont une tradition chez les Davitch. Tu aurais dû voir mon gâteau de mariage ! Maman Davitch ne l'avait pas fait assez cuire, et au milieu, c'était carrément de la soupe. La figurine de la mariée était enlisée jusqu'à la taille dans cette espèce de cloaque. »

Peter fit passer une lettre à l'autre bout de son chevalet. Un Z, ne put-elle s'empêcher de voir. Le petit veinard.

La mariée était en plastique ivoire, se rappelait-elle, avec un minuscule point de rouge à lèvres gros comme une tête d'épingle et deux petits yeux marron en boutons de bottine. Elle avait le crâne peint de cheveux crantés d'un noir mat. Quant au marié, c'était un blond aux yeux bleus – à l'opposé de Joe.

Le téléphone sonna. Elle décrocha.

« Allô ?

– Euh, pourrais-je parler à Rebecca, je vous prie ? »

Elle se figea sur place.

La voix légèrement voilée, l'accent de Church Valley. Les voyelles étirées avec indolence, les *a* quasiment prononcés en *ah*.

« C'est elle-même.

– Euh, Rebecca. C'est Will Allenby.

– Will ! Comment as-tu retrouvé mon numéro ?

– J'ai vérifié l'identification d'appel. »

Elle était sidérée que Will puisse avoir l'identification d'appel. Manifestement, elle l'imaginait vivant encore dans les années soixante.

« Tu m'as raccroché au nez, disait-il. Heureusement que les inventions modernes existent. »

Mais que lui voulait-il, au juste ? Pourquoi l'avait-il rappelée ?

C'était d'autant plus étrange qu'à cet instant même, il lui demanda :

« Alors, pourquoi m'as-tu appelé ?

– Oh, je... – de sa main libre, elle lissa sa jupe sur ses genoux –, j'étais par hasard à la maison, enfin, à Church Valley, je veux dire, et avec maman, nous nous sommes mises à parler du passé, et je ne sais pas, soudain, comme ça, je me suis dit, tiens, je me demande bien ce qu'est devenu Will !

– Je ne suis pas allé très loin, comme tu peux le constater, dit-il avec un rire bref. Je n'ai pas bougé d'un pouce depuis que tu m'as quitté. »

Puis il s'empressa d'ajouter :

« C'est-à-dire que je n'ai pas bougé de la fac. Enfin, je ne suis pas resté là tout le temps. Je suis tout de même parti faire mon doctorat. Mais maintenant, j'enseigne à Macadam.

– C'est merveilleux, Will.

– En fait, je suis directeur de mon département.

– Félicitations.

– Oui, je n'ai aucune raison de me plaindre. Aucune. J'ai vraiment réussi. J'ai eu beaucoup de chance.

– Je suis contente pour toi.

– L'année dernière, j'ai failli être nommé doyen, mais au bout du compte, ils ont décidé qu'il valait mieux faire venir quelqu'un de l'extérieur.

– C'est vraiment bien. Et tu es... est-ce que tu t'es... Je veux dire, je suppose que tu es, et tout ça.

– Oui, enfin je l'étais.

– Oh.

– J'ai épousé une de mes anciennes étudiantes. Une étudiante de littérature ; une fille très belle. On lui a même proposé d'être mannequin, mais bien sûr, elle n'a pas accepté.

– Je vois.

– Mais nous sommes, euh..., divorcés, aujourd'hui.

– Oh, je suis désolée, répondit-elle, prise d'une soudaine euphorie.

– Tu n'as pas à être désolée ! Sincèrement ! Je vais bien, je t'assure. Je m'en sors à merveille. »

Avait-il toujours eu ce langage ampoulé ? Elle avait du mal à savoir s'il fallait y voir un signe de l'âge ou si c'était naturel chez lui ; elle avait oublié comment il s'exprimait quand il était jeune.

« Et toi ? lui demanda-t-il. Je sais que tu es mariée.

– Je suis veuve.

– Veuve », répéta-t-il lentement.

Il semblait si peu habitué à ce mot que, l'espace d'un instant, elle se demanda si elle l'avait forgé de toutes pièces.

Il avait soudain des consonances étranges, africaines, presque.

« Je te présente toutes mes condoléances, dit-il.

– Merci.

– Et est-ce que... hmm, c'est récent ?

– Non, mon mari est mort il y a longtemps », répondit-elle.

La formule « mon mari » lui parut subitement manquer de tact. Elle s'empressa de continuer, en espérant qu'elle passerait inaperçue.

« J'étais marié depuis six ans à peine. Je me suis retrouvée avec quatre petites filles – les trois siennes et la mienne. »

À cet instant précis, Peter leva les yeux du Scrabble, où il était en train d'étaler un mot qui semblait relié à quasiment tous les précédents. Il lui jeta un regard curieusement interrogateur, comme s'il avait ignoré cela jusqu'alors.

« Cela a dû être dur », disait Will au bout du fil.

Les doigts crispés sur l'appareil, elle lui demanda :

« Ça te dirait qu'on se revoie, un de ces jours ? »

Aïe. Trop brusque. Trop direct, trop agressif. Cela se devinait à son hésitation.

« Ou pas, dit-elle. Je vois bien que tu es très occupé.

– Enfin, pas excessivement occupé...

– En ce cas, nous pourrions peut-être nous retrouver, histoire de rattraper le temps perdu ! Je suis à Baltimore, tu sais. »

Il resta sans rien dire. Elle persista laborieusement.

« Que dirais-tu de se donner rendez-vous quelque part ? Pour prendre un verre ?

– Je ne bois pas beaucoup, j'en ai peur. »

Autant dire qu'il ne buvait pas du tout. D'une manière générale, les gens de Church Valley ne buvaient pas. Elle fit une dernière tentative.

« Ou grignoter quelque chose, en ce cas ; qu'en penses-tu ?

– Grignoter quelque chose, répéta-t-il d'un ton songeur.

– Je pourrais venir à Macadam, si ça t'arrange.

– C'est possible, oui. »

Quelque chose, dans la lenteur avec laquelle il prononça ces mots – sa réticence ostensible –, lui redonna confiance. En sa qualité de partie lésée, il avait besoin d'être courtisé, elle le voyait bien. Et le fait est que l'instant d'après, il lui dit :

« Il se trouve que je suis libre ce soir.

– Ce soir ? Oh, je suis désolée; ce soir, j'ai une... réception.

– Demain, alors ?

– Demain, j'ai un thé dansant. Et dimanche, autre chose, je le crains. Mais lundi, je peux ! Lundi, ce serait parfait ! »

Il attendit une seconde avant de répondre :

« Bon, très bien. Disons lundi. »

En appelant tout de suite, peut-être pourrait-elle obtenir un rendez-vous chez le coiffeur pour le lundi matin. Peut-être pourrait-elle s'acheter une nouvelle robe; peut-être même maigrir un peu.

« Qu'est-ce qu'il y a comme bon restaurant ? Tu aimes toujours autant Myrtle's ?

– Myrtle's ?

– L'auberge Myrtle's ?

– Oh, il y a des lustres que Myrtle's n'existe plus, répondit-il. Mais je crois qu'il y a un restaurant en diagonale de là où était Myrtle's. Le Chêne, l'Orme – un nom de ce genre. Mais je ne sais pas si c'est bon. Je n'y ai jamais mangé.

– En tout cas, je trouverai sans problème, lui dit-elle. Mettons sept heures, ça te va ?

– Sept heures. Très bien.

– Je suis vraiment impatiente de te revoir, dit-elle.

– Parfait », répondit-il.

Il n'avait pas dit qu'il était impatient de la revoir.

Quand elle eut raccroché, elle poussa un long soupir.

« C'était mon tout premier petit ami », dit-elle à Peter.

Il leva de nouveau l'œil du Scrabble.

« Mon seul petit ami, hormis Joe Davitch », ajouta-t-elle.

Puis elle posa mollement deux lettres pour faire un autre mot à trois points, sans même s'en excuser.

Le samedi matin, elle déposa Peter chez Patch, puis se rendit dans un gigantesque centre commercial. Elle passa résolument au crible toutes les boutiques de vêtements, palpant des tissus, mettant des robes devant elle, allant même jusqu'à en essayer deux. À son insu, la mode était manifestement revenue peu à peu au style étriqué des années soixante-dix. Elle ne trouva que des bustiers, des pulls moulants à encolure bateau et des jupes découvrant les coutures de ses sous-vêtements. Dans la glace, elle avait l'air abattu, en nage. À midi, elle était toujours bredouille, et devait se dépêcher de rentrer car un nouveau morceau de plâtre s'était détaché du plafond de la salle à manger, et que Rick Saccone avait accepté de venir le réparer avant le thé dansant.

« Peter finit tout juste de déjeuner », annonça Patch quand Rebecca vint le chercher.

Puis elle baissa la voix.

« Ça n'a pas vraiment collé. Les enfants ont bien essayé de l'intégrer, mais la seule chose qui l'intéressait, c'était de lire son livre. Ce n'est pas de leur faute, je t'assure.

– Ne t'en fais pas, lui dit Rebecca. Il a également lu pendant tout le petit déjeuner. »

Elle parcourait du regard le vestibule de Patch, toujours aussi encombré d'un fouillis d'équipements de sport en tout genre – gants, battes, crosses, balles et ballons de toutes les tailles possibles et imaginables.

« Peter ? lança-t-elle. Prêt à partir ?

– Reste avec nous pour prendre un sandwich, lui offrit Patch.

– Je ne peux pas, Rick doit passer.

– Encore ! »

De toute manière, Rebecca avait l'intention de sauter le déjeuner. Elle avait encore à l'esprit le souvenir cuisant de son reflet dans le miroir quand elle avait essayé ces robes, sa large bedaine boudinée dans le tissu tendu à craquer.

Peter émergea de la cuisine, le nez fourré dans son livre – un vieux poche de science-fiction qu'il avait trouvé dans la chambre d'amis –, et poursuivit sa lecture durant tout le trajet de retour, en dépit des efforts de Rebecca pour engager la conversation.

« Tu as bien déjeuné ? lui demanda-t-elle.

– Pas mal, répondit-il sans lever les yeux de la page.

– Tu t'es bien entendu avec Danny ?

– Pas mal. »

Mais sur Eutaw Street, il lui demanda subitement :

« Si on t'offrait un voyage à bord d'une machine à remonter le temps, est-ce que tu l'accepterais ?

– Mais bien sûr ! répondit-elle. Il faudrait être fou pour ne pas accepter !

– Et tu irais vers le passé ? Ou le futur ?

– Le futur, évidemment ! J'aimerais savoir ce qui va se passer.

– Ouais, moi aussi.

– Mes petits-enfants, par exemple. Que vont-ils devenir ? Cette drôle de Lateesha, par exemple, que va-t-elle faire de sa vie ? C'est un sacré petit phénomène. Et Dixon : j'ai le vague sentiment que Dixon va aller loin.

– Moi, j'aimerais aussi savoir si les scientifiques découvriront un jour la théorie universelle », dit Peter.

Rebecca se mit à rire.

« Qu'est-ce qu'il y a de si drôle ? demanda-t-il.

– Oh, rien », fit-elle.

Et il replongea le nez dans son livre.

Sitôt rentrée, elle alla directement à sa penderie, sortit toutes ses robes et les empila sur son lit. Elle les essaya une à une, se tournant de côté devant la glace pour se jauger d'un œil critique.

Elle n'avait jamais rêvé d'être mince ; ce n'était pas cela.

En fait, une part d'elle-même avait toujours recherché la douceur et la plénitude – le style tante Ida. (Ce qui expliquait peut-être pourquoi elle avait abandonné tous les régimes qu'elle avait pu entreprendre : les premiers kilos qu'elle perdait semblaient invariablement provenir de ses joues, et ses traits prenaient soudain l'air sec et guindé de ceux de sa mère.) L'ennui, c'est que les femmes aux formes douces et pleines n'étaient réellement à leur avantage qu'une fois nues. Ce n'était tout de même pas leur faute si les vêtements avaient des ceintures qui les boudinaient et des boutonnières qui se distendaient et bâillaient !

Quand Rick arriva pour réparer le plafond, elle vint lui ouvrir en caftan de gaze aubergine qui flottait librement du cou aux chevilles. Mais elle comprit à son haussement de sourcils que c'était un peu trop voyant.

« Je dîne avec mon petit ami de lycée lundi et j'ai un trac fou. Ça ne va pas aller, comme tenue, hein ?

– Euh... la couleur est jolie, fit-il prudemment.

– Je vois.

– Et ce sarouel que vous aviez quand je suis venu réparer la salle de bains ?

– Je ne peux tout de même pas aller au restaurant en sarouel !

– Et pourquoi pas ? » s'étonna-t-il.

Il souleva son escabeau pour franchir le pas de la porte.

« Tenez, moi, par exemple : je dîne avec ma petite amie du lycée tous les soirs.

– Ah bon ?

– C'est ma femme.

– Deena était votre petite amie du lycée ? Mais je l'ignorais !

– Je croyais vous l'avoir dit.

– Je m'en souviendrais, autrement. »

Après l'avoir accompagné dans la salle à manger, elle remonta au premier et ouvrit cette fois l'armoire en cèdre, où elle entreposait ce qu'elle ne pouvait se résoudre à jeter. Là, elle trouva enfin ce qu'elle cherchait : la robe bleu ciel qu'elle portait le soir où elle avait rencontré Joe. Elle avait bien dû la porter avec Will, un jour ou l'autre. (Sa garde-robe n'était pas si riche que cela.) Mais il lui suffit de la mettre devant elle pour s'apercevoir qu'elle lui couvrirait à peine les fesses.

« Tu imagines un peu ? » demanda-t-elle à Peter.

Il s'apprêtait à entrer dans le séjour, son livre à la main.

« Je sortais avec ça en public ! Ça me fait penser à ce conte de Ma Mère l'Oie où la vieille femme fait un somme et découvre à son réveil que ses jupes ont été coupées.

– Tu vas mettre ça au thé dansant ? lui demanda-t-il.

– Non, mon chat, je pense que je ne la porterai plus jamais, lui dit-elle. Mais j'y tiens, parce que c'est ce que j'avais le soir où j'ai rencontré ton grand-père ; enfin, ton grand-père par alliance.

– La couleur est jolie. »

Elle se mit à rire et se retourna vers l'armoire.

C'était ridicule de se soucier ainsi de son apparence. Pour l'amour du ciel, ce n'était en rien un rendez-vous galant ! Mais les retrouvailles de deux anciens camarades de classe entre deux âges qui renouaient simplement contact. Et grignotaient un morceau avant de se séparer une fois pour toutes, car il y avait de fortes chances qu'ils n'aient plus rien à se dire.

Quand elle raccrocha la robe, un doux parfum nostalgique de lilas s'exhala de ses plis. Mais sans doute n'était-ce que l'odeur du tissu défraîchi. Après toutes ces années, ça ne pouvait tout de même pas être celle de la réception de fiançailles d'Amy.

Le dimanche après-midi, NoNo et Barry revinrent de leur lune de miel. NoNo était bronzée et Barry, qui avait le teint clair, arborait un visage rubicond barré d'une plaque rose pâle sur le nez. (Un ami leur avait prêté un bungalow au bord de la mer, à Ocean City.)

NoNo fut aux petits soins pour Peter ; elle l'embrassa,

lui demanda comment s'était passé son week-end, et lui proposa de choisir un restaurant pour leur premier repas en famille. Peter enfonça un orteil dans la moquette et marmonna qu'il préférait dîner à la maison.

« Oh, à la maison », répéta, le front soucieux, NoNo, qui n'avait jamais été douée pour la cuisine. Mais Barry intervint :

« Super, je vais faire griller des steaks. »

Puis il monta avec Peter chercher ses affaires.

Dès qu'ils furent partis, Rebecca dit :

« Je voulais te demander, NoNo, tu vas toujours à ton club de lecture ?

– Mmmh-mmmh..., acquiesça NoNo. Pourquoi ça ?

– Je me disais que ça devait être formidable d'avoir des gens avec qui parler sérieusement. J'aimerais bien aller dans un club de ce genre. Je n'ai plus jamais de conversation intellectuelle. »

NoNo contemplait son alliance, tournant la main gauche de-ci de-là d'un geste gracieux.

« Tu crois que je pourrais m'inscrire ? lui demanda Rebecca.

– T'inscrire ? répéta NoNo en laissant retomber sa main. T'inscrire à mon club de lecture ? Mais... c'est un groupe de femmes. Tu vois ?

– Mais je suis une femme, répondit Rebecca avec un rire ténu.

– Je veux dire, c'est quasiment un groupe de thérapie. Tu n'imagines pas les sujets qu'on aborde parfois ! Les problèmes affectifs, les histoires de cœur, tout ça. Je me dis que ça me ferait un drôle d'effet de me retrouver avec quelqu'un de la famille. Qui que ce soit, je veux dire. Mes sœurs, aussi. Je ne veux pas être...

– Non, bien sûr que non. Où avais-je la tête ? s'exclama Rebecca. Seigneur ! Ce que ce serait bizarre ! »

Sur ces entrefaites, Barry et Peter dévalèrent bruyamment l'escalier ; elle leva les yeux vers eux en feignant un grand sourire, et leur demanda s'ils n'avaient rien oublié.

Quoi qu'il en soit, ce n'était sans doute pas le type de club de lecture qu'elle recherchait. Les problèmes affectifs, elle pouvait en discuter n'importe quand; c'est ce qu'elle passait son temps à faire avec tous les ouvriers qui se succédaient.

Le lundi après-midi, à deux heures – le premier rendez-vous qu'elle avait pu décrocher –, elle se fit faire un shampooing et une mise en plis à la maison de beauté Martelle, mais sitôt rentrée, elle se repassa les cheveux sous le jet de douche, car elle était ressortie frisottée comme un mouton des mains de sa coiffeuse, visiblement peu en forme ce jour-là. Elle se retrouva donc avec sa tête habituelle et ses deux ailettes cendrées sur les tempes. Elle enfila une longue jupe bleue à fleurs, une tunique pakistanaise d'un bleu plus clair à l'encolure ornée de petits miroirs, et des collants marine pour affiner ses chevilles. Après avoir jeté un œil dans la glace, elle entortilla autour de sa gorge un foulard à motifs cachemire rouge et blanc, alors que la température avoisinait les 27 °C. Puis elle mit une paire d'escarpins rouges. (Elle avait entendu dire que les hommes trouvaient les chaussures rouges provocantes.)

Enfin, elle se barbouilla le visage de poudre, se brossa les cils au mascara et appliqua une couche de rouge à lèvres de la même nuance que ses chaussures, mais s'empressa d'en effacer les trois quarts, jugeant qu'il lui donnait une allure trop tapageuse.

Puis elle alla s'installer dans le salon du fond, car il n'était que quatre heures et demie, et elle ne devait pas partir avant six heures. Elle croisa les mains sur ses genoux et resta sans rien faire, le regard rivé droit devant elle, tâchant d'éviter de se frotter les yeux pour ne pas finir par ressembler à un raton laveur. De temps en temps, Poppy passait la tête par la porte et la scrutait un instant, mais heureusement, il ne lui posait aucune question. Elle lui avait préparé un repas froid un peu plus tôt en lui disant de dîner quand il le souhaitait. Vers cinq heures et demie, elle entendit une chaise qui raclait le linoléum de la cuisine, suivie d'un cliquetis de couverts sur une assiette, et faillit se lever pour aller lui tenir compagnie, mais elle se ravisa et ne bougea pas de là où elle était. Elle éprouvait le besoin de garder son flegme, et puis le simple fait de parler à Poppy risquait d'effacer le peu de rouge qu'il lui restait.

À six heures moins dix, elle fit un dernier petit tour à la salle de bains et adressa un petit signe à Poppy du seuil de la cuisine.

« Bonsoir », lui lança-t-elle, en prenant garde de ne pas serrer les lèvres l'une contre l'autre.

Sa montre affichait 5:55. Se rappelant comme ses petits-enfants étaient superstitieux à l'égard de l'heure, elle fit un vœu. Le vœu d'être digne, un point c'est tout. De passer cette soirée sans se ridiculiser. Elle prit son sac sur le radiateur de l'entrée et sortit.

Le temps était mou, lourd et nuageux, sans l'espoir d'une goutte de pluie pour rafraîchir l'atmosphère, cependant. Quand elle monta en voiture, un souffle d'air chaud emmagasiné humecta sa poudre en l'espace d'une seconde. Elle démarra et mit l'air conditionné, qui fit voler ses cheveux dans tous les sens. Elle s'était pomponnée pour rien. Elle jeta un regard de désespoir dans le rétroviseur avant de déboucher dans la rue.

Sa voiture était une Chevrolet de 84, bruyante et piquetée de rouille, qui avait tendance à tanguer vertigineusement dans les virages serrés. (Rebecca ne cessait de menacer de la transformer en jardinière.) À l'arrière comme à l'avant, elle était jonchée du bric-à-brac de ses petits-enfants – emballages de fast-food, canettes de soda, vieilles bandes dessinées et chaussettes de gymnastique fripées d'un blanc douteux. Elle regrettait de ne pas l'avoir nettoyée. Elle fut prise d'un bref sentiment de rancune : elle prenait tellement soin de ses affaires avant de connaître les Davitch.

Au début, le trajet ressembla à celui qu'elle aurait pu prendre tous les jours. Elle longea les mêmes vieilles maisons hautes à l'allure austère, transformées pour la plupart en bureaux, en magasins ou en appartements à faible loyer. Elle bifurqua vers le sud dans une rue bordée de laveries automatiques, de restaurants chinois, de magasins de vins et spiritueux et d'épiceries fermées. C'était la fin de l'heure de pointe, et elle franchit sans peine une série de croisements. Elle s'arrêta à un feu rouge où un jeune vendait à l'unité des roses emprisonnées dans leur tube de Cellophane. Au feu suivant, un homme cadavérique en canadienne brandissait une pancarte disant qu'il était affamé, malade, triste et fatigué. Un enfant approcha avec un chiffon sale et un flacon de Vitrex, mais Rebecca fit non de la tête.

Puis elle traversa les bords effilochés de la ville et ses friches peuplées d'usines aux carreaux cassés et de montagnes de pneus couvertes de bâches. Depuis le temps, Macadam devait bien être desservi par une quatre-voies, mais elle prit l'ancienne route. Le paysage devint plus spacieux – semé de mauvaises herbes, de ronces et de buissons. Mais elle fut déçue de voir que les prés ondoyants de sa jeunesse avaient été remplacés par des lotissements défraîchis qui semblaient bien enracinés ; manifestement, ils ne dataient pas d'hier. Presque tous les jardins étaient encombrés de piscines en plastique. Sur un pont étaient tagués une série de cœurs percés d'une flèche, « Ayez foi en Jésus » et, d'une écriture enfantine déformée, « J'aime toujours Larry ». Le reflet éblouissant d'un coucher de soleil aux couleurs acidulées se refléta dans les baies vitrées d'une école primaire en brique aux bâtiments longs et bas.

Juste après le passage à niveau, elle tourna à droite et, quelques kilomètres plus loin, tomba sur une élégante plaque noire et cuivre annonçant Macadam. (De son temps, un énorme panneau proclamait : VOUS ARRIVEZ À MACADAM, SIÈGE DE MACADAM COLLEGE ET DE LYON INDUSTRIES, INC. « Pour vos produits d'hygiène et d'entretien, faites confiance à Lyon. ») Elle longea la bordure est du campus – bâtisses en brique de style fédéral ombragées de grands arbres séculaires déchiquetés, tout comme dans son souvenir. Cependant, la ville avait changé, et pas en mieux. Elle paraissait plus décousue, comme morcelée, un véritable fouillis de salons de tatouage, de bistrots et de fast-foods construits à la va-vite. Et quant à Myrtle's (lorsqu'elle retrouva l'auberge, après s'être trompée deux fois de rue), c'était devenu un magasin de disques. La vitrine était remplie de posters de groupes de rock en tout genre, sous le fronton de stuc blanc où l'on devinait encore la trace fantomatique des lettres arrachées.

Soudain, ce fut comme si une boule de bowling avait atterri au creux de son estomac. Son cœur se mit à cogner par à-coups dans sa poitrine.

À la diagonale du magasin de CD, se trouvait L'Érable (ni le Chêne ni l'Orme), l'air déplacé avec sa porte magnifiquement laquée et sa marquise vert forêt. Elle se gara pile devant. Elle tendit le cou vers le rétroviseur, aplatit ses cheveux, vérifia son rouge à lèvres et se composa un visage plus optimiste, plus souriant. Puis elle prit son sac et descendit de voiture en tirant par-derrière sur sa jupe, qui était collée à ses cuisses. À sa montre, il était sept heures moins dix ; Will n'était sans doute pas arrivé. Cependant, lorsqu'elle approcha de l'entrée, elle prit garde à tout hasard à marcher d'un pas gracile.

À l'intérieur, la pénombre mêlée à l'odeur de moquette poussiéreuse lui donna l'impression d'être entrée dans un placard où étaient entreposés des lainages. Elle fut accueillie par une blonde aux cheveux longs, les bras chargés d'une pile de menus, qui roucoula :

« Bonsoir !

– J'ai rendez-vous avec quelqu'un, mais je ne pense pas qu'il..., commença Rebecca.

– Ce ne serait pas ce monsieur ? »

Elle suivit le regard de l'hôtesse. Dans l'ombre, elle devinait à peine la douzaine de tables du restaurant, mais elle vit cependant que deux d'entre elles étaient occupées

– l'une par un jeune couple bien habillé, l'autre par un vieux monsieur tout maigre.

« Non », dit-elle.

Puis elle laissa échapper un « Oh ».

Il était assis près de la fenêtre, son profil d'aigle se découpant sur le rideau sombre, auréolé d'un halo blanc de mèches folles tire-bouchonnées. Quand elle s'avança vers lui (précédant cette fois l'hôtesse, au lieu de la suivre), il lui jeta un regard, et elle vit bien qu'il était tout aussi perplexe. Il hésita, se leva à demi, puis hésita encore avant de se déplier.

« Rebecca ?

– Bonjour, Will », lui dit-elle

Elle lui tendit la main et il la prit. (Ce devait bien être la première fois qu'ils se serraient la main.) Il avait les doigts toujours aussi secs et noueux, mais sa peau avait une autre texture, un grain plus marqué qu'elle remarquait également sur son visage, maintenant qu'elle s'était rapprochée – des joues à l'aspect sablé, le front barré d'un trio de fines rides. Ses lèvres autrefois pulpeuses et ourlées étaient plus minces, plus ciselées. Il portait un veston de costume défraîchi sur une chemise blanche à col ouvert – des vêtements de monsieur d'un certain âge qui pendaient mollement sur son corps osseux avec un laisser-aller caractéristique.

Elle prit place en face de lui, et il se rassit.

« Qu'est devenue ta longue tresse blonde ? » lui demanda-t-il.

Elle porta la main à sa tête.

« Ma... ? fit-elle. Ah. Je l'ai coupée. C'était trop de travail. »

Un menu atterrit dans son assiette et un autre dans celle de Will. L'hôtesse leur dit :

« Puis-je dire à Marvin ce que vous buvez ?

– Qui est Marvin ? demanda Will.

– Un thé glacé pour moi, dit Rebecca, à qui un bon remontant n'aurait pourtant pas fait de mal.

– Pour moi, juste de l'eau, annonça Will.

– Plate ou gazeuse ?

– Pardon ?

– Une carafe », intervint Rebecca. (Cela, elle en était sûre, bien que la question ne se fût pas même posée à l'époque où ils sortaient ensemble.)

Dès que leur hôtesse fut partie, Will se retourna vers Rebecca, en attendant manifestement qu'elle entame la conversation. Au lieu de quoi, elle prit le temps de placer soigneusement son sac à sa gauche, puis de déplier sa serviette au ralenti pour l'étaler sur ses genoux.

Pourquoi tout ce raffinement, se demanda-t-elle – cette maîtrise de soi, ces manières de dame patronnesse ?

C'était ainsi qu'elle se conduisait envers les étrangers. Car le fait est que c'était un étranger.

Mais elle lui dit :

« Je suis ravie de te revoir, Will ! »

Il tressaillit. (Elle avait peut-être parlé un peu fort.)

« Oui, moi aussi, répondit-il. Enfin, moi aussi, je suis ravi de te revoir. »

Il y eut un silence.

« Et à part la tresse, tu n'as pas changé, ajouta-t-il.

– Oui, toujours aussi grosse ! » lança-t-elle avec un rire enjoué.

Il toussota. Elle rajusta sa serviette.

« Je suis passée par l'ancienne route Poe pour venir, dit-elle. Seigneur, qu'est-ce que ça a changé ! Il y a tellement de nouveaux lotissements, enfin, nouveaux pour moi, et Macadam n'a plus du tout la même tête. Je me demande même si je... »

Un jeune homme vêtu de noir posa leurs verres devant eux.

« Alors, dit-il en dégainant un carnet et un stylo. Vous avez décidé de ce que vous allez prendre ?

– Non, pas tout à fait, merci », répondit Rebecca.

Mais Will s'interposa :

« Pardon, attendez une seconde, voyons voir, qu'est-ce que je... »

Il sortit des lunettes cerclées de sa poche de poitrine et les accrocha sur ses oreilles. (Cette fois, il avait carrément des allures de vieillard. En se reculant un peu, elle pouvait tout à fait imaginer qu'elle ne l'avait jamais vu de sa vie.)

« Vas-y, toi, dit-il à Rebecca.

– C'est que je... Oh, le saumon, mettons. »

C'était la première chose sur laquelle son regard était tombé.

Will scrutait son menu.

« Saumon, veau, côte de bœuf, énumérait-il en parcourant la page du doigt. Ah, la côte de bœuf, peut-être.

– Quelle cuisson, monsieur ? demanda le serveur.

– Rosé, je vous prie. Non, à point, plutôt.

– Très bien, à point, répondit le serveur en notant sur son carnet.

– À la réflexion, lui dit Will. Je crois que je vais prendre l'espadon médaille d'or.

– L'espadon, répéta le serveur en barrant ce qu'il venait d'écrire.

– Mais sans la sauce aux oignons caramélisés, précisa Will. À moins... »

Il fronça ses sourcils en broussaille.

« Est-ce encore le véritable espadon médaille d'or s'il est servi sans sa sauce ?

– De toute façon, monsieur, ce ne serait pas le véritable espadon médaille d'or, car celui-là, ce sont les juges qui l'ont mangé », répliqua le serveur.

Rebecca se mit à rire, mais Will se contenta de dire :

« Bon, très bien, sans sauce, alors. Et pas d'assaisonnement non plus avec la salade. »

Il se tourna vers elle.

« J'essaie de surveiller mon cholestérol. »

Voilà qui était au moins aussi étonnant que d'apprendre qu'il avait l'identification d'appel. Inconsciemment, elle avait dû le sceller dans de l'ambre – l'imaginer en jeune étudiant se goinfrant de hamburgers et de milk-shakes.

« Je n'ai pas l'habitude de manger au restaurant, lui dit-il une fois que le serveur fut parti. Généralement, je me fais la cuisine à la maison. Je prépare mon célèbre chili. Tu te souviens de mon chili.

– Oh ! Ton chili », répéta-t-elle.

Le fait est qu'elle s'en souvenait. Ou du moins, elle se souvenait de Will hachant des oignons en minuscules carrés réguliers et des tss... tss... de Mrs. Allenby lorgnant d'un air réprobateur les éclaboussures écarlates qui mouchetaient le dessus de sa cuisinière jusque-là immaculée.

« Ma recette constitue un repas parfaitement équilibré, lui expliquait Will. J'en prépare une double ration tous les dimanches après-midi, que je répartis dans sept boîtes, et c'est ce que je mange toute la semaine.

– Toute la semaine ?

– Là, il va m'en rester une boîte en trop, à cause de ce soir. Je ne sais pas encore ce que je vais en faire.

– Mais tu ne t'ennuies pas à force de manger la même chose tous les soirs ?

– Pas du tout. Et quand bien même, quelle importance ? Je n'ai jamais compris cette phobie de l'ennui qu'on a dans ce pays. Pourquoi faudrait-il constamment être occupés et divertis ? Quelquefois, j'aime bien regarder dans le vide, sans rien faire. Je n'ai aucun besoin de la nouveauté pour la nouveauté.

– Oh... Tu as sans doute raison, répondit Rebecca. Seigneur, je ne sais pas pourquoi nous avons à ce point horreur de l'ennui.

– Je déjeune à la cafétéria de la fac. Salade d'épinards et yaourt.

– Voilà qui m'a l'air très sain. »

Le serveur posa une corbeille de pains entre eux, et Rebecca en choisit un qu'elle posa sur sa petite assiette. Puis elle tendit la main vers le beurre. Le silence était si flagrant que chaque geste prenait de l'importance. Au moindre mouvement de son poignet, elle avait l'impression d'entendre un craquement.

« Alors, dit-elle au bout d'un moment. J'ai cru comprendre que tu t'étais fait à la vie de célibataire.

– Oui, je n'ai pas à me plaindre. Je loue un très bel appartement sur Linden Street.

– Un appartement, répéta-t-elle. (Faire une croix sur l'image de la maison de professeur titulaire d'une chaire.)

– Chez Mrs. Flick. Tu te souviens du professeur Flick du département de littérature ? Elle a mis l'appartement du haut en location, après sa mort. J'ai un salon très spacieux, une salle à manger, une kitchenette, une chambre et un bureau. Le bureau peut servir de chambre d'amis si jamais ma fille vient dormir à la maison.

– Oh, Will, tu as une fille ?

– Dix-sept ans – en terminale. Elle s'appelle Beatrice. »

Beatrice ! Rebecca en resta muette d'admiration. Beatrice devait être la version féminine de Tristram. Rebecca l'imaginait vêtue d'une de ces chastes robes de mousseline du dix-neuvième siècle, bien que ce fût peu probable, elle le savait. Elle la voyait travailler avec son père à un projet de recherche commun – Beatrice faisant la lecture tandis que Will, au coin du feu, hochait gravement la tête dans son rocking-chair.

« Mais comparé à toi, ça n'est rien, dit Will.

– Moi ?

– Tu as quatre filles, m'as-tu dit.

– Eh oui, j'ai toujours une longueur d'avance sur toi ! »

Elle avala, ou plus exactement elle engloutit une longue rasade de thé glacé, et faillit s'étrangler.

« J'ai même des petits-enfants ! Six. Enfin, sept. Parce que les filles de mon mari étaient plus grandes, vois-tu. Les filles qu'il avait eues de son précédent mariage.

– Et comment est-il décédé ? Si ce n'est pas trop indiscret. »

En voyant avec quel tact il s'exprimait et sa drôle de moue quand il parlait – une moue chiffonnée, comme s'il avait trop de dents –, elle se sentit obligée de le mettre à l'aise.

« Il est mort dans un accident de voiture, lui annonça-t-elle sans ambages. Ça a été très soudain. Un accident de voiture est toujours soudain, bien sûr. Mais j'étais tellement peu préparée ! Tellement jeune ! Je n'avais que vingt-six ans. Et ses filles en étaient à peine arrivées au stade où elles admettaient mon existence.

– Tu n'aurais pas pu les envoyer dans leur famille ? Elles devaient bien en avoir, quelque part.

– Oh, il n'y avait que leur mère.

– Leur mère ! répéta Will.

– Mais elle s'était remariée ; elle habitait en Angleterre. Lui envoyer les filles, ç'aurait été... En fait, la question ne s'est jamais posée. »

Will hocha la tête.

« Personnellement, je trouverais cette situation intolérable. »

Pour une raison ou pour une autre, elle fut blessée par sa réaction. Elle savait bien qu'il s'efforçait de se montrer compatissant, mais elle ne pouvait s'empêcher d'imaginer un soupçon de critique dans sa voix.

« Mais finalement, tout s'est bien terminé ! Vraiment. Je me suis très bien débrouillée. Je travaille à mon compte en louant la maison pour des réceptions. C'est Joe qui a créé l'affaire – mon mari. Et les filles sont grandes, maintenant. Il faut que tu les rencontres ! C'est une grande famille chaotique ; rien à voir avec ce que nous avons connu dans notre enfance, toi et moi. La vie nous réserve tant de surprises, n'est-ce pas ? Aurais-tu imaginé qu'un jour, nous nous retrouverions ici à attendre qu'on nous serve de l'espadon et du saumon, à l'époque où nous mangions des pancakes au Myrtle's ? »

Pile au bon moment, le serveur posa leur assiette devant eux – l'espadon de Will nu comme un ver et le saumon de Rebecca enfoui sous un amas de câpres, de champignons, de tomates séchées, d'olives noires et vertes et de pignons. Deux salades arrivèrent, celle de Rebecca couverte d'une sauce au bleu.

« Du poivre au moulin ? » offrit le serveur en brandissant ce qui ressemblait à une pièce d'échecs géante.

Will fit non de la tête.

Pour compenser, Rebecca dit :

« Je veux bien, oui ! » alors qu'elle avait hâte qu'on les laisse seul à seul. Un tour de moulin et elle l'arrêta :

« C'est parfait ! Merci ! »

Le serveur finit par s'en aller.

« Où en étais-je ? Ah oui, le Myrtle's », dit Rebecca.

Elle piqua une olive avec sa fourchette.

« Oh, ça paraît si vieux, tout ça, n'est-ce pas ? Enfin, c'est si vieux. Et pourtant, en un sens... Je me souviens comme si c'était hier de ce jour où on est allé au drive-in, en troisième. J'étais folle de toi, alors que de ton côté, tu pensais qu'on était juste amis. Tu ne me voyais que comme une copine de maternelle. »

L'olive avait un noyau, s'aperçut-elle en la croquant. Elle l'ôta entre le pouce et l'index et le fit disparaître sous son petit pain. Heureusement, Will avait le nez plongé sur son assiette et parut ne rien remarquer.

« On était parti en bande au cinéma avec le pick-up du frère aîné de Ben Biddix. Tu te souviens ? Ben avait payé cinq dollars à son frère pour qu'il nous emmène, parce qu'aucun d'entre nous n'avait encore son permis. Et on s'est tous assis sur un coin d'herbe au pied de l'écran – tu te souviens ? »

Will fit non de la tête.

« Il y avait toi, moi, les jumelles Nolan, Ben et son frère, Nita Soames, qui sortait avec le frère de Ben, à l'époque. En fait, je crois même qu'elle a fini par l'épouser. C'était une nuit très claire, une nuit tiède avec une douce brise, une brise pleine de promesses, tu vois ce que je veux dire ? Tu étais assis à côté de moi et j'ai posé ma main dans l'herbe d'un air nonchalant, ou du moins je l'espérais, puis je l'ai rapprochée un peu de la tienne et j'ai attendu, puis encore un peu ; si bien que nos mains ont fini par se frôler, à peine, peut-être même qu'elles ne se frôlaient pas, mais qu'elles se réchauffaient, comme qui dirait...

– Tu m'as brisé le cœur », l'interrompit Will.

Tout ce temps, il était resté le nez fixé sur son assiette, les traits si impassibles qu'elle n'était pas sûre qu'il l'écoutait. Et elle n'en était toujours pas sûre en cet instant, car elle était transportée comme par magie en cette nuit étoilée de 1960, où tout s'apprêtait à commencer, et voilà qu'il venait de sauter directement à la conclusion de l'histoire. Elle reposa sa fourchette. L'olive était coincée tout en haut de son gosier comme un gros caillou.

« Tu ne m'avais pas préparé à ça du tout », dit Will.

Il empoigna les deux côtés de la table.

« J'étais persuadé que tout allait bien. J'avais confiance en toi. Et voilà qu'un jour, tu me dis au revoir, et tu pars, sans même un mot d'explication. Et que tu te maries deux semaines plus tard. Il a fallu que ce soit ma mère qui me l'apprenne. “Tu avais entendu parler de cet homme ? elle m'a demandé. Cela doit faire un moment qu'il est sur la scène. Cela m'étonnerait que Rebecca ne sorte avec lui que depuis deux semaines.” »

En parlant, il s'était tellement penché vers elle qu'il enlaçait la table entre ses bras déployés. Et ce fut alors seulement que Rebecca reconnut enfin bel et bien Will Allenby dans l'homme assis en face d'elle – l'adolescent aux grandes oreilles avec ses allures de girafe, qui n'avait jamais vraiment su quoi faire de ses membres. C'était bien ses yeux saisissants, dont elle décelait seulement l'éclat d'un bleu limpide à l'abri des sourcils broussailleux. Et ses épaules larges et anguleuses, et sa pomme d'Adam carrée qui montait et descendait dans son cou. Plus elle l'observait, plus elle avait l'impression de regarder un taffetas aux reflets changeants – de passer constamment de l'image du vieux monsieur comme les autres à celle, unique en son genre, du jeune Will. Ce qui rendait son amertume plus pénible encore.

« Écoute, Will, lui dit-elle. Je suis désolée. J'ai mal agi envers toi. Mais je n'en avais aucune intention ! C'est juste que j'ai été... submergée. Entraînée par un homme mûr, un homme qui tenait déjà sa vie en main, alors que toi et moi, nous étions encore... mais je ne voulais pas te faire de mal. J'espère que tu me crois. »

Le serveur leur demanda :

« Cela vous plaît ?

– Oui, c'est délicieux, répondit Rebecca. Par la suite, reprit-elle à l'adresse de Will, une fois mariée et installée, je sais bien que j'aurais dû t'écrire ou... je ne sais pas. Te donner une explication. Mais tout est allé si vite ! Tout était si chaotique ! J'avais les trois petites dont il fallait que je m'occupe, et de plus en plus de responsabilités dans notre affaire. Je vivais dans cette maison pleine à craquer avec ma belle-mère souffrante, l'oncle de mon mari en deuil et un beau-frère encore tout jeune ; et puis j'ai eu mon bébé. Je n'avais pas une minute à moi pour réfléchir, et encore moins pour t'écrire une lettre ! J'ai pris un tout autre chemin, je me suis éloignée de plus en plus de celle que j'étais autrefois. Et puis cet été, je me suis... comment dire, réveillée. J'ai regardé autour de moi. Je me suis dit, Qu'est-ce que je suis devenue ? Qu'est-il advenu de moi ? Pourquoi je me conduis ainsi ? J'ai usurpé ma propre vie ! Ou plutôt, ce n'est pas ma vie. Mais celle d'une autre. Et c'est pour cette raison que je t'ai appelé. »

Will se redressa lentement sur son siège, puis il lui dit :

« J'imagine que tu t'es dit que tu pouvais revenir comme une fleur, comme si tu n'étais jamais partie.

– Jamais de la vie !

– Que je te dirais : "Mais bien sûr que je te pardonne, Rebecca. Tout est oublié, désormais. Revenons comme au bon vieux temps."

– Ça ne m'est jamais venu à l'esprit », répondit-elle.

Mais c'était faux. Secrètement, elle avait caressé le fantasme de s'entendre dire qu'il n'avait jamais cessé de l'aimer. Soudain, cela lui semblait prétentieux, illusoire, honteux.

Elle recula sa chaise et se leva avec précipitation en se cognant les deux cuisses contre le rebord de la table.

« Excuse-moi, lui dit-elle. Je vois que tout ceci était une erreur. »

Elle prit son sac et sortit du restaurant. Il ne fit rien pour la retenir.

Durant tout le trajet de retour, elle ne cessa de se parler toute seule en hochant la tête, refoulant des larmes de colère.

« Comment ai-je pu être si bête ? s'interrogea-t-elle. Si franche ! Si directe ! »

Elle mit l'air conditionné plus fort. Elle avait le visage couvert d'une pellicule de sueur aussi lisse et collante que du film transparent.

« Mais pourquoi a-t-il accepté de me revoir s'il pensait ça ? Pourquoi m'a-t-il seulement rappelée, dans ce cas ? Oh, j'aurais dû régler ma part de l'addition », gémit-elle.

Elle risqua un coup d'œil dans le rétroviseur. Elle décréta qu'avec ses deux mèches en ailettes, elle avait une tête de zébu.

Baltimore apparut, robuste et familière, rassurante dans le scintillement des feux de sécurité qui surmontaient les immeubles. Elle baissa sa vitre et respira à pleins poumons l'odeur fuligineuse de pétrole qui lui sembla rafraîchissante. Et quand elle arriva, les fenêtres des Bras Ouverts brillaient avec bienveillance. Elle se gara et s'extirpa de sa voiture. Sa jupe était aussi froissée qu'un vieux bout de papier. Les couleurs de sa tenue – rouge, blanc et bleu, Seigneur ! – lui faisaient soudain penser à la vaisselle de pique-nique bon marché vendue pour la fête de l'Indépendance.

Elle gravit les marches du perron et ouvrit la porte.

« C'est moi ! lança-t-elle.

– Ah ? » répondit Poppy d'en haut.

Elle entendit des rires à la télévision – d'ordinaire, ce

bruit avait le don de lui taper sur les nerfs, mais ce soir-là, il lui parut chaleureux.

Elle alla directement dans la cuisine, posa son sac et chercha quelque chose à manger. Plantée devant le réfrigérateur, elle engloutit deux cuisses de poulet, un fond de salade de pâtes et une bonne poignée de tomates cerise. Elle liquida des restes : une boîte en plastique de coleslaw et un demi-pot de pommes sauvages en tranches. Elle était si affamée qu'elle avait encore le ventre creux. C'était à croire que rien ne suffirait à la rassasier.

SIX

LE DERNIER MERCREDI du mois d'août, Joey et Lateesha sonnèrent de bon matin chez Rebecca. Lateesha portait l'oreiller rose de berceau avec lequel elle dormait toujours et les deux enfants avaient des sacs à dos. Hakim était derrière eux, loin de là, sur le trottoir, prêt à remonter au volant.

« J'emmène Min Foo à l'hôpital ! cria-t-il. Elle a des contractions toutes les cinq minutes !

– Très bien ! Bonne chance ! lança-t-elle en soufflant un baiser à Min Foo. Dis-toi bien qu'au bout du compte, il y a un bébé qui t'attend, ma chérie !

– Quoi ? Oui, oui. Les enfants n'ont pas encore pris leur petit déjeuner, maman.

– Je m'en occupe », lui promit Rebecca en enlaçant les deux enfants par l'épaule.

Dès que la voiture fut partie, elle les fit monter dans la chambre d'amis du second étage.

« C'est fabuleux, non ? dit-elle en aidant Lateesha à se débarrasser de son sac à dos. Je parie qu'avant le déjeuner, vous aurez un petit frère ou une petite sœur tout neuf ! »

Ils ne semblaient pas plus exaltés que ça. Le regard vaseux et larmoyant de dormeurs brutalement tirés de leur sommeil, ils la suivirent silencieusement jusqu'à la cuisine en traînant les pieds. Quand elle posa sur la table des toasts et de la confiture, les yeux de Lateesha s'emplirent de larmes :

« Il y a des petits points dans la confiture ! Des petits points qui vont se coller dans mes dents !

– C'est des graines de framboise, patate, lui dit Joey.

– Joey m'a traitée de patate !

– Allons, allons, lui dit Rebecca. Ne t'en fais pas. Je vais te trouver de la bonne gelée de raisin. »

Sur ces entrefaites, Poppy vint à son tour réclamer son petit déjeuner, et il fallut lui expliquer la situation à plusieurs reprises.

« Min Foo est en train d'accoucher ? Je croyais qu'elle était divorcée, dit-il.

– Oui, Poppy, mais après, elle a épousé Hakim, vous vous souvenez ?

– Hakim ! Seigneur tout-puissant, ne me dis pas que c'est encore un Noir !

– Non, Poppy, il est arabe, lui répondit Rebecca. Tout de même, vous pourriez parler autrement », ajouta-t-elle en lançant un coup d'œil à Lateesha.

Mais celle-ci était occupée à tartiner de la gelée de raisin jusqu'au bord de son toast, apparemment indifférente à ce qui se passait.

Après le petit déjeuner, Rebecca fit les lits jumeaux de la chambre d'amis et posa l'oreiller rose de Lateesha contre une des têtes de lit. La pièce avait probablement servi autrefois à loger les domestiques. Elle était petite et mal aérée, avec un plafond si bas qu'on avait l'impression d'étouffer, et une unique fenêtre très étroite. Dans un coin se dressait une bibliothèque en bois sombre qui croulait sous les livres de poche cornés, les manuels usés remontant aux années d'école des filles, sans compter les livres d'histoire et les biographies que Rebecca lisait du temps de l'université. À l'époque, elle avait la manie de tomber amoureuse, ou presque, de figures telles que Mahatma Gandhi ou Abraham Lincoln. Elle les étudiait en profondeur, s'efforçait de connaître leur existence dans le moindre détail, tout comme sa camarade de chambre planchait sur la vie des stars de cinéma.

Et elle avait été si engagée ! Elle avait participé à un piquet de grève devant la cafétéria de Macadam pour défendre les employés sous-payés ; elle avait manifesté contre la guerre du Viêt-nam ; elle avait placardé des autocollants antinucléaires sur la porte de sa chambre. Aujourd'hui, c'est à peine si elle pouvait se résoudre à aller voter. La seule rubrique qu'elle lisait dans le journal, c'était l'horoscope d'Ann Landers. Son regard glissait sur le Kosovo, le Rwanda, et s'empressait de passer à autre chose.

Elle songea que jusque-là, ses efforts pour retrouver la Rebecca d'autrefois s'étaient bornés à essayer de renouer contact avec le petit ami de celle-ci. Tout comme ces jeunes écervelées des années cinquante, elle s'était imaginé qu'il lui suffisait, pour atteindre son but, de se pendre aux basques d'un homme.

Heureusement qu'elle avait échoué, se dit-elle. (Quoique plus de deux semaines après, elle fût encore piquée au vif par le souvenir de son dîner avec Will.)

Le téléphone sonna et elle dévala l'escalier en lançant : « Quelqu'un peut décrocher ! Répondez au téléphone ! », pensant que c'était peut-être Hakim. Mais ce n'était que le pépiniériste d'Eden & Co qui voulait prendre rendez-vous pour remplacer les azalées fanées du jardin.

« Mais je ne veux pas le faire tout de suite, parce qu'il fait encore un peu chaud, dit-il. Il se pourrait même qu'on ait une vague de chaleur, on ne sait jamais, et je conseille toujours d'attendre...

– Ma fille est en train d'accoucher ; pourriez-vous libérer la ligne ? l'interrompit-elle.

– Oh ! Pardon.

– Je ne veux pas être impolie, ajouta-t-elle, aussitôt envahie par un sentiment de culpabilité. C'est juste que... vous savez comment c'est quand un de vos enfants...

– Madame, croyez-moi. Ma fille a eu des jumeaux. Avec

ma femme, on a passé vingt et une heures dans la salle d'attente...

– Vingt et une heures !

– Les infirmières n'arrêtaient pas de nous dire : "Vous feriez peut-être mieux de rentrer chez vous et de revenir plus tard", mais nous, on leur disait : "Ah ça non. Pas question. Cause toujours. Jamais de la vie." Puis ç'a été l'heure du dîner, puis la nuit est tombée, et puis c'était le lendemain matin...

– Il faut que je libère la ligne », dit Rebecca.

Elle raccrocha et, de nouveau, se sentit coupable.

À chaque fois qu'une des filles accouchait, semble-t-il, elle était prise de douleurs au ventre. Inconsciemment, elle passait toutes ces heures à contracter ses muscles abdominaux. C'était à se demander comment les infirmières des salles d'accouchement faisaient pour survivre.

Par bonheur, il n'y avait pas de réception prévue ce soir-là. Aux Bras Ouverts, les affaires étaient stagnantes. Mais pour distraire les enfants, elle sortit tous les bougeoirs et les posa sur la table de la salle à manger. Puis elle déballa un gigantesque sac de bougies vierges.

« Mettez les couleurs que vous voulez, leur dit-elle. Et puis vous pourrez les allumer pendant une minute, pour qu'elles perdent ce côté neuf. Mais seulement quand je suis là, d'accord ? »

Elle regarda Joey choisir une longue chandelle rayée de rouge et de blanc comme une enseigne de coiffeur – elle avait un petit air de fête de Noël, mais peu importe.

« Puisque c'est bientôt l'automne, on va pouvoir remettre des bougies pendant les réceptions. J'ai horreur de devoir y renoncer l'été, mais c'est vrai que psychologiquement, elles donnent une impression de chaleur, même si elles n'en produisent pas vraiment. »

Le téléphone de la cuisine émit un bip et se tut. Rebecca attendit quelques secondes, mais il n'y eut pas d'autre sonnerie.

« Quand j'étais petite, poursuivit-elle, ma tante Ida m'a

donné une grande bougie blanche magnifique, tout enrubannée d'une espèce de volant de dentelle blanche qui montait en spirale. Je n'avais jamais rien vu d'aussi élégant de ma vie. Je l'ai conservée dans un tiroir de ma commode en prévision d'un grand événement, quoique, aujourd'hui, je me demande bien ce que ç'aurait pu être. C'est que je n'avais que huit ans, voyez-vous. Quand on a huit ans, des grands événements, on n'en voit pas beaucoup. Et régulièrement, tante Ida me demandait : "Alors, tu l'as fait brûler, cette bougie ?" et je lui répondais : "Non, pas encore, je la garde." Et puis un jour, oh, trois ou quatre ans plus tard, peut-être, je suis tombée dessus dans mon tiroir. Elle était devenue toute jaune et toute tordue ; elle était quasiment en forme de croissant, et la dentelle était en miettes. Je ne l'avais jamais vue brûler, et je ne la verrai jamais. Alors, depuis ce temps-là, j'allume mes bougies à la première occasion. Je les allume par dizaines, dans toutes les pièces, pour toutes les réceptions, de septembre à mars. Des multitudes de bougies. »

Elle tendit à chacun des enfants une boîte d'allumettes, et ils entreprirent d'allumer les bougies qui défilaient sur la table – longs cierges, grosses chandelles ou lampes votives, blanches, colorées, rayées ou dorées, étincelant dans la pièce comme autant d'étoiles dans le ciel.

Il était déjà une heure passée quand Hakim appela.

« J'ai un fils ! annonça-t-il. Il est énorme : trois kilos neuf. C'est mon portrait craché. Min Foo va bien et vous embrasse tous.

– Comment s'appelle-t-il ? demanda Rebecca.

– Nous n'avons pas de nom. NoNo était sûre que ce serait une fille.

– Oh. Bon, bon. »

Elle laissa les enfants téléphoner à leurs tantes et à tous leurs amis pour leur apprendre la nouvelle, puis elle sortit son nécessaire de décoration et tous les trois fabriquèrent une pancarte proclamant : *BIENVENUE À MAMAN ET PETIT FRÈRE*. Puis Poppy émergea de sa sieste, et ils trinquèrent tous au ginger ale dans les coupes à sorbet de maman Davitch. Poppy semblait persuadé qu'il s'agissait du bébé de Rebecca, mais on eut tôt fait de lui remettre les pendules à l'heure.

Quand Hakim rappela, en fin d'après-midi, Rebecca emmena les enfants à l'hôpital.

« Vous en avez de la chance, tous les deux, leur dit-elle en chemin. Avant, les visites n'étaient pas autorisées aux enfants de moins de douze ans. Vos tantes n'ont vu votre maman que lorsque je l'ai ramenée de l'hôpital. »

Rebecca avait peine à croire qu'il y avait trente-deux ans de cela. Pour elle, c'est comme si c'était hier : le poids quasi imperceptible du minuscule corps, la chaleur de la tête duveteuse nichée dans le creux de son cou tandis qu'elle gravissait les marches du perron, et les trois fillettes sur le seuil de la porte, les yeux écarquillés, tout intimidées, allongeant respectueusement le bras pour lui toucher le pied.

Quand on lui tendit son nouveau petit-fils dans la chambre d'hôpital – autre évolution moderne, aucune vitre ne venait les séparer –, elle crut l'espace d'un instant que c'était Min Foo. Le bébé avait les cheveux raides comme des baguettes de sa fille, ses yeux en graine de cumin, et il dévisageait Rebecca avec curiosité, comme s'il avait l'impression d'avoir déjà vu cette tête quelque part.

« Regardez, dit-elle aux enfants. Il dit : “T'es qui, toi ? C'est qui ces gens chez qui j'ai atterri ? Est-ce que je vais m'y plaire, sur cette planète ?” »

Elle espéra qu'ils n'avaient pas remarqué cette fêlure ridicule dans sa voix.

Quand ils rentrèrent en rapportant du poulet grillé et des frites pour le dîner, ils trouvèrent Poppy qui faisait une réussite sur la table basse du salon de devant. « Ça devenait insupportable, là-haut, dans le séjour, le téléphone n'arrêtait pas de sonner. Cette fichue sonnerie finissait par me casser les oreilles.

– Vous avez répondu ? lui demanda Rebecca.

– Non, je les ai laissés déposer des messages. Jacasser des heures sur votre satanée machine. »

Mais lorsqu'elle monta vérifier, elle ne trouva que trois messages.

« Alors voilà, c'est Alice Farmer. (C'était le premier.) Je sais qu'il y a point de fête de prévue ce week-end, mais je veux venir quand même, vu que j'ai besoin d'argent. Berenice, la fille de mon frère, va avoir vingt ans. Vous vous rappelez de Berenice, celle qui a un problème de comportement alimentaire... »

Sur ce, elle parut s'éloigner du combiné sans cesser pour autant de parler, mais d'une voix de plus en plus faible.

Le deuxième message était un long silence suivi d'un clic.

Le troisième, enregistré une minute après le précédent, disait :

« Rebecca, euh... c'est Will. »

Elle eut un brusque mouvement de recul.

« Je craignais seulement que tu te sois fait de fausses idées. Je ne sais pas ce qui t'a pris de te sauver comme ça. Tu n'as même pas mangé ton saumon ! Le serveur a demandé s'il y avait quelque chose qui n'allait pas. Peux-tu me rappeler, s'il te plaît ? »

Elle lorgna l'engin un moment d'un air renfrogné. Puis elle appuya sur la touche « Effacer ».

Le jeudi matin, elle conduisit les enfants au zoo, où ils passèrent quelque temps à s'apitoyer sur le sort des lions essoufflés et poussiéreux. Puis ils allèrent directement à l'hôpital. Le bébé avait été emmené pour être circoncis en présence de Hakim (cardiologue de son état), qui observait sans doute la scène des coulisses en se tordant les mains, et Min Foo était assise dans son lit, plongée dans des mots croisés. Rebecca alla faire une petite balade pour laisser les enfants en tête à tête avec leur mère. Elle s'arrêta devant la vitre de la pouponnière, où des rangées de nourrissons étaient couchés dans leur berceau comme autant de petits burritos bien roulés, puis elle retourna dans la chambre. Le bébé, revenu parfaitement outré de ce qu'il venait de subir, se faisait consoler et cajoler. Lateesha suçait son pouce, ce qui ne lui était pas arrivé depuis quelque temps. Rebecca suggéra aux enfants de rentrer pique-niquer dans le jardin pour le déjeuner.

L'après-midi, le père de Lateesha, LaVon, passa chercher les enfants pour les emmener assister à une répétition de son groupe de jazz. (En fait, il était instituteur, mais il caressait l'espoir de devenir un jour musicien professionnel.) Quand il les raccompagna, il resta pour le traditionnel dîner du jeudi soir. Quand Rebecca le vit apparaître, elle fut en proie à des sentiments mêlés. Ce n'est pas qu'elle n'était pas contente de le voir. LaVon était un jeune homme drôle, charmant, plein d'entrain, avec un penchant pour les chemises à motifs africains et les coiffures excentriques, qui débordait d'une telle énergie qu'il donnait l'impression de danser même lorsqu'il était immobile. Mais Hakim dînait également avec eux, ce soir-là, et il avait tendance à se hérisser lorsque son prédécesseur était dans les parages. Sans compter qu'en apprenant cela, Min Foo allait piquer une crise. « Pourquoi es-tu si aimable avec LaVon ? lui demanderait-elle à tous les coups. Tu ne comprends pas qu'il ne fait plus partie de ma vie, maintenant ? » Ce à quoi Rebecca lui répondrait : « Je ne peux tout de même pas fermer mon cœur comme on ferme un robinet à chaque fois que tu décides de plaquer un autre mari, mon chat. »

Mais le fait est qu'en un sens, elle ouvrait son cœur, car elle s'était toujours juré de réserver le meilleur accueil aux nouveaux venus dans la famille. Elle s'était promis qu'à l'instar d'Ida, elle garderait sa porte en permanence entrebâillée, et avait si bien tenu promesse que, à présent, elle ne pouvait dire avec certitude si elle aimait sincèrement ses gendres ou se contentait de le croire.

De toute manière, qu'est-ce que cela changeait ? C'étaient de bons maris, tous autant qu'ils étaient – y compris Troy, celui qui n'en était pas un. (Enfin, à l'exception peut-être du père de Joey, le vénérable professeur Drake, qui était parti s'installer sur une île grecque après avoir été banni, et avait rompu tout contact.) Elle sourit en voyant LaVon, confortablement renversé sur sa chaise, discuter musique avec Troy, qui enseignait la théorie au conservatoire Peabody. Poppy les interrompit pour déclarer qu'on n'avait rien composé de valable depuis 1820.

« Mon compositeur préféré est Haydn, dit-il. Je dois avouer qu'autrefois, je trouvais qu'il avait un côté boîte à musique, jusqu'au jour où j'ai assisté à un concert et où je l'ai vu jouer en personne.

– En... quoi ? » demanda LaVon, qui n'avait plus l'habitude de Poppy et ses défaillances.

Rebecca s'empressa de faire tinter sa fourchette contre son verre de thé glacé.

« Allez, tout le monde ! lança-t-elle. Il est temps de porter un toast à Abdul ! »

C'était le nom que les parents avaient finalement choisi pour le nouveau-né : Abdul Abdulazim. Rebecca adorait le prononcer.

« À Abdul Abdulazim ! À sa venue, joie sublime. »

Le père d'Abdul, Hakim Abdulazim (dont le nom était encore plus drôle à prononcer), se redressa en levant fièrement le menton.

« Quel bonheur que d'accueillir un petit dernier, scanda Rebecca. Puisse-t-il être aussi gentil que Lateesha et Joey ! »

Hakim leva son verre, ainsi que les deux enfants, mais les autres se contentèrent de murmurer « À la vôtre », et poursuivirent leur conversation. Ils avaient connu tant de toasts, après tout. C'était bien compréhensible. Rebecca passait sa vie à s'efforcer de soulever leur enthousiasme pour leurs fiançailles, leurs mariages et leurs naissances, les bonnes notes, les premiers rôles ou les diplômes de leurs enfants. Parfois, à défaut d'autre raison, elle portait un toast aux jeudis. « À jeudi, une fois encore, à nous tous rassemblés ! Aux plaisirs de la table et de la discussion, à ce beau temps d'été ! » (ou encore de printemps, d'automne ou d'hiver). Sans compter tous les événements professionnels – les Noël et nouvel an de ses clients, leurs promotions, leurs fusions et leurs départs en retraite, leurs sempiternels anniversaires, leurs confirmations, leurs bar-mitsva et leurs réceptions de mariage.

Enfin. Elle redressa les épaules et se tourna vers Hakim.

« Bien, en ce qui concerne la fête du bébé... »

Il prit l'air inquiet.

« C'est quoi ? demanda-t-il.

– La fête que nous donnons en l'honneur des nouveau-nés. C'est une sorte de tradition, chez les Davitch, lui expliqua-t-elle. L'idée m'est venue un jour où j'attendais une des filles à l'aéroport et où j'ai vu une énorme foule joyeuse et turbulente chargée de ballons, de pancartes, de caméras vidéo, d'appareils photo, de fleurs, de cadeaux. Puis l'avion a atterri et une femme est arrivée avec un minuscule petit bout de chou, coréen, je crois, ou chinois, et la foule s'est mise à l'acclamer, et puis un couple s'est avancé, l'épouse a tendu les bras, et la femme lui a donné son bébé, et... Je me suis toujours sentie presque flouée de ne pas avoir eu d'adoption, dans notre famille. L'adoption est plus soudaine que la grossesse, vous ne trouvez pas ? Plus spectaculaire. Du coup, j'ai dit à tout le monde : "Pourquoi ne pas accueillir nos bébés comme ça ?" Et c'est ce que nous faisons depuis. »

Hakim plissa les yeux. Rebecca se demandait parfois s'il comprenait si bien l'anglais que cela.

« Enfin, quoi qu'il en soit, tout ce qu'il me faut, c'est que vous me donniez une date. Nous pouvons faire ça ce week-end, si vous le voulez. Il n'y a pas de réservation. À moins que vous ne préfériez un jeudi. Un de nos jeudis en famille.

– Je demanderai à Min Foo », répondit-il.

Mais il avait toujours l'air aussi inquiet.

Ce soir-là, il n'y avait pas grand monde – ils n'étaient que neuf autour de la table. Troy, Biddy et Zeb étaient là, comme d'habitude – Biddy, parce que les jeudis lui servaient à tester de nouvelles recettes, et Zeb, soupçonnait Rebecca, parce que c'était sa seule chance de profiter d'une cuisine familiale. Rebecca veillait toujours à ce qu'il rentre chez lui avec des quantités de restes. Avant, NoNo faisait également partie des habitués, mais depuis son mariage, c'est à peine s'ils l'avaient vue. Évidemment, c'était bien naturel. Elle instituait ses propres coutumes.

La semaine précédente, elle avait téléphoné à Rebecca afin de savoir comment s'organiser avec d'autres parents pour conduire les enfants à tour de rôle. L'école de Peter devait bientôt rouvrir ses portes, et elle allait être chargée de l'accompagner.

« Je mets une annonce dans le journal ? Je punaise un avis sur le panneau d'affichage ? Ou quoi ?

– Tu te procures l'annuaire de l'école... », commença Rebecca.

Elle s'exprimait lentement, essayant de se remémorer la marche à suivre.

« Tu cherches tous les élèves qui habitent près de chez vous...

– C'est ce que j'ai demandé à Peter, et il m'a dit qu'il ne voyait personne. Mais il n'est peut-être pas au courant. J'ai l'impression qu'il n'a pas d'amis.

– Pas un seul ? demanda Rebecca.

– En tout cas, il ne reçoit jamais de coups de fil.

– Peut-être que les garçons ne se téléphonent pas, lui dit Rebecca.

– Tu as raison, peut-être pas.

– Il faut dire que toi et moi, on n'a pas franchement l'expérience des garçons.

– Tu as raison, répéta NoNo, la voix soudain ténue, tremblante. Je ne suis vraiment pas équipée pour ça, tu vois.

– Allons, ma chérie, tout va bien se passer, lui avait alors répondu Rebecca. Ne t'en fais pas. Tu n'as qu'à appeler Patch ou Min Foo et leur demander comment on s'organise avec d'autres parents. »

Et ce soir-là, elle se pencha vers Joey, assis en face d'elle.

« Joey, est-ce que ça t'arrive de téléphoner ?

– Je te téléphone à toi, mamie.

– Non, je veux dire à tes amis. Est-ce que ça t'arrive de leur passer un coup de fil, le soir ?

– Bien sûr, si j'ai une question sur un devoir à la maison, ou autre chose.

– Mais jamais sans raison.

– Sans raison ! Pourquoi je les appellerais, alors ?

– Ah, ah ! fit-elle en se tournant vers Zeb. NoNo est persuadée que Peter n'a pas d'amis, puisque personne ne lui téléphone jamais.

– Il ne faut pas s'en faire pour lui. Il a juste besoin d'un peu de temps », lui dit Zeb.

Chose qu'il répétait sans doute à tous les parents qui entraient dans son cabinet, songea Rebecca. Il aidait Lateesha à couper sa côtelette de porc et n'avait pas même levé les yeux pour lui répondre.

« Ces épinards..., annonçait Biddy. Je peux avoir votre attention, s'il vous plaît ? Ces épinards contiennent une pointe de muscade, mais normalement, vous ne devez pas la sentir. C'est juste pour rehausser leur goût. Est-ce que l'un d'entre vous sent la muscade ? »

Difficile à dire, car tout le monde était trop occupé à se disputer et à se couper la parole, comme d'habitude.

« Moi, je trouve ça délicieux, lui dit Rebecca.

– Je me demande bien pourquoi je me donne toute cette peine », s'insurgea cependant Biddy, comme si personne ne lui avait répondu. Elle embarqua le plat d'épinards et repartit à la cuisine tambour battant.

Rebecca resta une seconde à contempler son assiette et, quand elle releva les yeux, elle s'aperçut que Zeb l'observait.

« C'est juste que tu trouves toujours tout délicieux, lui dit-il. Elle ne voulait pas être vexante.

– Oh, je sais bien », dit Rebecca.

Puis elle demanda :

« Une côtelette ? Qui reveut une côtelette ? »

Et passa à autre chose.

Le vendredi, Min Foo et le bébé rentrèrent chez eux, et Rebecca déposa à la maison les deux enfants, avec un sac de provisions. Puis elle alla directement dans une librairie.

« Est-ce que vous avez des livres sur Robert E. Lee ? demanda-t-elle à un vendeur.

– Allez voir au rayon Biographies, près de la fenêtre.

– Merci. »

Elle traversa le magasin en s'arrêtant ici ou là, quand un titre d'un autre rayon attira son attention – un livre pour enfants sur le ballet, la dernière passion en date de Merrie, et un recueil de photos de la Terre Sainte, qui ferait un cadeau d'anniversaire idéal pour Alice Farmer. Dans le coin Biographies, elle trouva trois ouvrages sur Lee, dont l'un en poche. Elle prit ce dernier sur l'étagère et examina le portrait en couverture : Lee, avec sa barbe carrée et son regard déçu. Elle n'avait pas d'admiration particulière pour cet homme. C'est seulement qu'il représentait la première et dernière tentative de recherche universitaire qu'elle ait jamais entreprise. Elle avait à peine rassemblé ses documents de référence et commençait tout juste à s'enthousiasmer pour son projet quand Joe Davitch était entré dans sa vie. Et à cet instant, le visage de Lee lui rappela une multitude de souvenirs : l'odeur de renfermé de la bibliothèque de Macadam, les *o* joliment arrondis de son professeur d'histoire originaire du Minnesota, et l'émotion qu'elle éprouvait à entendre craquer sous ses doigts le papier des manuels et des cahiers à spirale tout neufs achetés à la boutique de l'université.

À quelques pas d'elle, une dame à l'air sévère avec des

cheveux blancs coiffés en chignon serré sélectionna un livre relié qu'elle montra à une adolescente en minijupe – sa petite-fille, probablement.

« Voilà qui me semble parfait, dit-elle. La vie de Charles Lindbergh.

– Mais c'est vachement gros, protesta l'adolescente. Je l'aurai carrément jamais fini avant la rentrée des classes. »

La dame parut se grandir sur place.

« Puis-je savoir quel est ce ton que tu emploies ? » demanda-t-elle d'une voix glaciale.

Rebecca connaissait parfaitement le ton en question. Elle avait entendu Dixon le qualifier de « voix de surfeuse ». (Ceci étant, elle en voyait mal l'utilité à Baltimore dans le Maryland, et ne comprenait pas davantage l'intérêt que pouvait présenter ce timbre superficiel et voilé – allez savoir, peut-être couvrait-il le bruit des vagues.) Mais apparemment, la petite-fille n'avait pas entendu.

« Et puis, c'est un mec, quoi, poursuivit-elle. Les bios de mec, ça craint.

– Je te demande pardon ? s'indigna la dame en se redressant davantage encore.

– Oui, enfin... Excuse-moi, mamie », répondit humblement l'adolescente.

La dame fit une grimace de dédain et remit le livre sur l'étagère.

Rebecca était impressionnée. Imaginez un peu, avoir une telle autorité ! Il est probable, quant à elle, qu'elle se serait laissée aller à lâcher un chapelet de *vachement* et de *quoi* avec la petite-fille, sans toutefois s'en rendre compte. Elle n'avait aucun sens des limites, voilà le problème. Pas étonnant qu'elle soit devenue une tout autre personne !

Elle acheta non seulement le Lee en poche, mais également les deux reliés, alors qu'elle n'en avait pas les moyens. Quand elle les posa sur le comptoir, le vendeur lui demanda : « Ce sera tout ? » et Rebecca lui répondit : « Ce sera tout, oui » d'un ton ferme et péremptoire qui – elle s'en aperçut trop tard – était une copie conforme de celui de la dame aux cheveux blancs.

Il y avait des jours à téléphone et des jours sans. Était-ce pareil pour tout le monde ? Des jours où le téléphone de Rebecca sonnait sans arrêt, et où les correspondants se tamponnaient, et des jours où c'était à se demander si elle en possédait un.

Cet après-midi-là, le peintre appela ; puis le cabinet du dentiste ; puis l'agent chargé d'inspecter la chaudière. La kinésithérapeute de Poppy voulait changer un rendez-vous. Patch voulait se plaindre de Jeep. Min Foo voulait passer en revue les diverses possibilités de date pour la fête du bébé. Une certaine Mrs. Allen appela pour organiser le cinquantième anniversaire de son mari.

« Il y aura... oh, soixante invités, peut-être, dit-elle. Ou soixante-cinq. Pour plus de sûreté, mettons soixante-dix. »

Pourquoi les gens ne pouvaient-ils s'assurer de ce genre de détails avant de décrocher leur téléphone, se demanda Rebecca. Mais elle lui répondit :

« Soixante-dix. Très bien.

– Ça va être une surprise.

– Ah », fit Rebecca.

Elle aurait dû laisser passer ça, mais, en son âme et conscience, cela lui était impossible.

« Si vous voulez mon opinion, les surprise-parties sont inévitablement vouées à l'échec. Voilà ce que j'en pense. »

Sur ce, le plombier, qui était couché sur le dos sous l'évier de la cuisine, s'étrangla de rire et marmonna : « Amen ! » Mais Mrs. Allen poursuivit allègrement, comme si de rien n'était :

« Je pense à un simple cocktail avec des canapés. Les dîners assis sont tellement vieux jeu, vous ne trouvez pas ? »

Les Bras Ouverts n'aurait pas pu accueillir un dîner assis pour soixante-dix convives, aussi Rebecca s'empressa-t-elle d'acquiescer. Après avoir convenu avec elle de la date et du montant des arrhes, Rebecca s'apprêta à lui dire au revoir, mais Mrs. Allen changea alors de sujet pour passer à la crise de la cinquantaine de son mari. (Sa décision d'essayer des implants capillaires, son régime d'amaigrissement drastique, les mille six cents dollars qu'il avait déboursés pour s'acheter un jeu de clubs de golf, quoique, à bien y réfléchir, ce soit sans doute moins ruineux que de se prendre une poupée deux fois plus jeune que lui.) Rebecca traversa la cuisine sur la pointe des pieds en tirant au maximum sur le cordon du téléphone, et tourna le minuteur de la cuisinière jusqu'à ce qu'il se mette à sonner.

« Holà, il faut que j'y aille ! » s'écria-t-elle avant de raccrocher.

« Il y a des gens pour qui le téléphone est, comment dire... une sorte de passe-temps, dit-elle au plombier.

– Vous devriez venir chez moi ! Vous connaissez ma fille ? Felicia ? »

Sur ces entrefaites, le téléphone se remit à sonner.

Rebecca soupira et décrocha l'appareil.

« Allô ?

– Rebecca ? dit Will Allenby.

– Oh.

– Ne raccroche pas !

– Je n'avais pas l'intention de raccrocher », lui dit-elle.

Quoique, au fond d'elle-même, elle eût bien aimé le faire. Seule la curiosité la retenait.

« Je voulais juste m'excuser pour l'autre soir, lui dit-il.

– C'est sans importance, répondit-elle avec raideur.

– J'ai été le premier surpris par la tournure de notre conversation, crois-moi. Je ne sais pas ce qui s'est passé. »

Le plus curieux, c'est que ses excuses ne firent que raviver son sentiment d'humiliation. Mais elle lui dit :

« Écoute, ne te tracasse pas pour ça, sincèrement. J'ai tout oublié. Merci tout de même d'avoir appelé.

– Attends ! »

Elle attendit.

« S'il te plaît ? Est-ce que nous pouvons juste parler un peu ? Je voudrais simplement que tu m'écoutes.

– Bon, d'accord, répondit-elle.

– Je suis, comment dire... dans un triste état, Rebecca. Depuis quelque temps, c'est à peine si je réussis à me lever le matin. Et quand je me lève, je me regarde dans la glace, et je me dis, mon Dieu, c'est encore moi, toujours le même, et je ne rêve que d'une chose, c'est d'aller me recoucher et de ne plus bouger de mon lit. »

Rebecca se tenait immobile, comme s'il pouvait voir avec quelle attention elle l'écoutait.

« Le fait est, poursuivit-il, que c'est ma femme qui a voulu divorcer, pas moi. Je ne sais même pas trop ce qui s'est passé ! Un beau jour, elle m'a juste annoncé qu'elle voulait que je m'en aille. Et que notre fille restait avec elle, bien sûr. Je peux comprendre ça. Qu'est-ce que je connais aux adolescentes ? Mais nous nous étions mis d'accord pour rester le plus possible en contact. Je devais voir ma fille régulièrement, quand je voulais, elle ferait la navette entre chez elle et chez moi. Mais maintenant, à chaque fois que je téléphone, Beatrice a mieux à faire. Je l'invite à dîner, et elle me dit qu'elle a une amie qui est passée, ou qu'elle est prise ce soir-là. Elle n'a jamais le temps de me voir.

– Mais elle a dix-sept ans ! protesta Rebecca. Bien sûr qu'elle n'a pas le temps.

– Je lui dis d'amener son amie, et elle me dit que l'amie ne se sentirait pas à l'aise chez moi.

– Tu sais comment sont les adolescents. Ils ont foncièrement honte de leurs parents. Ça n'a rien de personnel.

– Non, il n'y a pas que ça, répondit Will. Je ne peux pas t'expliquer. C'est comme si j'étais, comment dire... condamné à n'avoir personne dans ma vie. Je suis là, tout seul dans cette maison de vieille dame, entouré d'un silence de mort, et ça me paraît naturel ; c'est ça, le pire. Je me sens dans mon élément naturel. Qu'est-ce que tu espérais ? je me dis. Tu imaginais vraiment qu'une femme voudrait rester avec toi pour toujours ? Tu devrais remercier ton étoile d'avoir seulement réussi à te marier. On dirait qu'il me manque un talent qui va de soi pour tout le monde.

– Mais non, Will, c'est complètement faux.

– D'accord. Alors dis-moi, toi.

– Te dire quoi ?

– Dis-moi pourquoi tu as rompu avec moi.

– Nous en avons déjà parlé ! Quand Joe Davitch est apparu...

– Non, je veux la vraie raison. Je veux que tu sois honnête.

– Mais je suis honnête ! protesta-t-elle.

– C'est une insulte à mon intelligence, Rebecca. »

Elle se sentit piquée au vif.

« Je vois que cette conversation ne nous mène nulle part. Je vais donc raccrocher. Au revoir. »

Et sans attendre sa réponse, elle reposa le combiné sur son support.

Le plombier rangeait ses outils plus bruyamment que nécessaire, rassemblant ses multiples clés dans un vacarme de ferraille et de grognements exagérés. Il devait être embarrassé pour elle.

« Quelle barbe ! lança-t-elle d'un ton enjoué. Ces gens qui passent des heures au téléphone ! Je ne sais jamais comment m'en débarrasser, et vous ?

– Le genre collant, hein ? » lui répondit le plombier.

Puis il inclina la tête, attendant visiblement la suite, mais Rebecca se contenta d'un simple « Oui », et lui demanda s'il avait réparé la fuite.

Elle regrettait d'avoir mis fin si brutalement à la conversation. Elle se sentait gagnée par ce terrible sentiment de déchirement qui s'emparait d'elle à chaque fois qu'elle faisait une remarque blessante à quelqu'un.

Le téléphone demeura silencieux pendant le reste de l'après-midi, mais à l'heure du dîner, ce fut le traditionnel ballet des télévendeurs. Sans compter un nouveau coup de fil du pépiniériste d'Eden & Co.

« Les azalées dont je vous ai parlé, elles sont un tout petit peu plus pâles, comme couleur, que ce que je vous ai dit.

Elles sont plus, comment on peut appeler ça, pas roses, pas rouges, pas orange...

– Je me fiche complètement de leur couleur. N'importe laquelle, ce sera parfait, dit-elle avant de raccrocher pour se rasseoir à table. S'il y a une invention moderne que je pouvais supprimer, je crois que ce serait le téléphone, dit-elle à Poppy.

– Moi, je choisirais plutôt la fermeture Éclair », lui dit-il.

Rebecca le dévisagea un moment, mais avant de pouvoir approfondir la question, le téléphone sonna de nouveau. Mrs. Allen avait oublié de préciser que son mari ne mangeait pas de viande rouge. Puis, un instant plus tard, elle rappela : il ne mangeait pas de poulet non plus.

« Pourquoi vous ne laissez pas votre engin répondre à votre place ? » lui demanda Poppy.

Question pour le moins raisonnable. Elle ne voulut pas lui avouer qu'à chaque fois que le téléphone sonnait, elle s'imaginait que c'était peut-être Will Allenby.

La soirée sembla propice aux faux numéros. Trois personnes appelèrent par erreur, dont l'une plusieurs fois d'affilée – une femme à l'accent slave qui refusait d'admettre qu'elle s'était trompée. « Faux numéro ? Non ! Pas faux numéro ! Je téléphone ma fille ! Amenez ma fille ! »

À neuf heures, Rebecca alla se coucher avec un de ses livres consacrés à Robert E. Lee. Il commençait par sa généalogie, qu'elle trouva dépourvue d'intérêt. Elle se força cependant à continuer. Il lui vint à l'esprit (sur une piste de son cerveau totalement dissociée de la première, où se poursuivait l'inventaire des arrière-grands-parents de Lee) que, au fil des années, elle avait peu à peu renoncé à lire quoi que ce soit de difficile. Y compris les articles de journaux, même les plus succincts : si elle n'accrochait pas à la première ligne, elle tournait la page. Ce n'était pas loin de son attitude à l'égard du sport. Au moindre signe de fatigue ou d'essoufflement, elle renonçait. « Je pense que mon corps essaie de me dire quelque chose », disait-elle à Patch en plaisantant. (Car c'était invariablement sous la pression de Patch qu'elle se lançait dans ces séances de remise en forme.) « Comment veux-tu que j'ignore un message aussi clair ? »

Quand les arrière-grands-parents de Lee cédèrent la place à ses grands-parents, Rebecca reposa le livre et téléphona à Zeb.

« Qu'est-ce que tu lis ? lui demanda-t-elle quand il décrocha.

– Un article sur les effets nocifs des veilleuses.

– Les veilleuses ?

– Manifestement, les enfants qui ont été élevés avec des veilleuses dans leur chambre finissent par avoir des problèmes de vision. L'auteur a pour hypothèse que leurs yeux ne se reposent pas suffisamment.

– À moins que les enfants ne voient mal au départ et qu'il y ait une sorte de lien biologique entre la peur du noir et la mauvaise vue ; tu y as déjà pensé ?

– Hmm.

– Peut-être leur peur du noir est-elle due à une mauvaise vue. La chaise qui ressemble à un monstre, par exemple.

– Apparemment, c'est un sujet qui a frappé ton imagination, lui dit Zeb.

– Oui, enfin... »

Elle jeta un œil à son radio-réveil. Il était presque dix heures. Si jamais quelqu'un appelait à une heure pareille, il se dirait : *Mais à qui peut-elle bien parler ? Elle doit être très aimée.*

« J'ai pris des résolutions, dit-elle à Zeb. À partir d'aujourd'hui, je vais lire deux livres par semaine, des livres sérieux qui demandent réflexion. Et puis, je vais m'inscrire à un club de gym. J'ai l'intention d'être bien dans mon corps, pour une fois.

– Mais pourquoi ça ? Tu es très bien comme tu es.

– Non, c'est faux ! Je suis une vraie limace. Toi qui es médecin... Ou je devrais peut-être me mettre au jogging. Ça me coûterait moins cher. Sauf que pour le jogging, on dépend de la météo. La moitié du temps, il fait trop chaud ou il pleut. Si je courais avec un parapluie, j'aurais vraiment l'impression de me montrer.

– Les joggeurs ne portent pas de parapluie, Rebecca.

– Comment font-ils pour ne pas se mouiller, alors ? » lui demanda-t-elle.

Mais elle jouait les idiotes en s'efforçant de le faire rire.

Sitôt qu'ils se furent souhaité une bonne nuit, elle reprit son sérieux. Le sentiment de déchirement semblait s'être accentué, déployant au plus profond d'elle ses contours déchiquetés. Elle s'adossa à ses oreillers et fixa le téléphone. Mais personne d'autre n'appela.

Finalement, la fête du bébé fut fixée le jour de celle du Travail, le premier lundi de septembre. Ils avaient prévu un nouveau pique-nique sur la North Folk River, si ce n'est que l'ouragan Dennis traversa la région au cours du week-end, les obligeant à se rabattre sur la maison.

Le thème du jour se révéla être les urgences médicales. Tout d'abord, Joey fut piqué par une abeille qui avait réussi à s'introduire dans le premier salon et dut être emmené précipitamment pour subir une injection, car il était gravement allergique. Hakim et Min Foo se chargèrent naturellement de le conduire à l'hôpital, en embarquant avec eux l'invité d'honneur, à qui elle donnait le sein. La fête en perdit tout son sens. (Les Bras Ouverts continua néanmoins à grouiller d'une masse de Davitch qui se querellaient, riaient et criaient pour couvrir le vacarme et d'enfants se pourchassant autour de la table de la salle à manger, tandis que Biddy insistait pour que les invités se servent copieusement et que Troy et Jeep échangeaient des histoires d'accouchement à faire dresser les cheveux sur la tête.) Puis les deux cadets de Patch se lancèrent dans une espèce de pugilat – rien de bien grave, mais Merrie se cogna le coude et dut être emmenée, hurlante, à la cuisine, pour chercher de la glace.

« C'est pas ma faute, protesta Danny. Elle avait qu'à pas être aussi chiante. »

Rebecca essaya de se grandir.

« Je te demande pardon ? » dit-elle.

Danny répéta en haussant le ton :

« C'est pas ma faute. Elle avait qu'à pas être aussi chiante. »

Rebecca ferma un instant les yeux. Lorsqu'elle les rouvrit, elle trouva Poppy qui chancelait légèrement sous son nez.

« Beck, dit-il. Je ne me sens pas très bien.

– Qu'y a-t-il ?

– J'ai une douleur.

– Où ça ?

– Là », répondit-il en empoignant le devant de sa chemise.

Il avait le visage blafard, s'aperçut-elle alors. Ses traits semblaient s'être aiguisés.

« Asseyez-vous, lui dit-elle. Zeb ? Où est Zeb ? Allez me chercher Zeb ! Vite ! »

Tout en parlant, elle escorta Poppy vers le canapé en le soutenant, alarmée de le sentir aussi léger à son bras. Elle crut qu'il tremblait, puis se dit que c'était peut-être elle. Il paraissait étrangement calme, de son côté, et insista pour placer sa canne bien comme il fallait le long du rebord du canapé avant de s'étendre. Il croisa les doigts sur son diaphragme et ferma les yeux.

« Zeb ? dit Rebecca.

– Zeb est parti avec Joey et les autres, intervint un enfant.

– Ah bon ?

– Au cas où Joey aurait besoin de premiers soins en chemin.

– Appelez une ambulance, ordonna Rebecca. Poppy ? Cette douleur, dites-moi, est-ce qu'elle irradie dans votre bras gauche ? »

Il réfléchit.

« Peut-être bien, dit-il.
– Qu'on appelle une ambulance ! »

Se posa alors la question de savoir qui allait l'accompagner. Une demi-douzaine de personnes se proposèrent, y compris Danny, qui voulait voir à quoi ressemblait un trajet en ambulance, et Alice Farmer, qui était persuadée que Poppy avait besoin de ses prières.

« Beck me suffit, intervint Poppy, sans ouvrir les yeux. Je préfère me passer d'un concert de soupirs et de jérémiades. »

Ses paupières ressemblaient à des bouts de papier sulfurisé tout juste défroissés.

Rebecca courut chercher son sac et la carte d'assurance maladie de Poppy. Avec son odeur de sirop contre la toux et de vêtements déjà portés, le couvre-lit maladroitement rabattu sur l'oreiller, sa chambre paraissait plus vide que d'ordinaire. Elle attrapa son portefeuille sur la commode et se rua en bas.

Deux ambulanciers installaient déjà Poppy sur un brancard. Ils n'avaient pas dû mettre leur sirène, à moins qu'elle ne l'ait pas entendue dans le vacarme. (Tout le monde donnait des ordres et deux ou trois enfants pleuraient.)

« Qu'est-ce qu'il a ? demanda-t-elle aux ambulanciers. Il va s'en sortir ? »

Ils emportèrent le brancard en la frôlant au passage et elle les suivit au trot en serrant la frêle cheville de Poppy jusqu'à la porte d'entrée, où elle dut la lâcher. Heureusement, il s'était arrêté de pleuvoir, mais les trottoirs étaient mouillés et il fallait faire attention en marchant.

Dans l'ambulance remplie d'un assortiment rassurant de cadrans, d'instruments de mesure et d'appareils en acier, Rebecca prit place sur un petit siège à côté du brancard et saisit de nouveau la cheville de Poppy – seule partie de son corps à ne pas être reliée à des fils quelconques. Cette fois, ils mirent la sirène. Tout en conduisant, le chauffeur parlait dans une sorte d'interphone, transmettant le nom, l'âge et le numéro de sécurité sociale de Poppy au fur et à mesure que Rebecca les lui communiquait, tandis que son collègue surveillait l'état de Poppy.

« Est-ce que c'est un infarctus ? » demanda Rebecca, ce à quoi il lui répondit :

« C'est trop tôt pour le dire.

– Mais je n'ai pas encore fêté mon centenaire ! protesta Poppy.

– Oh, Poppy, vous l'aurez, votre fête ! Je vous le promets. »

À sa grande surprise, elle était au bord des larmes. N'avait-elle pas toujours été exaspérée par la présence de Poppy dans sa vie, mécontente de se l'être vu imposer sans avoir eu son mot à dire, se laissant même aller, parfois, à fantasmer sa mort ? Mais il semblerait que l'on finisse toujours par aimer ceux qui vous sont confiés. La simple idée que soudain, comme ça, cet homme si maigre, si blême, aux chevilles si chaudes sous ses doigts puisse cesser d'exister lui semblait choquante – scandaleuse, atroce.

Poppy mâchouillait sa moustache en fixant le plafond de l'ambulance d'un œil furibond.

Sitôt à l'hôpital, Rebecca fut orientée vers un bureau pour répondre à une série de questions tandis que les ambulanciers disparaissaient avec le chariot de Poppy derrière des portes battantes.

« J'ai déjà répondu à tout ! » dit-elle à l'infirmière.

(Était-ce une infirmière, d'ailleurs ? Difficile à dire, de nos jours, avec ces blouses et ces pantalons flottants imprimés de nounours.) Celle-ci lui tapota le bras en lui assurant :

« Vous pourrez voir cet être qui vous est cher d'ici quelques minutes. »

Ce « cet être qui vous est cher » lui fit froid dans le dos.

Elle répondit de nouveau à toutes les questions, signa plusieurs formulaires puis s'assit le plus à l'écart possible de tout le monde. La salle était dans l'état de débâcle d'un lieu où les gens avaient attendu trop longtemps et qu'ils avaient quitté précipitamment. Les tables étaient jonchées de gobelets en polystyrène – dont l'un au rebord festonné de traces de morsure –, les magazines tout chiffonnés à force d'avoir été lus, un homme en jean dormait, couché sur un canapé en vinyle orange rafistolé avec des bouts de chatterton. Près de la fenêtre, une famille se disputait pour savoir lequel d'entre eux devait rentrer pour aller promener le chien. Une femme appelait d'un téléphone public, le ton fébrile. Une autre déchirait centimètre par centimètre une page de magazine en essayant de ne pas faire de bruit, tandis que son mari poussait un bâillement en étirant ses jambes au point de se retrouver quasiment en diagonale sur son siège.

La veille encore, Rebecca avait rabroué Poppy. Il s'était plaint de ses exercices : « Pourquoi vous m'obligez à fléchir les bras tous les matins comme un bébé, c'est assommant, à la fin... », avait-il protesté, et elle lui avait rétorqué : « Très bien, en ce cas, laissez-les tomber. Le jour où vos coudes seront entièrement rouillés, il ne faudra pas venir vous lamenter. » Et la semaine précédente, elle avait refusé de l'emmener voir son ami Mr. Ames. Pire que refuser, elle avait promis de le faire et n'avait cessé de remettre la visite à plus tard, en se disant qu'avec un peu de chance, Poppy oublierait. Et le fait est qu'il avait fini par arrêter de la harceler, par oubli peut-être, mais peut-être aussi parce qu'il avait perdu tout espoir. Quand elle y repensait, ça lui brisait le cœur.

Elle regarda un homme squelettique traverser la salle en se traînant sur ses béquilles, soutenu par une quelconque auxiliaire – une jeune fille au visage rond qui le tenait par la taille.

« Ils vous piquent avec des aiguilles, vous tordent dans tous les sens, vous obligent à rester immobile pendant des heures... Et puis ils vous font avaler de force des litres d'eau. Ils vous disent : "Quand les patients sont scannés, il faut favoriser l'élimination." Ce qui m'a fichu un choc, parce que moi, j'avais compris "Quand les patients *vont canner...*" »

La jeune fille eut un petit rire et lui serra la taille avec une affection si manifeste que Rebecca se demanda l'espace d'un instant si elle n'était pas de sa famille. Mais non : plus probablement une de ces employées d'hôpital subalternes, sous-payées, qui manifestent davantage de dévouement sincère que bien des médecins. À présent, elle lui ouvrait la porte et le guidait d'une main légèrement posée au creux de ses reins.

C'est là qu'ils avaient amené Patch quand elle avait eu sa crise d'appendicite. Cependant, les lieux avaient été modernisés depuis, et sans doute plus d'une fois. Et puis NoNo, aussi, quand elle s'était cassé le poignet. À moins que ce n'ait été à l'Union Memorial. Oh, tous ces accidents, ces maladies infantiles, ces courses effrénées au milieu de la nuit... Rebecca aurait dû publier un palmarès des meilleurs services d'urgence de Baltimore.

C'est là que Joe avait été amené, également, mais il avait été transporté en soins intensifs avant qu'elle n'arrive. Elle avait passé quatre jours et trois nuits dans la salle d'attente du service – une pièce beaucoup plus petite, imprégnée d'une atmosphère de terreur bien particulière. Toutes les heures, on l'autorisait à venir étreindre la main inerte de Joe pendant cinq minutes avant de la forcer à ressortir. Quand elle regagnait la salle d'attente, de parfaits inconnus lui demandaient : « Il vous a parlé ? Il a ouvert les yeux ? » et elle les interrogeait de même quand ils venaient de voir leur proche. Au travers de la peur, du chagrin et des heures interminables passées à attendre sans rien faire, ils avaient fini par former une famille. Même si aujourd'hui elle était incapable de se rappeler ne serait-ce que le visage de ces gens.

Une femme vêtue d'une blouse vert d'eau appela :

« Mrs. Davitch ? Y a-t-il une Mrs. Davitch ?

– Je suis là, répondit-elle en se levant.

– Vous pouvez venir, maintenant. »

Rebecca prit son sac pour la suivre, franchit les portes battantes et se retrouva dans un couloir de linoléum.

« Comment va-t-il ? lui demanda-t-elle.

– Bien, bien ! » lui répondit celle-ci avec un tel empressement qu'elle la soupçonna de ne pas en avoir la moindre idée.

Elles pénétrèrent dans une vaste zone étrangement calme où des médecins vaquaient à leurs affaires sans hâte apparente, étudiant pensivement des bloc-notes ou délibérant autour d'un bureau central. Trois des murs étaient occupés par des rangées de boxes garnis de rideaux. L'infirmière écarta l'un d'entre eux en exhibant la plante des pieds jaunâtres de Poppy qui pointait hors de son brancard.

« De la visite ! » lança-t-elle, puis elle sortit et se retourna pour refermer le rideau derrière elle en faisant crisser ses tennis.

Quand Rebecca s'approcha de Poppy, elle le trouva tout à fait réveillé, lorgnant d'un œil noir la machine qui pépiait en clignotant à côté de lui.

« Comment vous sentez-vous ? lui demanda-t-elle.

– À votre avis ? Avec tout ce tintouin...

– Vous avez moins mal à la poitrine ?

– Un peu.

– Qu'est-ce qu'on vous a fait pour l'instant ?

– Perforé au moins six veines pour une prise de sang. Fait passer un électrocardiogramme. Et abandonné là dans la pire des positions pour quelqu'un qui est sujet au mal de dos. »

Il portait une blouse d'hôpital pastel qui lui donnait une pitoyable allure frivole. Une aiguille d'intraveineuse était plantée sur le dessus de sa main. Elle posa la sienne sur la seconde et il la laissa faire. Il ferma les yeux et lui dit :

« Vous pouvez rester, si vous voulez.

– Je ne bouge pas. »

Elle garda la main sur la sienne en faisant passer son poids d'une jambe sur l'autre quand elle commençait à fatiguer. Il y avait une chaise près du rideau, mais elle ne voulait pas risquer de le déranger.

Si, par malheur, ce brancard devenait le lit de mort de Poppy, comme il serait étrange qu'elle se retrouve ainsi à son chevet ! Quatre-vingt-dix-neuf ans plus tôt, quand il était venu au monde, qui aurait pu prévoir que le jour où il le quitterait, ce serait une brave Virginienne rondouillarde de Church Valley sans un diplôme en poche – pas même une Davitch à proprement parler – qui lui tiendrait la main.

Enfin, sans doute en allait-il ainsi pour la plupart des gens. Dieu sait qui serait à son chevet à l'heure où elle mourrait.

Le rideau s'écarta bruyamment et soudain Zeb apparut – c'était si réconfortant de voir son long visage ingrat à l'air bienveillant et ses lunettes barbouillées de traces.

« Comment va ? lui demanda-t-il.

– Moi, ça va, mais Poppy... »

Poppy ouvrit les yeux et dit :

« Je crois qu'ils essaient de m'achever.

– Eh non. Ils te laissent sortir », lui annonça Zeb.

Il scrutait la machine qui pépiait.

« En fait, c'est une indigestion.

– Ah bon ?

– Je viens de parler à l'interne.

– Oh ! Une indigestion ! » s'écria Rebecca.

C'était un mot si magique qu'elle ne put s'empêcher de le répéter.

« J'ai appris que tu avais mangé trois gâteaux à la fête du bébé, dit Zeb à Poppy.

– Et alors ? Ça m'est souvent arrivé d'en manger bien plus que ça.

– On va t'apporter un antiacide. Ça devrait te soulager, reprit Zeb. Les hôpitaux étant ce qu'ils sont, ça peut prendre un moment avant qu'ils te libèrent, mais tôt ou tard, nous allons te faire sortir de là. »

Il se tourna vers Rebecca et lui dit :

« Il faudrait les prévenir, à la maison. Ils sont sacrément inquiets.

– Joey a eu son injection ?

– Oui, et il est retourné à la fête, histoire de rattraper le temps perdu.

– Je vais téléphoner. »

Elle se pencha pour embrasser Poppy sur la joue et lui dit :

« Je suis soulagée que vous n'ayez rien de grave.

– Franchement, soupira Poppy, où va-t-on si on ne peut même plus manger trois malheureux petits gâteaux sans qu'on appelle l'ambulance. »

Elle lui tapota l'épaule et sortit en se sentant légère comme une plume.

Pendant qu'elle se trouvait avec Poppy, la population de la salle d'attente s'était entièrement renouvelée. L'homme en jean avait disparu du canapé. Un adolescent en ciré jaune était avachi devant la télévision. Une dame entre deux âges se mordait la lèvre, le regard perdu dans le vide. Rebecca éprouva une pitié lointaine, détachée. Après avoir mis ses pièces dans le téléphone public pour appeler chez elle, elle s'efforça de parler à voix basse pour qu'aucun d'entre eux n'entende à quel point elle avait de la chance.

Quand ils regagnèrent Les Bras Ouverts, la nuit était tombée et tous les invités étaient rentrés chez eux, à l'exception de Biddy, qui rangeait la cuisine.

« Servez-vous de soufflé au thé vert, leur dit-elle. Il en reste des tonnes, parce que les autres ont refusé d'y toucher. Je n'aurais pas dû leur dire à quel parfum il était. “Au thé vert ! Pourquoi pas au chocolat ?” Voilà ce qu'ils ont dit. Ah, Beck, il y a eu un coup de fil pour toi. Un certain Will Allenby. »

Rebecca se figea sur place.

« “Le thé vert, c'est fait pour se boire”, ils m'ont dit, alors je leur ai dit : “Écoutez, si vous n'aviez pas tous autant d'a priori...”

– Que voulait-il ? lui demanda Rebecca.

– Pardon ?

– Que voulait Will Allenby ?

– Sans doute que tu le rappelles, c'est tout. Il a dit que

tu connaissais son numéro. Comment te sens-tu, Poppy ? Tu as encore des douleurs de poitrine ?

– Des douleurs ? Oh, des douleurs..., répéta Poppy en entassant une montagne de soufflé dans un bol qu'il avait pris dans le placard. Je ne sais pas ce qui leur a pris, à tous, de se monter le bourrichon comme ça. Je leur avais bien dit depuis le début...

– Je crois que je vais aller me coucher », l'interrompit Rebecca.

Tous les regards se tournèrent vers elle.

« Bonsoir », dit-elle, et elle sortit, laissant planer un silence stupéfait derrière elle.

Elle monta directement dans sa chambre et s'assit sur le rebord de son lit. Passa la main sous le téléphone pour extirper le petit bâtonnet de papier. Le tint à la lueur jaune qui filtrait du couloir.

Si elle n'avait pas jeté son numéro, ce n'était sans doute pas innocent, songea-t-elle.

Il répondit au bout de plusieurs sonneries, à l'instant où elle commençait à se dire qu'il dormait peut-être. Mais sa voix était parfaitement réveillée.

« Professeur Allenby à l'appareil.

– Bonsoir, Will, c'est Rebecca. »

Mais il devait bien le savoir, s'il avait jeté un œil à son cadran d'identification d'appel. Aussi, quand il s'écria : « Oh, Rebecca ! » d'un ton enjolivé d'une surprise toute théâtrale, ne put-elle s'empêcher de sourire.

« J'espère que je ne te réveille pas, lui dit-elle.

– Non, non ! Seigneur, non ! Je suis juste... j'étais juste... »

Il y eut un bruit précipité, un froissement suivi d'un tintement, quelque chose qui tombait.

« J'étais juste là..., dit-il, hors d'haleine. Ça alors, merci d'avoir rappelé.

– Il n'y a pas de quoi. »

Il toussota.

« En fait, reprit-il, je me suis dit que tu avais peut-être mal interprété ma question.

– Ta question ?

– Ce que je t'ai demandé au téléphone la dernière fois. Sur ce qui t'avait poussée à me quitter. Tu vois, ce n'était pas... un reproche. Je ne parlais pas en termes rhétoriques. Je voulais vraiment que tu me dises quels étaient mes torts.

– Will..., fit Rebecca.

– Non, non, peu importe ! Je retire ce que j'ai dit. Je dois être assommant, je m'en rends compte. Ne raccroche pas ! »

Elle s'apprêtait à ouvrir la bouche, mais elle se ravisa. Tout ce qu'elle trouvait à lui répondre paraissait être une erreur. En fait, c'était une erreur que de parler en général. Elle songea soudain que les rapports humains étaient épuisants.

« Tu sais quoi, finit-elle par lui dire. Recommençons à zéro.

– Recommencer à zéro ?

– Que dirais-tu de venir dîner ici un de ces soirs ? »

Elle entendit un souffle retenu, comme un point d'exclamation dans l'air. Puis il répondit :

« Je serais ravi de venir dîner.

– Es-tu libre, euh... »

Elle maudit la réception de fiançailles du lendemain – la première soirée des Bras Ouverts depuis plus d'une semaine.

« Es-tu libre mercredi ?

– Mercredi, ce serait parfait.

– Très bien, mettons six heures. Je vais t'expliquer comment venir. »

Elle lui donna l'itinéraire avec une telle assurance qu'il en resta apparemment abasourdi, se contentant de ponctuer humblement ses explications de « D'accord... d'accord... ». Et quand elle eut fini, il n'y eut plus rien à ajouter.

« À mercredi, alors ! lui lança-t-elle.

– D'accord... au revoir. »

Après avoir raccroché, elle essaya de se rappeler si, à

l'époque, il disait ainsi « au revoir » comme tout le monde à la fin des conversations téléphoniques. Il ne pouvait tout de même pas éviter la formule en permanence.

Elle s'efforça alors de se souvenir de leur première rencontre. Les premières rencontres lui semblaient si révélatrices, depuis quelque temps. Mais celle-ci se perdait dans les brumes de l'enfance. Ils s'étaient probablement connus au jardin d'enfants, ou encore sur un terrain de jeu du petit parc qui se trouvait en bordure de la rivière. Will avait toujours été là, c'est tout.

Ce qui, en soi, était révélateur, se dit-elle.

Dehors, le vent se mettait à souffler, déformant les moustiquaires noires avachies et soulevant les voilages, quasiment à l'horizontale. Il flottait une odeur de pluie et de terre humide. La chambre prit une inquiétante lueur verte. Une porte claqua quelque part en bas, et Rebecca fut comme enivrée par le monde de possibles qui s'ouvrait à elle.

SEPT

« TU NE DEVINERAS jamais qui j'ai invité à dîner, annonça-t-elle au téléphone à sa mère.

– Qui donc, ma chérie ?

– Will Allenby, rien que ça.

– Will Allenby ! Tu plaisantes ! Miséricorde ! Comment cela s'est fait ?

– Il se trouve que nous nous sommes téléphoné, il y a quelque temps.

– Dieu du ciel ! Raconte-moi tout, lui ordonna sa mère. Dans les moindres détails.

– Il n'y a rien à raconter, je t'assure. J'ai dîné avec lui il y a quelques semaines, et demain, il vient dîner à la maison. Il vit à Macadam. Il dirige le département de physique.

– Est-ce qu'il est célibataire, ou non ?

– Il est divorcé.

– Divorcé ! Pauvre Will ; qui aurait cru ? Quoique, il vaut mieux pour lui qu'il soit divorcé que veuf, naturellement.

– Comment ça ? s'étonna Rebecca.

– Eh bien, quand ils sont divorcés, ils en veulent terriblement à leur femme et la chassent de leur esprit. Quand ils sont veufs, ils n'en finissent pas de les pleurer. Ils se sentent coupables de se remarier.

– Qui te parle de se remarier ? lui demanda Rebecca. Nous dînons ensemble, un point c'est tout.

– Oui, mais on ne sait jamais. De fil en aiguille... D'autant que vous avez tout ce passé en commun, toi et lui. Ce n'est pas comme si vous étiez des étrangers l'un pour l'autre. Oh, j'aimerais tant que tu épouses Will !

– Maman, ne tire pas de conclusions hâtives. Je n'aurais jamais dû t'en parler. »

Pourquoi lui en avait-elle parlé, d'ailleurs ? Quasiment dès son réveil, ce matin-là, elle avait eu en tête d'appeler sa mère pour lui apprendre la nouvelle. Comme une offrande – une souris qu'elle déposait au pied de sa mère. *Tu vois ? Je suis toujours la Rebecca d'autrefois, après tout !*

« Comment est-il ? lui demandait sa mère. Toujours aussi beau ?

– Oui, mais en plus vieux, évidemment. Il a les cheveux blancs.

– Qu'est-ce que ça peut faire ! Quelle importance ! Nous ne sommes plus tout jeunes, ni les uns ni les autres. Oh, Rebecca, tu sais que c'est une coïncidence extraordinaire. Tu ne me croiras pas, mais le week-end dernier, je suis tombée sur la belle-sœur de sa mère au supermarché. Et ce n'est pas tous les jours que je la croise. Ni même tous les ans ! En fait, je suis même étonnée de l'avoir reconnue. Tu as bien dû la connaître, toi. Katie, ou Kathy, quelque chose comme ça. Est-ce que c'était Katie ? Non, Kathy. Non, Katie. Elle était mariée avec Norman, avant sa mort, le frère de la mère de Will, et ils habitaient ce ravissant petit cottage de Merchant Street qui m'a toujours fait penser à une maison de poupées. Tu te souviens de cette maison ?

– Non, soupira Rebecca.

– Elle était juste à côté de chez les Saddler. Tu te souviens de la maison des Saddler, celle avec toutes les cheminées.

– Non, je ne vois pas.

– Mais si ! Elle avait deux cheminées au milieu et une autre à chaque...

– Je m'en souviens.

– Tu viens à peine de me dire que tu ne t'en souvenais pas.

– Qu'est-ce que ça change, maman ? lui demanda Rebecca. Tu me parles d'une maison qui se trouve à côté d'une autre maison dont je ne me souviens pas non plus, où une dame que je n'ai jamais rencontrée a vécu jusqu'à la mort de son mari.

– Je suis sûre que tu l'as rencontrée, ma chérie. Elle devait souvent être chez les Allenby quand tu allais chez eux.

– D'accord, je l'ai rencontrée. Qu'a-t-elle dit ?

– À quel propos ?

– De tout. Quand tu es tombée sur elle au supermarché.

– Oh, en fait, nous ne nous sommes pas parlé. Je craignais qu'elle ne me reconnaisse pas. J'ai vite détourné les yeux et j'ai fait comme si je ne l'avais pas vue. »

Rebecca se mit à se masser la tempe gauche.

« Alors, qui a-t-il épousé ? lui demanda sa mère.

– Qui a épousé qui ? riposta Rebecca.

– Will, évidemment. Seigneur ! De qui parlons-nous depuis tout à l'heure ?

– Il a épousé une de ses anciennes étudiantes.

– Oh la la... Enfin, peu importe. Croisons les doigts.

– Qu'est-ce que ça veut dire, au juste ? demanda Rebecca.

– Aucune importance ! Tu as une idée de ce que tu vas mettre ?

– Je n'y ai pas réfléchi, répondit Rebecca.

– J'ai lu justement l'autre jour que le marron est la couleur qui convient le mieux à toutes les silhouettes.

– Je n'ai rien de marron, répliqua Rebecca.

– Tu as le temps d'aller faire du shopping !

– Il faut que je te laisse, dit Rebecca. À bientôt, maman. »

Elle avait menti en prétendant qu'elle n'avait pas réfléchi à ce qu'elle allait mettre. Toute la nuit – et jusque dans son sommeil, semble-t-il –, elle avait passé mentalement en revue sa garde-robe, et opté en définitive pour le caftan aubergine. Dès le mercredi après-midi, elle l'avait enfilé. Elle avait déjà dressé le couvert, disposé des bougies tout autour de la salle à manger et mis la dernière main au dîner – un buffet froid, pour éviter d'avoir à s'éclipser trop longtemps à la cuisine. Elle avait tapoté les coussins du premier salon et rajouté quelques grappes de bougies. Elle avait ouvert toutes les fenêtres, même celles qui donnaient sur la rue, afin de chasser d'éventuelles odeurs de cuisine.

C'était absurde de faire autant d'embarras. Absurde.

À cinq heures et demie pile, Zeb passa chercher Poppy. Il avait promis de l'occuper pendant toute la soirée.

« Je me suis dit qu'on pouvait essayer le nouveau grill-room et peut-être aller au cinéma après, dit-il à Rebecca. Ça nous ferait rentrer à... oh... neuf heures et demie, dix heures. Ça te va ? »

En fait, elle trouvait cela un peu tôt. Et s'ils s'attardaient après le café, avec Will ? Certes, il n'y avait guère de risque qu'ils se laissent aller à des gestes bien intimes, non, mais que se passerait-il s'ils voulaient juste parler en tête à tête, à l'abri des oreilles indiscrètes ? Elle pouvait difficilement le dire à Zeb, cependant, car il avait déjà modifié son emploi du temps pour lui donner un coup de main.

« C'est parfait, lui répondit-elle. C'est gentil de le prendre avec toi, Zeb.

– Franchement, c'est le moins que je puisse faire. Alors, c'est... comment dire. C'est un rendez-vous galant ?

– Non, non ! Seigneur, les rendez-vous galants, ce n'est plus de mon âge.

– Ah oui ? fit-il doucement, puis il lança : Poppy ? Tu es prêt ? »

Poppy émergea du fond de la maison avec sa canne, en tapotant ses poches une à une de sa main libre. Toutes faisaient un bruit de papier froissé. Depuis quelque temps, il insistait pour se munir d'une provision de barres au chocolat à chacune de ses sorties. De toute évidence, il craignait de se trouver pris dans une quelconque situation d'urgence sans aucun moyen de se procurer des sucreries.

« Je suis prêt à partir, annonça-t-il. On va passer la soirée entre hommes, dit-il à Rebecca.

– Formidable, Poppy. Amusez-vous bien, tous les deux. »

Dès qu'elle eut refermé la porte derrière eux, elle se rua dans sa chambre. Elle avait décrété que le caftan n'était pas assez habillé. Il risquait même de passer pour un pyjama. Elle revêtit un chemisier en soie assorti d'une longue jupe d'hôtesse, et ôta ses grosses sandales en cuir pour en enfiler d'autres, plus fines, à hauts talons.

Sa chambre était sens dessus dessous. Le lit était jonché de vêtements dont elle n'avait pas voulu et une demi-douzaine de paires de chaussures gisaient par terre. Dans la glace, elle avait l'œil brillant, la mine fiévreuse de celle qui a bu un petit coup de sherry.

Bien avant six heures, on sonna à la porte. Il était si tôt qu'elle craignit une visite impromptue d'un des membres de la famille. Mais lorsqu'elle alla ouvrir, Will se tenait sur le seuil, disparaissant quasiment derrière une plante gigantesque.

« Oh, il ne fallait pas, lui dit-elle.

– Je sais bien que je suis en avance. Je m'étais donné un peu de temps, au cas où je me perdrais.

– Ça ne fait rien ! Voyons voir, tu peux peut-être mettre ça là, par terre, à côté du... elle est très étonnante ! »

En fait, la plante était bizarre. Haute d'un mètre, si ce n'est plus, arborant de monstrueuses feuilles couvertes de pustules d'un vert sombre moucheté de jaune fluo, elle jaillissait d'une coupe blanche cerclée de rouge qui faisait irrésistiblement penser à un pot de chambre. Une fois posée, elle occulta presque toute la lumière provenant de la fenêtre du vestibule.

« Et ça s'appelle comment ? » demanda-t-elle.

Will écarta les bras d'un air impuissant.

« Je ne sais pas. Ils m'ont juste dit que c'était increvable.

– Formidable. »

Elle eut de nouveau un choc en voyant ses cheveux blancs et son front ridé. (Inconsciemment, elle ne cessait de le renvoyer à sa jeunesse.) Ses paumes étaient pleines de terre. Il était en jean délavé et chemisette à carreaux gris, avec d'énormes tennis aux pieds. Sans doute surprit-il son regard à l'instant où elle les lorgnait, car il s'excusa :

« J'aurais peut-être dû m'habiller plus chic.

– Ne sois pas ridicule ! Je ne suis pas habillée chic, moi. »

Elle le conduisit au salon en marchant d'un pas aussi discret que possible pour qu'il ne remarque pas ses talons.

« Assieds-toi, lui dit-elle. Qu'est-ce que je peux t'offrir à boire ?

– Rien, merci. »

Il prit place sur le canapé, non sans avoir au préalable tiré soigneusement sur les genoux de son jean comme s'il y avait un pli, ce qui n'était pas le cas. Puis il contempla autour de lui le lustre en cristal, les tentures en damas, le tapis oriental.

« C'est très... C'est spectaculaire, ici, dit-il.

– Oui, enfin, ne t'y trompe pas », lui répondit-elle.

Elle se surprit elle-même en décidant de s'asseoir, non pas sur le canapé, à côté de lui, mais dans une bergère à oreilles, à sa gauche. Puis elle remonta légèrement sa jupe pour qu'on ne voie pas qu'elle était longue, mais la rabaissa en se rappelant subitement qu'elle portait des mi-bas.

« À tout moment, le plafond peut s'écrouler.

– Là, au-dessus de la cheminée, c'est une ancêtre de ton mari ? »

Il parlait du portrait d'une dame en crinoline à l'air têtu, pour ne pas dire borné.

« Non, répondit Rebecca. Je crois qu'ils l'ont acheté dans un vide-grenier.

– En tout cas, c'est... Tout ça est très impressionnant.

– Dis-moi, Will, es-tu resté en contact avec d'anciens copains de la fac ? »

Elle avait eu l'idée de ce sujet de discussion à l'avance. Il avait le mérite d'être neutre et les occuperait forcément plusieurs minutes, si ce n'était davantage. Mais il se contenta de répondre :

« Non, pas vraiment.

– Ton camarade de chambre, par exemple ? Don Grant ? Ou Horace comment, déjà ?

– Non.

– Ah. Moi non plus, d'ailleurs. Mais je me disais que dans mon cas, c'était parce que... tu sais bien. Parce que j'avais lâché la fac, que je m'étais mariée, enfin tout ça.

– Je n'ai jamais été très sociable », lui dit Will.

Il lui avait répondu machinalement, en continuant à regarder autour de lui.

« Cette maison doit avoir toute... »

On sonna à la porte. Il la dévisagea.

« Toute une histoire », dit-il.

Puis, voyant qu'elle ne bougeait pas, il ajouta :

« On a sonné, je crois.

– Oh. En effet. »

Elle se leva pour aller ouvrir.

Mr. Quint, d'Eden & Co, essuya ses pieds parfaitement secs sur le paillasson avant d'entrer dans le vestibule.

« Je voulais juste vous prévenir que j'ai mis mon équipe au boulot dans le jardin. Je vous avais dit qu'on... C'est quoi, ça ? »

Il parlait de la plante de Will. Il fit un pas en arrière, comme s'il craignait qu'elle ne morde.

« Je ne sais pas trop. Ce ne serait pas plutôt votre rayon, non ? lui demanda Rebecca.

– Mon rayon à moi ? Ah ça non. Je n'ai jamais rien vu de pareil. »

Il reprit le fil de sa pensée sans cesser de la lorgner d'un œil aussi perplexe qu'inquiet.

« Je vous avais dit qu'on serait là à midi, mais on a pris un peu de retard, aujourd'hui.

– Ça ne fait rien », l'assura-t-elle.

Pour être franche, elle avait totalement oublié qu'il devait venir.

« On devrait pouvoir finir avant la nuit, c'est quasi certain. Vous voulez jeter un coup d'œil à ces azalées dont je vous ai parlé ?

– Non, je suis sûre qu'elles seront parfaites.

– C'est pas qu'elles ont des fleurs à cette époque de l'année, mais elles ont des petites étiquettes, vous voyez ? Avec des photos en couleurs.

– Ça n'a pas d'importance. Sincèrement.

– Ou tenez, je sais, je peux en arracher une et vous l'apporter, histoire de vous montrer ? Je vais vous chercher ça tout de suite.

– Je m'en fiche ! répliqua-t-elle.

– Oh.

– J'ai de la visite.

– Comme vous voulez, répondit-il. Tant que vous venez pas me sauter dessus quand vous les aurez vues en fleur. »

Ce n'est qu'en se retournant pour partir qu'il quitta la plante des yeux.

Dans le salon, elle trouva Will planté devant le piano. Il frappa une touche ébréchée et craquelée jusqu'à ce qu'une note finisse par tinter.

« Je sais qu'il n'est pas très bien accordé », dit-elle.

(Au lycée, Will était connu pour avoir l'oreille absolue.)

« Oh, tu sais..., fit-il.

– Nos invités ont l'air d'aimer ce côté piano bastringue – ce côté musique de dancing, un peu métallique, limite casserole. À chaque réception, ou presque, il y en a un qui vient jouer. »

Will rabattit le couvercle du piano.

« Tu étais si timide, dans les réceptions. »

Sans doute n'était-ce qu'une remarque sans importance, mais elle y vit un reproche : comment avait-elle pu se métamorphoser ainsi alors qu'il était resté identique à lui-même ?

« Je n'ai pas changé ! Je t'assure. Mais, tu comprends, quand ton métier est d'organiser des réceptions... »

Le téléphone sonna.

« On va laisser le répondeur s'en charger », dit-elle.

Il y eut une deuxième sonnerie. Une troisième.

Elle se rappela trop tard que le répondeur n'était pas branché. Le téléphone continua à sonner, et Will continua à la dévisager.

« Bon ! fit-elle. Il faut que j'aille m'occuper de notre dîner. Ça te dit de m'accompagner à la cuisine ?

– Mais bien sûr, acquiesça Will. Je peux t'aider.

– Non, non. Me tenir compagnie, c'est tout. »

Le téléphone finit par se taire. Rebecca escorta Will dans le salon du fond, puis la salle à manger, où il s'attarda. En se retournant, elle le vit plongé en contemplation devant un autre portrait – celui qui était accroché au-dessus du buffet.

« C'est ton mari ? lui demanda-t-il.

– Mais non. »

Il plaisantait ? L'homme représenté sur le portrait était vêtu d'une redingote assortie d'un pantalon ajusté et tenait un haut-de-forme dans sa main gantée.

« Je te montrerai à quoi ressemblait mon mari, lui dit-elle. J'ai une vieille photo sur le réfrigérateur. »

Et ils empruntèrent le couloir qui menait à la cuisine.

Ce à quoi elle n'avait pas pensé, toutefois, c'est que la photo en question – Joe à la plage, il y avait bien longtemps de cela, brandissant un crabe tout juste pêché, en riant en plein soleil – avait été peu à peu enfouie sous des strates de clichés plus récents. Les photos avaient tendance à vivre dans l'imagination, songea-t-elle. Il y avait des années qu'elle n'avait pas regardé celle-ci, mais elle en visualisait encore le moindre détail. Quand elle l'eut exhumée de sous les autres et montrée à Will – qui se contenta d'un « Ah oui » pour tout commentaire –, il se mit à examiner le reste de la pile.

« Là, c'est Dixon en tenue de diplômé. Mon petit-fils, le jour de la cérémonie du baccalauréat, expliqua-t-elle. Et là... – elle indiqua une photo en partie masquée par un aimant en forme de *bagel* –, c'est NoNo, la plus jeune de mes belles-filles, à son mariage. Elle est belle, hein ? Biddy est l'aînée, c'est elle, là, à côté de LaVon, mon ex-gendre. Je crois que c'était à la naissance de Lateesha, le jour de la fête de bébé. Et voilà Patch, notre athlète. Professeur de gym ; tu te rends compte ? Elle a dû être prise le jour où son équipe féminine de lacrosse a remporté... regarde-moi ça, je parle, je parle ! Et je parie que tu dois mourir de faim. »

Elle fit volte-face pour aller ôter le film plastique du plat de poulet froid posé sur le plan de travail. Will était collé sur ses talons, les mains gauchement enfoncées dans ses poches.

« C'est vrai que tu voulais dix enfants, déclara-t-il.

– Qui ça, moi ?

– Tu disais que c'était si... comment disais-tu, déjà, si pitoyable d'être enfant unique. Tu voulais une joyeuse *troupe* d'enfants.

– Ah bon ? »

Elle s'arrêta pour le dévisager, la fourchette de service suspendue au-dessus du poulet.

« Et tu respecterais toutes les traditions, tu disais, tous ces rituels familiaux, ces grandes fêtes de Noël ou de Thanksgiving qu'on célébrait chez les autres.

– Je ne m'en souviens pas, lui dit-elle.

– En tout cas, tu as fini par avoir ce que tu voulais, manifestement.

– Je n'ai aucun souvenir de tout ça. Tu peux apporter la corbeille à pain, s'il te plaît ? »

Il prit la corbeille et la suivit dans la salle à manger.

« Joli », observa-t-il en voyant la table.

Elle rougit. Elle se disait à présent qu'elle en avait peut-être un peu trop fait.

« Oh, ce n'est pas grand-chose. Assieds-toi en face de la fenêtre. Je vais chercher la salade. »

Mais quand elle revint, il était encore debout. Il attendit

qu'elle ait allumé les bougies et lui tira sa chaise. Elle sentit à travers son chemisier la chaleur de sa main posée sur le dossier, toute proche. En un soudain élan d'audace, elle se renversa imperceptiblement en arrière jusqu'à ce que son épaule lui touche les doigts. Mais il s'écarta comme s'il n'avait rien remarqué et fit le tour de la table pour aller s'asseoir.

À moins qu'il ne s'en soit aperçu et l'ait repoussée délibérément.

« Que se passe-t-il dans ton jardin ? lui demanda-t-il en prenant place.

– Mon... ? »

Elle se retourna pour regarder par la fenêtre.

« Oh, ce sont les pépiniéristes. Ils plantent des azalées.

– On dirait que tu es à la tête d'une plantation, ou je ne sais quoi. Tu emploies beaucoup de personnel ?

– Non, juste... enfin, une dame qui vient quelquefois m'aider pour le ménage les jours de grande réception. »

Elle lui passa le poulet.

« Et quel est ton rôle dans ces réceptions ? Tu t'occupes également de leur procurer des divertissements ? Des magiciens pour les goûters d'enfants, ce genre de choses ?

– Non, nous ne fournissons que l'espace. Et nous nous chargeons aussi du buffet, si le client le souhaite. »

Elle avait horreur de ce ton instructif et volubile digne d'un représentant de commerce débitant son boniment. Ne pouvaient-ils pas parler d'autre chose ? Ils s'en sortaient visiblement bien mieux au téléphone qu'en tête à tête.

Elle déposa un pilon dans son assiette.

« Je me demandais... (Sujet de conversation numéro 2.) Est-ce que ta fille est comme toi quand tu avais son âge ?

– Non. Elle est déconcertante. »

Rebecca se mit à rire, mais il la fixa d'un œil morose.

« Je n'ai jamais rien compris à ma fille. Je ne la comprenais déjà pas quand elle était bébé, et je la comprends encore moins maintenant qu'elle est adolescente.

– Oh, tu sais, les adolescents, dit Rebecca en agitant la main. Qui peut les comprendre ? »

Elle se servit un petit pain.

« Laura n'a pas l'air d'avoir de problème. Sa mère.

– Ah oui ? »

Elle attendit la suite, mais ce fut un des pépiniéristes travaillant au jardin qui prit alors la parole, ses mots ponctués par le bruit de forge d'une pioche.

« N'accepte jamais, jamais, de passer la nuit chez une femme. Même si elle te supplie à genoux, invite-la chez toi, ou alors dans un motel, ou chez un pote. Parce que t'as aucun, mais alors aucun moyen de savoir quand son mec, il va sortir de taule. Cette fille, là, elle me dit que son mec, il a aucune chance de sortir, et comme un con, je la crois. Je lui fais OK, je dors chez toi, et tu sais quoi ? Le lendemain, on frappe à la porte. "Oh, qu'elle me fait, qui ça peut bien être." Elle se lève toute nue pour aller regarder par l'œilleton et elle revient en glapissant : "Dieu tout-puissant, c'est lui !" Moi, je lui fais : "Eh, toi, tu m'avais pas juré craché qu'on l'avait collé une fois pour toutes sous les verrous, celui-là ?"

– Évidemment, Laura est plus jeune que moi, dit Will. C'est normal qu'elle ait une meilleure compréhension des adolescents, j'imagine. »

Rebecca reprit le fil de ses pensées.

« Beaucoup plus jeune ? lui demanda-t-elle.

– Elle a trente-huit ans, et moi, cinquante-trois.

– Voyons voir... quinze ans. Joe et moi, nous avions presque la même différence d'âge, treize ans et demi. »

Par la fenêtre, le pépiniériste disait :

« Je passe devant lui dans le couloir, je lui fais : "Bonjour", et je continue. "Bonjour", qu'il me répond, et je descends l'escalier, l'air cool, peinard, quoi, mais tout ce temps, j'ai la nuque qui me picote, tu vois ce que je veux dire ? J'attends le coup de couteau entre les omoplates.

– Tu veux que je te dise, t'as eu du pot, intervint une

autre voix. Comment tu peux croire ce qu'une femme te raconte ?

– Le poulet est délicieux, dit Will.

– Merci. Veux-tu de la salade ?

– Merci.

– Avec les femmes, c'est toujours pareil, elles veulent ce qu'elles veulent où et quand elles le veulent, reprit le premier. Elles font n'importe quoi pour l'avoir, elles s'en foutent. Elles sont capables de tout. Impossible de les arrêter. Elles t'appellent, elles débarquent là où tu bosses, elles viennent chez toi, elles essaient de t'embobiner. Tu leur dis : "Eh, lâche-moi un peu, tu veux", mais elles, elles continuent, des vrais rouleaux compresseurs, y a rien qui peut les faire changer d'avis.

– Mais tu étais si mûre pour ton âge, disait Will.

– Pardon ? fit Rebecca.

– Tu étais si sérieuse. Si absorbée par tes études. Laura, elle... »

Il haussa les épaules. Il jouait du bout de sa fourchette avec sa salade, sans la manger, observa-t-elle. (C'était une recette de Biddy à base de blettes caramélisées. Peut-être était-ce trop sophistiqué pour lui.)

« Enfin, j'aurais dû me douter, reprit-il. Ne serait-ce que la façon dont nous nous sommes rencontrés : elle a commencé par s'inscrire à mon cours d'introduction à la physique, puis elle a décrété que ça ne pouvait rien lui apporter. Elle est venue demander l'autorisation d'abandonner le cours, et je l'ai persuadée de rester. Ç'a été notre première conversation.

– Aha ! Tu vois ? » s'écria triomphalement Rebecca en pointant sa fourchette sur lui.

Puis elle jeta un œil à la fenêtre et baissa la voix.

« Ça confirme ma théorie des instants prophétiques.

– Pathétiques ? demanda Will.

– Prophétiques. Ces instants qui augurent de l'avenir d'un couple. Tu vois : dès le début de votre relation, elle menaçait déjà de te quitter.

– Mais je croyais que c'était un entretien d'étudiant comme les autres. Je n'avais aucune idée que c'était le début d'une liaison.

– Non, bien sûr que non. C'est comme ça, les instants prophétiques. Au moment où ils se produisent, on ne soupçonne rien.

– Tout de même, ça aurait dû me mettre la puce à l'oreille, dit Will. C'était le cours dont j'avais toujours été le plus fier, celui où je montrais aux étudiants débutants que la physique pouvait être une véritable aventure.

– Quel dommage, observa Rebecca.

– Elle n'y a jamais vraiment pris goût, poursuivit tristement Will. Elle est restée quand je l'en ai convaincue, mais au second semestre, elle a lâché le cours et s'est inscrite à la place en écologie pour boucler son cursus de science. En écologie ! Cette prétendue science ! Mais sur l'instant, je me suis seulement dit, maintenant, je vais pouvoir lui demander de sortir avec moi. Je devais être totalement aveugle.

– C'est elle qui devait être totalement aveugle pour penser que la physique ne pouvait rien lui apporter, protesta Rebecca.

– C'est là que vous êtes différentes, elle et toi. Laura est plus superficielle. Le plus important, pour elle, c'est le côté matériel de la vie. Les vêtements, le maquillage, la coiffure, les bijoux... Toutes les occasions étaient prétextes à ce que je lui offre un bijou, y compris Pâques.

– Ah bon ! » s'étonna Rebecca.

Voilà qui devenait intéressant.

« Quel genre de bijoux ?

– Oh... je ne sais pas.

– Je veux dire, des bijoux importants, des diamants, par exemple ? Ou juste une nouvelle breloque pour son bracelet, des petites choses comme ça ? »

Il arrêta de jouer avec sa salade et leva les yeux vers elle.

« Que veux-tu, s'empressa-t-elle de dire. Il y a des femmes comme ça.

– Elle avait tellement de paires de chaussures qu'une

entreprise de rangements sur mesure avait dû venir poser une barre spéciale dans sa penderie.

– Ciel ! »

Rebecca possédait elle-même une quantité de paires de chaussures. Ce n'est pas qu'elle était dépensière. C'étaient des chaussures très bon marché, achetées en solde ou dans des magasins discount. Mais c'était toujours pareil, peu de temps après, elles ne lui convenaient plus tout à fait, et du coup, elle passait sa vie à s'en racheter. Mentalement, elle entreprit de jeter les superflues. Ces sabots suédois en daim, par exemple : elle pourrait aisément s'en débarrasser. La seule fois où elle les avait portés, elle s'était aperçue que ses talons dépassaient d'un bon centimètre à l'arrière, alors qu'elle aurait juré qu'ils lui allaient parfaitement quand elle les avait essayés.

« Sans compter qu'elles sont incroyablement jalouses », disait le pépiniériste.

Il poussa un grognement, suivi du bruit sourd d'une pierre ou d'une souche qu'il venait de lancer.

« Elles t'appellent tout le temps, et si jamais tu décroches pas tout de suite, elles te demandent ce que tu faisais. Elles débarquent chez toi pour voir si tu ne les trompes pas. Il y a un type que je connais, il a fini par aller s'installer en Arizona pour se débarrasser d'une femme qu'arrêtait pas de le suivre.

– Des fois, c'est pas tenable », acquiesça son collègue.

Rebecca recula sa chaise et se leva pour aller fermer la fenêtre. Elle eut beau s'efforcer d'être aussi discrète que possible, avant de se détourner, elle eut le temps d'apercevoir deux visages stupéfaits qui la fixaient. Quand elle se fut rassise après avoir soigneusement lissé sa jupe sous elle, elle déclara :

« Tu sais, j'ai toujours regretté de ne pas avoir terminé mes études.

– Tu peux toujours les reprendre, lui dit Will.

– C'est vrai, oui. Bien sûr ! En fait, je viens justement de commencer une biographie de Robert E. Lee.

– Lee, répéta Will d'un ton songeur.

– Tu te rappelles comment j'avais trouvé cette nouvelle théorie sur la véritable raison qui avait poussé Lee à lier son destin à celui du Sud ? Et l'autre jour, je me suis dit que je devrais reprendre mes recherches, par pure curiosité.

– Voilà, c'est ça, lui dit Will. Laura n'a aucune curiosité d'esprit.

– Tss... tss... », fit Rebecca.

Le téléphone sonna.

« Tu ne veux pas répondre, cette fois ?

– Non, ça ne fait rien. »

Elle attendit que la sonnerie s'arrête, ce qui lui parut durer une éternité. Puis elle reprit :

« Ce n'est pas une intellectuelle, si je comprends bien.

– Qui donc ?

– Laura.

– Non, pas le moins du monde. »

Elle espérait qu'il entrerait dans les détails, mais à cet instant précis, le téléphone se remit à sonner.

« Tu reçois beaucoup d'appels, lui dit-il.

– Oui, soupira-t-elle. Tu reveux du poulet ?

– Non, merci, je ne peux plus rien avaler. »

Elle n'avait pour ainsi dire pas touché à son assiette. Mais elle ôta cependant sa serviette et s'apprêta à reculer sa chaise.

« Je vais nous préparer du café, dit-elle. Que préfères-tu, un café normal ou un déca ?

– Ni l'un ni l'autre, merci.

– Ça ne prendra qu'une seconde.

– Je n'ai jamais eu l'habitude de boire du café, tu t'en souviens peut-être. »

En fait, elle ne s'en souvenait pas. Elle se rappelait seulement qu'il n'aimait pas les sucreries – ce qui était rare pour un jeune homme. Mais lorsqu'elle lui annonça :

« J'ai fait exprès de ne pas préparer de dessert, il lui répondit :

– Ça ne fait rien, comme s'il était persuadé qu'elle s'excusait.

– C'est que... je ne pensais pas que tu en voudrais.

– Non, sincèrement, ne t'inquiète pas pour moi. »

Elle renonça.

« Bien, veux-tu passer au salon, en ce cas, ce sera plus confortable. »

Au lieu de répondre, il se pencha vers elle. Ce fut si soudain qu'elle se demanda l'espace d'une seconde s'il avait une douleur au ventre.

« Rebecca, je me suis dit que c'était tellement providentiel.

– C'était... quoi ?

– Le premier soir où tu as appelé, j'avais quasiment touché le fond. C'était tellement providentiel que tu m'appelles à ce moment-là. »

Il saisit une de ses mains, de l'autre côté de la table. Malheureusement, c'était celle qui tenait sa serviette roulée en boule. De plus, elle fut aussitôt prise d'un besoin quasi irrépressible de remuer frénétiquement les doigts comme une créature sous-marine agitant ses tentacules. Elle les força à rester immobiles, bien qu'elle fût parcourue de frissons tant elle en mourait d'envie. Au même instant, elle devait penser à écarquiller les yeux pour agrandir son regard et garder la tête haute afin de ne pas trahir le coussinet de chair qui tapissait son menton.

C'est alors que la porte d'entrée claqua contre celle du vestiaire et Zeb lança :

« C'est nous ! »

Il avait promis qu'ils ne seraient pas rentrés avant dix heures ! Ou neuf heures et demie au plus tôt ! Et voilà qu'approchait le tic-tic de la canne de Poppy qui traversait les deux salons, précédé du pas plus feutré de Zeb. Will retira sa main.

« De mon temps, les marchands de glace vous offraient des échantillons en nombre illimité, disait Poppy. Tous les parfums que vous vouliez – lait de poule, pistache, rhumraisin – avec des petites cuillères en bois, pour que vous goûtiez avant de vous décider. »

Ils apparurent sur le seuil de la salle à manger.

« Tiens, bonjour ! s'exclama Zeb d'un ton que Rebecca jugea artificiel.

– Que faites-vous là ? lui demanda-t-elle sèchement.

– On s'est arrêtés pour manger une glace après le dîner, mais Poppy était si mécontent du service qu'il a décidé qu'il préférait rentrer prendre son dessert à la maison. »

Il avait les yeux posés non pas sur elle, mais sur Will, qui s'était à moitié retourné pour le voir. Rebecca avait encore le vague espoir de pouvoir s'épargner les présentations – si tant est que Zeb et Poppy aient le tact de se retirer dans la cuisine pendant qu'elle passait au salon avec son invité –, mais Will se leva en lui tendant la main :

« Enchanté, je suis Will Allenby.

– Zeb, le beau-frère de Rebecca », répondit ce dernier en lui serrant la main.

Avec ses épaules voûtées, ses piètres lunettes cerclées et ses cheveux grisonnants qui tombaient en mèches grasses sur son front, il était presque laid, ce soir-là.

« Et voici mon oncle, Paul Davitch. Désolé de débarquer comme ça.

– Je croyais que vous alliez au cinéma, lui dit Rebecca.

– Nous avions l'intention d'aller au cinéma, déclara Poppy, mais après le fiasco de la glace, ça ne me disait plus rien. »

Il s'était immobilisé dans l'embrasure de la porte et faisait tournoyer sa canne à deux mains comme s'il se prenait pour Fred Astaire.

« De quel fiasco s'agit-il ? lui demanda poliment Will. (Trop poliment, de l'avis de Rebecca.)

– J'ai dit à la serveuse que j'aimerais bien goûter un peu de marbrée au caramel et elle m'en a donné, mais c'était fade, parfaitement fade et insipide. Alors je lui ai dit : “Je crois que je vais essayer la pépite de café, maintenant”, et elle m'a répondu : "Monsieur !", d'un petit ton suffisant – aucun respect dans ce "Monsieur ! – Monsieur !"

"Si nous offrions des échantillons en nombre illimité, nous n'aurions plus rien à vendre !"

– Tss..., fit Will.

– De mon temps, les gens étaient plus obligeants, dit Poppy.

– De mon temps aussi, répondit Will.

– Alors nous nous sommes dit que nous allions rentrer voir ce que vous aviez comme dessert.

– Nous ne prenons pas de dessert, répliqua Rebecca. Je n'en ai pas préparé.

– Bon, en ce cas, je vais jeter un coup d'œil au congélateur. Voir ce que nous avons comme parfums de glace. Vous voulez de la glace... ? demanda-t-il à Will.

– Avec plaisir », dit Will en se rasseyant.

Rebecca s'affaissa sur sa chaise.

Poppy prit la direction de la cuisine en fredonnant un air sans queue ni tête. Pour une fois, il s'appuyait à peine sur sa canne. Il avait dans sa démarche une sorte de désinvolture sautillante qui mit Rebecca en rage.

« Alors ! lança Zeb d'un ton jovial en tirant la chaise qui était à côté de Will. Comme ça, vous connaissiez notre Rebecca du temps où elle était au lycée ?

– *Notre* Rebecca ? s'insurgea-t-elle.

– Oh, bien avant le lycée, répondit Will. Je la connaissais déjà à l'école maternelle. Je la connaissais avant même qu'elle soit en âge d'aller à l'école.

– Je parie que ça devait être quelque chose quand elle était petite.

– Ça, elle était mignonne, répondit Will.

– Mignonne, répéta Zeb. Elle était déjà mignonne à l'époque où nous, nous l'avons connue. Le tout premier soir, elle a débarqué avec une robe bleue et des souliers assortis, avec un petit sac en forme de gamelle d'ouvrier. »

Rebecca n'aurait jamais pensé qu'il s'en rappelait. Elle pria le ciel qu'il n'évoque pas d'autres souvenirs – comme l'anniversaire de ses vingt, ans qu'ils avaient fêté alors qu'elle était encore censée sortir avec Will.

Mais avant que Zeb ne puisse en dire plus, la porte d'entrée claqua de nouveau.

« Beck ? appela NoNo. Tu es là ?

– Par ici », répondit Zeb qui lorgna Rebecca en inclinant la tête – sous-entendant clairement qu'il n'était plus le seul à avoir interrompu sa soirée.

Rebecca se contenta de le foudroyer du regard.

NoNo était accompagnée de Peter. Elle était en tenue de travail – une blouse verte brodée d'une truelle jaune sur la poche –, les traits tirés, visiblement pas dans son assiette.

« Mais où étais-tu passée ? demanda-t-elle à Rebecca. J'ai essayé d'appeler toute la soirée, personne n'a répondu et la machine ne s'enclenchait pas.

– Je recevais », rétorqua Rebecca d'un ton éloquent.

NoNo ne se démonta pas pour si peu.

« Enfin, poursuivit-elle. Quoi qu'il en soit, Peter a quelque chose à te... »

Rebecca l'interrompit :

« Will, je te présente ma belle-fille, NoNo Sanborn, et son beau-fils, Peter. Voici Will Allenby.

– Oh, bonjour », fit NoNo.

Will s'était de nouveau levé quand elle était entrée, mais ils étaient trop éloignés pour se serrer la main.

« Peter a quelque chose à te demander, dit-elle à Rebecca.

– Will était mon petit ami au lycée », expliqua Rebecca.

Il lui paraissait important de le préciser. Pourquoi au juste, cependant, elle l'ignorait.

NoNo jeta un autre coup d'œil à Will et dit :

« Ah oui ? Bien. Enchantée. »

Là-dessus, elle se retourna vers Peter.

« Dis à Beck ce que tu voulais lui demander, lui ordonna-t-elle.

– Euh, dans mon collège, ils font, comment ça s'appelle... »

Il avait lissé ses cheveux avec de l'eau, ou encore un de ces gels dernier cri. Il avait l'air écorché, pâle, tendu, et quand il croisa les doigts, Rebecca entendit ses articulations craquer.

« C'est une espèce de... je sais pas, moi... d'exposition de projets sur lesquels on a travaillé, et le problème, c'est que... »

Il fixa NoNo d'un œil implorant. Elle lui sourit en hochant la tête à plusieurs reprises.

« Je sais pas trop pourquoi, mais ils appellent ça la fête des Grands-Parents, et ils nous demandent d'inviter nos grands-parents. »

Rebecca était si anxieuse pour lui qu'elle hochait la tête en même temps que NoNo en priant le ciel qu'il vienne à bout de cette épreuve. Mais Will s'exclama :

« C'est formidable ! »

Tous les regards se tournèrent vers lui.

« Qu'il t'invite à la fête des Grands-Parents, expliqua-t-il à Rebecca.

– Euh, je veux pas..., balbutia Peter. Je sais que c'est pas vraiment ma grand-mère. Je veux dire, elle est pas obligée de venir si elle veut pas. Mais puisque les parents de papa sont morts, et puis qu'on voit pas souvent les parents de ma maman, en fait, on les voit jamais...

– Je serais ravie de venir, lui dit Rebecca.

– C'est vrai ?

– Ce serait un honneur pour moi. C'est quand ?

– C'est que le vendredi 24, mais il faut qu'on fasse signer les circulaires avant demain pour que les professeurs soient sûrs...

– Ce collège me rend folle, lança NoNo à la cantonade. Hier soir, à dix heures moins le quart, je le jure, une femme me téléphone pour m'annoncer que ce matin, je dois l'envoyer en cours avec quatre douzaines de biscuits. Et maintenant cette histoire de grands-parents – quelqu'un pourrait-il avoir la gentillesse de les mettre au parfum ?

Comment sont censés faire les gamins comme Peter qui n'ont pas de grands-parents disponibles au pied levé ?

– Mais Peter peut compter sur moi, et je me réjouis à l'avance de venir », déclara Rebecca.

Il lui sourit avec gratitude, et ses épaules perdirent un peu de leur raideur.

Sur ces entrefaites, Poppy revint avec la glace – un gros pot de deux litres coincé sous le bras, une cuillère à glace dans sa main libre.

« Vanille, lâcha-t-il avec amertume. On pourrait tout de même faire preuve de plus d'imagination. Oh, bonjour NoNo. Salut, fiston. »

Il posa le pot et la cuillère devant Zeb.

« Ravi de vous revoir, dit-il à Will.

– Euh... merci.

– Ça va, le boulot ? Vous aimez toujours votre métier ? »

Will jeta un coup d'œil à Rebecca. Elle se contenta d'un léger mouvement des sourcils en guise de haussement d'épaules, et il se retourna vers Poppy en lui répondant :

« Oui, j'aime beaucoup mon métier.

– Ça ne durera pas toujours, croyez-moi, lui dit Poppy. À la fin, moi, j'étais au bout du rouleau. Trop d'élèves qui me demandaient : "On va être interrogés là-dessus ou non ?" Et vous saviez pertinemment que si jamais vous leur disiez que non, ils ne se donneraient même pas la peine de prendre des notes. Le plaisir d'apprendre pour apprendre, ils ne savent pas ce que c'est, voilà ce que j'en pense, moi. »

Il avait dû confondre Will avec un de ses anciens collègues de l'enseignement, mais ça, Will ne pouvait le savoir. Il jeta un nouveau coup d'œil à Rebecca. Non sans perversité, elle refusa de venir à sa rescousse.

« Hmm, vous devez avoir raison, finit-il par répondre.

– Vous savez ce que j'en dis, moi ? Ils regardent trop cette fichue télé. »

Quel besoin Poppy avait-il de parler avec cette familiarité de ton, s'étonna soudain Rebecca. C'était un homme cultivé, diplômé d'université. Elle le fusilla d'un œil torve, qu'il fit mine d'ignorer.

« Rebecca, tu prendras de la glace ? lui demanda Zeb en brandissant la cuillère.

– Non, merci, répondit-elle sèchement.

– En ce cas, ça fait cinq portions, reprit-il avec entrain. Parce que je sais que toi, tu en prendras, NoNo, et...

– Je vous ai mis sur ma liste d'invités pour mon anniversaire, annonça Poppy à Will. Mais Beck n'a pas dû encore envoyer les invitations. J'aurai cent ans en décembre.

– Cent ans ! » s'exclama Will.

Désormais, même Will agaçait Rebecca. Elle fut horripilée par ses accents faussement admiratifs et l'avidité avec laquelle il se saisit de la coupe que lui tendait Zeb. Ce dernier, de son côté, se conduisait en véritable barbare, léchant la glace qu'il avait sur les doigts avant de replonger la cuillère dans le pot. NoNo et Peter, quant à eux, avaient tiré deux chaises comme s'ils avaient tous les droits de venir s'imposer quand ça leur chantait. Et quant à Poppy, il avait dépassé les bornes.

« Mon vœu le plus cher, déclarait-il à Will, est de pouvoir dire que j'ai vu deux siècles passer : le dix-neuvième et le vingtième siècle. Certes, je n'ai pas de souvenir conscient du passage au vingtième, mais j'y étais, je peux le dire ! J'y étais !

– C'est extraordinaire », lui répondit Will.

Et il porta sa cuillère à sa bouche en offrant le spectacle peu séduisant de ses grosses dents voraces en carrés de sucre, jaunies par le temps.

Quand ils eurent fini leur glace, Rebecca avait révisé tous les espoirs qu'elle avait fondés sur cette soirée. Ce n'était jamais qu'une autre mêlée de famille, à ceci près qu'il y avait un invité de plus, et elle ne souhaitait qu'une chose, c'était en finir au plus vite. Elle en avait par-dessus la tête de faire tous ces efforts sur elle-même pour se conduire aimablement. Quel soulagement ce serait de pouvoir se retrouver enfin seule ! De s'installer dans le séjour devant une réussite ! Elle rêvait de l'instant où elle pourrait enfin balancer ses chaussures dans un coin, sortir son ventre et relâcher ses traits.

Mais ni les uns ni les autres ne semblaient pressés de partir. Zeb parlait de son travail à Will, Poppy répétait l'incident de la glace à Peter, NoNo demandait à Rebecca à quelle espèce appartenait la plante qui se trouvait dans le vestibule.

« Ce n'est pas un anthurium, quoiqu'elle en ait la grotesque allure ; elle est trop massive pour être une *pilea*, malgré ces feuilles pustuleuses...

– Demande à Will. C'est lui qui l'a apportée.

– ...ça ne peut sûrement pas être une *dracanea*, bien qu'elle ait le côté tacheté, malade, de la *Dracanea godsefiana*... »

Quand NoNo et Peter se levèrent enfin pour partir, Rebecca en fit de même et déclara :

« Oui, c'est vrai qu'il est tard. J'ai du mal à garder les yeux ouverts. »

L'allusion ne pouvait échapper à personne, pas même à Will. Il s'extirpa de sa chaise en disant :

« Ah. Bon, en ce cas, je crois... »

Tout le monde attendit la suite, mais il se contenta de rester planté là. Ce fut Zeb qui acheva sa phrase à sa place :

« Je crois que nous devrions tous y aller », suggéra-t-il obligeamment.

Et sur ces entrefaites, ils prirent tous la direction de la sortie, en laissant Poppy racler le fond du pot de glace, seul à table.

Une fois dehors, Rebecca croisa les bras sur la poitrine et regarda Zeb monter dans sa voiture (une Volvo tellement antédiluvienne qu'elle avait encore le côté bossu des premiers modèles) et NoNo rejoindre son monospace garé dans la rue, accompagnée de Peter.

« Bonsoir ! » lança NoNo, dont la voix flottait dans la pénombre.

« Bonsoir ! » fit Zeb.

Mais Will resta à côté de Rebecca, si bien qu'elle finit par être forcée de lui dire :

« Bon, je crois que je ferais mieux de rentrer.

– Tu avais une longue cape, lui dit-il. Tu te souviens ?

– Une cape, répéta-t-elle.

– Elle était couleur champagne, tu disais. Ta mère et ta tante te l'avaient faite à l'époque de notre première année de fac. Je te revois encore dans cette cape. Elle était exactement assortie à tes cheveux. Tu les coiffais en une tresse enroulée sur ta tête. Tu portais cette cape et puis des bottines souples marron qui tombaient sur tes chevilles. Tu avais l'air tout droit sortie de l'époque du roi Arthur, je me disais souvent ; ou de celle de Robin des Bois. Toujours flegmatique, très calme. »

Rebecca contemplait encore la rue, mais elle écoutait.

« Ça va peut-être te sembler prétentieux, mais je ne peux m'empêcher de penser que cette femme à la cape, c'est toi, telle que tu es en réalité, et que je suis le seul à le savoir. J'ai l'impression que je te vois comme les autres ne peuvent pas te voir. Mais je ne veux pas paraître prétentieux. »

Elle se tourna pour le regarder. Dans la lumière du réverbère qui l'éclairait par-derrière, elle ne pouvait pas discerner son expression. Elle en était réduite à se fier davantage à ses sensations qu'à sa vue – la sensation de son regard fixé sur elle, puis cette chaleur familière qui lui était si chère à l'instant où il s'avança vers elle pour la prendre dans ses bras. Ils restèrent ainsi enlacés pendant une bonne minute, comme deux êtres se consolant l'un l'autre d'une disparition. Puis il fit un pas en arrière et lui dit :

« Je t'appelle ! Je t'appelle demain ! Merci pour le dîner ! »

Il se jeta précipitamment dans la rue, heurtant bruyamment au passage une poubelle avant de disparaître au coin.

Rebecca resta sur place un moment après qu'il fut parti.

Malgré la tiédeur estivale de la nuit, elle frissonnait, en proie à un sentiment de bonheur mêlé de désarroi, de gêne et de confusion.

À cet instant, elle avait l'impression d'être enfin redevenue la jeune fille d'autrefois.

HUIT

C'EÛT ÉTÉ beaucoup dire qu'ils sortaient ensemble. Comment appeler cela ? Oh, disons simplement qu'ils s'arrangeaient pour se retrouver de temps à autre. Histoire d'acheter un livre dont Will avait entendu parler. De faire des grillades dans le jardin de Rebecca. (Mais en présence de Poppy, naturellement, qui réclamait son steak, et de Biddy qui débarquait peu de temps après, une fois qu'ils étaient à table.) Autant dire que ce n'était en rien des rendez-vous galants.

Parfois, cependant, Rebecca se laissait aller à rêver. Se pouvait-il qu'on puisse, après tout, revenir sur ses pas jusqu'à cet endroit où sa vie avait bifurqué, et décider cette fois de prendre l'autre route ? À ce stade avancé du voyage ?

C'était un peu comme de tricher. Avoir le beurre et l'argent du beurre.

Il y avait des choses dont elle se souvenait et lui non, d'autres dont il se souvenait et elle non. Leur passé était un rouleau de tissu qu'ils avaient découpé pour se le partager. Ainsi, il ne gardait dans sa mémoire aucune trace du Dactylo le plus Rapide du Monde.

« Mais bon sang, pourquoi nous auraient-ils fait perdre notre temps à regarder un dactylo ? » lui demanda-t-il.

Ce à quoi elle lui répondit triomphalement :

« C'est exactement ce que tu avais dit à dix-sept ans ! »

Il se rappelait qu'elle récitait souvent des poèmes quand ils étaient en tête à tête, mais elle avait du mal à croire qu'elle ait jamais pu sombrer dans de tels excès de sentimentalisme. Qu'elle tenait un recueil de citations incitant à la réflexion, notées au hasard de ses lectures, qu'elle vouait un véritable culte à Joan Baez, qu'elle avait failli connaître par cœur *Les Femmes à la recherche d'une quatrième dimension* de Betty Friedan. Autant d'anecdotes qui lui semblaient correspondre à une tout autre femme – *elle*, et non *je*.

Et se souvenait-il de cette soirée chez lui où ils avaient travaillé tard et décidé de faire un somme sur le canapé alors que sa mère était montée se coucher ? C'était la première fois qu'ils s'étendaient côte à côte. Elle avait éprouvé un tel plaisir, un tel besoin de sentir le corps de Will pressé contre le sien. Son souffle chaud et haletant lui hérissait la colonne vertébrale. À présent, elle était incapable de dire lequel des deux avait interrompu les choses. Tous deux, peut-être.

Mais cela ne faisait pas partie des souvenirs dont elle parla à Will. Non, ils n'étaient pas encore en termes assez familiers. Pour l'instant, ils se montraient extrêmement réservés l'un envers l'autre, très prudents, très comme il faut. Quand ils se retrouvaient, il déposait un léger baiser sur ses lèvres (sans qu'elle reconnaisse sa bouche), et lorsqu'ils s'asseyaient dans le séjour, il posait le bras derrière elle, sur le dossier du canapé. Tous deux avaient parfaitement conscience qu'à tout moment, n'importe qui pouvait débarquer. Une conscience commode, aurait pu dire Rebecca. Une certitude rassurante. Poppy appelait « Beck ? », le téléphone sonnait, ou encore la porte d'entrée s'ouvrait en claquant, et ils s'écartaient légèrement, regardant ailleurs, toussotant. À la fin de chaque visite, ils s'étreignaient. Rebecca attendait cet instant avec impatience. Sa peau était comme assoiffée de ces étreintes.

Sa famille, ou du moins les quelques membres de sa famille qui avaient rencontré Will, semblait penser qu'il n'était jamais qu'une autre de ces brebis égarées qu'elle avait prises sous son aile, tout comme cet électricien venu installer des câbles d'air conditionné, et dont le mariage avait peu à peu sombré au fil des travaux. « Tiens, salut », lui lançaient-ils d'un ton cavalier avant de discourir sans plus attendre de ce qui les avait amenés. Rebecca trouvait leur attitude quelque peu insultante. La jugeaient-ils incapable de vivre une idylle ? La seule chose qu'ils semblaient avoir remarquée, visiblement, c'est qu'elle n'était plus aussi disponible pour eux. Un vendredi, au lendemain d'une conférence à l'université Johns Hopkins à laquelle elle avait assisté avec Will, elle avait dû se plier au sermon :

« Où étais-tu ? Nous sommes venus dîner hier soir, et nous avons trouvé Poppy tout seul. Un jeudi ! Tu n'étais pas là !

– Il n'y a aucune loi qui m'oblige à rester à la maison tous les jeudis de ma vie », avait-elle répliqué.

Quoique, pour être franche, elle eût tout simplement oublié le jour de la semaine. Elle était si distraite, depuis quelque temps, déboussolée, la tête ailleurs. Elle restait en dehors des conversations, ne répondait pas quand on lui posait une question. Hormis Will, personne ne trouvait grâce à ses yeux. « Vraiment, murmurait-elle. Très intéressant. » Mais au fond d'elle-même, elle maugréait : Arrête un peu ! Qu'est-ce que ça change !

Tandis que le reste du monde chavirait dans le flou, Will devenait de plus en plus distinct. Il surgissait par bribes sous ses yeux dans les moments les plus malvenus : la courbe autoritaire de ses doigts sur ses clefs de voiture, la beauté troublante du drapé de sa veste sport jetée sur ses épaules. La plus banale de ses réflexions lui revenait à l'improviste, lourde de sens. Elle repassait ses propres remarques en rêvant de pouvoir les changer – les rendre plus intelligentes, plus originales, plus séduisantes.

Ainsi, quand il lui avait demandé pourquoi elle ne s'était jamais remariée, elle lui avait répondu avec désinvolture : « Personne ne me l'a jamais demandé. » Il se trouve que c'était vrai, mais il n'y avait pas que cela. Quelques hommes avaient bel et bien ébauché de timides tentatives, elle aurait dû le lui dire, mais ces velléités l'avaient laissée curieusement indifférente ; en proie à une sorte de lassitude. Tout cela lui semblait si compliqué. (Et pour être honnête, les hommes en question n'avaient pas insisté outre mesure.) Et voilà qu'à présent, Will allait croire que personne ne la trouvait séduisante. Elle essaya de soulever de nouveau le sujet, espérant une nouvelle chance.

« Tu as remarqué comment, en vieillissant, on ne recherche plus la même chose chez les gens ? Quand j'étais jeune, je voulais quelqu'un d'*autre*, quelqu'un qui soit aux antipodes de moi. J'imagine que c'est qui m'a attirée chez Joe. Mais en prenant de l'âge, ça m'a semblé de plus en plus épuisant de sortir avec quelqu'un de différent. C'est peut-être pour ça que les parents conseillent toujours à leur fille de sortir avec ce gentil garçon de leur paroisse, alors qu'elles rêvent de motards à qui elles n'accorderaient pas même un regard quelques années plus tard.

– Des motards ? » répéta Will.

C'était au téléphone, mais elle voyait presque la perplexité lui barrer le front.

« Je veux dire qu'au bout d'un moment, ça finit par être fatigant de devoir... se rapprocher de l'autre en permanence. J'ai renoncé à m'embêter la vie avec ça.

– Mais Rebecca, répondit Will. De quoi me parles-tu ? Est-ce que tu essaies de me dire quelque chose ? Parce que regarde nous deux, par exemple : nous sommes totalement différents.

– Nous ? » demanda-t-elle.

Puis elle ajouta :

« Enfin, c'est peut-être l'impression que ça donne pour l'instant. Je comprends que tu puisses le penser. Mais n'oublie pas, j'étais beaucoup plus repliée sur moi-même, autrefois. Va savoir où c'est passé ! De temps en temps, je t'entends parler d'autrefois, de notre façon de vivre à l'époque, des sujets qui nous intéressaient, et je me dis : Ah oui, c'est quand nous étions adultes. Enfin, toi, tu es toujours adulte ; encore plus qu'avant, même. Mais moi, j'ai le sentiment d'avoir fait le chemin inverse. J'en sais moins aujourd'hui que du temps où j'étais au lycée. J'essaie d'y remédier. J'espère qu'il n'est pas trop tard.

– Je voulais simplement dire que tu es plus extravertie, lui dit Will.

– Je ne suis pas extravertie ! Ce n'est qu'une façade, à cause des Bras Ouverts.

– Ah », fit-il.

Mais elle voyait bien qu'il n'était pas convaincu.

Il leur était bien plus facile de se parler au téléphone que face à face, avait-elle remarqué. Au bout du fil, ils pouvaient quasiment tout se dire, mais dès qu'ils se retrouvaient, ils étaient embarrassés. De plus, la réalité physique de Will ne cessait de la surprendre. Qui était cet homme aux cheveux blancs, taillé à la serpe ? Certes, il était séduisant, mais qui était-il ? Au fil de la soirée, elle finissait par s'adapter à cette nouvelle image de lui, mais dès qu'elle l'avait de nouveau au téléphone, elle faisait semble-t-il ressurgir le Will d'autrefois. « Bonjour, Rebecca », disait-il, et soudain lui revenaient le sourire en coin de sa jeunesse, un pull gris nuage qu'il portait au collège et ses boucles en tire-bouchon couleur de miel.

Elle s'abonna au *New York Times*, au *New Yorker* et au *New York Review of Books*. (« Mais dois-je vous rappeler dans quelle ville nous habitons ? » s'était étonné Poppy en l'apprenant.) Elle se rendit à la bibliothèque Enoch Pratt pour se procurer un exemplaire de l'étude sur laquelle elle avait travaillé à l'université. Il apparut qu'il fallait faire expédier celle-ci par le système de prêt interbibliothèque, mais elle eut une longue et passionnante conversation avec la bibliothécaire des ouvrages de référence, en qui elle avait trouvé une véritable âme sœur. Sitôt rentrée, elle termina la première biographie de Lee, puis s'attaqua directement à la seconde.

Il apparut que Lee estimait que l'émancipation se ferait toute seule, le plus naturellement du monde. C'est ce qu'il avait écrit dans une lettre à sa femme.

« Ça par exemple, je n'aurais jamais cru que Lee était aussi rationaliste, dit-elle à Poppy.

– Lee qui ?

– Le général Lee. Robert E. Lee. Quand j'étais jeune, je pensais que j'allais réécrire ce chapitre de l'histoire. Je ne pouvais pas croire qu'il ait choisi son camp par pure fidélité personnelle.

– Ah oui, et quelle meilleure raison pouvait-il avoir ?

– Et le principe, alors ? Quand bien même ce serait un principe pernicieux, auquel il se serait obstinément accroché ?

– Robert E. Lee était un de ces braves Virginiens typiques de chez vous, lui répondit Poppy. Le seul principe auquel il était attaché, c'était son petit lopin de terre.

– Ce n'est pas ce que disait l'étude que j'avais lue à l'université.

– Oh, vous savez, l'université », fit Poppy.

Puis, comme s'il avait prouvé ce qu'il avançait, il retourna à sa lecture – un magazine tout en couleurs, certainement pas le *New York Review*. Il écrivait sur un bloc-notes avec un stylo publicitaire à l'enseigne de Au Faîte – Couvreurs. L'article qu'il consultait s'intitulait « Dix recettes pour mettre de l'ambiance ». Elle soupira et replongea le nez dans son livre. Sur la page de gauche, la femme de Lee fixait le vide d'un regard mélancolique, sur celle de droite, Lee en personne. Rebecca se surprit à s'interroger sur la nature de leur vie sexuelle.

La mère de Rebecca téléphona. Elle se montrait beaucoup plus empressée, depuis quelque temps – toute en questions sournoises et en vigilance émoustillée, comme ces amies qui espèrent vous soutirer des confidences.

« Tu es rentrée ! lui dit-elle. Je pensais que tu serais sortie. »

Elle ne précisa pas pourquoi, en ce cas, elle se donnait la peine d'appeler.

« Comment vas-tu, maman ? lui demanda Rebecca.

– Bien, et toi ? Pas de rendez-vous, ce soir ?

– Pas de rendez-vous.

– Et hier soir, qu'as-tu fait ?

– Je suis restée à la maison avec Poppy », lui répondit Rebecca non sans perversité.

En fait, elle avait vu Will l'après-midi, mais sa mère ne lui avait pas parlé de l'après-midi.

« Voilà, je voulais juste te dire que Sherry Hardy sait tout sur l'ex-femme de Will.

– Tu as été parler de ma vie privée à Sherry Hardy ? protesta Rebecca.

– Je lui ai juste dit avec qui tu sortais, c'est tout. Je ne me souviens plus du tout comment nous en sommes venues à parler de ça. »

Rebecca ronchonna.

« La petite cousine de Sherry était invitée au mariage de Will. Elle a dit à Sherry que sa femme lui semblait bien trop jeune pour lui.

– C'était une de ses anciennes étudiantes. Tu le savais.

– Elle était jolie, mais antipathique, d'après la cousine. Le genre insatisfait. Ça se voyait aux coins de sa bouche. D'un bout à l'autre de la réception, elle n'a pas cessé de se moquer de Will en le traitant de lourdaud. À un moment, il a fait un commentaire sur un ton très légèrement professoral et la mariée a dit à tout le monde : “Will est mon *premier* mari, inutile de le préciser.” Ce n'était qu'une plaisanterie, évidemment, mais quand on voit comment ça a tourné... »

Rebecca, qui écoutait plus attentivement qu'elle voulait bien l'admettre, fut prise d'un élan de pitié. Will n'aurait jamais pu tenir bon face à ce genre de femme ! Mais elle se contenta de répondre :

« Enfin, depuis, beaucoup d'eau a coulé sous les passerelles.

– Les ponts.

– Pardon ?

– Beaucoup d'eau a coulé sous les ponts.

– Peu importe.

– C'était une cérémonie catholique, ou juste épiscopalienne, peut-être. La cousine n'était pas sûre. Elle a dit qu'il y avait eu beaucoup de génuflexions. Pour définir un homophone, Will a pris comme exemple *fête* et *faîte*.

– Il a pris quoi ? demanda Rebecca.

– F-ÊÊ-T-E et F-A-Î-T-E. C'est là que son ex-femme l'a trouvé professoral.

– Qu'est-ce qui l'a amené à définir l'homophonie à son mariage ? s'étonna Rebecca.

– Oh, tu sais comment on en vient à aborder ce genre de sujets... Je n'en ai aucune idée.

– Enfin, quoi qu'il en soit...

– Et puis aussi *prémisse* et *prémices*.

– Pardon ?

– P-R-É-M-I-S-S-E et P-R-É-M-I-C-E-S.

– Pourquoi ça ? »

Mais sur ces entrefaites, sa mère lui demanda quand elle comptait amener Will lui rendre visite – une perspective riche de catastrophes en puissance –, et Rebecca s'empressa de trouver des prétextes pour y échapper.

Après avoir raccroché, cependant, elle se mit à imaginer Will le jour de son mariage. Son visage sérieux aux traits fins lui apparut, au milieu d'une bande de jeunes invités hilares, et elle éprouva pour lui un sentiment d'affront d'une violence quasi physique.

La veille, il était venu l'après-midi regarder une cassette avec elle – un film sous-titré en noir et blanc, très difficile à suivre, qu'elle était allée louer à l'autre bout de la ville, chez Video American. Sur ce, Zeb était passé, comme souvent le dimanche, et avait commencé à évoquer avec Poppy de vieux souvenirs des Bras Ouverts. Zeb avait un stock inépuisable d'histoires d'épouvante à raconter. La cérémonie de mariage où maman Davitch s'était mise à sangloter tant et plus sans pouvoir s'arrêter, le matin de Pâques où Joe avait caché six douzaines d'œufs crus qu'il croyait durs, le petit déjeuner de lendemain de bal d'étudiants qu'ils avaient oublié de noter sur le calendrier...

« Vous imaginez un peu où nous en serions si Rebecca n'était pas arrivée ? avait demandé Zeb à Will. Nous avons tous remercié notre bonne étoile. Elle s'est révélée sacrément bonne pour les affaires.

– Rebecca, bonne en affaires ? s'était étonné Will.

– Pour notre affaire, plus précisément. Si elle n'avait pas été là, nous aurions coulé depuis longtemps.

– Oh, pour l'amour du ciel ! avait protesté Rebecca. Qu'est-ce qui te prend de dire ça ? La première fois que j'ai donné un coup de main pendant une réception, j'ai expédié un bouchon de champagne en plein dans la poitrine d'une dame.

– Ah oui ! J'avais oublié. Le spectacle était hautement comique, avait lancé Zeb en se tournant vers Will. Rebecca fait partir le bouchon et s'effondre par terre, mortifiée, si bien que tout le monde a cru que c'était elle qui avait été touchée. Pendant ce temps, la dame continue à bavarder comme si de rien n'était. C'étaient des faux, si vous voulez mon avis. À l'époque, c'est le genre de détail qui ne m'échappait pas.

– Nous n'en avons pas pipé mot à ma belle-mère, raconta Rebecca. Quand elle m'a vue par terre, elle m'a demandé : “Ça va, mon petit ?”, et je lui ai juste dit : “Oui, oui”, je me suis levée et j'ai servi le champagne. »

Elle s'était mise à rire avec Zeb sous le regard de Will, lequel passait de l'un à l'autre en esquissant un sourire hésitant qui, de toute évidence, ne demandait qu'à s'épanouir dès qu'il aurait saisi la plaisanterie.

« Si je comprends bien, Zeb, à l'époque, vous habitiez encore ici, avait-il fini par dire.

– Oh là oui, avait soupiré Zeb en ôtant ses lunettes pour s'essuyer les yeux. Oui, je n'étais encore qu'un gamin quand Joe et Rebecca se sont mariés. Ça m'a marqué à vie : voir Rebecca sortir de leur chambre tous les matins, les joues roses et la mine comblée. »

Rebecca s'était instantanément calmée.

« Arrête de raconter n'importe quoi, Zeb », avait-elle dit.

Cela ne lui ressemblait pas de se montrer cruel. Elle avait jeté un œil à Will pour voir comment il réagissait, mais son regard était de nouveau rivé sur l'écran. Il tendait consciencieusement le cou, ses longs doigts nerveux recouvrant ses genoux osseux.

Lourdaud, se disait-elle à présent. N'était-ce pas le mot qu'avait employé l'invitée du mariage ? Comme si Rebecca ne savait pas qu'il était lourdaud ! Elle connaissait son manque d'imagination, son besoin de routine, sa grandiloquence quasi risible. (Ce « Professeur Allenby à l'appareil » quand il répondait au téléphone.) Le fait est qu'à ses yeux, c'étaient là des traits attachants. Et plus encore, elle s'en sentait partiellement responsable. À chaque fois qu'elle le voyait l'air perdu, mal à l'aise, elle se rappelait qu'elle l'avait autrefois abandonné.

Et c'est pour cela que la veille, elle lui avait ouvertement, ostensiblement, effrontément pris la main pour la serrer dans la sienne.

Elle avait totalement oublié la fête des Grands-Parents. Mais que lui arrivait-il ? Elle avait projeté d'aller visiter un musée à Washington avec Will ; il n'avait pas cours le vendredi. Quand Peter lui téléphona pour lui rappeler l'exposition, elle tenta de dissimuler son affolement.

« Oh ! fit-elle. Tout à fait. Demain matin à... quelle heure, déjà ? C'est dans mon agenda. »

Elle fut donc forcée d'appeler Will pour annuler, car elle

ne pouvait décemment pas manquer à une promesse faite à un enfant, et surtout pas Peter. (Bien que la tentation fût grande.) Will se montra très compréhensif. Elle avait toutefois des regrets et, pour tout dire, l'impression de n'être qu'une bonne poire. Lorsque, le lendemain matin, NoNo lui dit : « C'est vraiment gentil de ta part », elle eut envie de lui répondre : « Si tu savais à quel point ! » Mais elle n'en fit rien, cela va de soi. Elle se contenta de mentir : « J'attends ça depuis des semaines ! »

Elles se trouvaient dans la véranda de NoNo, attendant Peter, qui était remonté en courant chercher son sac à dos.

« Il est tellement désorganisé », se lamenta NoNo.

Elle avait sa blouse de fleuriste, le sac en bandoulière.

« Crois-moi, ici, le matin, c'est un vrai chaos. Tu as trouvé ? demanda-t-elle à Peter. Bon, amusez-vous bien. Je passe te chercher cet après-midi. »

Elle l'embrassa sur le dessus de la tête en se hissant sur la pointe des pieds, car – Rebecca venait de le remarquer – Peter avait récemment connu une de ces poussées de croissance spectaculaires qui semblent frapper les garçons en l'espace d'une nuit. Son pantalon était si court qu'il découvrait cinq bons centimètres de cheville, et les manches de son blazer laissaient dépasser les os de ses poignets, avec leur allure de petits boutons de placard en ivoire.

« Tu vas bientôt être plus grand que moi ! » lui lança Rebecca en allant à sa voiture.

Il esquissa un timide sourire en remontant son sac à dos sur son épaule et lui glissa un regard entre ses longs cils.

« Le mois prochain, je vais avoir treize ans », lui dit-il, et elle crut déceler dans sa voix un timbre rauque qu'elle ne lui connaissait pas.

Son collège était à l'autre bout de la ville. Guère étonnant que NoNo se plaigne du trajet, songea Rebecca en manœuvrant au milieu des embouteillages d'heure de pointe, des contractuelles, des nuées d'enfants attroupés à chaque coin de rue et des groupes d'ouvriers moroses qui attendaient aux arrêts de bus. À ce moment-là de la journée, il était rare que Rebecca soit déjà sortie.

« Et tes autres camarades ? Est-ce que je suis censée passer en chercher ?

– Ils viennent tous avec leurs grands-parents, répondit-il.

– Ah oui.

– Il y a un mec, T. R. Murphy. Il a le lot complet.

– Le lot complet de quoi ?

– De grands-parents. La mère de la mère, le père de la mère. La mère du père, le père du père.

– Le veinard ! dit-elle.

– Dick Abrams vient avec *huit* grands-parents, mais ils ne comptent pas vraiment, parce que dans le tas, il y a plein de pièces rapportées.

– Je vois.

– Je dis pas que les grands-parents par alliance, c'est pas bien, ajouta-t-il en lui lançant un regard inquiet.

– Je sais.

– Ils doivent prendre trois voitures pour y aller. En fait, ils rentreraient dans deux, mais il y a deux des lots qui ne se parlent pas.

– C'est fascinant, dit Rebecca.

– Ah, et puis, euh... »

Il tambourina un moment sur ses genoux en regardant par la vitre. Rebecca attendit.

« Euh... ça te dérange si je t'appelle mamie ? demanda-t-il. Juste pour aujourd'hui ?

– Mais mon chat, tous les jours, si tu veux !

– OK, alors ! Tu crois qu'on verra de notre vivant des gens voyager en se dématérialisant et en se rematérialisant ?

– J'aurais bien essayé ça, ce matin », répondit-elle.

Elle avait voulu plaisanter, mais en constatant qu'il ne riait pas, elle dit :

« En théorie, je suppose que c'est possible. Mais avec tous les problèmes qui pourraient surgir, imagine un peu les procès qui risqueraient de leur tomber dessus.

– Les procès ! Ah oui, ça ! La vache ! »

Elle songea que Peter avait un côté Yo-Yo – bondissant inopinément dans un soudain élan d'enthousiasme pour retomber aussitôt et bondir à nouveau sans crier gare. Elle lui sourit, mais il regardait la rue et ne le remarqua pas.

Dans le hall de son collège – une bâtisse en pierre couverte de lierre qui, loin de pousser en liberté, semblait être soigneusement entretenu –, ils furent accueillis par une jeune femme distribuant des autocollants et des feutres. *Bonjour !* disait l'étiquette. *Mon petit-fils est ...*

Rebecca écrivit *Peter Sanborn* et lui rendit le feutre. Dès qu'elle eut posé l'autocollant sur son chemisier, un petit homme chauve en costume s'avança vers elle.

« Peter Sanborn ! s'écria-t-il.

– Oui ? »

Elle s'attendait à ce qu'il la complimente sur le travail de Peter, mais au lieu de cela, il lui saisit la main en lui disant :

« Je tiens à ce que vous sachiez que nous prenons la plainte de sa belle-mère très au sérieux, et que nous comprenons ses inquiétudes.

– Ses inquiétudes ?

– Naturellement, c'est un vrai problème, à notre époque où les familles sont si souvent morcelées. Cependant, avec toutes ces mères qui travaillent, les grands-parents nous ont paru être une solution logique. Nous n'avons pas pensé une seule seconde que... Mais à présent que Mrs. Sanborn nous a alertés, nous sommes désormais prêts à parer à toute éventualité. Si jamais un enfant manque de grands-parents, nous lui en prêtons. »

Rebecca s'esclaffa, stupéfaite. Le monsieur la dévisagea solennellement.

« Les élèves ont été encouragés à s'inscrire au bureau, poursuivit-il. Nous garantissons la plus stricte confidentialité.

– Voilà qui devrait amplement rassurer ma fille, lui dit Rebecca.

– Ma propre mère figure au fichier.

– Et puis, il y a toujours Dick Abrams, ne put-elle s'empêcher d'ajouter.

– Abrams ?

– Il a huit grands-parents. On devrait lui demander de partager ses richesses.

– Oh, c'est que... je ne pense pas que nous puissions...

– C'était juste une idée comme ça », lui dit-elle en retirant sa main.

« Qu'est-ce qui a pris à NoNo ? demanda-t-elle à Peter tandis qu'ils se frayaient un chemin dans la foule. Patch, encore, ça ne m'aurait pas étonnée, mais NoNo, aller soudain jouer les enquiquineuses !

– C'est notre principal, lui expliqua Peter. NoNo l'a appelé la semaine dernière.

– Enfin, c'est toujours comme ça ! Vos enfants ne sont pas plutôt casés que d'un coup, ils vous surprennent. »

Ils parcouraient un large couloir, environnés d'un essaim de dames aux cheveux grisonnants saupoudré de quelques messieurs également grisonnants, le tout sur un lit de jeunes garçons en blazer bleu marine. Non loin de Rebecca, deux adolescents essayaient de se marcher sur les pieds. Ils se donnaient des coups de coude, se bagarraient et bousculaient les gens tandis que la dame entre deux âges qui les accompagnait fendait sereinement la foule. L'un d'eux heurta Peter de plein fouet, mais ce dernier se contenta de s'écarter sans que le jeune garçon ne prenne la peine de s'excuser. Rebecca avait l'impression que Peter ne connaissait pas ses camarades de classe si bien que cela. Elle sentit une crispation familière lui raidir les épaules, un réflexe d'ourse protégeant son ourson ; elle eut envie de le serrer contre elle, de montrer les dents aux autres enfants. Mais Peter ne montrait aucun signe de malaise. Son seul souci, apparemment, était d'atteindre, un peu plus loin, la porte à double battant qui débouchait sur un gigantesque gymnase résonnant d'échos, peuplé de paravents et de tables drapées de feutrine.

Rebecca n'avait pas pensé à lui demander de quel genre

d'exposition il s'agissait. Pour avoir autrefois passé de longues heures à s'ennuyer dans des salons scientifiques, elle s'attendait à des travaux de science. Mais, manifestement, c'était davantage une exposition artistique. Des tableaux étaient accrochés aux paravents et les tables étaient occupées par des sculptures, des vases en céramique passablement lourds et des structures de fil métallique abstraites. Chaque œuvre était accompagnée d'un rectangle de carton blanc portant un nom rédigé d'une écriture enfantine, et déjà, certains des grands-parents s'exclamaient : « C'est toi qui as fait ça ? », « Mais c'est incroyable ! »

« Où est le tien ? » demanda Rebecca à Peter.

Au lieu de répondre, il se mit de biais pour se faufiler au milieu d'un groupe de dames. Il dépassa la première allée et s'arrêta net à l'entrée de la seconde.

Dans une vitrine de la taille d'un grand aquarium, une sorte de derrick fait de tiges, de cavités et de rouages bariolés qui montaient et descendaient entraînait une série de billes bleues qui roulaient au bas d'un pylône central avant d'atterrir dans une soucoupe en métal. Les billes étaient toutes de calibre légèrement différent et produisaient chacune une note précise de la gamme : *do, ré, mi*... De la soucoupe, les billes passaient dans un tube en spirale et revenaient à leur point de départ, avant de retomber de nouveau – *do ré mi fa sol la si DO !*, et ainsi de suite, indéfiniment, en une ronde musicale de tintements délicats qui résonnaient dans tout le gymnase, s'aperçut-elle au bout d'un moment. Rebecca n'avait aucune idée de ce qui pouvait bien provoquer le retour des billes. Elle en était abasourdie, admirative, fascinée. Elle aurait pu rester là une éternité, comme envoûtée, et elle ne devait pas être la seule dans ce cas, car les gens s'étaient peu à peu attroupés, sans qu'aucun d'entre eux n'ait l'air pressé de partir.

« Peter ! C'est fabuleux ! » s'écria-t-elle.

Peter inclina la tête pour étudier le dispositif d'un œil critique, les mains enfoncées dans les poches, le dos courbé sous le poids de son sac à dos.

« C'est... je ne sais pas comment tu as fait ! C'est extraordinaire ! Que t'ont dit tes professeurs ?

– Ils ont trouvé ça pas mal, je crois.

– Il y a un moteur, ou quoi ?

– C'est un secret.

– Bon, bon, ne me dis rien. Je considérerai que c'est un miracle, c'est tout.

– Je vais quand même te donner un indice, lui dit-il. Pense à ces petits oiseaux en plastique qui plongent dans un verre d'eau.

– Ah, fit-elle sans être éclairée pour autant.

– Tu veux voir les autres travaux ? lui demanda-t-il.

– Non, je crois que je vais rester encore un peu pour admirer celui-là. »

Il fit la grimace en levant les yeux au plafond, de l'air de dire : *Ah les grands-mères ! Qu'est-ce que vous voulez y faire !* Mais elle voyait bien qu'il était ravi.

Sitôt rentrée, elle téléphona à Will. Jusqu'à ce qu'elle entende sa voix au bout du fil, elle resta tendue comme un élastique.

« Je suis rentrée, lui dit-elle. Tu es allé à Washington sans moi ?

– Oh non, je n'aurais jamais fait ça.

– Tu aurais dû », lui dit-elle.

Mais au fond d'elle-même, elle n'était pas mécontente.

« Et l'exposition de ton petit-fils, comment était-ce ?

– C'était magnifique ! J'aurais aimé que tu voies ça.

– Moi aussi. »

L'espace d'un instant, elle se laissa aller à imaginer la scène : Will à ses côtés le jour de la fête des Grands-Parents. Enfin, elle n'aurait plus à sortir seule en permanence. Mais il lui demandait quelque chose. Il l'invitait à dîner.

« Dîner ? Chez toi ?

– J'ai pensé que cela te dirait peut-être de faire la connaissance de ma fille.

– J'en serais enchantée », lui dit-elle.

Déjà, elle passait rapidement en revue les tenues, les sujets de conversation possibles – choisissant celle qu'elle allait être pour cette rencontre capitale.

« Demain soir, ça te va ? lui demanda-t-il.

– Demain ? Samedi ? Oh... »

Elle n'eut pas besoin d'en dire davantage.

« Je sais, soupira-t-il. Une réception.

– Mais dimanche, c'est possible.

– Très bien, dimanche. Je présume qu'elle sera libre. Disons de bonne heure. Six heures, car il y a cours le lendemain.

– Je peux apporter quelque chose ?

– Non, viens, toi, c'est tout », répondit Will sur le ton d'une leçon bien apprise.

Moi ? songea-t-elle, s'abstenant de lui demander laquelle, au juste.

Un peu plus tard, alors qu'elle était au téléphone avec NoNo, elle laissa échapper qu'elle allait faire la connaissance de la fille de Will.

« A priori, ça ne devrait être qu'une simple formalité, après qu'il vous a rencontrées toutes les trois, lui dit-elle. Mais je ne peux pas m'empêcher d'avoir un peu le trac.

– Oh, je suis sûre que tout se passera bien, lui assura NoNo d'un ton absent. C'est la fille de qui, déjà ?

– Will Allenby. Il était là il y a deux semaines, le soir où tu es passée après le dîner, avec Peter.

– Ah oui.

– Mais j'oubliais ! Peter ! C'est au sujet de Peter que j'appelais ! NoNo, ce garçon est un génie.

– Oui, tout le monde me dit qu'il est brillant. J'aimerais qu'il puisse déjà conduire.

– Tu as vu son travail ?

– Tu veux rire ? Je l'ai vu se construire, pignon après pignon, engrenage après engrenage.

– J'ignore si c'est de l'art, de la science ou de la musique, dit Rebecca. Peut-être les trois. C'est hallucinant !

– C'est moi qui ai dû l'emmener au fin fond de nulle part pour qu'il puisse se procurer ses fournitures, maugréa NoNo. Parce que bien entendu, Barry était parti assister à une conférence.

– Oh, ma chérie... Je sais que ça doit être dur, mais j'aimerais tant que tu apprécies ce garçon. Il va grandir en un clin d'œil, et tu auras à peine le temps de te retourner qu'il ne sera plus là ! Et ce jour-là, tu t'apercevras qu'il te manque.

– C'est facile à dire pour toi, répliqua NoNo d'un ton amer. Tu n'as pas idée de ce que c'est que de se retrouver avec le gamin d'un d'autre sur les bras alors qu'en gros, tu es encore en pleine lune de miel.

– Ah oui », répondit Rebecca.

C'était un de ces moments où elle était littéralement forcée de se mordre la langue pour ne pas en dire plus.

Le dimanche matin, elle appela Will pour lui demander ce qu'elle devait mettre. La première fois, il lui répondit :

« N'importe quoi. Ou peut-être... non, n'importe quoi, ça ira. »

Ce fut cette pointe d'hésitation dans sa voix qui l'incita à le rappeler. Elle lui retéléphona une minute plus tard en insistant :

« Will, tu peux me le dire. Tu pensais à quelque chose que je devrais mettre en particulier ?

– Oh non.

– Quelque chose que je devrais ne pas mettre, alors ?

– Oh, je ne sais pas. Ou juste... quelque chose qui ne fasse pas trop ample.

– Ample », répéta-t-elle.

L'espace d'une seconde, elle se sentit blessée. Elle crut qu'il faisait allusion à la taille de ses hanches. Mais il poursuivit :

« C'est seulement que certains de tes vêtements ont un

côté vaguement… hippie, et j'aimerais que Beatrice te voie telle que tu es, sans s'arrêter aux apparences.

– Oh. En ce cas, bien sûr. »

Aussi, elle mit sa tenue d'hôtesse de l'air – un chemisier blanc cintré et une jupe bleu marine. De vrais bas. De vrais escarpins. Et elle arrima ses ailettes avec deux simples barrettes argentées oubliées dans la salle de bains du second par l'une ou l'autre de ses petites-filles.

La route de Macadam lui était cette fois familière, et le trajet lui parut plus court. Le turquoise éclatant des piscines lui fit penser à un bonbon dont elle raffolait autrefois. *Ayez foi en Jésus*, lut-elle. *J'aime toujours Larry*. Le panneau de stop qui se trouvait au coin de la rue de Larry avait été orné d'un autocollant proclamant NE MANGEZ PLUS D'ANIMAUX.

La maison qu'il habitait – celle du défunt professeur Flick – était une demeure de style colonial à bardeaux blancs jaunis par le temps. La semaine précédente, l'État avait été balayé par le cyclone Floyd et, de toute évidence, personne n'avait pris la peine de nettoyer le jardin depuis. Rebecca dut se frayer un chemin au milieu des petites branches, des brindilles cassées et des paquets de feuilles mouillées qui jonchaient l'allée. Voyant le traquenard que tendait une branche tapie à hauteur de chevilles, elle se sentit obligée de la ramasser pour la traîner sur la pelouse. Elle arriva donc les mains trempées, toutes couvertes de boue, et s'efforça de les nettoyer avec un mouchoir en papier tire-bouchonné qui traînait au fond de son sac avant de sonner.

Une fois que la porte fut ouverte par l'Interphone, elle traversa un vestibule encombré d'antiquités et monta un escalier recouvert d'un tapis dans un fumet de ragoût d'agneau de plus en plus prononcé à mesure qu'elle gravissait les marches. Mais il devait s'échapper de la cuisine de Mrs. Flick, car lorsque Will vint lui ouvrir sa porte, sur le palier du premier, seule flottait dans l'appartement la froide et grise odeur des journaux. En regardant derrière lui, elle en vit partout, entassés sur les chaises, les tables, les appuis de fenêtre, le sol.

« Entre ! Entre ! Assieds-toi », lui offrit Will.

Mais il n'y avait nulle part où s'asseoir.

« Oh, dit-il comme s'il s'en apercevait seulement. Tiens, je vais... »

Il fit le tour de la pièce en trombe en ramassant des brassées entières de journaux pour les empiler dans un coin.

« Je n'arrête pas de me dire que je devrais faire appel à un service de nettoyage », expliqua-t-il.

Rebecca s'abstint de lui dire qu'à ce stade, un service de nettoyage ne pouvait pas grand-chose pour lui. Elle s'assit et regarda autour d'elle.

Les murs nus portaient des traces de clou effritées et les marques fantomatiques de cadres disparus. Les hautes fenêtres étroites dépourvues de rideaux laissaient entrer une lumière blanche blafarde. Elle avait pris place dans un de ces fauteuils papillon en toile des années soixante, pariant que le reste du mobilier était de la même époque. Will avait dû faire une razzia dans son garage ou son grenier avant d'emménager, et déterrer des vestiges de ses années d'étudiant – une table basse bon marché en bois blond, un tapis orange à longues mèches tout enchevêtrées, une chaise de bureau réglable munie de roulettes.

« Tu pourrais peut-être me donner des tuyaux pour la déco », lui dit-il plein d'espoir en lui souriant de toutes ses dents.

Elle lui rendit son sourire.

« Beatrice n'est pas encore arrivée ? lui demanda-t-elle.

– Non, mais je l'attends d'un moment à... Oh, je suis désolé ! Qu'est-ce que je peux te servir à boire ?

– Qu'est-ce que tu as ?

– De l'eau, du lait...

– De l'eau, s'il te plaît. »

Il sortit de la pièce. Elle s'aperçut qu'il portait des pantoufles repliées sous le talon, ce qui était d'autant plus curieux que pour le reste, il était impeccablement vêtu d'un pantalon beige et d'une chemise blanche. Elle put à peine entrevoir la pièce attenante – tapissée d'un papier peint à motif de sombres fleurs hideuses –, mais elle supposa que ce devait être la salle à manger. Elle entendit un robinet couler, puis il revint, un gobelet d'aluminium rose à la main.

« Tiens », lui dit-il en le lui tendant.

Quand leurs mains se frôlèrent accidentellement, elle se rappela qu'il ne l'avait pas embrassée à son arrivée. Il devait être angoissé. Il se mit à se passer la main dans les cheveux avec son agitation habituelle en restant planté devant elle, au lieu de s'asseoir. Elle avala une gorgée d'eau. Elle était à température ambiante, avec un goût de chlore mêlé d'une saveur âpre, comme de la moisissure. Elle posa le gobelet par terre à côté d'elle et se leva pour enrouler ses bras autour de son cou.

« Qu'est-ce... ? » commença-t-il en reculant, le regard rivé sur la porte, bien qu'elle fût fermée.

Elle ne lâcha pas prise. Resserrant son étreinte, elle lui dit :

« Ne t'en fais pas, tout se passera bien. Tu verras.

– Oh, tu ne connais pas Beatrice, répliqua-t-il sans détacher son regard de la porte.

– On va bien s'amuser !

– J'ai préparé un plat nourrissant à base de céréales, parce qu'elle est végétarienne, et je crois bien que je ne l'ai pas fait assez cuire. »

La sonnerie retentit, et il sursauta. Rebecca ôta ses bras et il alla appuyer sur un bouton à côté de l'interrupteur.

« Oh la la », soupira-t-il. Il se passa encore les doigts dans les cheveux. Puis il se tourna vers elle :

« Et puis j'ai utilisé du bouillon de poulet. Ne dis rien à Beatrice.

– Motus et bouche cousue, promit Rebecca.

– C'est ce qu'il était dit dans la recette. Je ne savais pas si je pouvais m'en passer.

– La prochaine fois, je te donnerai le nom d'une poudre que tu peux mettre à la place. »

Elle se sentait curieusement indifférente, comme si elle jouait un rôle au théâtre – le rôle d'une femme compétente et efficace. Tandis que Will rentrait un peu plus sa chemise dans son pantalon, elle attendit sans même jeter un coup d'œil à sa propre tenue. (Au moins, une chose était sûre, il n'y avait aucun risque qu'on la prenne pour une hippie.)

Des pas lents s'approchèrent. Will ouvrit la porte en grand.

« Salut, Beatrice ! » lança-t-il d'un ton pétulant que Rebecca ne lui connaissait pas.

La personne qui entra était petite et bien faite, de sexe indéterminé et vêtue de cuir noir des pieds à la tête, malgré la douceur de la soirée. Son teint était d'un austère blanc crayeux et ses mèches noires en épi avaient un aspect mort, comme si elles étaient teintes. Elle supporta stoïquement la brève accolade de Will – qui tenait moins de l'étreinte que d'un spasme furtif du bras autour des épaules de sa fille –, puis elle s'écarta pour inspecter froidement Rebecca. Elle avait un clou en or dans le nez et une fine boucle également en or dans l'arcade sourcilière – le genre de détail qui poussait généralement Rebecca à détourner pudiquement le regard. La jeune fille n'avait pas un seul trait qui puisse faire penser à Will.

« Bonjour, Beatrice, lui dit-elle. Je suis Rebecca. »

Beatrice se retourna vers Will.

« Tu m'as dit d'être là à six heures. Je suis là.

– Je te remercie, Bee. Je suis vraiment content que tu sois venue.

– On dîne, ou pas ? Parce que j'ai des choses à faire. »

Will jeta un coup d'œil à Rebecca. Elle l'encouragea d'un sourire. Il regarda Beatrice.

« Tu ne préfères pas attendre un petit moment avant de passer à table ? Histoire de parler un peu.

– Parler ? Parler de quoi ? Tu as quelque chose à me dire ?

– Non, c'est juste que...

– De toute façon, c'est qui, cette dame ? Je ne comprends pas. »

Will tira violemment sur une poignée de ses cheveux. Rebecca se chargea de répondre à sa place :

« Je suis une très vieille amie de votre père. Nous avons grandi ensemble. »

Ce qui lui valut un autre regard froid des pieds à la tête. Soudain, Rebecca se mit à douter de sa tenue.

« Bon, fit Beatrice, à tous les coups, vous allez m'annoncer que vous êtes tombés follement amoureux, ou un truc dans ce goût-là.

– Beatrice ! explosa Will dans un souffle jusqu'alors contenu.

– Eh bien, c'est vrai que nous... nous sommes pris d'affection l'un pour l'autre, dit Rebecca. Mais si je suis venue ici ce soir, c'est pour faire connaissance avec vous, c'est tout.

– OK. On a fait connaissance, rétorqua Beatrice. Je peux y aller, maintenant ? demanda-t-elle à son père.

– Y aller ? Mais tu n'as pas mangé !

– Bon. Puisque tu insistes, allons manger. »

Will lança un nouveau coup d'œil à Rebecca.

« Oui ! Allons-y », renchérit-elle.

De toute manière, il n'y avait pas assez de sièges dégagés pour qu'ils puissent s'asseoir tous les trois dans le salon. Elles passèrent dans la salle à manger, précédées de Will. La table ovale de bois sombre vernis juchée sur un piédestal en forme de pattes de lion était d'une élégance incongrue, mais les chaises pliantes en métal étaient de celles que l'on trouve dans les salles paroissiales, et la fenêtre était en partie obstruée par une douzaine de cartons empilés.

« Asseyez-vous toutes les deux, je vais chercher le dîner », leur dit Will avant de disparaître derrière une porte battante.

« Bien, où est votre place habituelle ? » s'enquit Rebecca,

qui n'allait certainement pas commettre l'erreur de forcer Beatrice à en changer.

Mais Beatrice lui répondit :

« Je n'en ai pas », et prit une chaise en bout de table.

Rebecca choisit de s'asseoir à sa droite. Elle prit le temps de s'installer, déplia sa serviette (en papier) et l'étala sur ses genoux. Trois assiettes vertes en verre avaient été posées à même la table, flanquées à leur gauche d'une fourchette et d'un couteau piqués de rouille. Rebecca s'apprêtait par réflexe à mettre le couteau de l'autre côté, lorsqu'elle se ravisa pour le laisser où il était.

« Quand votre père avait votre âge, son seul but dans la vie était de décrocher son permis de conduire », dit-elle à Beatrice.

C'était un des sujets de conversation qu'elle avait préparés – histoire de rompre la glace.

« C'était le seul garçon de notre classe à ne pas l'avoir. Il n'arrêtait pas de rater l'épreuve de conduite. Il vous l'avait dit ?

– Non, mais ça ne m'étonne pas », répliqua Beatrice.

Elle semblait s'être radoucie. Elle avait pris son assiette et la tenait devant elle, contemplant son reflet ou regardant simplement au travers.

« Il est tellement empoté, dit-elle en reposant l'assiette. À chaque fois qu'il prend la voiture, ou presque, il revient avec une aile cabossée, ou autre chose.

– C'est qu'il est perdu dans ses pensées, le défendit Rebecca. Il a l'esprit occupé par des questions plus intellectuelles. »

Beatrice se contenta de hausser les sourcils. Rebecca se demanda si c'était douloureux, compte tenu de la boucle en or.

Un fracas métallique retentit sur le sol de la cuisine.

« La barbe ! » lâcha Will.

Rebecca lança un sourire de connivence à Beatrice, mais celle-ci resta de marbre.

« Vous savez comment je vous imaginais ? demanda

Rebecca. Je pensais que vous auriez le profil universitaire. Je ne sais pas pourquoi, mais je voyais Will avec un fils très studieux à l'esprit scientifique. Tristram, je l'avais appelé. Et quand il m'a appris qu'en fait, il avait une fille, je vous ai transformée en une sorte de pendant féminin de Tristram. Je vous ai imaginée en longue robe de mousseline de soie, avec une de ces coiffures pleines de douceur comme on en faisait autrefois. »

Elle s'essaya à un rire léger, mais ne réussit à produire qu'un son aigrelet. À défaut de rire, Beatrice sembla l'écouter. Pour la première fois, elle regarda Rebecca dans les yeux et elle arrêta de jouer avec sa fourchette.

« Je vous voyais en train de lui faire la lecture au coin du feu. Je croyais que vous aviez des discussions philosophiques on ne peut plus sérieuses.

– Eh bien non, répliqua Beatrice d'un ton cassant.

– Je vois ça, en effet.

– D'abord, on se parle pas. »

Rebecca se méprit tout d'abord sur le sens de sa réponse. Elle avait beau être habituée aux tournures de phrase des jeunes, elle crut comprendre que Beatrice voulait dire que lorsqu'ils se retrouvaient, ils mettaient toujours un moment à se parler. Puis elle dit :

« Oh. Vous ne parlez jamais ?

– Ce dîner est une exception. Mais si je suis là, c'est pas que j'en ai envie.

– Ah... mais c'est tout de même gentil à vous d'être venue.

– Si je suis là, c'est qu'il m'a promis de m'ouvrir un compte e-mail à mon nom si je venais.

– Je vois », fit Rebecca.

Will fit soudain irruption par la porte battante en tenant un plat en Pyrex à deux mains.

« Ta ta ta ! » lança-t-il.

Il le posa sur la table. Rebecca se précipita pour le reprendre – elle s'attendait à ce qu'il soit brûlant, bien qu'il l'eût apporté à mains nues –, mais elle s'aperçut qu'il était à peine tiède, et loin de pouvoir endommager le vernis. Elle se laissa retomber sur sa chaise, se sentant ridicule.

« C'est un plat unique, à base de céréales complètes, annonça Will à Beatrice. Entièrement végétarien.

– En fait, je me suis remise à manger de la viande.

– Ah bon ? »

Ses épaules s'affaissèrent. Il regarda Rebecca.

« Ça nous ferait à tous le plus grand bien de manger un peu plus de céréales de temps en temps, lui assura-t-elle.

– Bon... Je n'ai rien prévu d'autre parce que c'est un plat complet. Ah oui, je l'ai déjà dit.

– Assieds-toi », lui suggéra-t-elle.

Il prit place en face d'elle et fixa le plat d'un œil morne. Ce fut Rebecca qui finit par soulever le couvercle. Le manche d'une cuillère de service était quasi submergé dans ce qui ressemblait à du porridge parsemé de morceaux de brocolis et de chou-fleur. Rebecca retira la cuillère du bout des doigts.

« Beatrice ? Vous voulez bien me passer votre assiette ? »

Beatrice roula des yeux, mais elle obtempéra.

« Will ? Je te sers ? »

Il tendit son assiette. Quelque chose de minuscule et vert pendait au coin de sa bouche. Rebecca résista à l'envie de le lui enlever.

Elle se servit en dernier, puis s'essuya les doigts et prit sa fourchette.

« Mmm... ! » fit-elle dès qu'elle en eut pris une bouchée.

Les deux autres avaient déjà commencé à manger en mastiquant consciencieusement, ce qui la laissa perplexe, car le plat était franchement immonde. Les légumes étaient presque crus, avec un goût de terre, et les céréales étaient si peu cuites qu'elle les voyait déjà gonfler et exploser dans son estomac. Elle chercha de l'eau. Il n'y en avait pas. Étonnamment, Beatrice porta une autre fourchette à sa bouche.

« Je ne suis pas très doué pour la cuisine, je le crains, dit Will.

– En tout cas, je t'admire d'avoir fait l'effort, lui répondit

Rebecca. À ta place, les trois quarts des hommes se contenteraient de servir des plateaux-repas. »

Il baissa timidement la tête.

« Ce n'est pas une recette bien compliquée, tout de même.

– Et y a-t-il beaucoup d'hommes qui vous invitent à dîner, Rebecca ? intervint Beatrice.

– Euh...

– Vous avez pas mal de petits amis ? »

Will jeta un regard inquiet à Rebecca.

« Non, enfin, je...

– Parce qu'à voir comme ça, vous avez l'air à peu près normale. Et je me demande si vous vous rendez compte du genre de type que vous avez en face de vous, là.

– Un type très bien, répondit Rebecca d'un ton ferme. Je le connais depuis qu'il est tout petit.

– C'est le type qui a kidnappé notre chienne quand maman lui a demandé le divorce.

– Votre chienne ?

– Notre petite chienne, Flopsy Doodle. »

Rebecca dévisagea Will. Il avala sa salive.

« Je ne l'ai pas kidnappée. Je l'ai seulement... empruntée. Il se trouve que j'étais bouleversé.

– Il l'a volée quand nous étions sorties, sans même nous laisser un mot », reprit Beatrice.

Elle avait un ton badin, allègre, presque. Rebecca ne l'avait pas vue aussi enjouée depuis le début de la soirée.

« En rentrant à la maison, on a appelé "Flopsy ?". Pas de Flopsy. Alors maman a téléphoné à papa ; on savait que ça ne pouvait être que lui. Elle lui a dit qu'elle allait appeler la police, et vous savez ce qu'il a fait ? Il a menti en disant qu'il ne voyait pas du tout de quoi elle parlait. Et puis, il a ouvert la porte en laissant Flopsy s'échapper exprès, alors qu'on savait tous qu'elle n'avait aucun sens de l'orientation. On a eu de la chance qu'elle ne se soit pas fait tuer.

– J'étais triste, d'accord ? se défendit Will. Je traversais une période difficile.

– Parce que pour maman et moi, ce n'était pas difficile ?

– Écoute, c'était une faiblesse passagère. J'ai déjà dit que je regrettais. Combien de fois dois-je m'excuser ? Je suis parti moi-même à sa recherche en plein orage. J'ai passé la moitié de la nuit à essayer de la retrouver. Je l'ai ramenée dans ma voiture toute neuve alors qu'elle était couverte de boue...

– Enfin, c'était juste pour que vous sachiez », déclara Beatrice à Rebecca.

Et sur ces mots, elle se leva et repoussa soigneusement sa chaise contre la table. Du haut de son nez percé, elle toisa son père d'un regard de mépris.

« Tu peux m'appeler demain pour l'adresse e-mail », lui dit-elle.

Elle sortit d'un pas alerte en faisant claquer sèchement les semelles de ses bottines de cuir noir.

Après avoir entendu la porte d'entrée se refermer, Will et Rebecca se dévisagèrent de part et d'autre de la table.

« Ce n'était pas vraiment une réussite, soupira Will.

– Mais non, ça ne s'est pas si mal passé que ça.

– Oh, je ne sais pas, je ne sais pas, répondit Will en secouant tristement la tête.

– Les filles sont impossibles, à cet âge-là. Ma fille ? Quand elle avait l'âge de la tienne ? Son rêve le plus cher était de devenir barman. »

Will ne sembla pas impressionné outre mesure. Rebecca persista.

« Et elle craquait systématiquement pour les garçons les plus louches. Le genre de garçons qui inspirent si peu confiance qu'on n'en veut même pas chez soi ! Je m'inquiétais pour son avenir. Mais elle a épousé un homme absolument adorable. Plusieurs, même.

– Je ne sais pas, je ne sais pas, continua à répéter Will.

– Crois-moi, Will. Ne t'en fais pas pour elle, tout ira bien. »

Il lui lança alors un regard sous ses sourcils blancs.

« Pour ce qui est de la chienne, je dois avouer qu'elle avait raison. Je me suis très mal conduit, cette fois-là.

– Ça n'a rien d'étonnant ! Tu étais désemparé.

– Au début, Laura m'avait simplement dit qu'elle avait besoin d'un peu d'espace. Pour réfléchir, disait-elle. Je me suis plié à toutes ses exigences, j'ai aussitôt déménagé. J'ai tout fait pour lui être agréable ! Et voilà qu'un beau matin, elle m'appelle pour m'annoncer que c'est définitif. Ça m'a... terrassé. Je suis allé là-bas, histoire de discuter, et quand je me suis aperçu qu'elles n'étaient pas là, j'ai dû perdre un peu les pédales. Mais ça ne s'est jamais reproduit.

– Et tu as ramené la chienne.

– Oui ; tu aurais dû voir dans quel état étaient les sièges de ma voiture ! »

Il se saisit une autre poignée de cheveux.

« Enfin, parlons d'autre chose. Tu en veux encore ?

– Non, merci. Je suis calée.

– Passons au salon, en ce cas.

– Je peux t'aider à faire la vaisselle ?

– Hors de question. »

Elle n'insista pas. Les céréales mal cuites la rendaient vaguement amorphe ; elle se voyait déjà traîner son estomac comme une pastèque de la table à l'évier.

Il se leva et se mit derrière elle pour lui tirer sa chaise. Quand elle fut debout, il la prit doucement par les épaules et la tourna face à lui. Puis il l'embrassa. Cette fois, ce n'était pas le petit baiser léger qu'ils échangeaient en temps normal, mais un baiser plus pressant, plus fougueux, et elle était étonnée de constater qu'elle n'éprouvait rien. Sinon de l'embarras. Elle s'écarta et toucha une de ses barrettes.

« Oh la la ! soupira-t-elle.

– Rebecca », lui dit-il en la tenant encore par les épaules.

Mais elle lui répondit :

« Je ferais mieux d'y aller. Il se fait tard.

– Oh. Bon, bon », fit-il en la relâchant.

En fait, il n'était pas même sept heures, mais il s'abstint de le lui faire remarquer.

Ils traversèrent le salon en contournant les journaux. Une fois devant la porte, Rebecca se retourna en lui lançant un sourire éclatant.

« Merci pour le dîner, lui dit-elle.

– Ce n'était pas très bon, j'en ai peur.

– C'était délicieux, je t'assure.

– Si seulement j'avais su que Beatrice s'était remise à manger de la viande, j'aurais pu vous servir mon chili. Avec toutes ces fois où j'ai mangé chez toi, j'en ai plusieurs boîtes en trop. J'aurais pu les utiliser ce soir et rééquilibrer le stock de cette semaine. »

Elle sortit sur le palier en riant. Mais une fois au volant, sur le chemin du retour, elle prit un air sombre et préoccupé. Et quand elle se gara et sortit de sa voiture, elle se sentit le corps si lourd, d'une pesanteur si indescriptible, qu'elle sut d'emblée qu'elle ne pouvait incriminer le seul plat de céréales.

NEUF

ELLE COMPRENAIT ENFIN ce à quoi elle se heurtait : Will n'avait pas encore fait le deuil de son mariage. Son chagrin était aussi grand que s'il avait été veuf. Cela expliquait les maladresses de leurs toutes premières conversations, sa tendance à parler sans cesse de Laura, sa tristesse, son manque d'assurance. Un homme qui avait kidnappé la chienne de sa femme était un homme qui n'avait pas rompu ses liens avec elle.

Ce n'est pas pour autant qu'il s'en rendait compte, se disait Rebecca. Il l'appela en effet deux jours plus tard pour lui demander :

« Maintenant que tu as fait connaissance du peu de famille que j'ai, tu ne crois pas qu'il serait temps que je fasse connaissance de la tienne ?

– La mienne ? C'est que...

– Pour l'instant, j'en ai croisé... combien, déjà ? Deux ou trois. Mais je serais ravi de rencontrer les autres.

– Je pourrais peut-être les inviter tous à dîner.

– Ce serait formidable ! » s'exclama-t-il.

Cet empressement lui ressemblait si peu qu'elle le soupçonna de se forcer. Elle l'imaginait s'armant de courage avant de décrocher son téléphone – redresser les épaules, rassembler toute sa détermination.

« Tu sais, lui dit-elle, pris en bande, les Davitch peuvent

être intimidants. Tu pourrais les rencontrer par petits groupes, si tu préfères.

– Non, ça devrait être amusant ! »

Elle reconnut ce ton pétillant. Combien de fois ne l'avait-elle pas elle-même employé.

Ils optèrent pour le samedi suivant. Ils auraient pu choisir plutôt le jeudi, mais Rebecca ne voulait pas d'un de ces dîners à la fortune du pot livrés au seul hasard – une de ces mêlées chaotiques où Will risquait de se sentir submergé. Non, ce serait là une soirée calme et organisée. Les invités arriveraient à l'heure convenue et parleraient de sujets civilisés. Rebecca songea à demander à Alice Farmer de faire le service, mais celle-ci était parfaitement fichue de s'asseoir à table pour questionner Will – le soumettre à un interrogatoire en règle, s'assurer qu'il pouvait faire l'affaire – en laissant Rebecca travailler. Elle renonça à cette idée.

Elle appela Min Foo en premier.

« Je t'invite à dîner samedi prochain, le 2 octobre. Toi et Hakim, seulement. Sans les enfants.

– Sans les enfants !

– À huit heures pile. Et fais-toi élégante.

– Pourquoi on ne peut pas amener les enfants ?

– C'est une histoire d'adultes. Je veux te présenter l'homme qui est dans ma vie. »

Elle avait choisi cette formule à l'avance – parmi toutes les tournures possibles, c'était ce qu'elle avait trouvé de plus digne. Elle lui vint somme toute assez naturellement à la bouche, mais se heurta à un silence aussi sec qu'un coup de feu à l'autre bout du fil.

« Tu as un homme dans ta vie, déclara Min Foo.

– Tout à fait.

– Tu ne me l'avais pas dit !

– Tu devais bien être au courant qu'il y avait un homme qui passait de temps à autre.

– Je croyais que ce n'était qu'un ami ! Pourquoi attendre maintenant pour me balancer ça sur le dos ?

– Min Foo ! Je ne te balance rien sur le dos ! Il ne s'agit pas de toi ! »

Ça ne se déroulait absolument pas comme elle l'avait prévu.

Du côté de NoNo, en revanche, changement d'optique. Pourquoi un samedi ? C'est tout ce qui l'intéressait.

« Les affaires vont si mal que ça ? s'inquiéta-t-elle. Tu n'es jamais libre le samedi ! Les Bras Ouverts est en train de couler ?

– Pas plus que d'habitude.

– Et j'ai déjà rencontré ce monsieur, non ?

– Oui, mais c'est une sorte de présentation officielle à l'ensemble de la famille.

– Ah bon. OK », fit NoNo.

Elle n'avait pas paru impressionnée par le passage sur l'homme dans sa vie.

Avant même que Rebecca ait eu le temps de passer son coup de fil suivant, le téléphone sonna. Patch. Outrée.

« Comment ça se fait que tu aies invité Min Foo à dîner et pas moi ?

– J'allais justement...

– Serait-ce parce que c'est ta vraie fille ?

– Patch ! Pour l'amour du ciel. Je vous invite toutes !

– Et il faut que je l'apprenne par hasard. J'ai bien envie de ne pas venir.

– Si tu n'étais pas pendue en permanence au téléphone, je pourrais peut-être t'appeler, pour commencer ! » riposta Rebecca.

Et elle raccrocha violemment.

Biddy fut la seule à réagir comme elle l'escomptait.

« Un homme dans ta vie ! C'est vrai ? Oh Beck, je ne m'en étais pas rendu compte. C'est celui qui était là quand je suis passée, l'autre soir ?

– C'est lui.

– Comme c'est excitant ! Dis-moi ce que tu veux que j'apporte à manger. »

Parfois, Rebecca se disait que l'avantage d'avoir une ribambelle de filles, c'est que statistiquement, il y en aurait probablement toujours une sur le lot qui se conduirait décemment.

Ce samedi-là, il faisait chaud et humide, davantage un temps de juillet que d'octobre. Dommage, car Rebecca avait acheté une tenue d'automne exprès pour l'occasion. C'était un tailleur gris cintré à jupe droite, très discret – au point de passer inaperçu, même. (Aussi éloigné que possible d'une tenue de hippie.) Elle le mit tout de même, avec ses escarpins d'hôtesse de l'air. Si ses dehors étaient simples, ses dessous étaient nettement plus sophistiqués. Elle s'était en effet acheté une nouvelle parure de lingerie – de la dentelle noire qu'elle serait obligée de laver à la main. Elle s'en fichait. Sans compter que la chose lui avait coûté les yeux de la tête. Elle s'en fichait totalement. Elle avait des projets.

Quand elle descendit à la cuisine, où Biddy et Troy étaient occupés à déballer les plats, ce dernier la regarda à deux fois.

« Mais, c'est Joan Crawford ! » s'exclama-t-il.

Rebecca prit une pose de mannequin, le nez relevé d'un air dédaigneux, et Biddy s'arrêta pour lui dire : « C'est des épaulettes ? », suivi d'un « Seigneur ! Arrête un peu ! » à l'adresse de Poppy qui picorait la croûte d'une tarte. Elle-même était vêtue d'une robe d'été à volants bleue, qui faisait un peu trop froufrou sur sa silhouette maigre, et Troy et Poppy portaient cravate et veston. Rebecca fut prise d'un soudain élan d'affection. C'était si gentil de leur part de s'être donné tout ce mal.

Will sonna à la porte à huit heures tapantes. Il était en costume anthracite, la lèvre supérieure luisant de sueur par anxiété, peut-être, ou simplement parce qu'il avait trop chaud.

« Quelle élégance ! » lui dit Rebecca.

En l'embrassant, elle sentit une odeur d'after-shave – une note épicée –, et soudain, elle fut envahie d'un optimisme allègre, comme si c'était là sa toute première soirée, et non la millionième.

« Je suis en avance ? demanda-t-il. En retard ?

– Tu es pile à l'heure. Viens nous tenir compagnie pendant que nous nous occupons de la cuisine, répondit-elle en le prenant par le bras. Bien, tu as déjà rencontré Biddy, lui dit-elle en entrant dans la cuisine. Tu connais Poppy, et voilà le... euh, Troy. Troy, je te présente Will Allenby.

– Enchanté », dit Troy en serrant la main de Will.

Troy avait des prunelles d'un bleu extraordinaire, et lorsqu'on lui présentait des gens, il donnait souvent l'impression de scruter leur âme, de les transpercer de son regard à cent watts. Will réagit en se penchant résolument en avant pour le fixer droit dans les yeux, et l'espace d'un instant, ils parurent s'affronter comme deux béliers.

« Tiens, bonjour ! Ravi de vous revoir ! » lança Poppy.

Il pouvait certes s'agir d'un coup de bluff, mais lorsque Will lui répondit :

« Tout le plaisir est pour moi, Mr. Davitch », il protesta :

« Mais je vous en prie, appelez-moi donc Poppy. »

Privilège qu'il n'accordait pas à tout le monde. (Ainsi, Barry s'était-il récemment entendu dire qu'ils n'étaient pas encore suffisamment proches.) Rebecca lui sourit avec gratitude.

« Quand tu connaîtras mieux les Davitch, Will, tu comprendras qu'il est inutile d'espérer qu'ils soient à l'heure, alors je suggère que nous nous mettions à l'aise en attendant. Je peux te servir à boire ?

– Non, merci », répondit Will, mais Poppy déclara qu'il aimerait bien un scotch, et les autres, du vin blanc.

Dans le salon, Rebecca alluma les bougies pendant que Troy s'occupait de l'apéritif. Biddy demandait à Will d'où il venait, ce qu'il faisait dans la vie, depuis combien de temps il connaissait Rebecca – des questions banales auxquelles Will répondit consciencieusement.

« Je suis de Church Valley, en Virginie, mais aujourd'hui, je vis à Macadam. Je dirige le département de physique de Macadam College. Je ne peux pas vous dire exactement quand j'ai rencontré Rebecca. Il y a cinquante ans ? Plus ?

– Cinquante ans ! s'exclama Biddy.

– Je ne m'y ferai jamais », soupira Rebecca.

Elle prit le verre de vin que lui offrait Troy et s'assit sur le canapé à côté de Will, mais sans cependant le toucher.

« Annoncer aux gens qu'il y a un demi-siècle, j'ai fait ci et ça, ou que je n'ai pas vu untel depuis quarante-cinq ans... À chaque fois, je me dis : Mais qu'est-ce que je raconte ? Se peut-il vraiment que je sois en vie depuis si longtemps ?

– Alors comme ça, vous refaites connaissance, Beck et vous », observa Biddy.

Elle parlait d'un ton indulgent, comme si elle trouvait leur histoire... mignonne, songea Rebecca.

« Mais ça doit être compliqué quand on n'habite pas dans la même ville.

– Oui, mon compteur a fait un bond », répondit Will, avant de se tourner vers Rebecca pour lui glisser :

« Mon moteur toussote, depuis quelque temps.

– Il toussote ?

– Quand j'accélère, ça fait comme une espèce de toussotement. »

Troy éclata brusquement de rire.

« J'aurais imaginé qu'un professeur de physique emploierait un terme plus technique, expliqua-t-il en voyant tous les regards se tourner vers lui.

– Non, Troy, je ne m'y connais absolument pas en moteurs de voiture, lui répondit Will. Je suis forcé de m'en remettre à des inconnus – des mécaniciens qui me font payer une fortune et, les trois quarts du temps, ne règlent pas le problème.

– Oh, tu devrais aller chez Aldo, lui dit Rebecca.

– Aldo ?

– Il n'y a que lui pour se montrer aussi persuasif avec la

Chevrolet. Il est très doué. Et tellement charmant ! Biddy, tu connais Aldo, toi.

– Oh, Aldo est génial, répondit Biddy. Il a résolu mon histoire de grincement, alors que personne d'autre n'y arrivait.

– Aldo n'arrête pas de vanter les mérites de sa femme, raconta Rebecca à Will. Combien elle est jolie, combien elle est talentueuse, comment elle fait des miracles en partant de rien. Même les housses. Même les tapis. Tanya parci, Tanya par-là, toute la sainte journée. Avec Tanya, ils prennent des cours de danse de salon. Avec Tanya, ils se sont fait photographier déguisés en Bonnie et Clyde. L'Homme qui Aime sa Femme, je l'appelle. Je passe mon temps à demander aux gens : "Vous ne trouvez pas que c'est le couple le plus incroyable du monde ?"

– Et c'est ton... mécanicien ?

– Oui. Et puis le mois dernier, il m'a dit que Tanya était chez le médecin. Je lui ai dit : "J'espère que ce n'est rien de grave. – Non, non, il m'a répondu, il faut juste lui augmenter son traitement." Il se trouve qu'elle est sujette à des hallucinations délirantes, et ce depuis toujours. Elle est persuadée qu'il projette de la quitter, elle jure qu'il lui est infidèle ; une fois, elle a débarqué chez une femme et s'est plantée dans sa véranda en brandissant un sabre souvenir du Japon. Deux de leurs fils ne veulent plus remettre les pieds chez eux. L'aîné lui a demandé un jour : "Comment fais-tu pour la supporter ?", et Aldo lui a répondu : "Parce que c'est quelqu'un d'autre. Ce n'est pas la vraie Tanya."

– On parle bien de celui qui répare ta voiture ? dit Will.

– Tout à fait. Je le trouve tellement... admirable. Après tout ce qui s'est passé, il continue à penser que sa femme est extraordinaire. Il continue à vanter ses tapis en lirette et à se travestir en Clyde. »

Will s'apprêtait à ouvrir la bouche, lorsque la porte d'entrée s'ouvrit dans un claquement.

« Ah, tout de même ! » s'exclama Rebecca en se dirigeant vers le vestibule.

Elle trouva Min Foo en compagnie de Hakim, chargé d'un de ces sièges bébé de voiture qui donnaient aux parents l'air de revenir d'une expédition fructueuse au marché. Abdul y dormait à poings fermés, enroulé comme une petite noix de cajou, les yeux à moitié enfouis sous un bonnet en tricot.

« Je sais ! Je sais ! Tu avais dit les adultes seulement, lança Min Foo. Mais qu'est-ce que tu veux ? Je l'allaite ! Comment veux-tu que je fasse ! Attention, Hakim. Ne le cogne pas contre le mur. »

Elle portait un élégant ensemble pantalon de soie noire assorti de toute sa collection de médailles pieuses, mais la pointe de ses seins était nettement auréolée d'une marque sombre d'humidité. Rebecca soupira intérieurement. Cependant, elle se contenta de lui dire :

« Bonjour, ma chérie.

– Ne le pose pas là, glapit Min Foo en se tournant vers Hakim. Il va se faire marcher dessus par le prochain qui franchira cette porte ! Cet homme est une calamité, ajouta-t-elle à l'adresse de Rebecca. Ce matin, à sept heures – sept heures, un samedi matin ! – il m'a demandé de lui préparer un café.

– Je t'ai seulement demandé s'il y avait du café de prêt, Min Foo », répondit doucement Hakim.

Il était penché sur le siège du bébé, essayant de lui relever le bonnet des yeux.

« Tu aurais pu vérifier toi-même et constater qu'il n'y en avait pas ! “Ce n'est pas que je sois exigeant”, qu'il me fait, mais qu'est-ce qu'il pourrait bien exiger, dis-le-moi, vu que je lui ai toujours tout apporté sur un plateau ?

– Allons, allons, la calma Rebecca. Je suis sûre qu'il ne voulait...

– Naturellement, tu es de son côté, s'insurgea Min Foo. Tu crois que les hommes sont... C'est quoi, cette tenue ? »

Rebecca contempla son tailleur. (Peut-être n'était-il pas aussi discret que ça.) Mais avant que Min Foo n'ait eu le temps de lui donner son avis, la porte s'ouvrit à la volée.

« C'est nous ! » s'écria Patch.

Patch et Jeep n'étaient pas tout seuls, ils étaient escortés de NoNo et Barry – les bras encombrés d'un des célèbres bouquets de feuilles d'automne de sa femme –, suivis de Zeb qui fermait la marche.

« Vous êtes tous venus ensemble ? demanda Rebecca, et Jeep répondit :

– Eh non, on est juste arrivés en même temps par pure coïncidence. »

Rebecca espérait pouvoir espacer un peu plus les présentations pour éviter que Will ne s'y perde.

« Enfin, venez que je vous présente...

– C'est *quoi*, cette tenue ? s'étonna Patch.

– C'est le tailleur tout neuf que je me suis acheté jeudi, et je l'aime beaucoup, alors je ne veux pas de commentaire. »

Patch eut l'air surpris.

Rebecca se rappela qu'il était crucial de garder son calme.

Quand elle les fit entrer dans le salon, Will et Troy se levèrent en chœur. À la vue de Will avec ses bras qui pendaient docilement le long du corps, elle éprouva un curieux pincement au cœur.

« Vous tous, je vous présente Will Allenby, l'... »

Il lui parut superflu de répéter une fois de plus qu'il s'agissait de l'homme qui était dans sa vie. (D'autant que Will risquait de trouver la formule présomptueuse.)

« ... la personne que je voulais vous présenter ce soir, conclut-elle maladroitement. Will, tu te souviens de NoNo, et voici son mari, Barry. Patch et son mari, Jeep...

– Enchanté, enchanté... », dit Will en serrant les mains.

C'était de ces situations où tant de gens auraient pu parler que chacun comptait sur son voisin pour le faire, si bien que l'on n'entendait que la voix de Will dans la pièce. Aussi, lorsque Poppy s'écria : « Un toast ! », ce fut avec soulagement que Rebecca saisit l'occasion au vol.

« Oui, un toast ! Je crois qu'il va falloir ouvrir une autre bouteille, Troy. »

Elle l'aida à faire passer les verres de vin – y compris à

Will, qui prit le sien d'un geste malhabile en le tenant par le rebord, la main repliée en crabe sur le dessus. Min Foo insista pour qu'on lui serve de l'eau gazeuse – encore un de ces principes actuels. (À l'époque où Rebecca allaitait, elle avait reçu l'ordre exprès de boire des quantités de bière.)

« Un toast en l'honneur de mon anniversaire ! lança Poppy quand tout le monde fut servi.

– Non, Poppy, attends, dit Biddy.

– Oh, nous ne sommes pas tous servis ? Je suis vraiment désolé.

– Ce n'est pas ton anniversaire, Poppy.

– Ah bon. Ce n'est pas mon anniversaire. »

Il regarda Rebecca.

« Je crois que je me suis trompé, dit-il.

– Ça ne fait rien, Poppy », le rassura-t-elle.

Puis elle s'approcha de lui et glissa entre les touffes de poils de ses oreilles :

« Un toast pour souhaiter la bienvenue à Will.

– Will ! Ah oui ! »

Il leva son verre.

« Un toast à Will ! Pour souhaiter la bienvenue à Will !

– À Will », murmurèrent tous les invités – tous, à l'exception de Barry, qui lança un retentissant « Bravo, bravo ! » avec ce que Rebecca aurait juré être un accent anglais.

– Merci », dit Will en soulevant à peine son verre.

Il s'éclaircit la gorge.

« Et puis un toast à Rebecca. Je peux ? À Rebecca, si adorable et si charmante, qui sait illuminer ma vie. »

Rebecca s'empourpra. Elle sentit peser sur elle tous les regards et le silence se faire un bref instant autour d'elle avant que les autres ne se joignent à lui.

C'était plus qu'elle n'avait jamais osé rêver : toute sa famille réunie dans la même pièce, entendant pour la première fois quelqu'un déclarer qu'elle était adorable.

Pendant le dîner, Will lui dit :

« Je vois que tu soignes bien ma plante.

– C'est vous qui lui avez donné cette plante ? » lui demanda NoNo.

Rebecca s'empressa d'intervenir.

« Elle est en pleine forme, tu ne trouves pas ? »

Elle avait encore poussé d'une trentaine de centimètres, si ce n'est davantage, et produit deux nouvelles feuilles énormes, alors qu'elle était reléguée dans la pénombre de la salle à manger. (Elle l'avait mise là dans l'espoir qu'elle attire moins l'attention.)

NoNo se contenta charitablement de hausser les sourcils.

À l'origine, Rebecca avait l'intention de mettre Will à sa droite. Mais ce soir-là, Poppy semblait visiblement décidé à jouer les sangsues, et il s'était jeté sur la place en premier, en poussant sa chaise le plus près possible d'elle pour s'assurer que ses genoux puissent rester confortablement collés aux siens sous la table. Et Barry était déjà installé à sa gauche. Elle fut forcée de dire à Will d'aller s'asseoir plus loin, entre Patch et Biddy.

« Quelle chance ! lança-t-elle à Barry. Je me retrouve à côté de vous. (Pourquoi fallait-il toujours qu'elle dise le contraire de ce qu'elle pensait ?) Alors, vous commencez à vous sentir à l'aise avec nous ?

– Absolument, oui », répondit-il tout en faisant non de la tête, observa-t-elle.

Biddy déclarait à Will :

« J'espère que vous n'avez rien contre les cœurs de palmier.

– Ceci, vous voulez dire ?

– J'ai pensé que c'était une jolie touche symbolique, vous ne trouvez pas ? Mais je vois que vous les avez laissés sur le rebord de votre assiette.

– C'est que je ne savais pas trop ce que c'était, voyez-vous.

– C'est la partie centrale de la tige du chou palmiste. Très riche en vitamine C.

– On a coupé des palmiers pour ça ?
– Si vous voulez, oui.
– Vraiment !
– On coupe bien des plants de brocolis, après tout, et puis des pousses d'asperge, aussi... Ne me dites pas que vous êtes de ces gens difficiles sur la nourriture.
– Non, non, c'est juste que je n'aime pas trop les expériences.
– Les cœurs de palmier n'ont rien d'une expérience !
– Pour moi, si.
– Les oursins, encore, je veux bien. Mais les cœurs de palmier, c'est juste de la salade.
– Peut-être, mais voyez-vous, chez moi, je mange généralement du chili.
– Du chili.
– Je prépare un excellent chili le dimanche après-midi – demain, donc – que je répartis dans sept boîtes pour chaque soir de la semaine. »
Biddy se renversa sur sa chaise et le fixa d'un œil inexpressif.
Poppy entamait une histoire.
« À l'automne 1939, j'ai fait l'expérience d'une urgence dentaire. »
Jeep discutait football avec Troy, qui hochait la tête avec une attention que démentait son regard vaguement vitreux.
NoNo parlait à Zeb de... stylos bille, semble-t-il.
« Toutes les semaines ou presque, il m'annonce qu'il a besoin de stylos bille pour le collège. Ou tous les quinze jours, mettons. En tout cas, bien trop souvent. Et quand je lui demande : “Mais qu'est-ce que tu as fait de tous ces stylos que je viens de t'acheter ?”, il me dit qu'il a dû les perdre. »
Rebecca se pencha légèrement en avant pour voir où en était Will. Il paraissait occupé à disséquer une lanière de poivron rouge grillé, en mettant soigneusement de côté la moindre particule carbonisée.
Min Foo allaitait Abdul, à la stupeur de Patch.

« Min Foo ! Va faire ça à côté ! Tu ne peux tout de même donner le sein à table !

– Pourquoi pas ? Je suis décemment couverte. Ce n'est pas comme si j'étais là toute nue.

– Nous avons un invité ! Que va-t-il penser ? »

Min Foo tourna un regard placide vers Will.

« Je suis sûre que vous avez déjà vu une femme allaiter un bébé, lui dit-elle.

– Oui, mais pas à table, répondit-il.

– Tiens, tu vois ? » triompha Patch.

Min Foo se dressa, lestée d'une bosse qui gigotait sous la bordure de sa tunique, pivota sur les talons et sortit de la pièce tambour battant.

« Mon Dieu, soupira Will.

– Va la voir, lança Biddy à Patch.

– Je n'irai pas ! Elle est enfin allée au salon, et ce n'est pas trop tôt !

– J'y vais », annonça Hakim, se levant avec dignité et posant sa serviette.

Son départ fut suivi d'un silence. Puis des voix montèrent du salon, accompagnées des murmures grincheux du bébé qui commençait à s'énerver. Hakim se mit à chanter d'une voix sourde légèrement cassée. Une berceuse arabe, sans doute ; une mélodie vagabonde aux accents plaintifs que Rebecca ne réussissait pas à saisir.

Elle regarda autour d'elle d'un air radieux.

« Will a une fille adolescente, je vous l'avais dit ? » demanda-t-elle.

Neuf têtes se tournèrent vers elle.

« Une jeune personne tout à fait fascinante ! Dix-sept ans.

– Elle est très difficile, dit Will.

– Difficile dans quel sens ? s'enquit Biddy.

– Eh bien, pour commencer, elle me déteste.

– Ça, évidemment, c'est un inconvénient », intervint Barry en ricanant.

Mais avec le plus grand sérieux, NoNo regarda Will et lui déclara :

« Vous savez quoi, Will ? Je capte une amélioration.

– Pardon ?

– D'après moi, d'ici huit mois, elle va se prendre d'affection pour vous. »

Will dévisagea Rebecca d'un air désemparé.

« NoNo a parfois... des visions du futur, lui expliqua Rebecca. C'est ce qu'elle veut dire quand elle parle de "capter".

– C'est génétique, expliqua NoNo.

– Génétique ! » répétèrent en chœur Will et Rebecca.

C'était la première fois que Rebecca entendait cela.

« Et d'où viennent les gènes ? demanda-t-elle à NoNo.

– La grand-tante de papa, la cousine Sophie.

– Je ne savais même pas qu'il avait une grand-tante !

– Sophie était l'oracle de la famille », déclara NoNo à Will.

Elle piqua sa fourchette dans un morceau de jambon en parlant.

« Personne ne faisait rien sans la consulter. Mariages, changements de travail, achats importants... On venait la voir pour lui demander : "Est-ce que je dois le faire ou non ?" Elle connaissait toujours la réponse. »

Poppy intervint.

« C'est d'elle que tu tiens ?

– Mais oui.

– La cousine Sophie Davitch ?

– Oui. »

Il se mit à rire.

« Quoi ? fit NoNo.

– Oh, rien.

– Qu'est-ce qu'il y a de si drôle ? insista-t-elle.

– Bon, bon. Et d'une : la cousine Sophie a divorcé trois fois. Et ce, dans les années vingt, à une époque où personne ne divorçait.

– Et alors ? »

Elle attrapa la moutarde.

« Alors, si elle avait de tels talents de prédiction, comment se fait-il qu'elle n'ait pas prévu que ses trois maris seraient des erreurs ?

– Ça, je ne peux pas le dire, répondit NoNo. Tout ce que je sais, c'est que grand-maman Davitch m'a dit que je tenais mes dons de la cousine Sophie.

– Sans compter la méthode qu'elle employait, poursuivit Poppy. Sais-tu un peu comment Sophie s'y prenait pour faire ses prédictions ?

– Non.

– Tu venais la voir pour lui demander, mettons, est-ce que je dois faire une traversée en mer. Du coup, elle renversait la situation et te posait des questions à toi. Avais-tu déjà voyagé, où étais-tu allé, est-ce que ça t'avait plu. Mettons que tu lui répondais que jusque-là, tu n'avais jamais pris autre chose que le train, et encore, seulement pour te rendre à Philadelphie, et que la ville ne t'avait pas laissé un souvenir impérissable. La cousine Sophie méditait un instant, se tripotait les lèvres, le regard perdu dans le vide. Et puis elle te disait : "Mon conseil est de ne pas y aller. Cette traversée en mer ne t'apportera rien de bon." »

La fourchette suspendue en l'air, NoNo attendit la suite, mais Poppy avait visiblement fini.

« Quand est-ce qu'on prend le dessert ? demanda-t-il à Biddy.

– Dans une minute, Poppy.

– Ah, tant mieux. »

Il s'essuya la moustache avec sa serviette.

« Mais quelle était sa méthode ? lui demanda NoNo.

– Hmm ?

– La méthode de Sophie ? C'était quoi ?

– Eh bien, elle se contentait de te resservir ce que tu lui avais confié de tes expériences passées. Elle prétendait que ça allait se reproduire. Si tant est qu'on puisse vraiment appeler ça une méthode.

– Ça doit marcher », répondit Will en souriant.

Il avait l'air sincèrement amusé.

Mais NoNo protesta :

« Je suis sûre que c'est plus compliqué que ça. »

Et elle fourra un morceau de jambon dans sa bouche.

Dans le salon, Hakim chantait toujours. Subitement, Rebecca reconnut l'air. Elle n'en revenait pas, c'était *O Danny Boy*, ses brumes irlandaises et ses pipeaux.

« O Abdul Boy, the pipes, the pipes are calling... », murmurait-il.

« Quoi qu'il en soit, annonça NoNo à Will, je vois que votre fille va d'ici peu se mettre à bien vous aimer. Vous pouvez me croire. Et reconnaissez que je ne vous ai posé aucune question sur votre passé, pas vrai ?

– Non, en effet, répondit-il en continuant à sourire. En tout cas, merci beaucoup, voilà qui est encourageant. »

Tout autour de la table, les autres avaient également le sourire aux lèvres. C'était un de ces moments où Rebecca trouvait un charme extraordinaire à sa famille – les filles avec leur figure animée encadrée d'une soyeuse chevelure noire, les hommes si beaux, l'air si intelligent, sous la houlette de Poppy qui conférait à l'assemblée toute la distinction de sa moustache majestueuse. Elle s'arrêta longuement sur chaque visage, en proie à un sentiment de privilège et de plénitude, tandis qu'au salon, Hakim chantait d'une voix douce.

« 'Tis I'll be here! In sunshine or in shadow, O Abdul Boy, I love you so. »

À voir comment ils s'attardèrent tous après le dîner, il était incontestable que la soirée était réussie. Min Foo se remit de son accès de mauvaise humeur et accepta d'accompagner les autres au piano, Troy et Biddy firent leur numéro à la Nelson Eddy et Jeanette MacDonald, et Barry se révéla être un merveilleux ténor, quoique Rebecca n'eût peut-être pas choisi de chanter le Notre-Père. Il était quasiment minuit lorsqu'ils partirent.

Elle entraîna alors Will à la cuisine – « Pour me tenir compagnie le temps que je m'occupe de ce qui ne peut pas attendre demain » – en se disant que cela pousserait Poppy à aller se coucher. Elle espérait avoir un peu d'intimité avec Will.

Mais non. Poppy leur emboîta le pas en prétendant qu'il avait besoin d'un lait chaud pour pouvoir dormir et, pendant qu'il était sur le feu, il se mit en tête de montrer l'album de famille à Will ; ce, à la suite d'une remarque que ce dernier avait faite à Rebecca.

« J'ai eu un peu de mal à comprendre qui était qui, avait dit Will. Comment se fait-il que tu aies une belle-fille chinoise ? Et ce Troy, c'est le mari de Biddy ? Il n'a pas vraiment... euh... une allure de mari.

– Bigre, mais c'est que vous n'avez rien compris ! exulta Poppy en se détournant de la cuisinière pour pivoter sur sa canne. Min Foo n'est pas une belle-fille, c'est la fille de Beck. Et elle n'est pas chinoise, non plus. Vous avez dû vous laisser berner par son nom. Et aucun doute là-dessus, Troy n'est pas le mari de Biddy ; c'est une folle mordue.

– Tordue, intervint Rebecca.

– Hein ?

– Une folle... »

Misère, voilà qu'elle devenait comme sa mère.

« Vous n'êtes pas fatigué, Poppy ? lui demanda-t-elle.

– Non, pas le moins du monde, lui dit-il. Je vais aller chercher l'album de famille pour votre ami.

– Oh, ce n'est pas nécessaire. Il a plus ou moins vu l'album. »

Elle parlait de la porte du réfrigérateur, avec ses couches multiples de photos. Mais cela, Will ne pouvait pas le savoir. Aussi, lorsque Poppy lui demanda : « Ah bon, vous l'avez vu ? », Will lui répondit :

« Non, je ne crois pas.

– Je reviens tout de suite, dit Poppy en sortant de la pièce.

– Tu ne vas pas y échapper », lança Rebecca à Will.

Elle éteignit le feu sous le lait.

« Tu t'es bien amusé, ce soir ? Ma famille t'a plu ?

– Oui, ils sont très intéressants.

– Tu n'as pas vu Min Foo sous son meilleur jour, je le crains. D'habitude, elle n'a pas si mauvais caractère. J'ai peur qu'elle reproduise encore une fois le même schéma, avoir un bébé, plaquer le mari.

– Évidemment, ils ont tous... leur franc-parler, dit Will.

– C'est un peu comme ces documentaires animaliers, où la femelle se débarrasse du mâle une fois qu'il a donné son sperme.

– Pardon ? »

Poppy lança.

« Nous y voilà ! »

Il n'était pas encore en vue, mais ils entendaient sa canne piocher bon train dans le couloir.

« Toutes les lumières étaient allumées au maximum dans les deux salons, annonça-t-il à Rebecca en entrant. Vous croyez qu'il faut siphonner le surplus d'électricité au cas où ça risquerait d'exploser ou quoi ? »

Il tenait l'album coincé sous son bras libre – un de ces albums antédiluviens en carton liés par un cordon à pompons. Il le mit sur la table et s'affaissa sur la première chaise, les jambes raides.

« Asseyez-vous, asseyez-vous, dit-il à Will en tapotant celle qui était à côté de lui. Le mieux, c'est de commencer par ma défunte épouse Joyce. Elle est décédée en 1969. Elle me manque encore aujourd'hui. Alors, où en sommes-nous. Voyons voir. L'ennui, c'est qu'il n'y a aucun ordre, là-dedans. Tout est sens dessus dessous. »

Rebecca versa le lait de Poppy dans une tasse qu'elle plaça à côté de l'album, et en profita pour poser une main sur l'épaule de Will en se penchant. Il leva les yeux vers elle en lui souriant.

« Ce que je cherche, c'est la photo de Joyce à l'époque de notre rencontre, dit Poppy en tournant une page. Elle portait un chapeau ravissant. On aurait dit des ailes d'oiseau.

– Je parie que celle-là, c'est celle que vous appelez Patch, observa Will. Il regardait un cliché d'une enfant avec une grappe de ballons. Je reconnais ses taches de rousseur.

– Oh, alors c'est que nous sommes bien trop loin, lui dit Poppy. J'ai rencontré Joyce bien avant la naissance de Patch.

– Et celle-là, ça doit être celle que vous appelez NoNo. »

Rebecca aurait aimé que Will désigne les filles autrement qu'en parlant de « celle-là », comme s'il s'agissait de quelconques spécimens. Elle s'assit en face de lui.

« Oui, fit-elle en scrutant la photo à l'envers. C'est NoNo à une fête d'anniversaire. Et voilà Biddy. Tu as vu comme elle a l'air grognon ? Elle avait horreur de mettre des belles robes, c'est pour ça. Elle disait que ça la grattait.

– Que de fêtes..., dit Will.

– C'est bien vrai, ça », acquiesça Poppy.

Il attrapa sa tasse et avala bruyamment une petite gorgée de lait.

« Partout, sur le réfrigérateur, dans l'album, je ne vois que des gens qui font la fête, remarqua Will. On sort à peine d'un toast que vous me montrez des photos d'autres toasts, des années de toasts. Même les enfants boivent ! Vous croyez vraiment que c'est raisonnable ?

– Ils n'ont droit qu'à une goutte, se défendit Rebecca.

– Comment se fait-il que je ne retrouve pas Joycie ? maugréa Poppy. Cette photo d'elle quand nous nous sommes rencontrés. J'espère qu'elle n'est pas perdue.

– Et après tout, ce sont des photos, ajouta Rebecca à l'adresse de Will. Il est rare de prendre les gens en photos quand ils lisent un livre ou jouent aux échecs, et pourtant, ça nous arrive aussi. »

Poppy leva les yeux de l'album.

« Les échecs ? Mais nous ne jouons jamais aux échecs, protesta-t-il.

– Dixon, si, de temps en temps.

– Je vois ce que tu veux dire, reconnut Will. C'est juste que… vous faites plus souvent la fête que d'autres, non ? Enfin, à chaque fois qu'on essaie de se voir, toi et moi, on est obligé de tenir compte de toutes tes réceptions mondaines.

– Mondaines ? Mais elles sont professionnelles !

– Oui, mais… visiblement, tu as ce côté sociable. Cette façon de frayer avec ton mécanicien, par exemple, de partager les secrets de couple d'un étranger.

– Aldo n'est pas un étranger !

– Ah bon. Je ne sais pas… franchement, je dois avouer que je ne suis pas sûr de trouver cet homme aussi digne d'éloges que tu veux bien le dire. Pour moi, son attitude vis-à-vis de sa femme trahit un certain manque de responsabilité.

– Responsabilité de quoi ?

– Il avait le devoir, selon moi, de fixer certaines normes. Pour les enfants et pour lui-même. Et il a négligé ce devoir.

– N'importe quoi », s'insurgea Rebecca.

Sans doute avait-elle été plus agressive qu'elle ne le voulait, car Will eut un léger mouvement de recul. Rebecca fit de même, les doigts pressés sur ses lèvres.

« Voilà ! s'exclama Poppy. Joycie, à l'époque de notre rencontre. »

Il approcha l'album de Will.

« Ah oui. Très séduisante, observa ce dernier en se courbant au-dessus.

– Ah ça, c'était une jolie fille. »

La main droite posée en haut de l'album, Will grattait inlassablement le coin de la page avec le pouce. Soudain, Rebecca le revit assis à la table de la bibliothèque : ses notes disposées bien en ordre, ses livres en piles, ses rangées de stylos de couleur.

Avec un petit effort d'imagination, elle aurait pu voir surgir le visage rieur de Joe par la fenêtre sombre de la cuisine.

Poppy tira sur l'album jusqu'à ce que Will finisse par le lâcher, et scruta le visage de Joyce.

« Elle avait des yeux incroyablement bruns, dit-il. Si vous pensez que les Davitch ont les yeux bruns, vous auriez dû voir ceux de Joyce. Ils étaient pratiquement noirs. »

Il prit sa tasse et avala sa dernière gorgée de lait.

« Enfin, soupira-t-il. Je suis claqué. Je ferais mieux de me traîner jusqu'à mon lit. »

Rebecca recula sa chaise et se leva.

« Je devrais aller me coucher, moi aussi.

– Oh. Bon, bon », répondit Will.

Il se mit debout en trébuchant. Il attendit qu'elle ait fait le tour de la table pour aider Poppy à se hisser de sa chaise, lui tendre sa canne et passer le bras autour de la taille du vieillard. Puis il les suivit dans le couloir de la cuisine.

« Mal aux pieds, mal aux chevilles, mal aux genoux... », entonna Poppy.

Une fois dans le vestibule, il se tourna vers Will.

« J'ai été ravi de vous revoir, lui dit-il. N'oubliez pas mon anniversaire.

– Je ne raterais ça pour rien au monde », lui assura Will.

Poppy commença à gravir les marches. Rebecca alla vers la porte d'entrée et l'ouvrit.

« C'est quand, au juste, son anniversaire ? lui demanda Will.

– En décembre.

– Quel jour, en décembre ? »

Elle regarda devant elle, dans la nuit. À la lueur des réverbères, tout se fondait dans une douceur grise et vaporeuse, pareille aux souvenirs. Elle sentait qu'elle était déjà passée par là, elle le savait : ce découragement, cette impression d'écrasement, d'étouffement, cette sensation d'être un peu trop exubérante, un peu trop voyante qu'elle éprouvait en présence de Will. À présent, elle se remémorait qu'il y avait bien longtemps de cela, sur le canapé, c'était lui qui avait interrompu les choses. Déjà, elle s'était précipitée, prête à sauter aveuglément le pas, quand il s'était écarté en lui suggérant de montrer plus de retenue.

« Je ne crois pas que nous nous verrons en décembre », dit-elle.

Tout sembla s'arrêter, même la lointaine rumeur de la circulation.

« Ni même avant. »

Il respira, le souffle court.

« Pourquoi ? » lui demanda-t-il.

Et, voyant qu'elle ne répondait pas, il ajouta :

« J'ai fait quelque chose ?

– Non, Will, tu n'as rien fait.

– C'est ta famille, alors ? Je ne leur ai pas plu ? »

Elle fut prise de pitié.

« Oh, je suis sûre que tu leur as plu ! lui assura-t-elle.

– Zeb, alors ?

– Zeb ?

– De toute évidence, c'est mon rival. »

La pitié s'évanouit.

« Le fait est que ça ne marchera pas, Will. Je suis désolée », lui dit-elle.

Puis elle s'avança et posa sa joue contre la sienne. Il resta pétrifié, sans réaction.

« Au revoir, lui dit-elle.

– Bon. Très bien. D'accord. Au revoir, Rebecca. »

Elle regarda sa silhouette anguleuse et dégingandée s'éloigner dans l'allée, et attendit qu'il soit monté dans sa voiture pour refermer la porte.

La maison bruissait d'un murmure étouffé, plus solitaire encore que le silence. Des tasses à café gisaient dans les salons, abandonnées, la salle à manger paraissait à moitié dépouillée, saccagée, et dans l'album posé sur la table de la cuisine, tante Joyce souriait avec mélancolie.

Manifestement, c'est Rebecca qui était encore en deuil.

DIX

UNE CERTAINE Mrs. Mink appela pour organiser une fête de naissance.

« Vous m'avez été recommandée par mon amie Paulina Garrett. Je lui ai dit que je voulais un lieu élégant. Un hôtel particulier, ou quelque chose de ce genre.

– Mais Les Bras Ouverts n'est qu'une simple maison mitoyenne.

– Nous ne voulons pas forcément un véritable hôtel particulier, mais c'est l'atmosphère que je recherche. Une atmosphère noble, raffinée. Et puis j'aimerais que tout soit décoré en bleu layette et en blanc, avec un effet de nuage dans la salle à manger.

– De nuage ?

– Oui, éthéré, vous voyez ce que je veux dire ?

– Nous pouvons vous faire la décoration que vous souhaitez, mais notre salle à manger est tapissée d'un papier à rayures bordeaux et or et le mobilier est en bois sombre, du noyer, je crois. Aussi, je ne suis pas sûre...

– Mais si, c'est possible ! Paulina Garrett m'a dit que leur réception de l'an dernier avait été extraordinaire. Tout était si gai, m'a-t-elle dit. C'était une telle réussite que personne ne voulait partir. »

Rebecca ne se souvenait que trop bien de la réception des Garrett. Un orage torrentiel avait éclaté et, par un processus qui lui échappait encore, le lustre du premier salon s'était mis à pleuvoir sur les invités. C'était agréable d'apprendre que les Garrett ne lui en tenaient pas rigueur.

« Si je veux que ce soit bleu et blanc, disait Mrs. Mink, c'est que nous savons déjà que ce sera un garçon. Ils ont fait faire le test. Et nous savons qu'il ne vivra pas longtemps.

– Pardon ?

– Il a une maladie qu'on peut diagnostiquer dans l'utérus.

– Mais c'est terrible ! s'exclama Rebecca.

– Aussi, je veux que cette fête soit parfaite, vous comprenez ? Dans les moindres détails. Je veux que sa vie soit parfaite. Il va en profiter si peu de temps.

– Bien sûr. »

Mais tout en discutant des petites choses – le parasol en papier pliant, la nappe de coton bleu à motif de nuage blanc qu'elle avait vue en publicité chez Désir de Linge –, elle songeait qu'en réalité, l'histoire de ce bébé n'était jamais qu'une version abrégée de celle de tout le monde. Naître, mourir. Rien de plus.

« Et les fleurs ? demandait Mrs. Mink. Paulina m'a dit que vous recommandiez un fleuriste.

– Oui, NoNo, répondit Rebecca.

– Pardon ?

– Ma belle-fille, NoNo Sanborn. Elle pourrait disposer des asters blancs et ces fleurs bleu pâle, comment les appelle-t-on, déjà... »

En fait, spontanément, Rebecca ne voyait aucune fleur qui soit bleue, si ce n'est ces chicorées sauvages qui poussaient sur les bords des autoroutes et se refermaient avec une petite grimace crispée dès qu'on les cueillait.

« Je ne me souviens pas, dit-elle. Je ne sais pas. Je n'en ai aucune idée.

– Ça ne fait rien, nous demanderons à votre...

– Je ne sais pas. Je ne sais vraiment pas. Il vaut mieux que je vous rappelle », dit Rebecca avant de raccrocher l'appareil, qui soudain lui semblait trop lourd à porter.

Depuis quelque temps, elle se sentait si... comment dire ? Vide. Abattue, à plat. Et cela ne faisait que s'accentuer de jour en jour. Le matin, c'était un cadavre qu'elle avait l'impression de traîner hors du lit. Dans son assiette, plus rien n'avait de goût. La moindre conversation l'obligeait à mobiliser tous ses muscles, à requérir ses dernières parcelles de force. Elle ne cessait de constater qu'il y avait bien peu de choses dont on pouvait parler en ce monde. C'était un automne magnifique – un temps clément, dégagé, où les arbres avaient gardé leurs feuilles malgré la saison – mais les couleurs vives l'éblouissaient, et la bannière du centre de méditation claquait sèchement au vent dans un battement sinistre d'ailes de chauve-souris.

Dans sa famille, personne ne lui demanda où était passé Will. Enfin, à l'exception de sa mère. (« Oh, Rebecca, soupira-t-elle tristement quand elle eut appris la nouvelle. Tu étais stupide il y a trente-trois ans, et tu l'es encore aujourd'hui. ») Mais les filles se conduisaient comme s'il n'avait jamais existé. Elle les soupçonnait de vouloir la ménager – ne doutant pas une seconde qu'elle avait été plaquée.

Un soir où elle n'avait rien à faire, elle prit sa voiture pour se rendre à Macadam. Elle se gara devant chez Mrs. Flick et scruta les fenêtres du premier. Mais il n'y avait pas de lumière. Heureusement, se dit-elle, car c'était le romanesque de la situation qui lui manquait, et non Will. Cependant, elle resta là un long moment, avant de redémarrer pour rentrer.

Un soir, alors qu'ils bavardaient au téléphone comme souvent avant d'aller se coucher, elle expliqua à Zeb qu'elle trouvait que les humains avaient une durée de vie trop longue.

« Franchement, ma vie est finie. Elle s'est achevée le jour où les filles ont été grandes. Mais je suis encore là à traîner, compter les jours en attendant que ça tire à sa fin.

– Rebecca ? Tu es sûre que ça va bien ? s'inquiéta Zeb.

– C'est quoi, "aller bien" ?
– Où est passé ton ami ?
– Exit.
– Tu l'as largué ?
– Oui, mais ce n'est pas le problème. Le problème, c'est que j'ai fait mon temps.
– Eh bien, rappelle-toi ce que disait George Eliot.
– Et que disait-elle ?
– Enfin, ce n'était peut-être pas George Eliot. En tout cas, voilà : "Il n'est jamais trop tard pour faire ce que vous voulez faire." Souviens-toi de ça.
– Quoi ? s'insurgea Rebecca. Je n'ai jamais entendu... Mais c'est tout simplement faux ! Mettons que je veuille... je ne sais pas, moi. Mettons que je veuille avoir un bébé ! C'est tout simplement ridicule ! »

Elle était si outrée qu'elle raccrocha sans en avoir eu l'intention. Elle regretta aussitôt son geste. Quand le téléphone sonna, quelques secondes plus tard, elle décrocha et dit : « Désolée.
– Ça vient juste de me revenir, déclara Zeb. Ce n'est pas "faire ce que vous voulez faire", mais "être ce que vous voulez être". Je crois.
– Je suis juste un peu fatiguée.
– Et je ne suis même pas sûr que c'est George Eliot.
– C'est gentil d'avoir essayé, Zeb. »

Elle aurait pu se jeter à corps perdu dans le travail, mais depuis quelque temps, les affaires stagnaient. Trois personnes avaient appelé pour savoir si Les Bras Ouverts était situé dans un quartier sûr, et elle avait eu beau leur certifier que oui – si l'on prenait des précautions élémentaires, leur avait-elle précisé, si l'on usait d'un minimum de bon sens –, ils avaient dit qu'ils allaient réfléchir et la rappeler.

Quoi qu'il en soit, pouvait-on décemment passer son temps à faire la fête ? Combien de mariages, de baptêmes, d'anniversaires pouvait-elle ainsi applaudir, pour l'amour du ciel ? À quoi cela rimait ?

Ses *New York Times* s'entassaient en jaunissant peu à peu, intacts. Ses *New Yorker* atterrissaient dans la chambre de Poppy, et elle ne les lui réclamait jamais. Elle passait ses *New York Review* à Troy sans même y jeter un coup d'œil ; elle trouvait une certaine perversité à ces critiques qui étaient plus longues que le livre dont elles traitaient, lui expliquait-elle.

Un matin, elle reçut un coup de fil de la bibliothèque lui annonçant que l'ouvrage qu'elle avait commandé était arrivé, et elle se força à aller le chercher. Mais elle découvrit que c'était un livre si rare – un volume relié en cuir à moitié désagrégé dont la tranche dorée s'effritait – qu'elle n'avait pas le droit de l'emporter chez elle. Elle devait le consulter sur place, dans la salle de lecture, lui dit la bibliothécaire. (Celle-là même qui s'était chargée d'organiser le prêt, mais elle promulgua son oukase avec un ton si réprobateur, une mine si revêche, si racornie, que Rebecca se demanda comment elle avait pu voir en elle une âme sœur.)

Elle essaya. Elle s'installa à la table et ouvrit la couverture du bout des doigts avec des précautions infinies et feuilleta docilement les fragiles pages couleur d'ivoire. *La Guerre pour l'indépendance du Sud vue par un habitant de Baltimore*, s'intitulait l'ouvrage. L'auteur était un avocat du nom de Nathaniel Q. Furlong, qui prétendait avoir connu Robert E. Lee à l'époque où ce dernier n'était qu'un citoyen comme les autres. Bien des années avant la guerre, affirmait Mr. Furlong, Lee lui avait confié qu'il ne pourrait jamais soutenir une cause qui permettrait aux esclaves – les « Africains païens », selon ses termes – de retourner sur leur terre d'origine en perdant ainsi leur seule et unique chance de rédemption chrétienne. Mais lorsque Rebecca eut enfin réussi à localiser ce passage – qui était en réalité d'une crédibilité douteuse (percevait-elle pour la première fois), écrit par un homme dont la vantardise et le peu de fiabilité se révélaient à chaque ligne –, elle se demanda en quoi ces quelques lignes avaient bien pu lui paraître si capitales à l'époque de l'université. Sans doute avait-elle voulu croire que l'histoire était faite de motivations plus nobles que la seule famille, les seuls amis, les seules contingences domestiques.

Elle rendit le livre à la bibliothécaire, essuya les miettes de cuir qui lui couvraient les mains et quitta le bâtiment.

Tout lui semblait d'une indicible tristesse – jusqu'à cet écureuil à la queue à demi coupée qu'elle avait vu s'affairer allègrement sur le trottoir. Même la routine quotidienne de Poppy : cette ronde perpétuelle d'activités, ranger sa chambre, brosser son chapeau, suivre ses émissions de télévision, comme autant de rites destinés à empêcher ce dernier de sombrer dans le désespoir.

Elle savait que son humeur était liée à la saison. C'est en automne que Joe était mort. Elle ne pouvait regarder le peuplier sous la fenêtre de sa chambre – ses feuilles si jaunes qu'elle croyait parfois avoir laissé la lumière allumée, certains jours nuageux de la mi ou la fin octobre – sans revoir ce matin dévasté où, après avoir émergé de l'hôpital, hébétée, elle avait pris le volant après avoir mis une éternité à retrouver sa voiture, et parcouru dans un état de torpeur accablée les rues bordées d'arbres flamboyants de toutes les nuances de rouge, d'or et d'ambre.

Quand elle était enfant, elle disait souvent, en parlant d'une éventuelle catastrophe : « Oh non, ça ne peut pas arriver ; c'est trop malheureux pour que ça puisse arriver. » Mais la mort de Joe était de ces événements trop malheureux pour qu'ils puissent arriver, et pourtant, c'était arrivé. Elle en était restée abasourdie d'un bout à l'autre de l'enterrement – de la plainte grêle de l'orgue aux cantiques hésitants qui sonnaient faux, et jusqu'à cet étrange poème qu'avait lu Zeb, intitulé « Sans un signe, sombrer ». Elle avait assisté à ces funérailles, le visage blême de stupeur. En fait, rien n'était trop malheureux pour pouvoir arriver.

Comment avait-elle jamais pu imaginer qu'il en aille autrement ?

Il était apparu que le deuil n'était pas si éloigné de ces premiers instants où l'on tombe amoureux. Elle avait contemplé des heures durant des photos de Joe, étudié la moindre des annotations de son agenda en quête de sa signification la plus secrète, tenté de retrouver sa chère signature sur des chèques annulés. Elle saisissait le moindre prétexte pour mentionner son nom : « Joe trouvait toujours... », « Joe disait souvent... ». Elle se tourmentait d'être incapable de se rappeler avec précision, du début à la fin, d'un seul de leurs ébats amoureux. (Il était du matin. Il aimait lui embrasser les paupières. Il ronronnait presque quand elle le touchait.) Elle priait le ciel que des moments oubliés lui reviennent. Un jour, au volant de sa voiture, elle avait exulté en se remémorant soudain qu'il avait pour habitude de parler au miroir en se rasant. (« Ah, te voilà, Joe. Prêt pour une nouvelle journée à aider des inconnus à se saouler ensemble ! ») Cette image, elle l'avait accueillie comme un cadeau, elle s'y était cramponnée, avide d'en recevoir d'autres.

Sa vie, se disait-elle alors, avait commencé un soir d'avril, sur ce trottoir où elle contemplait au-dessus d'elle l'enseigne *Les Bras Ouverts, maison fondée en 1951.* Et désormais, sa vie était finie, mais elle continuait à circuler au milieu des invités, esquille solitaire parmi la foule.

« Écoute, tu sais ce qu'on dit, lui avait déclaré Zeb avec toute l'assurance immature de ses vingt-deux ans. Dieu ne vous inflige jamais plus qu'on ne peut en supporter.

– Qui a dit ça ? Qui ? Qui a pu oser dire une chose pareille ? s'était-elle insurgée, hors d'elle.

– Je ne sais pas, moi, avait-il répondu, décontenancé. Dieu, peut-être ? »

Ce qui l'avait fait rire, malgré les larmes qui ruisselaient sur son visage.

Le rendez-vous de novembre que Joe avait pris chez le dentiste et noté de son écriture désinvolte avec son stylo à large plume se déroula sans lui. Sa montre à pile continua à égrener son tic-tac dans son tiroir.

Les pires jours, c'étaient ceux où elle avait le temps de penser. Elle se disait alors : *Mais qu'est-ce que je vais bien pouvoir faire de toutes les années que j'ai devant moi ?* Ces jours chaotiques, où elle se contentait de répondre aux diverses exigences qui se présentaient, minute après minute, étaient les plus faciles. Calmer les enfants, leur préparer à manger, les aider à faire leurs devoirs. Rester flegmatique, impassible, quand NoNo la repoussait pour s'enfuir en sanglotant dans sa chambre ou lorsque Patch lui demandait : « Pourquoi c'est pas toi qui es morte et papa qui est vivant ? »

Elle remarquait souvent que certaines personnes avaient vécu par le passé des expériences qui les définissaient à jamais et qu'ils ne pouvaient s'empêcher de divulguer d'emblée au premier venu. Ainsi, la perte d'un enfant : pratiquement tous ceux qui avaient connu cette épreuve se sentaient obligés d'en parler aussitôt; rien d'étonnant à cela. Pour Rebecca, c'était le fait d'être devenue mère. Ç'avait été le changement le plus profond de son existence; ce jour-là, elle avait compris que c'était là sa vie, pour de vrai, et non une simple histoire qu'elle voyait passer comme dans un rêve. Peut-être était-ce la véritable raison pour laquelle elle continuait à employer ce terme de « belle-fille », alors que les filles elles-mêmes, si elle y songeait, lui auraient sans doute permis d'y renoncer depuis longtemps. Et lorsque ces dernières n'avaient plus eu qu'elle (car personne ne semblait prendre Tina en compte), elle avait été d'autant plus consciente de la tournure imprévisible, inimaginable qu'avait prise sa vie.

Une fois, en présentant ses belles-filles, Rebecca avait eu le malheur d'inclure Min Foo d'un revers étourdi de la main. Min Foo ne le lui avait jamais laissé oublier. « Je suis désolée ! C'était un accident », s'était-elle défendue, mais au fond d'elle-même, elle soupçonnait que son geste était plus révélateur qu'il n'y paraissait. Min Foo était un être tout aussi indépendant, tout aussi différent de Rebecca que les trois autres. Et en un sens, elle ne lui apportait pas la même consolation, car, étant la plus jeune, elle ne se rappelait Joe que très peu. Avec le temps, les aînées se mettaient à évoquer leurs souvenirs avec Rebecca – « Vous vous souvenez de la fois où on a tous pris le train pour Washington et, au moment du départ, on a vu papa sur le quai avec le paquet de bretzels qu'il était allé acheter ? » Rebecca hochait la tête en riant, et Min Foo passait d'un visage à l'autre comme si elle se sentait exclue.

« Est-ce qu'il me chantait des chansons, quelquefois ? lui avait-elle demandé un jour. Je crois que oui. Je me souviens vaguement qu'il chantait quand j'étais au lit.

– Je ne pense pas. Mais je sais qu'il te lisait des histoires.

– Qu'est-ce qu'il me lisait ?

– Oh, les grands classiques. *Winnie l'Ourson...* »

Mais les faits bruts ne suffisaient pas à faire revivre quelqu'un. Certains détails échapperaient à jamais à Min Foo – le grain de peau si fin sur le dessus de ses mains, la virgule qui se creusait au coin de ses yeux quand il souriait. (Un soir, un homme avait invité Rebecca à sortir, un an ou deux après la mort de Joe, et elle avait accepté, mais elle avait été emplie de désespoir à la seule vue de ses avant-bras couverts d'une toison rousse. Ce n'était pas Joe, voilà tout. C'était un homme parfaitement charmant, mais ce n'était pas Joe.) Et pour les petits-enfants, Joe ne représentait guère plus que ces noms que l'on déchiffre sur les stèles du dix-neuvième siècle. Joseph Aaron Davitch. Il avait existé, c'est tout. Et désormais il n'était plus.

Il aurait fait un si beau vieux. Un si beau vieux. Soixante-six ans en septembre dernier ; imaginez. Rebecca était plus âgée qu'il ne l'avait jamais été, même si elle continuait aujourd'hui encore à le considérer comme son aîné. Et il aurait adoré avoir des petits-enfants.

Elle avait longtemps cru que les proches des disparus pleuraient en réalité sur eux-mêmes, et certes, c'était en partie vrai. Mais elle ne s'attendait pas à éprouver une telle tristesse pour Joe. Elle souffrait à l'idée de tout ce qu'il manquait – les moments marquants de la vie des filles, les plaisirs quotidiens, les petites victoires familiales.

Au début, elle songeait : *J'aimerais pouvoir lui raconter ci ou ça,* ou encore : *Il aurait bien aimé Untel.* Et puis les années avaient commencé à se télescoper, tant et si bien que s'il revenait à présent et lui demandait : « Que s'est-il passé depuis que je suis parti ? », elle lui répondrait : « Oh, je ne sais pas. Rien de spécial, j'imagine. » Comme si elle avait été elle-même morte depuis longtemps, elle verrait alors qu'aucun des événements de son petit monde n'avait été si important que cela.

« Comment se fait-il que le premier salon soit blanc cassé, maintenant ? s'étonnerait-il. Où as-tu mis ma raquette de tennis ? Qu'est devenu l'énorme vieux chêne qui était au coin de la rue ? » Et elle lui dirait : « Oh, tu as raison ! Le salon était gris. Ta raquette ? Tu jouais au tennis ? J'avais oublié qu'il y avait un chêne. Je crois qu'il a été foudroyé. » Elle se sentirait inexplicablement coupable ; comme si c'était Joe qu'elle avait oublié. Mais naturellement, il n'en était rien.

À présent, elle affrontait l'automne comme un vent violent contre lequel il lui fallait s'arc-bouter, les yeux clos et la mâchoire serrée, en se raccrochant éperdument au premier appui. Octobre, cruellement éblouissant. Novembre répandant les feuilles en flaque d'or au pied du peuplier. Parfois, quand il n'y avait personne, elle passait la moitié de l'après-midi plantée devant la fenêtre, le regard perdu, aveugle. Ou bien elle écoutait le téléphone sonner obstinément sans aller répondre. Elle éprouvait une certaine satisfaction à l'entendre. Et une plus grande encore lorsque la sonnerie s'arrêtait enfin.

« Je suppose que tu vas encore vouloir faire la fiesta pour Thanksgiving », lui dit Min Foo.

Thanksgiving.

Mais oui : novembre. Elle n'en revenait pas d'avoir pu ainsi oublier.

Thanksgiving était la seule fête où Rebecca se chargeait de tout le repas. Il en avait été décidé ainsi à la suite d'un dîner de Thanksgiving légendaire où Biddy avait servi du faisan braisé accompagné de graines de quinoa à la vapeur arrosées d'huile de truffe blanche. Une petite révolution avait éclaté, Biddy était partie en claquant la porte, et de ce jour, Rebecca s'était vu confier une fois pour toutes la direction des opérations. Ce qui ne la dérangeait pas le moins du monde. Le travail ne lui faisait pas peur. En fait, c'était même un soulagement. Mais elle redoutait de voir du monde. Toute cette gaieté ! Il lui faudrait se montrer si enjouée ! Elle se demanda ce qui arriverait si elle ne prenait pas cette peine. Si les filles commençaient à se chamailler et qu'elle laissait faire. Si, au moment du toast, elle se contentait de vider son verre en silence.

Mais elle dressa tout de même sa liste de provisions. Alla faire les courses. Fit cuire le pain de maïs en avance pour la farce. Demanda à Alice Farmer de nettoyer de fond en comble les deux salons.

Alice Farmer avait l'intention de célébrer Thanksgiving chez sa sœur.

« Vous connaissez ma sœur Eunice, celle qui a reçu le don de guérir », commença-t-elle.

Rebecca croisa les mains sur son ventre et les contempla. Elle n'avait jamais remarqué qu'elles étaient sillonnées de toutes ces veines – des veines bleues, noueuses, entortillées. Alice Farmer s'arrêta d'épousseter.

« Miss Davitch ?

– Désolée. Quoi donc ? dit Rebecca.

– Vous devriez peut-être prendre ce remède que ma tante Ruth, elle prend. C'est vraiment bon pour les nerfs, mais ça se trouve qu'en Géorgie.

– Bon, fit Rebecca au bout d'un moment.

– Comment ça, bon ? Vous voulez qu'elle vous en rapporte ?

– Non, c'est bon », répondit Rebecca.

Elle songea que si on lui montrait une photo de ces mains, elle ne les reconnaîtrait peut-être même pas.

Ils vinrent tous, à l'exception de Patch et des siens qui passaient Thanksgiving chez les parents de Jeep. Et tous, naturellement, arrivèrent en retard, ce qui en soit n'était pas un problème, car Rebecca l'avait prévu en mettant la dinde à cuire. Zeb fut le premier à débarquer, suivi de Min Foo et sa progéniture, et enfin NoNo accompagnée de Barry et Peter. Il avait crachiné toute la matinée et la plupart d'entre eux portaient des imperméables qui gouttaient dans le vestibule. Mais en dessous, ils s'étaient mis sur leur trente et un. Ils s'habillaient toujours pour Thanksgiving – bien plus que pour Noël, où les plus petits étaient en pyjamas. Rebecca, cependant, n'avait fait aucun effort particulier. Ça lui était sorti de la tête. Elle avait encore le sweat-shirt et la jupe à volants en denim qu'elle avait enfilés au saut du lit.

« Tu veux que je surveille le repas pendant que tu vas te changer ? lui offrit Min Foo.

– C'est gentil, oui », répondit Rebecca.

Mais sur ces entrefaites, la porte s'ouvrit de nouveau à la volée en laissant entrer le contingent de Biddy, et Rebecca resta où elle était.

Biddy avait de bonnes nouvelles : son livre destiné au troisième âge, *La Gourmandise à l'usage des seniors,* avait été accepté par une petite maison d'édition. Elle l'annonça avant même d'avoir ôté son imperméable, flanquée de Troy et Dixon qui arboraient tous deux un sourire radieux. Barry fut le premier à lui présenter ses félicitations.

« C'est formidable ! J'ai un écrivain pour belle-sœur ! »

Puis Zeb lui demanda quand il devait paraître. Elle ne le savait pas encore, lui dit-elle. Puis tous les regards se tournèrent vers Rebecca.

Min Foo finit par suggérer :

« Nous pourrions peut-être déboucher le champagne.

– Oh. Je vais le chercher », répondit Rebecca.

Dans la cuisine, elle sortit deux bouteilles de champagne du réfrigérateur. Puis elle ouvrit le four pour jeter un œil à la dinde, baissa le feu sous les pommes de terre et tomba alors en extase devant la fenêtre. Derrière les carreaux embrumés par la vapeur qui se dégageait de la cuisinière, le brouillard du dehors semblait plus dense encore. Le verre était marbré de gouttes de pluie.

NoNo entra en lançant :

« Beck, je voulais te... Oh ! »

Elle fixait la plante de Will, qui avait émigré dans la cuisine et pris quinze autres centimètres.

« Misère, mais c'est un arbre ! Je n'ai jamais rien vu de pareil.

– Je crois que je vais la mettre dans le jardin, lui dit Rebecca.

– Oh là, je ne ferais pas ça en plein mois de novembre. À la première gelée, il est probable qu'elle crèverait.

– Ce qui doit arriver arrivera, c'est ma philosophie », répondit Rebecca.

Elle s'attendait que NoNo proteste, mais elle était occupée à fouiller dans son sac à main – un petit étui brillant rouge et noir assorti à sa robe rouge et noir.

« Je voulais te montrer quelque chose », lui dit-elle en sortant une feuille de papier plié.

Rebecca l'ouvrit et tomba sur une liste, imprimée sur ordinateur.

1. *Teinturier*
2. *Prendre rendez-vous chez le dentiste pour Peter*
3. *Trouver quelqu'un pour dégager les gouttières*
4. *Acheter un cadeau pour mon frère*

Jusqu'à la mention du frère, elle avait supposé que cette liste avait été rédigée par NoNo. Elle la regarda d'un air interrogateur.

« C'est Barry qui a écrit ça, expliqua NoNo.

– Mais encore...

– Il l'a écrite à mon intention. C'est ce que j'étais censée faire la semaine dernière.

– Je vois, fit Rebecca.

– Beck. Quand vous vous êtes mariés, avec papa, t'es-tu jamais... Ne prends pas ça mal, mais t'es-tu jamais demandé s'il t'épousait juste parce qu'il avait besoin d'aide pour nous élever toutes les trois ? »

Rebecca s'apprêtait à répondre, mais NoNo poursuivit sur sa lancée.

« J'essaie de ne pas penser ça de Barry, mais regarde-moi cette liste ! Et il passe son temps à répéter. “Mince alors c'est génial d'être marié.” Il me dit : “Tout est tellement plus facile, maintenant. Je ne sais pas comment on faisait avant que tu sois là”, et même si je me sens flattée, évidemment, je ne peux pas m'empêcher de penser...

– Es-tu en train de me dire que tu as l'impression qu'il ne t'aime pas ? lui demanda Rebecca.

– Oh, il dit qu'il m'aime... mais ces listes ! Et Peter à conduire à l'école avec ses copains, et les réunions de parents d'élèves ! Tout me retombe sur le dos, ce qui est logique, en un sens, parce qu'il travaille tard, mais... c'est comme s'il se disait : “Super, maintenant que j'ai une femme, je n'ai plus à me coltiner toutes ces corvées.” Comme si je lui étais tellement utile.

– Mais mon ange, lui aussi, il t'est utile, non ? Avant, tu étais toute seule au monde. Je me rappelle qu'une fois, je t'ai demandé pourquoi tu ne prenais jamais de vacances, et tu m'as dit que si tu avais un homme dans ta vie, quelqu'un avec qui partir en voyage...

– Beck, tu sais comment il m'arrive d'avoir des visions, reprit NoNo. Des visions de l'avenir qui m'apparaissent quand j'ai les paupières fermées. Eh bien, le lendemain de mon mariage, j'étais en train de me réveiller, mais je n'avais pas encore ouvert les yeux, et j'ai eu une vision incroyablement précise, détaillée, réaliste. Je me suis vue dans Charles

Street, là où la rue bifurque vers le monument. Je poussais un landau et j'étais en uniforme de domestique. Robe grise, tablier blanc, chaussures blanches, et ces bas blancs, genre infirmière, qui font des grosses jambes... »

Rebecca se mit à rire.

« Je suis contente que tu trouves ça drôle, maugréa NoNo d'un ton amer.

– Peut-être que l'important, c'est le landau. Tu y as pensé ?

– L'important, rétorqua NoNo, c'est que j'étais habillée en domestique.

– En ce cas, c'est peut-être une vision trompeuse. Ce ne serait pas la première fois ! Après tout, tu avais bien prédit que Min Foo aurait une fille, non ? Et puis autre chose encore, c'était quoi, déjà, une autre erreur... »

Elle s'aperçut trop tard qu'elle pensait à ce que Patch avait dit : NoNo ne pouvait être clairvoyante si elle choisissait d'épouser Barry.

« Enfin, quoi qu'il en soit, tu ne crois pas que si nous aimons les gens, tous autant que nous sommes, c'est en partie parce qu'ils nous sont utiles ?

– Non, c'est faux, s'insurgea NoNo. J'en serais incapable ! Incapable. Si je suis tombée amoureuse de Barry, c'est qu'il était si galant, si romantique, et puis il avait des sourcils comme je les aime, tout perplexes.

– Je ne veux pas...

– Laisse tomber..., l'interrompit sa belle-fille. Je savais que je n'aurais pas dû t'en parler. Bon ! Tu veux que j'apporte les bouteilles là-bas ? Deux suffiront, tu crois ?

– Oh, peut-être pas, répondit Rebecca en allant vers le réfrigérateur. Je voulais seulement dire que... »

Mais en se retournant, la troisième bouteille à la main, elle s'aperçut que NoNo avait déjà quitté la pièce avec les deux premières. Son sac était resté sur la table, avec la liste à côté. Rebecca reprit celle-ci et la relut.

« Min Foo m'a dit de te rappeler qu'elle prenait de l'eau

gazeuse, lui lança Biddy en entrant. Tu veux que je la serve ? Il y en a dans le Frigo ?

– Il doit y en avoir, oui, lui répondit Rebecca d'un ton absent.

– Qu'est-ce que tu lis ?

– Rien, rien. »

Biddy jeta un œil par-dessus son épaule.

« La liste de Barry, dit-elle.

– Tu l'as vue ?

– Tout le monde l'a vue. Mais ça n'est pas très délicat de sa part d'aller t'embêter avec ça en ce moment.

– Comment ça, pas très délicat ?

– Oh, pour rien, répondit hâtivement Biddy. Ne fais pas attention à moi, je raconte n'importe quoi.

– Je ne sais pas pourquoi tout le monde est si malheureux, dans cette famille, lui dit Rebecca. Regarde Min Foo ! Je me fais un sang d'encre à l'idée qu'elle se mette en tête de divorcer encore une fois. »

Biddy se contenta de secouer la tête et sortit le bac à glaçons du freezer.

« La semaine dernière, poursuivit Rebecca, elle s'est lancée dans une histoire interminable où il était question d'une chose impardonnable qu'aurait faite Hakim. À l'entendre, on aurait cru qu'il avait trucidé quelqu'un à la hache ! Et en fait, c'est seulement qu'ils avaient pris la voiture pour se rendre quelque part, et que Hakim s'était trompé de route et avait insisté pour rester sur la même.

– Il n'aimait pas l'idée de faire demi-tour. Il trouvait ça inefficace, expliqua Biddy. Apparemment, c'est le mot qu'il aurait employé : inefficace.

– Ah bon, elle t'a dit ça aussi ?

– Il voulait continuer tout droit et vagabonder au petit bonheur jusqu'à ce qu'ils retrouvent la bonne direction à un moment ou à un autre.

– Mais les hommes sont comme ça. Ce n'est pas une raison pour divorcer.

– C'est exactement ce que je lui ai dit. »

Biddy laissa tomber des glaçons dans un verre.

« Je lui ai dit : “Min Foo, vous devriez vous faire aider, tous les deux. Demande à Patch le nom de son conseiller conjugal”, voilà ce que je lui ai dit.

– Patch a un conseiller conjugal ?

– Je croyais que tu étais au courant.

– Que de problèmes ! soupira Rebecca. Heureusement que vous êtes là, Troy et toi. »

Biddy se raidit.

« Ce n'est pas parce que Troy est gay que nous ne nous disputons pas comme les autres couples, répliqua-t-elle.

– Tu m'en vois rassurée », dit Rebecca.

Elle voulait être spirituelle, mais sa plaisanterie tomba platement, et Biddy n'esquissa pas l'ombre d'un sourire.

Elles sortirent de la cuisine – Biddy avec l'eau gazeuse de Min Foo, Rebecca avec le champagne. Dans la salle à manger, elles passèrent devant Peter et Joey, qui étaient assis au bout de la table. Peter lui montrait un jeu.

« D'abord, tu prends un stylo bille et tu le poses avec le petit trou d'aération vers le haut. Tu vois ce petit trou ? Puis tu tiens un autre stylo exactement trente centimètres au-dessus, tu vises le petit trou et tu plantes. Comme ça. »

Il précipita le stylo en faisant cliqueter toute la vaisselle.

« Le premier qui casse le stylo qui est sur la table a gagné. À toi. »

Cette scène remonta quelque peu le moral de Rebecca (Joey, qui avait quatre ans de moins que Peter, buvait avec adoration la moindre de ses paroles.) Elle resta en arrière pour les observer une seconde, en se disant qu'elle rejoindrait les autres plus tard.

Quand elle arriva dans le salon, NoNo disposait les verres tandis que Zeb servait le champagne. Biddy parlait de son livre.

« Ce n'est pas si facile de trouver des recettes pour les personnes âgées, car ils ont tendance à manger peu, disait-elle. Et puis, ils ont souvent de l'arthrite, ce qui les empêche quasiment de peler, de hacher ou de remuer. Sans compter qu'ils ont perdu le goût.

– À quoi bon, alors ? » s'exclama Rebecca.

Biddy s'interrompit pour la dévisager.

« Je veux dire... ça doit représenter un sacré défi, ajouta Rebecca au bout d'un moment.

– Tout à fait, répondit Biddy. Du coup, ce que j'ai essayé de faire... »

Et elle embraya de nouveau, tandis que Barry faisait le tour du salon en distribuant les verres.

Poppy avait le canapé pour lui seul, ayant posé sa canne en long à côté de lui pour empêcher les autres de s'y asseoir.

« Psst ! fit-il à Rebecca. Venez ici, je vous ai gardé une place. »

Il agitait sa canne en guise d'invite.

Elle s'assit sans ôter la canne, en se perchant sur le bord du coussin.

« Je me disais que les gens aimeraient peut-être entendre mon poème.

– Hmm-hmm.

– Je le récite ?

– Pourquoi pas », répondit-elle.

Il hésita.

« Je n'arrive pas à retrouver les paroles. Donnez-moi une minute, vous voulez bien ? »

Quelqu'un mit d'office un verre de champagne entre les mains de Rebecca. Lateesha, qui donnait un coup de main.

« Merci, ma chérie, lui dit Rebecca.

– J'ai juste besoin qu'on m'aide à démarrer, poursuivait Poppy. Autrement, ça ne me reviendra pas. Ça commence comment, déjà ?

– Je ne sais pas », lui répondit-elle.

Et c'est vrai qu'elle ne s'en souvenait pas, constata-t-elle.

Elle remarqua que les conversations s'étaient arrêtées, et s'aperçut en levant les yeux qu'ils étaient tous tournés vers elle, le verre à la main, attendant qu'elle porte un toast. Elle reprit ses esprits, se mit debout et brandit son verre.

« À Biddy et à *La Gourmandise à l'usage des séniles.*

– Des seniors ! Des seniors ! » la reprirent-ils.

Quelqu'un s'esclaffa.

« Désolée », dit-elle.

Elle se rassit.

Il y eut un bref silence. Puis tout le monde but.

Sans compter le bébé, ils étaient treize à table. Cela faisait une personne en trop pour être confortablement assis, mais une table à part avec seulement trois enfants – ou quatre, si l'on exilait également Dixon – aurait fait un peu tristounet. Aussi Rebecca les avait-elle tassés les uns sur les autres, en mettant Poppy en bout de table à côté d'elle, bien qu'il n'y ait pas vraiment la place. Il s'efforçait encore de se rappeler son poème.

« Ça ne m'était jamais arrivé », dit-il.

Rebecca lui tapota la main, qui était pratiquement dans son assiette.

« Pourriez-vous vous pousser un tout petit peu ? lui demanda-t-elle.

– Mais alors, je ne serais même plus assis à table, Beck.

– Bon, bon. »

Biddy avait manifestement décidé de prendre la relève et de se charger du service. Le fait est que Rebecca s'était peut-être un peu laissée aller. Biddy n'arrêtait pas de surgir de la cuisine en lui posant des questions du style :

« Tu n'as plus de beurre ?

– Regarde dans la porte du réfrigérateur.

– J'ai déjà vérifié. Tu n'as rien ! Je n'ai pas trouvé de sel pour les salières, non plus. Tu n'en as pas en réserve dans le garde-manger ! »

Barry découpait la dinde, constata Rebecca avec soulagement. Avec Zeb, c'était toujours un véritable massacre. NoNo et Min Foo passaient les assiettes et Hakim secouait doucement un Abdul qui se tortillait en pleurnichant sur son épaule.

« Je crois que ce petit bonhomme a des gaz », annonça-t-il, et Lateesha s'exclama : « Beurk, c'est sale ! » avant de s'écrouler en pouffant de rire, cachée derrière ses doigts.

Biddy demanda :

« Où est le chou mariné ? Tu as oublié le chou, cette année ?

– En 1923, commença Poppy, à l'époque où on croyait encore que la viande d'écureuil était bonne pour les malades chroniques... »

Joey lorgnait Peter en face de lui, en essayant d'attirer son attention, et Troy discutait musique avec Zeb – ou du moins, il lui fredonnait quelques notes.

« La, la, la la », chantait-il, en levant doctement l'index.

« Oh non ! » fit Barry, en s'arrêtant de découper la bête, le couteau planté dans l'articulation d'une cuisse.

« Je n'ai pas attendu la prière ! dit-il à Rebecca.

– Ça ne fait rien, lui dit-elle.

– Je me suis attaqué à la dinde directement ! Je n'ai pas réfléchi !

– Euh, en fait, normalement, nous ne disons pas la prière.

– Ah bon ? »

Il fronça les sourcils de cet air perplexe que NoNo semblait trouver si séduisant.

« Vous ne respectez pas même un instant de silence ? demanda-t-il.

– Oh, je suppose que...

– Je sais quoi ! »

Il se dérida.

« On peut faire comme dans la famille de ma copine de fac. À table, chacun d'entre eux citait à tour de rôle un bienfait pour lequel il était reconnaissant. »

Rebecca frémit à cette idée. Elle fut soulagée d'entendre Zeb ronchonner.

Mais Barry ne parut pas y prêter attention.

« Alors, qu'est-ce que vous en dites, vous autres ? » demanda-t-il.

Et en l'absence de réponse, il lança :

« Bien, je ne suis pas timide, moi. Je commence. Je suis super heureux d'avoir ma belle NoNo auprès de moi. »

NoNo le regarda. Elle reposa la corbeille de pains qu'elle s'apprêtait à passer à Dixon, bien qu'il tendît encore la main pour l'attraper, et, d'une voix douce, répondit :

« Moi aussi, Barry, je suis heureuse de t'avoir auprès de moi. »

Joey s'étrangla, mais Min Foo le fit taire d'un froncement de sourcils. À les voir tous s'agiter sur leur chaise en toussotant, il était manifeste qu'ils s'armaient de courage pour affronter l'épreuve.

Rebecca lança à Zeb un regard implorant. Il eut un large sourire. Facile, pour lui : à tous les coups, il allait dire qu'il était reconnaissant de la dernière loi de protection de l'enfance, ou quelque chose dans ce goût-là. Et voilà que Hakim, visiblement intrigué par cette étrange coutume américaine mais bien décidé à y souscrire, se levait sans cesser de ballotter Abdul et paraissait sur le point de se lancer dans un grand discours.

« Personnellement, je suis heureux d'avoir ma femme, Min Foo, et mon fils, Abdul. Et aussi mon autre fils Joey et ma fille Lateesha. De plus, j'aimerais en profiter pour...

– Stop ! » l'interrompit Min Foo.

Elle riait.

« Le délai est écoulé, Hakim ! »

Ce qui, pour une raison ou pour une autre, déclencha la colère du bébé. Il se mit soudain à vagir et, sans attendre qu'il finisse par se calmer, Rebecca saisit l'occasion au vol. Elle se leva en tendant les mains vers lui.

« Je l'emmène », dit-elle.

Et sitôt qu'il fut dans ses bras, elle s'empressa de quitter la salle à manger.

Quitter la salle à manger, traverser les deux salons, direction l'escalier. Mais, une fois dans le vestibule, elle s'arrêta. Elle remonta le bébé sur son épaule et ouvrit la porte d'entrée. Il avait cessé de pleuvoir, même s'il flottait encore d'épais voiles de brume. L'air était doux, d'une température neutre contre sa peau. Elle sortit et referma la porte derrière elle.

Le bébé, qui poussait des piaillements de protestation, s'arrêta soudain et leva la tête de son épaule pour regarder autour de lui.

Elle descendit l'allée, tourna à droite et passa devant le centre de méditation, puis la maison au pignon bleu. La brume était si dense que le bébé se mit à faire de petits bruits de déglutition, comme s'il se croyait sous l'eau. Elle estima cependant qu'il devait avoir assez chaud, car il était emmitouflé dans un plaid. Son petit corps était compact et robuste, bien plus lourd que la dernière fois où elle l'avait porté, et il se tenait de manière plus cohérente, plus posée.

Elle traversa la rue et s'approcha d'un jeune érable qui avait encore quelques-unes de ses feuilles, couleur de rouge à lèvres.

« Tu vois ? C'est rouge ! C'est joli, hein ? »

Elle le tourna légèrement face à l'arbrisseau. Il cligna les paupières et porta son regard sur les feuilles en dodelinant de la tête sous l'effort de concentration. Il avait perdu ce côté grimaçant des nouveau-nés ; il avait les yeux grands ouverts, l'air éveillé. Sa joue, quand elle la posa contre la sienne, était si soyeuse qu'elle la sentit à peine.

Jusque-là, ils avaient eu la rue pour eux – le monde entier pour eux –, mais voilà qu'un bus surgit du brouillard et s'arrêta devant eux. Les portières s'ouvrirent dans un souffle pour laisser descendre deux jeunes femmes aux yeux sombres, dont l'une était manifestement enceinte. Elles furent suivies par un grand jeune homme à lunettes, et tous trois restèrent un moment à l'arrêt de bus à rire et se couper la parole, en parlant tous en même temps d'une soirée où ils s'étaient rendus la veille. Puis ils s'éloignèrent dans la rue et, à mesure que leurs voix s'estompaient, Rebecca remarqua le silence qui les environnait, le bébé et elle. Cet épais silence ouaté, enveloppant, qui accompagne souvent le brouillard et qui, soudain, lui donna une folle envie de retrouver le tumulte de sa famille.

Quoi qu'il en soit, Abdul devait commencer à avoir faim. Il enfouissait le nez dans le creux de son cou, plein d'espoir. Elle fit demi-tour et rebroussa chemin.

La brume se déposait sur ses cheveux. Elle la voyait briller dans les mèches qui lui tombaient sur les yeux. L'ourlet de sa jupe s'alourdissait sous l'humidité. Les lèvres du bébé plaquées contre sa peau étaient aussi fraîches qu'une bouche de petit guppy.

Lui était-il arrivé de songer que Joe l'avait épousée pour son utilité ? Oui, cette idée lui était venue à l'esprit. Et plus que jamais lorsqu'il était mort, lorsqu'un beau jour, là, comme ça, il lui avait pris l'idée de mourir en la laissant se débrouiller toute seule.

À présent, toutefois, elle voyait ce dont il l'avait délivrée : cette routine de future fiancée, faite de repliement, d'étouffement, d'inertie, qui la rongeait de plus en plus. Il lui avait été tout aussi utile, à elle ; aucun doute là-dessus. Ce qu'elle avait dit à NoNo était vrai.

Et si, à une époque, elle avait cru ne lui avoir été utile que sur un plan purement pratique (s'occuper des petites, veiller sur maman Davitch), elle s'aperçut en cet instant que la plus précieuse de ses contributions avait été son enjouement – qualité dont les Davitch étaient cruellement dépourvus. Non qu'elle ait été au départ d'un naturel particulièrement enjoué. Elle avait dû s'atteler à la tâche. Lutter de toutes ses forces pour y parvenir.

Timidement, elle sentit s'insinuer en elle un sentiment subreptice d'accomplissement. De fierté, même. Et pourquoi pas ? Ce n'était pas si déplacé que cela, après tout.

Elle ramena le bébé d'un pas allègre en marchant dans les flaques, des perles de brume dans les cheveux et la tête haute.

ONZE

LE HASARD VOULAIT que l'anniversaire de Poppy tombe un jour où ils auraient pu programmer à la place deux réceptions payantes. La première n'était qu'un déjeuner en petit comité, mais la seconde était une fête de Noël organisée par une société de courtage, et c'est à regret que Rebecca avait dû refuser. Cependant, une promesse était une promesse. Elle avait dit à Poppy qu'ils célébreraient son anniversaire le jour même. Assez de ces pis-aller, de ces compromis d'orphelin où les événements marquants de la vie étaient casés en milieu de semaine ou repoussés au mois suivant afin de ne pas contrecarrer les projets de gens plus importants.

Ainsi : le 11 décembre, un samedi. Ils avaient prévu de commencer à deux heures de l'après-midi, à cause des petits, pour prolonger les festivités jusqu'en début de soirée. Les cadeaux étaient les bienvenus. (Poppy avait fermement insisté là-dessus.) On servirait tout de suite à manger ; hors de question d'attendre que l'on porte les toasts. Une profusion de desserts, mais ni amuse-gueules, ni hors-d'œuvre, et encore moins de plat principal. Et le clou de la fête serait une énorme pièce montée, davantage un gâteau de mariage qu'autre chose, préparée par Toot Sweet à Fells Point. Poppy avait fait sa petite enquête, et Toot Sweet décrochait la palme. Heureusement, Biddy ne s'en était pas offusquée. « Ça m'arrange plutôt, avait-elle dit. J'ai déjà bien assez de pain sur la planche avec toutes ces pâtisseries qu'il veut. »

La liste des invités – conservée les six derniers mois dans la poche de la jupe en calicot de Rebecca, où elle était passée deux fois à la machine à laver pour en ressortir aussi molle que du papier buvard, mais somme toute relativement lisible – se composait essentiellement de membres de la famille, auxquels venaient s'ajouter deux vieux amis de Poppy et quelques connaissances, comme sa kinésithérapeute ou Alice Farmer. (Rebecca songeait souvent à cette ironie qui voulait que, par essence, les grandes fêtes de famille qui exigeaient le plus de travail étaient précisément celles où Alice Farmer devait être conviée en tant qu'invitée.) La liste était plus longue, mais bon nombre de ceux qui y figuraient étaient morts. Une poignée d'autres étaient trop faibles pour y assister, et quelques-uns avaient simplement disparu de la circulation quelque part en chemin.

La mère de Rebecca et tante Ida avaient accepté, à la grande surprise de Rebecca, sous réserve qu'elles puissent repartir de bonne heure, en raison de la longue route qui les attendait. De plus, elles arriveraient en avance, avaient-elles annoncé, afin de donner un coup de main. Secrètement, Rebecca avait commencé à prévoir de petites tâches anodines pour les occuper. Trier les serviettes, vérifier qu'il n'y avait pas de traces d'eau sur les verres...

Puisqu'on était en décembre, la décoration aurait pour thème Noël. La fenêtre du premier salon était déjà agrémentée d'un arbre gracile, dont chaque branche s'ornait de minuscules lumières blanches clignotantes du meilleur goût. Rebecca ajouta un autre arbre dans la salle à manger, plus gros et plus anarchique, qui croulait sous des décennies entières de guirlandes de papier coloré et de polaroïds d'enfants collés sur des flocons de neige découpés dans des napperons jetables. Quelques-unes des photos étaient si pâlies qu'elles n'étaient plus reconnaissables, et bon nombre étaient interchangeables, car en dessous d'un certain âge, les bébés Davitch avaient tendance à tous se ressembler. (Mêmes petites bouilles en cadran d'horloge, mêmes fines mèches de cheveux noirs, mêmes yeux qui louchaient, même regard méfiant.) Sur la cime, elle plaça une étoile de papier doré aux sept branches plus ou moins longues, irrégulièrement espacées, qui avait été rapportée du jardin d'enfants il y avait de cela bien des années par l'une ou l'autre des filles ; plus personne ne savait laquelle. Elle drapa, en travers de la cheminée du salon du fond, une immense bannière, qui disait *JOYEUX CENTENAIRE, POOPY* – erreur qu'elle n'avait remarquée qu'une fois rentrée –, puis descendit du séjour la télévision et le magnétoscope pour les brancher sur une prise du premier salon, car Hakim – épris de technologie occidentale, comme tous les immigrés qu'avait connus Rebecca – offrait en cadeau un montage vidéo professionnel des films amateur de la famille. C'était censé être un secret, même si Poppy devait bien se douter de quelque chose. Le matin de la fête, lorsqu'il était monté regarder des dessins animés, il n'avait trouvé qu'un rectangle de poussière sur le socle de la télévision. Cependant, il n'avait pas pipé mot et s'était contenté de grommeler avant d'étaler une réussite.

Le temps était magnifique, froid pour la saison, ce qui signifiait que Rebecca pouvait mettre son costume de Bédouine. Évidemment, elle ne le mit pas dès le saut du lit. Elle commença par enfiler un pantalon large assorti d'une vieille chemise de flanelle qui avait appartenu à Joe, et courut aux quatre coins de la maison pour ramasser ce qui traînait, passer l'aspirateur et préparer un petit déjeuner de fête à Poppy. Du sucré, uniquement – des gaufres et du chocolat chaud. (Il allait probablement contracter un diabète avant la fin de la journée.) Une petite bougie d'anniversaire bleue dansait sur la première gaufre. « *Joyeux anniversaire...* », lui chanta-t-elle, toute seule, debout face à la table, les mains croisées devant elle.

« Merci, Beck », lui dit Poppy avant de souffler posément la bougie.

Elle fut tout à la fois amusée, touchée et exaspérée de le voir accepter que l'on fasse tant d'embarras pour lui comme si c'était un dû.

« Imaginez un peu, lui dit-elle. Il y a cent ans, jour pour jour, vous étiez une minuscule petite boule nichée dans un berceau. Ou peut-être dans le lit de votre mère. Êtes-vous né chez vous ? Y avait-il un médecin auprès de votre mère ?

– Une sage-femme, répondit-il en entamant sa gaufre. Mrs. Bentham, elle est venue à la maison. À l'époque, nous habitions North Avenue. Elle exerçait depuis peu, et nous étions ses premiers jumeaux.

– Ah, c'est vrai, des jumeaux. J'avais oublié. »

Elle posa un instant la main sur son bras.

« Ça doit vous rendre triste de fêter votre anniversaire sans pouvoir partager ce moment avec votre frère.

– Non, pas vraiment, répondit-il d'un ton objectif. J'ai eu amplement le temps de m'y habituer. »

Il mordit goulûment dans sa gaufre en constellant sa moustache de sirop d'érable. Il avait enfilé son peignoir à carreaux rouges par-dessus un pyjama rayé. Ses joues étaient hérissées de poils argentés et ses cheveux blancs dressés en bataille sur son crâne semblaient jeter des rayons de soleil.

« 1899, dit Rebecca. Je ne sais même pas qui était président, à l'époque !

– Ça, aucune idée.

– Votre famille ne devait pas avoir de voiture, ni de téléphone, j'imagine... »

Mais Poppy suivait le fil de ses pensées.

« Il m'est arrivé de me demander si je n'avais pas rajouté à ma vie toutes ces années dont mon frère n'avait pas pu faire usage », dit-il.

Il parlait comme si son frère n'avait pas eu le choix – comme s'il n'avait pas lui-même pris la décision de ne pas en faire usage.

« Enfin, j'imagine qu'il aurait été heureux de voir que vous en avez bien profité, lui répondit Rebecca.

– Pas nécessairement, répondit Poppy. Il était persuadé depuis toujours que j'avais reçu la meilleure part du gâteau.

– Comment ça se fait ?

– Oh, vous savez... il n'était pas d'un naturel heureux. Il y a des gens qui ont plus de mal à être heureux que d'autres, c'est tout.

– Et Joe, est-ce qu'il était d'un naturel heureux, à votre avis ? »

Poppy mordit de nouveau dans sa gaufre, soit pour réfléchir à sa question, soit pour essayer de gagner du temps.

« Quand je l'ai rencontré, il riait », dit-elle pour l'encourager, avant de se rappeler qu'en fait, c'était elle qui riait. Mais elle poursuivit cependant.

« Il m'a dit : "Vous vous amusez bien, à ce que je vois." C'est la première chose qu'il m'ait dite. Voyez-vous, Zeb faisait le pitre, vous savez comment il est, et du coup, je me suis mise... Et quand j'ai décidé de l'épouser, alors là, il riait, ça, c'est sûr ! Je l'ai vu rire derrière la vitre de la bibliothèque, et c'est là que je me suis décidée.

– Hmm, fit Poppy en séchant sa moustache sur sa serviette.

– Et n'oubliez pas que son métier était d'organiser des réceptions.

– Mais il n'a jamais considéré que sa vraie vie était d'organiser des réceptions, lui rappela Poppy.

– Non, c'est exact.

– Et c'est là que lui et moi, nous étions différents. Je n'arrêtais pas de lui répéter : "Écoute, il n'y a pas de vraie vie. La vraie vie, c'est celle que tu as là, devant toi, peu importe laquelle. Le tout, c'est de faire du mieux que tu peux avec ce que tu as", voilà ce que je lui disais.

– Mais il a eu une belle vie ! protesta Rebecca.

– Absolument. »

Poppy plia sa serviette et la posa à côté de son assiette.

« Alors, moi, ce que je me dis, c'est que je fête notre

anniversaire pour nous deux. Ça me plaît bien, comme idée. »

De toute évidence, il avait brusquement réembrayé sur son frère jumeau. Rebecca mit une seconde à s'en apercevoir, cependant. C'est ce qui arrivait à force de vivre avec quelqu'un qui perdait légèrement la boussole : on finissait par ne plus s'y retrouver soi-même, et tout se brouillait alors le plus curieusement du monde.

Sa mère et sa tante arrivèrent peu avant midi. Sa mère était vêtue de son ensemble pantalon le plus chic et d'une veste en mohair bouffante qui lui donnait l'air plus menue que jamais. Ses cheveux avaient été frisottés en crêtes aussi espacées que les rangées de vaguelettes d'un couvre-lit en tuft. Tante Ida était tout emmaillotée de mousseline et de volants – un imprimé à boutons de rose, en dépit de la saison –, et elle avait dû aller chez le même coiffeur, bien qu'on observât déjà une certaine débandade dans ses escadrons de boucles. Elles portaient à deux un large paquet plat magnifiquement emballé et orné de rubans.

C'est un portrait de William McKinley, confia tante Ida à voix basse.

– McKinley, répéta Rebecca.

– C'était le président en 1899.

– Ah, nous en parlions justement au petit déjeuner, dit Rebecca. McKinley ! C'était donc lui !

– Nous nous sommes dit que ça rappellerait sa jeunesse à Mr. Davitch.

– Je suis sûre qu'il va être ravi, l'assura Rebecca. Avez-vous déjeuné, toutes les deux ?

– Oh, mais nous ne voulons pas déranger.

– Mais pas du tout. J'ai sorti une assiette de charcuterie. »

Elle posa le cadeau sur la commode du premier salon et les accompagna à la cuisine.

« Poppy fait sa sieste là-haut, dit-elle. Il a pris un sandwich en avance et là, il essaie de se reposer un peu avant la fête.

– Seigneur, il doit être tout excité », dit tante Ida.

Mais la mère de Rebecca déclara :

« Je n'ai jamais compris que des adultes puissent donner une fête pour leur anniversaire.

– C'est un peu la tradition, ici, répondit Rebecca. Et puis, c'est son centenaire ! Son nom aurait pu être cité à la télévision, si nous l'avions demandé.

– Moi, ma dernière fête remonte à 1927, rétorqua la mère de Rebecca. J'avais cinq ans. »

Tante Ida s'insurgea.

« Mais ce n'est pas possible ! Et le jour de tes dix-huit ans, alors, quand maman t'a donné ses perles ?

– Ce n'était pas une fête, Ida.

– Tu as eu un gâteau ! Avec des bougies ! Si tu n'appelles pas ça une fête, j'aimerais bien savoir ce que c'était !

– Prenez une chaise, leur offrit Rebecca. Qui veut du thé glacé ?

– Oh, je veux bien, mon chou, s'il est fait », répondit tante Ida.

Il était fait. (Rebecca savait qu'elles buvaient toujours du thé glacé pour le déjeuner, même en plein hiver, mais que le soir, elles s'y refusaient de peur de passer une mauvaise nuit.) Elle sortit le pichet du réfrigérateur et le posa sur la table. Tante Ida entassait sur son assiette une montagne de viandes froides, en choisissant chaque tranche délicatement, le petit doigt replié, comme si sa portion pouvait en paraître plus petite. La mère de Rebecca lui faisait le récit de leur voyage sans lui épargner aucun détail.

« Nous sommes passées par l'ancienne nationale, car on aura beau me payer, il est hors de question que je prenne la I-95, avec tous ces poids lourds qui vous doublent à toute allure en klaxonnant comme des fous. Je ne pense pas t'avoir raconté l'horrible accident qu'a eu la fille d'Abbie Field sur la I-95, pas très loin de Richmond. Elle était allée à Heathville, je crois, ou Heathsburg, enfin l'un ou l'autre ;

était-ce Heathville ? Ou Heathsburg ? Elle était allée voir ses beaux-parents, et le dimanche, elle rentrait après la messe ; sa belle-mère est catholique, tu sais, une de ces veuves catholiques très pieuses, et elle avait invité Abbie au lunch de son club de bridge, le samedi, et...

– Attends, ce n'est pas possible, l'interrompit tante Ida.

– Pardon ? Mais bien sûr que c'est possible. On peut tout à fait être catholique et jouer au bridge.

– Tu as dit qu'Abbie était allée voir ses beaux-parents. Pluriel. Mais que sa belle-mère était veuve.

– Très bien. Ma langue a fourché. Ce n'est tout de même pas un crime capital.

– Et ton déménagement, ça avance, maman ? intervint Rebecca.

– Quel déménagement ?

– Dans la maison de retraite.

– Ah, ça. Je m'en occupe, mais d'abord, il faut que je commence par faire le tri dans mes affaires. »

Tante Ida jeta un coup d'œil à Rebecca.

« Prends un œuf à la diable, lui offrit Rebecca.

– Merci, mon chou. Je ne devrais pas, avec mon cholestérol, mais tu me connais, je ne sais pas résister.

– Les gens me disent que je devrais employer quelqu'un, poursuivit la mère de Rebecca. Je suis trop vieille pour tout trier toute seule. Mais tu sais ce qui se passe, dans ces cas-là. Quand Ida a essayé de ranger mon bureau, tu sais ce qu'elle a fait ? Elle a jeté une planche de timbres à trois *cents* en parfait état.

– Prends un œuf à la diable, maman », lui suggéra Rebecca.

Sur ce, le téléphone sonna.

« Holà ! », s'écria-t-elle en courant pour aller répondre alors que le poste de la cuisine était à portée de main.

Le costume de Bédouine de Rebecca consistait en une longue djellaba noire en laine ornée des épaules jusqu'en bas de bandes verticales violettes, rouges et turquoise. Elle se sentait dans la peau d'Elizabeth Taylor dans *Cléopâtre*, avait-elle dit au vendeur de Dashikis Discount quand elle l'avait l'essayée. Pour éviter que les couleurs éclatantes ne lui donnent trop mauvaise mine, elle se maquilla bien plus qu'à l'accoutumée. Puis elle enroula autour de sa tête une spectaculaire écharpe de soie violet et noir. Elle descendit l'escalier, l'écharpe flottant derrière elle comme une traîne de mariée.

« Bonté divine », soupira sa mère quand elle la croisa dans le vestibule.

Rebecca lui glissa un sourire de sphinx. (Quoi qu'elle mette, sa mère y trouvait toujours à redire.) Mais tante Ida, qui était déjà installée dans le premier salon, s'écria :

« Mais tu es radieuse !

– Merci », lui répondit Rebecca.

La démarche altière, leste, fluide, elle s'approcha de la cheminée et se pencha pour chercher la lampe à gaz dissimulée dans le panier de pommes de pin posé sur le côté. Elle entreprit d'allumer les bougies qu'elle avait disposées autour de la pièce – les bougies de Noël et celles de Hanoukka, les bougies à tout faire, et même ces bougies pastel en forme d'œuf habituellement réservées à Pâques.

« Mais c'est un vrai feu d'artifice ! » lança gaiement tante Ida.

La mère de Rebecca s'assit dans le rocking-chair, en prenant soin tout d'abord de bien lisser l'arrière de son pantalon comme s'il s'agissait d'une jupe.

« J'ai plié tes serviettes de cocktail en éventail, dit-elle à Rebecca. Je ne sais pas si c'est ce que tu voulais. J'ai fait un peu de rangement dans la cuisine et j'ai pris la liberté d'arroser cette pauvre plante qui est en train de dépérir, dehors, à côté des marches.

– Merci, maman.

– Tu trouveras les restes de viande froide sur l'étagère du haut du réfrigérateur. Je les ai mis dans un de ces sacs de papeterie qui traînaient dans le tiroir du papier sulfurisé, quoique je ne sois pas trop rassurée à l'idée de mettre des aliments en contact avec du plastique coloré.

– Je suis sûre qu'ils seront finis avant que le poison n'ait eu le temps de faire effet », lui répondit Rebecca.

On sonna à la porte.

« Miséricorde, soupira sa mère en jetant un coup d'œil à sa montre. Il est deux heures moins trois ! Qui cela peut bien être ?

– En tout cas, je te parie que ce n'est pas un Davitch », dit Rebecca.

Elle sortit dans le vestibule.

« Nous avons de la visite, Poppy ! » lança-t-elle au pied de l'escalier avant d'ouvrir la porte.

J. J. Barrow, l'électricien, se tenait dans la véranda avec son fils de douze ans. Ils étaient tous deux sur leur trente et un – J. J. en costume et cravate, son fils en blazer bleu marine et pantalon de velours côtelé ocre –, et J. J. tenait une bouteille de bourbon avec un ruban autour du col.

« Entrez ! Quelle ponctualité ! leur dit Rebecca.

– C'est que, on ne voulait pas faire attendre », répondit J. J.

C'était un de ces gros ours barbus pour lesquels Rebecca avait un faible, et elle l'avait invité sur un coup de tête, quand il était venu réparer le thermostat, au début de la semaine. Elle les fit entrer dans le salon en tenant son fils par les épaules.

« Maman, tante Ida, voici notre électricien, J. J. Barrow, et son fils, J. J. J. »

C'était le surnom de J. J. Junior, et à chaque fois qu'elle le prononçait, elle avait du mal à réfréner un fou rire tant elle avait l'impression de bégayer.

« Ma mère, Mildred Holmes, et ma tante, Ida Gates.

– Enchantée, dit Ida, et la mère de Rebecca sourit en inclinant la tête. Vous êtes ici... en tant qu'invités ? s'enquit-elle.

– Oui, m'dame, répondit J. J. Ma femme serait bien venue aussi, sauf que le pasteur est passé à l'improviste.

– J. J. peut se charger de tout ce qui est électrique, et de certains travaux de plomberie, aussi, tant qu'ils n'ont pas besoin d'inspection. Et son fils en sait presque autant que lui, n'est-ce pas J. J. J.... »

Aïe, voilà qu'elle se remettait à rire.

J. J. J. prit l'air inquiet.

« Oui, mais j'ai quand même besoin que papa m'aide pour les gros travaux.

– Avec Rebecca, nous en avons traversé, des épreuves, déclara J. J. en s'affalant dans un fauteuil. Elle a été mon principal soutien quand ma femme m'a quitté. Et j'étais là quand son petit-fils Danny est passé par cette petite phase de vol à l'étalage.

– Bon ! lança Rebecca en claquant les mains. (Elle n'avait pas touché mot à sa mère de ladite phase de vol à l'étalage de Danny.) Je me demande bien où est notre invité d'honneur ! »

Sa mère avait l'air interloqué. Tante Ida se contenta de sourire en tapotant le coussin du canapé à ses côtés.

« Viens donc t'asseoir, J. J. J., offrit-elle. C'est si gentil à toi de venir à l'anniversaire d'un vieux monsieur !

– Je n'ai jamais vu de centenaire en vrai », lui répondit-il en traversant la pièce pour prendre place auprès d'elle, les mains vaguement croisées entre ses genoux de velours côtelé, admirable de flegme.

Ils entendirent la canne de Poppy dans l'escalier – un coup de canne, une première chaussure, une seconde, un coup de canne, une première chaussure, une seconde – et Rebecca alla à sa rencontre dans le vestibule. Quand il émergeait de sa sieste, il était souvent extrêmement raide, et elle se disait qu'il avait peut-être besoin d'aide. Mais pas le moins du monde, il s'appuyait à peine sur la rampe et ses traits reposés, détendus, ne trahissaient pas le moindre signe de souffrance. Il avait mis son costume gris, et un nœud papillon noir étroit, agrafé sur un col si haut et si empesé qu'il semblait tout droit sorti de l'année de sa naissance. Il avait les cheveux bien lissés et ses joues semblaient astiquées.

« J'ai cru entendre la sonnette, fit-il.

– Oui, J. J. et son fils sont arrivés. Vous vous souvenez de J. J. », lui dit-elle, pleine d'espoir.

Il se pouvait qu'il s'en souvienne. Ou pas. Quoi qu'il en soit, il se contenta de ronchonner et continua à descendre.

« Et puis maman et tante Ida sont arrivées pendant que vous faisiez votre sieste. Vous devriez voir ce qu'elles vous ont apporté.

– J'ai l'intention d'ouvrir les cadeaux au fur et à mesure », annonça-t-il.

Il parvint à la dernière marche et passa devant elle à petits pas pressés pour gagner le salon en laissant un sillage d'eau de lavande.

« Si je les laisse s'entasser pour les ouvrir tous à la fois, je ne pourrai pas leur accorder l'attention qu'ils méritent.

– Comme vous voulez, Poppy », acquiesça Rebecca.

Non pas qu'il eût besoin de sa permission. Déjà, il tendait la main vers la bouteille de J. J. et la saisissait à bout de bras pour examiner l'étiquette.

« Merci, dit-il au bout d'un moment. Ce sera parfait pour le soir. »

Il se tourna vers les deux vieilles dames.

« Mesdames.

– Bon anniversaire, Mr. Davitch, lancèrent-elles quasiment en chœur, et tante Ida ajouta : On ne vous donnerait pas plus de quatre-vingts ans !

– Quatre-vingts ans ? » répéta Poppy, la moue dépitée.

– C'est pas pour dire, mais ce n'est pas si souvent que ça qu'on m'invite à fêter un centième anniversaire, lui déclara J. J.

– Mais encore ?

– C'est que... en fait, jamais, pour être franc.

– Tenez, Poppy », lui dit Rebecca. Elle prit le paquet cadeau sur la commode.

« Voici le cadeau de maman et de tante Ida.

– Attendez que je m'installe confortablement. »

Il choisit une bergère à oreilles, commença par placer la bouteille de bourbon sur la table qui se trouvait à côté de lui, puis se posa lentement. Rebecca lui tendit alors le paquet.

« Joli papier », observa-t-il.

Il glissa un pouce tremblant sous un des rabats scotchés.

« Je ne veux pas le déchirer ; autant le garder pour le réutiliser.

– Absolument », acquiesça la mère de Rebecca, qui se pencha en se mordant la lèvre, l'air concentré, jusqu'à ce qu'il ait soulevé le rabat sans l'endommager.

William McKinley apparut comme un homme au regard franc en haut col blanc et nœud papillon noir quasi identique à celui de Poppy. Rebecca craignait que dernier ne sache pas de qui il s'agissait, mais fort heureusement, une plaque de cuivre était fixée au bas du cadre.

« William McKinley. Tiens, tiens, dit Poppy en inclinant le portrait pour l'examiner.

– Il était président l'année où vous êtes né.

– Tiens donc.

– Il a été assassiné, intervint inopinément J. J.

– *Tiens* donc ?

– C'est à McKinley que nous devons la prise de Cuba, poursuivit J. J. Et de Hawaï également, si je me souviens bien. »

Poppy baissa le portrait pour se tourner vers J. J. en fronçant les sourcils.

« Qui êtes-vous, déjà ? demanda-t-il.

– J. J. est notre électricien, Poppy, expliqua Rebecca. Il est justement venu réparer notre thermostat cette semaine. »

J. J. hochait vigoureusement la tête, comme s'il engageait Poppy à en faire de même, mais ce dernier garda son air renfrogné. Puis soudain, il se dérida.

« *All I want for Christmas is you*, dit-il.

– Pardon, Poppy ? demanda Rebecca.

– C’est ce qui passait à la radio que ce garçon a apportée. *All I want for Christmas is you.*

– Holà ! Désolé de vous avoir dérangé.

– Oh, j’ai entendu pire. »

Il tendit le cadre à Rebecca, qui s’avança pour le prendre.

« Alors, Mr. Davitch ! lança tante Ida. Le président vous a-t-il envoyé ses vœux d’anniversaire ? »

Poppy fronça de nouveau les sourcils en lorgnant le portrait, que Rebecca posait en appui sur la commode. Peut-être croyait-il que le président en question n’était autre que McKinley. Au lieu de répondre, cependant, il se tourna vers l’électricien.

« Mr… hmm… J. J., je me demande si vous pourriez régler un petit différend pour moi.

– Je ne demande pas mieux, si je peux, lui répondit J. J.

– Ces lampes instantanées. Comment les appelle-t-on, déjà ? Mais si. Celles qui s’allument sans clignoter.

– Incandescentes, dit J. J.

– Voilà, moi, je soutiens qu’on devrait les éteindre dès qu’on sort d’une pièce. Parce que les rallumer ne nécessite pas de dépense d’énergie particulière, n’est-ce pas ? Contrairement aux lampes fluorescentes. Mais Beck ici présente se croit obligée de laisser une traînée de lumières allumées à chaque fois qu’elle passe quelque part. C’est jeter l’argent par les fenêtres, voilà ce que je lui dis.

– Ah ça, vous seriez étonné, renchérit J. J. Tenez, une seule ampoule de cent watts allumée pendant une heure…

– J. J. ! Ne l’encouragez pas ! protesta Rebecca. Si Poppy le pouvait, il nous forcerait à rester dans le noir. Il ne supporte même pas la guirlande de l’arbre ! Si nous sortions de cette pièce maintenant, juste le temps d’aller grignoter quelque chose dans la salle à manger, il commencerait par éteindre la guirlande !

– Oh », fit J. J.

Il avait l’air malheureux. Il devait sentir qu’il avait été mis dans l’embarras.

« Bah, les guirlandes… Ces petites loupiotes blanches de

rien du tout ne consomment pas beaucoup. Et puis il faut penser à l'effet décoratif. C'est surtout une décoration qui se voit de l'extérieur, aussi, et pas seulement dans la maison.

– Vous voyez ? lança Rebecca à Poppy. Je vous l'avais bien dit, non ? C'est fabuleux, l'effet que peuvent avoir les lumières ! rajouta-t-elle en se tournant vers les autres. Tenez, quand les invités remontent l'allée pour se rendre à une réception, par exemple, ça change leur humeur de voir toutes les fenêtres illuminées. Ça les rend... euphoriques. Allumez toutes les lampes que vous possédez, c'est ce que je dis toujours. Qu'elles brillent de mille feux ! Qu'elles embrasent la maison ! »

J. J. se mit à rire, et son fils esquissa un sourire timide. Tante Ida observa :

« Oui, c'est important que les gens se sentent bien accueillis. »

Mais Poppy se contenta de grommeler, et la mère de Rebecca se ratatina légèrement dans son fauteuil.

« Enfin..., soupira Rebecca au bout d'un instant. Qui veut boire quelque chose ? »

Et elle veilla à garder une voix aussi discrète que possible.

Comme il était à prévoir, les non-Davitch arrivèrent avant les Davitch. Un quart d'heure pile après l'heure convenue – le retard réglementaire qu'exigeait le code de politesse de Baltimore –, Alice Farmer sonna à la porte vêtue d'un tailleur en peau d'ange argentée avec des escarpins assortis et une capeline en feutre noir, porteuse d'un somptueux paquet cadeau qui se révéla contenir un toasteur à prières. (Quand on appuyait sur le levier, jaillissait de la fente une prière imprimée sur un carton en forme de toast – une prière pour chaque jour de l'année.) Elle fut suivie par Miss Nancy, la kinésithérapeute, qui arriva avec une telle multitude de ballons de baudruche qu'il fallut les séparer en grappes pour les faire entrer. Puis ce furent les deux amis de Poppy, Mr. Ames et Mr. Hardesty. Mr. Ames apportait un cactus surmonté d'une excroissance rose dont Poppy déclara qu'elle le faisait penser à un derrière de babouin. Mr. Hardesty, quant à lui, n'apporta rien, ce qui se comprenait aisément, car, outre le fait qu'il dépendait d'une nièce maussade pour ses achats, il se déplaçait avec un déambulateur ; aussi Poppy fit-il preuve de bonne grâce.

À trois heures moins le quart, les premiers Davitch firent leur apparition : Zeb, à bout de souffle.

« Désolé, dit-il à Rebecca. J'ai été appelé en urgence à l'hôpital et je suis parti en me disant que je viendrais directement ici, mais j'avais oublié le cadeau, et du coup, il a fallu que je repasse le chercher à la maison. »

Il parlait du cadeau qu'ils offraient à eux deux : une reproduction encadrée de la photo de fiançailles de Poppy et tante Joyce. Il l'avait empaquetée maladroitement dans un monceau de papier de soie blanc fixé par des kilomètres de Scotch.

« Tu aurais dû la voir avant que je l'emballe, lui dit-il. Ils ont fait un travail de restauration extraordinaire.

– Ouf ! Tant mieux », répondit Rebecca.

Elle avait tout d'abord été sceptique quand elle l'avait discrètement dérobée dans l'album de famille. Le fond avait été en grande partie détruit par une véritable floraison de moisissures, et l'un des coins était marqué d'une pliure blanche.

Poppy commençait à chahuter, comme un gamin surexcité.

« Tiens, tiens ! Qu'avons-nous là ? lança-t-il en voyant Zeb entrer dans la pièce. Apporte-moi ça ! Donne, donne !

– Joyeux anniversaire, lui dit Zeb en posant le paquet sur les genoux de Poppy. C'est de la part de Rebecca et moi.

– Merci. Je ne pense pas qu'il soit très utile de garder cet emballage-là. »

Il déchira le papier de soie à une extrémité et en sortit la photo.

« Ça alors », fit-il.

Zeb avait dit vrai ; les restaurateurs avaient fait des prodiges. Le fond était à présent immaculé, et le couple semblait curieusement plus vivant. Tante Joyce, que Rebecca n'avait jamais vue aussi mince, était vêtue d'une de ces robes drapées des années trente, qui donnait l'impression d'avoir été ramassée à la taille puis violemment tordue. Le cheveu et la moustache d'un noir saisissant, Poppy fixait le viseur, alors que Joyce n'avait d'yeux que pour lui.

« C'est tout de même extraordinaire, non ? » dit Poppy à Rebecca.

Elle crut un instant qu'il parlait de la restauration, jusqu'à ce qu'il poursuive.

« Je suis là à fixer l'objectif, alors que j'aurais pu regarder Joyce. Je croyais que j'aurais toute la vie pour regarder Joyce. J'avais trente-neuf ans, elle, vingt-deux. Je croyais qu'elle me survivrait.

– Ça, c'est bien vrai ! s'écria tante Ida du canapé.

– Corrigez-moi si je me trompe, Mr. Davitch, mais ne m'a-t-on pas dit que votre épouse avait toujours eu le cœur fragile ? intervint la mère de Rebecca.

– On avait le cœur fragile dans sa famille, répondit Poppy. Mais je n'ai jamais vraiment cru qu'elle partirait la première.

– En tout cas, elle était rudement jolie », dit Alice Farmer.

Elle avait traversé la pièce pour regarder par-dessus l'épaule de Poppy.

« Comment un vieux bonhomme aussi vilain que vous a-t-il pu mettre le grappin sur une jolie petite mignonne comme ça ?

– Elle travaillait au comptoir des pâtisseries dans la cafétéria de sa mère, expliqua Poppy. Sa mère a fini par la charger de servir les œufs au bacon, pour que je sois mieux nourri.

– Très aimable à elle », lança Miss Nancy d'un ton enjoué, tandis que J. J. s'esclaffait, mais Poppy resta plongé en contemplation devant la photo comme s'il n'avait pas entendu.

Sur ces entrefaites, la porte claqua contre celle du vestiaire, et il se redressa en soupirant :

« Enfin... »

NoNo entra la première avec un chandail sur lequel elle peinait depuis des mois – un gros tricot blanc de pêcheur, pas vraiment le style de Poppy. Mais il se montra gentil.

« C'est toi qui l'as fait ? Tu détestes tricoter ! Tu avais juré d'arrêter après les chaussons de bébé.

– En tout cas, cette fois, j'arrête, c'est promis », lui répondit NoNo en se penchant pour l'embrasser.

Peter serra la main de Poppy en lui disant :

« On m'a dit de vous dire bon anniversaire et qu'avec tous les petits-enfants, on vous offre un gros cadeau de notre part à tous.

– Bon, très bien », répondit Poppy.

Peter portait son blazer du collège, dont les manches avaient encore raccourci de deux bons centimètres depuis la dernière fois que Rebecca l'avait vu. Elle s'aperçut qu'il était identique à celui de J. J. J. Ils devaient aller dans le même collège, car ils semblaient se connaître. J. J. J. lui fit de la place sur le canapé, et ils se penchèrent tous deux sur un gadget que Peter avait sorti de sa poche.

« Je crois que je peux le faire marcher par friction différentielle », l'entendit dire Rebecca.

Biddy arriva avec une nouvelle cargaison de cartons de pâtisseries – elle avait apporté le reste le matin même – et prit la direction de la cuisine, suivie de Dixon, qui commença par poser un tonnelet en bois à l'entrée. De son côté, Troy alla tout droit dans le salon et tendit un petit paquet plat à Poppy.

« C'est votre vieil ami Haydn, expliqua-t-il. Biddy vous offre le buffet, mais je tenais personnellement à vous offrir un petit quelque chose. »

Poppy n'avait pas toujours partagé le point de vue de Troy (il avait suggéré plus d'une fois qu'un petit séjour à l'armée l'aurait remis dans le droit chemin), mais il sembla enchanté quand il eut déballé le CD.

« Oh, c'est une de mes préférées. La Symphonie militaire ! » s'exclama-t-il.

Rebecca lorgna Troy d'un œil dubitatif, mais il se contenta de lui sourire.

« Je vais le mettre », dit-il, et il prit le disque des mains de Poppy puis se dirigea vers la chaîne hi-fi.

Sur ce, Patch et sa famille arrivèrent, suivis de Min Foo et la sienne. Pendant quelques instants, le vestibule fut littéralement envahi. Les enfants essayaient de se dépêtrer de leurs vestes, Abdul gazouillait dans son siège bébé et Patch piquait une colère sur une remarque insultante que venait de lui faire Min Foo. (Mais où Min Foo en avait-elle seulement trouvé le temps ?)

« Venez souhaiter un bon anniversaire à Poppy, leur dit Rebecca. Emmy ! Tu portes des talons ? Hakim, donnez-moi le bébé pendant que vous... Patch, s'il te plaît, viens souhaiter un joyeux anniversaire à Poppy. Je ne sais pas ce que t'a dit Min Foo, mais je suis sûre qu'elle ne le pensait pas.

– Min Folle, tu veux dire », riposta Patch, en entraînant cependant tout ce petit monde dans le salon, où Biddy faisait déjà circuler un plateau de petits fours et Dixon passait les macarons.

À présent qu'il y avait foule, les invités étaient debout. Seuls les plus âgés étaient restés assis. Poppy recevait les compliments d'un air magnanime du fond de sa bergère. Mr. Ames expliquait à tante Ida qu'il avait choisi la date de naissance de Poppy pour son prochain tirage de loto. Mr. Hardesty demandait à la cantonade qui pouvaient bien être tous ces gens.

Patch tendit à Poppy un cadeau si lourd qu'il faillit le laisser tomber. Ce qui n'était guère étonnant : en le déballant, il découvrit des bracelets de cheville lestés en forme de gros beignets bleus.

« Pour ta promenade quotidienne, expliqua Patch. Une étude récente montre que... »

Sur ce, Dixon entra en traînant le tonnelet, qui se révéla

contenir le cadeau des enfants – un gigantesque assortiment de pastilles au marrube, de jujubes, de Mars, de Bounty et d'autres sucreries, dont certaines que Rebecca croyait disparues de la circulation. Dixon souleva le couvercle et brandit divers spécimens sous les commentaires approbateurs de Poppy.

« Tu y as contribué ? Et toi aussi ? demanda-t-il à quelques-uns des jeunes, en évitant soigneusement d'utiliser des prénoms. Ça alors, des boules au sassafras. Comment saviez-vous que j'adore le sassafras ? »

Et le fait est que son enthousiasme était sans doute sincère. Il était fort possible que jusque-là, ce fût le plus réussi de tous les cadeaux.

En revanche, la vidéo de Hakim le laissa perplexe. Il la déballa et la lorgna d'un œil sceptique.

« *Paul P. Davitch, 1954-1967*, lut-il. Comment ça ? Je ne comprends pas.

– Ça correspond aux années que couvre la vidéo, lui expliqua Rebecca. Hakim a apporté tous nos films amateurs dans un labo où on transforme les bobines de film en cassettes vidéo.

– Ah oui. Bien sûr », répondit Poppy

L'oncle Buddy était le frère de maman Davitch, le seul expert en technique de la famille, et à sa mort, en 1968, la caméra aurait tout aussi bien pu être enterrée avec lui. Et personne ne sachant trop non plus comment fonctionnait le projecteur, la vidéo suscita un intérêt considérable. Les enfants furent rassemblés et assis par terre, des chaises apportées de la salle à manger, et le déambulateur de Mr. Hardesty poussé dans un coin. Zeb, Dixon et Troy – les trois plus grands – se replièrent tout au fond. Rebecca mit alors en marche le magnétoscope.

Tout d'abord, il y eut les premiers obstacles habituels – un écran de neige en noir et blanc, un duel entre les deux télécommandes, jusqu'à ce que la neige disparaisse, une pause, le temps d'envoyer un enfant faire taire Haydn. Enfin, apparut un bristol blanc portant l'inscription *Paul*

P. Davitch, 1954-1967, gravée en lettres élégantes. Le bristol suivant annonçait *Réalisation : William R. « Buddy » Brand*, et le suivant, *Produit par Big Bob Production* – le tout sur « Stardust », joué au piano. *Octobre ou novembre 1954*, disait le dernier carton.

Quels que soient les progrès scientifiques qui avaient permis de restaurer la photo de fiançailles de Poppy, Big Bob n'y avait manifestement pas accès, car les personnages qui envahissaient l'écran étaient quasi blancs et transpercés de traits obliques, comme s'ils étaient sous une pluie battante. Poppy se tenait sur une pelouse tirant sur le brun en compagnie d'une tante Joyce plus grassouillette, et fagotée cette fois d'un bermuda qui laissait apparaître deux genoux aux allures de brioches mal cuites. Devant eux, plié sur le guidon d'un tricycle, se détachait un petit garçon aux cheveux noirs qui ne pouvait être que Zeb. Tous trois grimaçaient au soleil.

« Regarde un peu », murmura Poppy.

Mais il était apparemment le seul à être touché par ce plan étrangement peu cinématographique. Les plus petits n'arrêtaient pas de s'agiter, et une voix de femme – Miss Nancy, peut-être – commenta :

« Il n'y a pas plus vilain que la mode des années cinquante, vous ne trouvez pas ? »

Un nouveau carton surgit à l'écran : *Noël 1956*. L'oncle Buddy avait eu le loisir d'explorer les possibilités que lui offrait sa caméra, car la scène était presque trop animée. Un train électrique tournoyait en silence autour du socle d'un sapin de Noël avant d'être occulté par une jupe à carreaux virevoltante. Un enfant flou (Zeb de nouveau, soudain plus grand) plongeait joyeusement vers l'objectif, un camion benne en métal rouge à la main. Sur ce, Joe (un Joe si jeune, si gauche que Rebecca faillit ne pas le reconnaître, avec ses cheveux trop courts et son cou trop mince) attrapait Zeb et l'emmenait, puis maman Davitch s'avançait en présentant un parfum dans un coffret en velours comme dans une publicité, avec aux lèvres un sourire d'une détermination presque effrayante. Elle était suivie, à la manière d'une troupe de conga, par tante Joyce, très femme fatale, qui jouait les mannequins en cardigan rose d'angora avec une étiquette attachée au bouton du haut, puis Poppy brandissant un nœud papillon sous Cellophane devant celui qu'il portait déjà. Enfin, une main tirait sur un bras velu, une chemise surgissait, puis une bouche d'homme, protestant en riant aux éclats.

« L'oncle Buddy en personne, dans sa seule et unique apparition cinématographique », Zeb eut-il le temps d'annoncer avant que toute la scène ne s'éclipse.

Les enfants demandaient :

« T'étais où, maman ? et leurs mères répondaient :

– Attends un peu. Je n'étais pas encore née. »

Poppy disait à Mr. Ames de le croire sur parole : ça ne se passait pas vraiment comme ça. D'autres Noël défilèrent à toute allure – *Noël 1957* et *Noël 1958*.

« Oncle Buddy habitait dans l'Iowa, expliqua Zeb. Il ne venait pas plus d'une ou deux fois par an. »

Au pied du sapin, le train s'enrichit de nouveaux wagons. Poppy, de nouveaux nœuds papillon. Zeb prit encore une quinzaine de centimètres. « Stardust » continua à dérouler ses accents langoureux, quoique, de l'avis de Mr. Hardesty, des chants de Noël eussent été plus appropriés. Comme un désaveu, le carton suivant annonça *Printemps 1961* et laissa place à Joe accompagné d'une Tina visiblement agacée, l'allure glamour, se tenant sur le perron de la véranda avec un rouleau de couvertures pastel.

« C'est moi ! » lança Biddy aux enfants, bien que sans la date, c'eût été impossible à savoir.

La partie la plus nette de l'image était un rameau de fleurs roses en arceau qui partait du bord de l'écran, à la hauteur de la fenêtre du salon, et cette trace d'un arbre depuis longtemps mort et oublié que Rebecca elle-même n'avait jamais connu la rendit étrangement plus triste que tout le reste. Poppy poussa également un soupir.

« Ah la la », fit-il en se caressant la moustache.

Noël 1962, Noël 1964, Pâques 1965, Noël 1965, Pâques 1966. Biddy poussait un landau de poupée, Patch apprenait à faire du patin à roulettes et NoNo secouait les barreaux de son parc. Joe s'était transformé en l'homme que Rebecca avait épousé. Poppy avait les cheveux gris, mais tante Joyce était plus blonde que jamais. Maman Davitch avait les contours de la bouche de plus en plus flous.

Septembre 1966, et qui voilà ? Une jeune femme costaude plantée devant une table de pique-nique, vêtue d'une mini-jupe ridicule qui découvrait ses grosses cuisses. Elle avait le visage large et luisant. Rebecca était embarrassée pour elle ; elle avait l'air d'une telle intruse, si présomptueuse, avec cette façon de fixer l'objectif d'un sourire radieux alors que d'autres, plus autorisés qu'elle (maman Davitch, tante Joyce), emballaient les restes dans du papier sulfurisé.

Elle jeta un œil à l'assistance, mais personne ne fit le moindre commentaire.

Noël 1967, et Min Foo grimaçait dans les bras de son père, ses petits poings serrés pareils à de minuscules bobines de fil.

« Me voilà ! » s'exclama Min Foo en serrant Lateesha qui était assise sur ses genoux.

Comme si tout l'intérêt du film reposait sur l'arrivée de Min Foo, un carton proclamant *Fin* envahit subitement l'écran. Il y eut quelques applaudissements. Puis un autre carton surgit, dressant la liste des membres de la famille par ordre d'apparition. *Paul P. Davitch, Joyce Mays Davitch, Dr Zebulon Davitch...* Rebecca continua à regarder, fascinée, mais les enfants s'éparpillaient et les adultes s'étaient mis à discuter. Biddy lança :

« Vous m'écoutez ? Le gâteau sera servi dans la salle à manger. »

Emmy et Joey se chamaillaient à coups de coude pour avoir plus de place sur le tabouret de piano, Lateesha courait après les ballons, Poppy expliquait à J. J. que la caméra ne rendait pas justice à Joyce et qu'en réalité, elle était bien plus jolie que cela.

Le générique s'acheva et l'écran se couvrit de nouveau de neige. Rebecca se pencha pour rembobiner la cassette, puis elle alla dans la salle à manger où un attroupement s'était déjà formé pour admirer le gigantesque gâteau d'anniversaire.

« Mon nom n'était pas sur le carton, glissa-t-elle à Zeb.

– Hmm ? fit-il sans se retourner.

– Ils n'ont pas cité mon nom au générique. »

Miss Nancy tira sur la manche de Rebecca.

« Puis-je vous dire un mot ? lui demanda-t-elle. Étant donné les forces limitées de Mr. Davitch, je ne suis pas du tout favorable à ce qu'il mette des bracelets de cheville pour sa promenade. »

Dans leur dos, Min Foo s'exclama :

« Tiens, je leur avais bien dit, non ? Je l'avais bien dit à Patch, non ? Le pauvre a déjà un mal fou à clopiner comme ça, et toi tu veux lui attacher des bracelets de plomb autour des chevilles ?

– Je t'ai entendue ! lança Patch de l'autre bout de la pièce. Critique, critique ! Pourquoi ne me le dis-tu pas en face, puisque c'est ce que tu penses ?

– Mais je te l'ai dit en face. »

Pendant ce temps, la mère de Rebecca expliquait à Alice Farmer à quel point les habitants de Church Valley s'entendaient bien avec les gens de couleur ; Emmy et Joey jouaient « Heart and Soul » au piano. Biddy se servait de la lampe à gaz pour allumer les bougies sur le gâteau – cent bougies, pas une de moins, comme l'avait exigé Rebecca, mais une de plus en revanche pour qu'il poursuive sa route. Elles encerclaient les étages inférieurs et recouvraient entièrement le sommet, à l'exception du centre, où se dressait un petit bonhomme en céramique – provenant d'un couple de figurines de jeunes mariés – portant une queue-de-pie noire et une minuscule moustache broussailleuse quasi identique à celle de Poppy. En le voyant, plusieurs des invités poussèrent un soupir attendri. Poppy, quant à lui, observait, la mine grave, très droit, s'appuyant des deux mains sur le pommeau de sa canne.

Barry entonna alors « Joyeux anniversaire », en lançant les bras en l'air avec des allures de chef d'orchestre. Ce n'était pas désagréable, pour une fois, de laisser un autre jouer les directeurs de croisière. Rebecca se joignit à lui sur la seconde note, et les autres la suivirent par groupe de deux ou trois à mesure que la chanson se poursuivait. « Joyeux anniversaire, joyeux anniversaire... »

À la fin, comme toujours, une poignée d'enfants continuèrent à chanter : « Et quel âââ-ge as-tu, et quel âââ-ge as-tu... » Leurs voix étaient si grêles que Rebecca entendait en même temps Haydn sur la hi-fi, « Heart and Soul » au piano et « Stardust » sur le magnétoscope, que quelqu'un avait dû remettre en marche. La Symphonie militaire – ou du moins le second mouvement, quel que soit son nom – n'avait rien de militaire, mais elle était empreinte d'une délicate tristesse. Et elle avait toujours été frappée par les accents obsédants de « Heart and Soul », d'autant plus étranges que le morceau était littéralement un jeu d'enfants. Quant à « Stardust », la mélancolie de la chanson était une évidence. Et sans doute est-ce pour cela qu'au milieu de « Et quel âge as-tu », elle fut envahie d'une poignante nostalgie, là, sous son propre toit.

Mais elle mit celle-ci de côté et scanda : « Un vœu ! Un vœu ! », jusqu'à ce que les autres reprennent en chœur. Poppy rassembla ses forces, respira à pleins poumons et souffla toutes les bougies.

Enfin, il fut aidé. Danny et Peter, qu'il devait avoir enrôlés juste avant, se penchèrent de part et d'autre pour souffler en même temps que lui, déchaînant l'hilarité générale.

« Ça compte quand même, protesta Poppy. J'ai quand même droit à mon vœu, non ?

– Mais bien sûr », lui dit Rebecca.

Elle s'avança pour lui prendre le bras, en pensant le faire asseoir sur une chaise, mais il lui résista et resta un long moment, silencieux, à regarder Biddy ôter les bougies du gâteau.

« C'est triste à voir, un marié sans sa mariée, comme ça », finit-il par soupirer.

Il avait raison, songea Rebecca. Ils auraient dû réfléchir à l'effet que produirait ce pauvre petit bonhomme sur son trente et un, tout seul sur sa nappe de glaçage déboisée. Quoi qu'il en soit, il était trop tard, désormais, car déjà, Poppy se remémorait son poème. « C'est un accueil particulier qui vous est réservé, Vous qui avez tardé à rejoindre le paradis... »

Min Foo accusa Hakim. C'était cette fichue vidéo, avec tante Joyce sur toutes les images ou presque, histoire de bien lui rappeler qu'elle était morte, lui chuchota-t-elle d'une voix sifflante.

« Et alors ? riposta Hakim. Parce que autrement, tu crois qu'il oublierait ? »

Lateesha demanda si elle pouvait lécher le glaçage collé aux bougies. Mr. Hardesty s'approcha clopin-clopant d'une chaise en faisant couiner son déambulateur. « Le voyage est solitaire, mais la fin en vaut la peine, conclut Poppy, quand aux portes surgit votre bien-aimée qui vous sourit. »

Puis, dans un même élan :

« Ça alors ! Ce ne serait pas du fondant, par hasard ?

– Mais si, acquiesça Biddy.

– Du fondant ! Mon glaçage préféré ! Ah la la... »

Peter avait raison, se dit Rebecca. On pouvait toujours s'amuser pendant une fête, quand bien même on ne s'en souvenait plus après.

Le champagne était d'une excellente marque. Rebecca y avait veillé. En temps normal, ils auraient bu quelque chose de moins cher – un simple vin pétillant, pour être honnête –, mais pas ce jour-là. Quand elle tendit à Barry une bouteille pour qu'il l'ouvre, il poussa un sifflement admiratif.

« Que voulez-vous, ce n'est pas tous les jours que nous fêtons un centenaire. »

Même les petits eurent droit à du vrai. Elle leur en versa elle-même une goutte à chacun, malgré les protestations de Biddy qui estimait qu'ils ne feraient jamais la différence.

« Un toast ! » suggéra-t-elle quand tout le monde fut servi. Elle leva son verre. Elle se tenait au milieu du salon, encerclée d'une telle foule que certains étaient même exilés dans la salle à manger, et ne savait pas même pour l'instant où se trouvait Poppy. Mais elle lança : « À Poppy ! » puis s'éclaircit la gorge.

Lui qui semble éternel sur cette terre
Nous célébrons ici son centenaire
Et du haut des lustres, allons proclamant
Qu'il lui soit donné de vivre encore cent ans !

« À Poppy », murmurèrent-ils tous.

Puis ils burent et dans le silence qui suivit, Patch lança à voix haute et claire :

« Oh, misère, voilà que Beck s'est remise à nous pondre ses sempiternels poèmes. »

Rebecca sentit un picotement dans ses yeux. Elle avala son champagne et cligna les paupières pour mieux y voir.

Du coin de la cheminée, Poppy déclara :

« Merci à tous. »

Il se tenait à côté de Mr. Hardesty, en se cramponnant à une extrémité du déambulateur, si bien qu'à première vue, les deux messieurs donnaient l'impression de se donner la main. Quand tous les regards furent tournés vers lui, il reprit :

« Eh bien, c'est exactement ce dont j'avais rêvé, croyez-moi. Depuis la première heure, ce matin, tout a été parfait. Du soleil sur mon couvre-lit quand j'ai ouvert les yeux, les radiateurs qui chauffaient douillettement avec leur odeur de poussière. Des gaufres au petit déjeuner, bien gonflées, toutes légères à l'intérieur et craquantes à l'extérieur, avec un sirop d'érable pur passé tout d'abord au micro-ondes, versé en flaque et laissé un moment, le temps que les gaufres soient bien imbibées, et deviennent énormes, toutes moelleuses, imprégnées jusqu'à la moindre miette de ce goût de grillé, de noisette... »

Voilà qui promettait d'être long. Rebecca vida le reste de son champagne et chercha un endroit où poser son verre. Puis elle sentit une main dans le creux de ses reins. En se retournant, elle vit Zeb qui se tenait dans son dos.

« Patch faisait juste son petit numéro. Elle ne pensait pas à mal.

– Oh, je m'en fiche », répondit-elle.

Mais à son grand désarroi, les larmes lui montèrent une nouvelle fois aux yeux.

« C'est bien simple, je suis superficielle », déclara-t-elle à Zeb.

Elle avait voulu dire « superflue » – repensant au générique, à sa présence inutile –, mais elle s'abstint de rectifier, si bien que Zeb, comprenant de travers, s'insurgea :

« Mais qu'est-ce qu'ils espèrent, bon sang, un sonnet de Shakespeare ?

– Et puis, ajouta-t-elle sans se soucier qu'on puisse l'entendre, qu'est-ce qu'ils ont tous à m'appeler Beck ? Je ne m'appelle pas Beck ! Mon nom, c'est Rebecca ! Comment se fait-il que subitement, je sois devenue Beck ?

– Moi, je ne t'ai jamais appelée Beck », lui fit remarquer Zeb.

C'était vrai, songea-t-elle. Mais elle poursuivit cependant :

« "L'inébranlable bonne humeur de Beck" – c'est ce que Biddy a dit à Troy ce matin. Je l'ai entendue dans la cuisine. Cette fête devrait passer comme une lettre à la poste. On a le chariot à desserts de Poppy, assez de champagne pour faire flotter un bateau, et "l'inébranlable bonne humeur de Beck"...

– Viens, on va te trouver un siège, lui dit Zeb en appuyant sur le creux de ses reins pour la guider à travers la foule. Excusez-nous, s'il vous plaît. Excusez-nous. »

Les invités s'écartaient sans prêter attention, écoutant le discours de Poppy. Il avait dépassé le stade des gaufres et en était à son rasage matinal.

« ... quoi de plus agréable qu'une mousse riche et onctueuse et de l'eau chaude en abondance ? La salle de bains est chaude et sent bon le savon, le miroir est embué. Vous glissez le rasoir sur votre joue en laissant cette bande de peau lisse... »

Il n'y avait aucune chaise de libre, mais Zeb conduisit Rebecca au piano qu'occupaient Emmy et Joey, et les pria de lui laisser la place.

« Votre grand-mère est fatiguée », leur dit-il.

Ils se levèrent d'un bond, et Rebecca s'affaissa lourdement sur le tabouret. C'est vrai qu'elle était fatiguée. Elle enfouit le nez dans son verre vide et se souvint brusquement d'une lointaine crise de larmes enfantine qui s'était arrêtée lorsque son père lui avait apporté un verre de ginger ale. (Le même parfum épicé, picotant, le même arôme salé dans les narines.) Puis les doigts de Zeb se refermèrent sur les bords de son verre et elle accepta qu'il le lui prenne pour aller le donner à Barry, qui s'occupait de resservir le champagne.

« Ce qu'il y a de bien, avec les réussites, c'est que cela se joue en solitaire, disait Poppy. Vous avez le droit de laisser vos pensées vagabonder sans que personne ne vous demande ce que vous fabriquez. Vous étalez les cartes, *pfuit*, *pfuit*, *pfuit* – un bruit paisible –, puis vous restez un moment à réfléchir, bercé par le tic-tac de la pendule de la cheminée, dans l'odeur de café tout frais qui monte du rez-de-chaussée... »

Les gens étaient visiblement parvenus à la conclusion que le discours de Poppy était une sorte de musique d'ambiance. Ils étaient discrets et parlaient à voix basse, mais ils vaquaient à présent à leurs affaires. Lateesha dessinait une figure sur un ballon avec un marqueur qui crissait. NoNo et Min Foo étaient prises de fou rire. Mr. Ames avait happé Zeb au passage pour lui parler d'une question médicale et lui montrait un poignet noueux qu'il pliait comme ci, puis comme ça tandis que ce dernier inclinait poliment la tête.

J. J. s'assit sur le tabouret à côté de Rebecca et lui confia qu'il se faisait du souci au sujet de sa femme.

« Que se passe-t-il ? lui chuchota Rebecca, et il répondit .

– Je crois que son pasteur est passé la voir parce qu'elle le lui a demandé. Je crois qu'elle commence à se demander pourquoi elle m'a épousé.

– Oh, J. J., vous ne pensez pas que si vous êtes inquiet, c'est à cause de ce qui s'est passé avec Denise ? lui demanda Rebecca. Vous êtes un mari merveilleux ! Vous l'avez emmenée à Ocean City pour votre anniversaire de mariage...

– Oui, mais je crois que les petites choses, le fait que je porte des chaussettes au lit et qu'elle ait horreur de ça... »

Le déjeuner, disait Poppy, avait été parfaitement conforme à son souhait : un sandwich gelée-beurre de cacahuète sur du pain complet.

« Oh, je sais bien que ce n'est pas du foie gras, mais s'il est bien fait, un gelée-beurre de cacahuète a un côté si satisfaisant. Et celui-ci était fait à merveille : une bonne couche de gelée de raisin si épaisse qu'elle commençait à dégouliner à travers le pain, en dessinant des taches aussi violettes que des ecchymoses... »

La mère de Rebecca et tante Ida traversèrent la pièce sur la pointe des pieds, le sac fourré sous le bras. Elles contournèrent une partie d'osselets sur le tapis et firent un petit signe à Rebecca.

« Ne te lève pas ! » lui fit tante Ida du bout des lèvres, mais Rebecca se mit naturellement debout.

Elle les suivit jusqu'au vestibule, où elles pouvaient parler normalement.

« Je ne veux pas vous retenir, leur dit-elle en les aidant à enfiler leurs manteaux. Je sais que vous voulez être rentrées avant la nuit. »

Déjà, le jour commençait à tomber, avait-elle remarqué.

Les deux femmes déposèrent chacune un petit baiser sec sur sa joue.

« Merci pour la fête, ma chérie, c'était très réussi, lui dit tante Ida.

– Merci d'être venues.

– Cependant, la présence de certains invités m'a quelque peu échappé, observa sa mère.

– Pardon ?

– Qui étaient ces gens ? Ils semblaient... hors de propos. »

D'ordinaire, Rebecca aurait été exaspérée par sa mère, mais le choix de ses mots lui parut comique, et elle se contenta de rire en disant :

« Rentrez bien.

– Surtout, il faut éviter à tout prix de passer par Martin Luther King Boulevard, l'entendit-elle déclarer à sa tante alors qu'elles rejoignaient la rue. Éviter de prendre cette rampe qui s'enroule en spaghetti... »

D'autres invités commençaient à s'agiter. Ils regardaient leur montre, jetaient des coups d'œil lourds de sous-entendus à leurs compagnons de l'aller. Rebecca se sentait toujours si abattue quand les fêtes tiraient ainsi à leur fin ! Le premier salon avait des allures de champ de bataille, avec ses chaises vides ici et là et ses papiers cadeau éparpillés dans tous les coins. Au lieu de retourner à son tabouret, elle s'assit à côté de Peter.

« Il en est où ? lui chuchota-t-elle en parlant de Poppy.

– La sieste », lui répondit-il à voix basse.

La sieste et la fraîcheur de ses draps blancs qui se réchauffaient peu à peu à mesure qu'ils s'ajustaient à vous.

« C'est comme si vous vous faisiez un nid qui épousait parfaitement la forme exacte de votre corps, disait Poppy. Une chaleur qui se moule sur votre corps, et si jamais vous avez un peu trop chaud, il suffit de déplacer à peine les pieds pour retrouver de la fraîcheur. »

En fait, c'était Merrie qui passait et repassait la vidéo en boucle, ou du moins était-ce Merrie qui regardait la vidéo en cet instant, assise en tailleur par terre, étudiant un des Noël, le nez sur l'écran. C'était de son âge, bien sûr. Sept ans. Encore assez petite pour s'intéresser à la fillette qu'avait été sa mère. En fait, Patch avait été une enfant franchement ingrate, Rebecca s'en souvenait à présent qu'elle la voyait traverser l'écran juchée sur ses patins à roulettes. Une enfant irascible, opiniâtre, nerveuse, querelleuse et toute en aspérités, sans le dévouement de Biddy, ni le charme de NoNo. Mais Patch était la première belle-fille que Rebecca avait aimée – ou du moins pris conscience d'aimer. La nuit où elle avait eu sa crise d'appendicite, elle avait été si malade, visiblement en proie à de telles souffrances, allongée là, si blanche, les yeux exorbités avec toutes ses taches de rousseur qui ressortaient, qu'une peur presque aussi physique qu'un coup de pied au ventre s'était emparée de Rebecca. En un sens, elle ne s'en était jamais remise.

Cela n'en diminua pas pour autant son irritation quand Patch lança, bien trop fort :

« Mais qu'est-ce qui lui prend, à Poppy, il essaie d'établir un record du monde ou quoi ?

– Chut... », lui fit Rebecca.

Il devait approcher de la fin, à présent ; il s'habillait pour la fête. (« ... le craquement des manches de chemise empesées quand on y glisse les bras... ») Et quoi qu'il en soit, Rebecca y trouvait un certain plaisir. On aurait dit une sorte de compte rendu de ce que c'était que d'être en vie, songeait-elle. Mettons qu'au terme de votre existence sur terre, on vous demande de présenter votre rapport au paradis, de raconter votre lot d'expériences personnelles, cela ne ressemblerait-il pas au discours de Poppy ? L'odeur de la poussière des radiateurs par un matin d'hiver, le goût du sirop d'érable bien chaud...

Si elle devait faire le sien, il risquerait d'être encore plus long.

Zeb se frayait enfin un chemin vers elle avec le verre de

champagne. Les joueurs d'osselets en étaient à la huitième figure.

Peter parlait à J. J. J. des scientifiques qui faisaient des découvertes dans leurs rêves. « Et quand on voit le nombre d'heures qu'on passe à rêver, à raison, disons, de deux heures par nuit, ce qui est la moyenne nationale, en mettant qu'on vive quatre-vingts ans et que... voyons voir, dix moins deux, je retiens un... Ça me ferait presque sept ans à rêver. »

Était-ce son allusion aux rêves, ou la façon dont il était assis – à côté de Rebecca, mais légèrement détourné, ne lui laissant voir que son profil –, mais une pensée des plus étranges lui vint à l'esprit. Elle se dit que cet adolescent qui voyageait en train avec elle n'était autre que Peter. Elle lui sourit, même s'il ne la regardait pas.

Poppy décrivait les bougies sur le gâteau – « un mur de flammes », disait-il – et le vœu qu'il avait fait avant de les souffler.

« J'ai fait le vœu qu'on organise une fête encore plus grande l'année prochaine pour célébrer mon cent unième anniversaire. Mon anniversaire palindrome. »

Plusieurs invités jetèrent un regard compatissant à Rebecca.

Les joueurs d'osselets en étaient à la neuvième figure. Zeb mit le verre de champagne dans ses mains et lui déposa un baiser sur le sommet du crâne.

Il lui restait encore tant d'événements à espérer de la vie.

« Et le glaçage était celui que je préfère : du fondant, disait Poppy. Il s'est dissous peu à peu dans ma bouche. J'en ai gardé un morceau sur la langue et au bout d'une seconde, toute cette douceur fondante s'est mise à couler, couler dans ma gorge. »

Sur l'écran, apparut le visage de Rebecca, joyeux, ouvert, ensoleillé, et elle vit qu'elle s'était vraiment bien amusée.

DANS LA MÊME COLLECTION

Sabina
Karsten Alnaes

Le Crépuscule de l'amour
Elaine Clark McCarthy

Trio à cœur
Peter Cunningham

Mariée ou pendue !
Suzanne Finnamore

Ex Utero
Laurie Foos

Les Sœurs Agüero
Cristina Garcia

Lever de rideau
Lydie Gélin

Mensonges au lit
Cherche homme impuissant pour relation longue durée
Gaby Hauptmann

Chérie, je te quitte
Hera Lindt

New Odessa
Nancy Markham
et Anne-Marie de La Chapelle

Un amour improbable
Elizabeth McCracken

Aussi profond que l'océan
Plus que tout au monde
Jacquelyn Mitchard

À quoi rêvent les blondes
L'Île des femmes de ménage
Mon père et autres imposteurs
Milena Moser

La Possession de Delia Sutherland
Secrets partagés
Barbara Neil

Celle qui revient
La Double Impasse
Michèle Roberts

Cherche homme à tout faire
Carolyn See

La Sauvageonne
Isabel-Carta Simó

De si bonnes amies
Les Liens du sang
Les Enfants d'une autre
Séparation de cœur
Joanna Trollope

Une autre femme
En suivant les étoiles
Et la vie va presque droite
Anne Tyler

Photocomposition CMB *Graphic*
44800 Saint-Herblain

Cet ouvrage a été imprimé
par la Société Nouvelle Firmin-Didot
(Mesnil-sur-l'Estrée)
pour le compte des Éditions Calmann-Lévy
3, rue Auber, Paris 9e
en avril 2002

Imprimé en France
Dépôt légal : mai 2002
N° d'édition : 13338/01 - N° d'impression : 59388

TYLER, Anne
Quand nous étions grands